Bestse

Dello stesso autore

nella collezione Oscar

Una certa giustizia
Copritele il volto
Un gusto per la morte
Un indizio per Cordelia Gray
Un lavoro inadatto a una donna
Una mente per uccidere
Morte sul fiume
Una notte di luna per l'ispettore Dalgliesh
Per cause innaturali
Sangue innocente
La torre nera

nella collezione Omnibus gialli

Delitti in corsia
Tre casi per Dalgliesh

P.D. JAMES

I FIGLI DEGLI UOMINI

Traduzione di Annamaria Biavasco
e Valentina Guani

ARNOLDO MONDADORI EDITORE

Titolo originale dell'opera: *The Children of Men*

I edizione Omnibus marzo 1993
I edizione Bestsellers Oscar Mondadori ottobre 1999

ISBN 88-04-47194-8

Questo volume è stato stampato
presso Mondadori Printing S.p.A.
Stabilimento NSM - Cles (TN)
Stampato in Italia. Printed in Italy

Il nostro indirizzo Internet è:
http://www.mondadori.com/libri

I figli degli uomini

Ancora una volta alle mie figlie,
Clare e Jane, che mi sono state d'aiuto.

Parte Prima

OMEGA
Gennaio – Marzo 2021

1

Venerdì 1 gennaio 2021

Oggi, 1 gennaio 2021, tre minuti dopo mezzanotte, l'ultimo essere umano nato sulla terra è rimasto ucciso in una rissa in un bar di un sobborgo di Buenos Aires. Aveva venticinque anni, due mesi e dodici giorni. Stando alle prime notizie trapelate sull'incidente, Joseph Ricardo è morto come era vissuto. La particolarità, se così la si può chiamare, di essere stato l'ultimo uomo che risulta nato all'anagrafe, pur prescindendo da qualsiasi virtù o dote personale, rappresentò sempre una difficoltà per lui. Ora è morto. La notizia è stata diffusa qui in Gran Bretagna al giornale radio delle nove e io l'ho sentita per caso. Mi apprestavo a iniziare questo diario della seconda metà della mia vita quando, accorgendomi dell'ora, pensai che tanto valeva ascoltare i titoli del giornale radio delle nove. La morte di Ricardo è stata annunciata per ultima e solo di sfuggita, poche frasi pronunciate senza enfasi dalla voce volutamente piatta del giornalista. Quando l'ho sentita, mi è parso un piccolo motivo in più per iniziare il diario proprio oggi, capodanno e mio cinquantesimo compleanno. Da bambino questa particolarità mi piaceva, nonostante il fatto che, data la vicinanza tra il mio compleanno e Natale, ricevessi un unico regalo, che non sembrava mai molto più grande di quello che avrei ricevuto in ogni caso.

Mi chiedo se questi tre eventi (il capodanno, il mio cinquantesimo compleanno e la morte di Ricardo), bastino a giustificare l'inaugurazione di un quaderno nuovo di zecca. Ma voglio essere perseverante, per opporre un'ulteriore piccola difesa personale contro l'accidia. Se non ci sarà nulla da dire, descriverò il nulla e poi, raggiunta la vecchiaia – come la maggior parte di noi si aspetta, dal momento che siamo diventati molto abili nel prolungare la vita – aprirò una delle tante scatole di fiammiferi della dispensa e accenderò il mio piccolo falò delle vanità. Non ho intenzione di lasciare questo diario a testimonianza degli ultimi anni di un uomo. Anche nei momenti di più acceso egocentrismo, non mi illudo al punto di credere che il diario di Theodore Faron, dottore in filosofia, docente al Merton College dell'Università di Oxford, studioso della storia del periodo vittoriano, divorziato, senza figli, solitario, degno di nota solo in quanto cugino di Xan Lyppiatt, dittatore e Governatore d'Inghilterra, possa essere di qualche interesse. Non c'è nessun bisogno di altri cenni personali. Gli Stati di tutto il mondo stanno preparando la loro testimonianza per posteri della cui possibile esistenza cerchiamo ancora occasionalmente di illuderci e per creature di altri pianeti che si trovino per qualche eventualità ad atterrare in questa landa verde e si domandino quale specie di vita senziente vi abbia un tempo abitato. Conserviamo libri e manoscritti, grandi dipinti, musica, strumenti e opere d'arte. Le più grandi biblioteche del mondo verranno oscurate e chiuse per sempre nel giro di quarant'anni al massimo. Gli edifici che saranno rimasti in piedi parleranno da sé. È poco probabile che la fragile pietra di Oxford sopravviva per più di un secolo o due. L'università sta già discutendo se valga o meno la pena di ristrutturare il fatiscente Sheldonian. Ma mi piace pensare che le mitiche creature atterreranno in piazza San Pietro ed entreranno nella basilica, silenziosa e riecheggiante sotto secoli di polvere. Si accorgeranno di trovarsi in quello che una volta era il più grande dei templi eretti dall'umanità a uno dei suoi tanti dei? Rimarranno incuriositi da quella divinità venerata con tanta pompa e splendore, si chiederanno il significato del suo simbolo onnipresente, al tempo stesso tanto semplice, composto da due bastoni incrociati, e coperto d'oro, tempestato di pietre preziose e di ornamenti? O forse i loro valori e i loro processi mentali saranno talmente diversi dai nostri che né timore né meraviglia li sfioreranno? Ma nonostante la scoperta – nel 1997, mi pare che fosse – di un pianeta in cui gli astronomi ritenevano possibile l'esistenza di qualche forma di vita, pochi di noi credono davvero alla loro venuta. Da qualche parte devono essere: non ha senso ritenere che nell'immensità dell'universo solo questa piccola stella sia in grado di ospitare e sviluppare forme di vita intelligente, ma noi non andremo da loro né essi verranno a noi.

Vent'anni or sono, quando il mondo si era già parzialmente convinto che la nostra specie avesse perduto per sempre il potere di riprodursi, la ricerca dell'ultima nascita nota nella specie umana divenne un'ossessione universale, motivo di orgoglio nazionale, competizione internazionale acerrima e crudele quanto inutile. Per essere valida, la nascita doveva essere stata registrata ufficialmente, con tanto di giorno e ora. Questo escludeva gran parte dell'umanità, di cui era noto il giorno, ma non l'ora; si ammetteva, pur senza sottolinearlo, che il risultato non sarebbe stato scientificamente esatto. Quasi certamente, infatti, in qualche giungla lontana, in qualche capanna primitiva, l'ultimo essere umano era furtivamente venuto alla luce in un mondo indifferente. Dopo mesi di ripetuti controlli, tuttavia, fu ufficialmente dichiarato ultimo nato della specie umana Joseph Ricardo, di razza mista, nato illegittimo in un ospedale di Buenos Aires il 19 ottobre 1995, alle tre e zero due. Una volta proclamato il risultato, egli rimase libero di sfruttare la propria celebrità quanto meglio gli riuscì, mentre il mondo, come rendendosi improvvisamente conto della futilità della cosa, rivolse altrove la propria attenzione. Ora che è morto, dubito che qualcuno vorrà riscattare dall'oblio gli altri candidati.

L'incombente estinzione della nostra specie e l'impossibilità di evitarla ci offendono e demoralizzano meno della nostra incapacità di scoprirne la causa. La scienza e la medicina occidentali non ci hanno preparati all'enormità e all'umiliazione di questo smacco. Vi sono state malattie difficili sia da diagnosticare sia da curare, una delle quali ha quasi spopolato due continenti prima di essere debellata, ma alla fine siamo sempre riusciti a spiegarne le cause. Abbiamo dato un nome ai virus e ai germi che tuttora ci affliggono, con grande mortificazione da parte nostra, dal momento che sembra un affronto personale che ci debbano colpire ancora oggi, come antichi nemici che tengono viva la battaglia e di tanto in tanto uccidono anche quando la loro vittoria è ormai assicurata. La scienza occidentale è stata il nostro dio. Dotata di molteplici poteri, ci ha preservato, confortato, curato, accudito, cibato e divertito e noi ci siamo sentiti liberi di criticarla e occasionalmente di rifiutarla, come da sempre l'uomo ha fatto con gli dei, ben sapendo che, nonostante l'apostasia, questa divinità, creatura nostra e nostra schiava, avrebbe continuato a prendersi cura di noi con anestetici contro il dolore, trapianti di cuori e polmoni, antibiotici, cinema e cinematica. La luce si accende sempre quando premiamo l'interruttore e, se non funziona, sappiamo sempre spiegare perché. La scienza non è mai stata il mio pane: ne capivo poco a scuola e continuo a capirne poco adesso che ho cinquant'anni. Ma è stata un dio anche per me, che pure non ne ho mai compreso appieno le conquiste, e provo anch'io la disillusione universale di chi assiste alla morte del proprio dio. Ricordo bene il tono sicuro di un biologo quando fu definitivamente accertato che non esisteva una sola donna incinta in tutto il mondo: «Ci vorrà del tempo per scoprire la causa di questa apparente sterilità universale». Sono trascorsi venticinque anni e nessuno ci crede più. Come libertini improvvisamente scopertisi impotenti, proviamo un'umiliazione profonda, abbiamo perso fiducia in noi stessi. Con tutta la nostra sapienza, intelligenza e potenza, non sappiamo più fare quel che gli animali fanno senza pensare. Non c'è da sorprendersi dunque che li adoriamo e li odiamo al tempo stesso.

Il 1995 divenne noto come l'Anno Omega, termine ormai universale. Alla fine degli anni Novanta tutti si chiedevano se il Paese che fosse riuscito a trovare un rimedio contro la sterilità universale l'avrebbe condiviso con le altre nazioni e su quali basi. Si convenne che, trattandosi di un disastro globale, il mondo doveva essere unito nell'affrontarlo. Alla fine degli anni Novanta si parlava ancora di Omega come di una malattia, una disfunzione che con il tempo sarebbe stata diagnosticata e corretta, così come era stata trovata la cura per la tubercolosi, la difterite, la polio e perfino, anche se troppo tardi, per l'Aids. Con il passare degli anni, dato che gli sforzi condotti sotto l'egida delle Nazioni Unite non sortivano alcun risultato, la decisione di mantenere un'apertura totale venne meno, la ricerca proseguì segretamente e gli sforzi dei diversi Stati vennero seguiti con profondo e sospettoso interesse. La Comunità Europea si muoveva di concerto, mettendo insieme strutture e ricercatori. Il Centro Europeo per la Fertilità Umana appena fuori Parigi era tra i più prestigiosi del mondo. Cooperava, almeno ufficialmente, con gli Stati Uniti, dove l'impegno era forse ancora maggiore, ma non c'era collaborazione fra le diverse razze: la posta in palio era troppo alta. Sui termini per l'eventuale divulgazione del segreto si scatenò un acceso dibattito e si formularono diverse teorie. Era opinione comune che, se si fosse trovata una cura, essa sarebbe stata divulgata: si sarebbe infatti trattato di una scoperta scientifica che nessuna razza doveva né poteva tenere per sé per un tempo illimitato. Tuttavia ci si guardava con sospetto ossessivo da un continente all'altro, oltre i confini fra nazioni e fra razze, prestando fede a ipotesi e voci. Tornò in auge la vecchia arte dello spionaggio e i vecchi agenti segreti uscirono dai confortevoli gusci nei quali si erano ritirati a Weybridge e Cheltenham per trasmettere alle nuove leve il loro mestiere. Lo spionaggio naturalmente non era mai cessato del tutto, neppure dopo la fine ufficiale della Guerra Fredda nel 1991. L'uomo è troppo assuefatto a questa affascinante miscela di pirateria adolescenziale e di matura perfidia per abbandonarla del tutto. Sul finire degli anni Novanta la burocrazia dello spionaggio rifiorì come non succedeva dalla fine della Guerra Fredda, generando nuovi eroi, nuovi nemici e nuovi miti. L'attenzione era rivolta in particolare al Giappone, nel timore che quel popolo tecnicamente tanto avanzato potesse essere sulla buona strada.

A distanza di anni l'attenzione è sempre viva, ma l'ansia si è placata ed è svanita ogni speranza. Si continua a spiare, ma ormai sono trascorsi venticinque anni dall'ultima nascita e sono pochi a credere ancora che sul nostro pianeta risuonerà mai più il pianto di un neonato. Il sesso ci interessa sempre meno. L'amore romantico e platonico ha preso il sopravvento sul bieco appagamento dei sensi, nonostante gli sforzi del Governatore d'Inghilterra per mantenere vivi gli appetiti sempre più languidi della gente con i pornoshop statali. Abbiamo i nostri surrogati, passati a tutti i cittadini dal servizio sanitario nazionale. I nostri corpi segnati dagli anni vengono stimolati, massaggiati, accarezzati, stirati, cosparsi di unguenti profumati: veniamo misurati, pesati, sottoposti a manicure e pedicure. Lady Margaret Hall è diventato il centro massaggi di Oxford e ogni martedì pomeriggio anch'io vado a sdraiarmi su un lettino e guardo i giardini tuttora ben curati all'esterno, mentre mi godo l'ora di misurate attenzioni sensuali che mi passa lo Stato. Con quale assiduità, con quale impegno ossessivo ci sforziamo di mantenere viva l'illusione, se non di gioventù, almeno di spumeggiante mezza età. Il golf è diventato lo sport nazionale. Prima di Omega, gli ambientalisti avrebbero protestato per i vasti appezzamenti di terreno, tra i più belli che ci circondano, che sono stati trasformati e modificati al fine di ottenere campi più movimentati. Sono tutti gratuiti, fanno parte dei piaceri promessi dal Governatore. Alcuni sono esclusivi e rifiutano di ammettere soci indesiderati, non attraverso proibizioni che sarebbero illegali, ma grazie a quei sotterranei messaggi discriminanti che anche gli inglesi più insensibili imparano a recepire sin dalla primissima infanzia. Abbiamo bisogno di un certo snobismo: quello dell'eguaglianza è un principio della teoria politica che non trova applicazione pratica neppure nella Gran Bretagna egualitaria di Xan. Ho provato a giocare a golf una volta, ma l'ho trovato subito decisamente poco interessante, forse a causa della mia tendenza a sollevare zolle di terra invece della pallina. Preferisco la corsa. Ogni giorno macino chilometri a Port Meadow o lungo i sentieri solitari di Wytham Wood, misurando poi battito cardiaco, perdita di peso e resistenza. Ho voglia di vivere come tutti e, come tutti, controllo ossessivamente le funzioni del mio corpo.

Questi atteggiamenti risalgono per lo più all'inizio degli anni Novanta, con l'interesse per la medicina alternativa, gli olî profumati, i massaggi e gli unguenti, il sesso senza penetrazione. La pornografia e la violenza sessuale al cinema, alla televisione, nei libri e nella vita aumentavano e diventavano più espliciti, ma in Occidente la gente faceva sempre meno l'amore e sempre meno bambini. All'inizio tale tendenza fu bene accolta in un mondo altamente sovrappopolato. Come storico, faccio risalire a quel periodo l'inizio della fine.

Avremmo dovuto captare i primi segni d'allarme all'inizio degli anni Novanta. Già nel 1991 un rapporto della Comunità Europea segnalava un forte calo della natalità in Europa: 8,2 milioni di nati nel 1990, con picchi negativi nei Paesi di religione cattolica. Pensavamo di conoscerne le ragioni, credevamo che fosse un calo volontario, frutto di una maggiore apertura verso contraccezione e aborto, della scelta da parte delle donne di rimandare la maternità per motivi professionali e del desiderio da parte delle famiglie di innalzare il proprio standard di vita. Il calo demografico era inoltre aggravato dalla diffusione dell'Aids, soprattutto in Africa. Alcuni Paesi europei iniziarono a promuovere campagne capillari per l'aumento della natalità, ma la maggior parte di noi riteneva tale calo auspicabile, se non addirittura necessario. Eravamo in troppi: stavamo inquinando il pianeta e la diminuzione delle nascite era un fatto positivo. La preoccupazione non nasceva tanto dal calo demografico in sé e per sé, quanto dal desiderio di ogni Paese di salvaguardare la propria popolazione, la propria cultura, la propria razza, di avere un ricambio generazionale sufficiente per mantenere il controllo delle proprie strutture economiche. Ma, per quanto ricordo, nessuno avanzò mai l'ipotesi che la fertilità dell'uomo si stesse irrimediabilmente modificando. Omega giunse di colpo, e fu accolto con profonda incredulità. Sembrò che la razza umana avesse perso il potere di riprodursi da un giorno all'altro. La scoperta, avvenuta nel luglio del 1994, che perfino lo sperma umano congelato per esperimenti e inseminazione artificiale aveva perso ogni efficacia, suscitò un profondo orrore e conferì a Omega un'aura di superstizioso terrore, di incantesimo, di intervento divino. Gli dei dell'antichità erano riapparsi in tutta la loro terrificante potenza.

Il mondo non perse le speranze fino a quando la generazione nata nel 1995 non giunse alla maturità sessuale. Ma al termine dei controlli, accertato che nessuno di quei giovani era in grado di produrre sperma fertile, capimmo che si trattava davvero della fine dell'*Homo sapiens*. Fu in quell'anno, il 2008, che si registrò un'impennata nel numero dei suicidi. Non fra gli anziani, ma fra le persone di mezza età, della mia generazione, la generazione destinata a sopportare le esigenze umilianti ma inevitabili di una società sempre più vecchia e decrepita. Xan, che a quel tempo era già Governatore d'Inghilterra, tentò di porre un freno a quella che era ormai un'epidemia, imponendo una multa ai parenti più prossimi sopravvissuti, così come ora il Consiglio paga cospicue pensioni ai parenti degli anziani non più autosufficienti che si suicidano. La manovra sortì gli effetti sperati e il numero dei suicidi scese rispetto alle cifre record registrate in altre parti del mondo e soprattutto nei Paesi la cui religione si basava sul culto degli antenati e sulla continuazione della stirpe. I superstiti tuttavia si lasciarono andare a un negativismo universale, a ciò che i francesi chiamano *ennui universel*. Ci assalì insidioso come una malattia, perché in realtà di malattia si trattava, con sintomi che presto divennero familiari: stanchezza, depressione, malessere indefinito, tendenza a contrarre piccole infezioni, cefalea persistente e invalidante. La combattei, come molti altri. Alcuni, e Xan è fra questi, non ne sono mai stati afflitti, protetti forse dalla mancanza d'immaginazione o, nel caso specifico di mio cugino, da un egocentrismo così forte da risultare impermeabile a qualsiasi catastrofe esterna. Ogni tanto mi capita ancora di doverla combattere, ma la temo di meno. Le armi cui faccio ricorso sono anche le mie consolazioni: i libri, la musica, la buona cucina, il vino, la natura.

Queste soddisfazioni, questi palliativi, mi ricordano con un misto di amarezza e di piacere la precarietà dell'umana gioia; quando mai è stata duratura? Mi dà ancora piacere, più intellettuale che sensuale, la primavera di Oxford in tutto il suo splendore: i fiori di Belbroughton Road che sembrano più belli ogni anno che passa, la luce del sole sui muri di pietra, gli ippocastani in fiore che ondeggiano nel vento, l'odore di un campo di fagioli, i primi fiocchi di neve, la fragile compattezza di un tulipano. Il piacere non è necessariamente meno intenso per il fatto che ci saranno centinaia di primavere sui cui fiori non si poseranno gli occhi di nessun uomo, in cui i muri crolleranno a poco a poco, gli alberi moriranno e marciranno, i giardini si riempiranno di erbacce, perché la bellezza sopravviverà all'intelligenza umana che la descrive, la apprezza e la celebra. Mi dico questo, ma lo credo davvero, ora che il piacere è diventato tanto raro e talvolta inscindibile dal dolore? Capisco quegli aristocratici e latifondisti che, senza eredi, lasciavano andare in rovina le loro proprietà. Non possiamo provare nulla se non il presente, non possiamo vivere che nel momento presente e capire che questo significa arrivare il più vicino che ci sia concesso alla vita eterna. Ma la mente ripercorre secoli di vita cercando rassicurazione nei nostri antenati e, senza eredi, non solo nostri ma dell'intera specie umana, senza il conforto di una vita dopo la nostra morte, tutti i piaceri della mente e dei sensi mi paiono talvolta nulla più che patetiche e fragili difese innalzate contro la rovina.

Nel lutto che tutti ci accomuna, come genitori affranti dal dolore, abbiamo eliminato ogni cosa che ci ricordi la nostra perdita. Abbiamo smontato i giochi nei giardini pubblici. Per i primi dodici anni dopo Omega, le altalene rimasero legate e chiuse, gli scivoli e i castelli per arrampicarsi ormai senza più vernice. Ora li hanno tolti definitivamente e i campi giochi di asfalto su cui si trovavano sono stati rimossi e coperti d'erba o di fiori, a formare tante piccole tombe collettive. Abbiamo bruciato i giocattoli, a eccezione delle bambole, che per alcune donne semidementi erano diventate un sostituto dei figli. Le scuole, da tempo inutilizzate, sono state chiuse per sempre o trasformate in centri d'istruzione per adulti. Abbiamo sistematicamente eliminato i libri per bambini dalle nostre biblioteche. È solo nei dischi e nelle cassette che udiamo le voci dei bambini, solo nei film e alla televisione che vediamo le immagini luminose e vivaci dei piccoli. Alcuni non riescono a tollerare quella vista, ma la maggior parte ne rimane ipnotizzata.

I nati nel 1995 si chiamano Omega. Mai generazione fu più studiata, esaminata, valutata, assecondata, né fu causa di maggior tormento di questa. Erano la nostra speranza, la nostra promessa di salvezza ed erano – continuano a essere – eccezionalmente belli. Sembra quasi che la natura, con estrema crudeltà, abbia voluto sottolineare così la nostra perdita. I ragazzi, ormai venticinquenni, sono forti, individualisti, intelligenti e belli come giovani dei. Molti sono anche crudeli, arroganti e violenti, caratteristiche riscontrate negli Omega di tutto il mondo. Le temibili bande dei Volti Dipinti che si aggirano la notte per le campagne tendendo agguati e terrorizzando gli incauti viaggiatori pare siano composte da Omega. Si dice che quando viene arrestato un

Omega, gli venga offerta l'immunità a patto che si arruoli nella polizia di Stato, mentre gli altri componenti della banda, colpevoli degli stessi reati, vengono mandati nella colonia penale dell'Isola di Man, insieme ai condannati per violenza, furto con scasso e ripetute rapine. Ma se è imprudente guidare senza protezione per le dissestate strade secondarie, i paesi e le città sono sicuri e la criminalità è finalmente controllata in maniera efficace grazie a un ritorno alla politica della deportazione del XIX secolo.

Le donne Omega hanno una bellezza particolare, classica, remota, indifferente, priva di vivacità o energia. Hanno uno stile tutto loro che le altre donne non copiano mai, forse per paura. Portano i capelli lunghi e sciolti e sulla fronte una treccia o un semplice nastro. È una moda che si addice solo ai visi classici, dalla fronte ampia e dagli occhi grandi e ben distanziati. Come le loro controparti maschili, esse sembrano prive di umanità. Gli Omega, uomini e donne, sono una razza a parte, viziata, adulata, temuta e guardata con reverenziale timore. Si dice che in alcuni Paesi essi vengano sacrificati in riti di fertilità tornati in voga dopo secoli di civiltà soltanto apparente. Certe volte mi chiedo come reagiremmo in Europa se sapessimo che tali offerte votive sono state accettate dagli antichi dei e che da qualche parte è nato un bambino.

Forse gli Omega sono diventati quello che sono a causa della nostra follia: un regime in cui alla sorveglianza continua si accompagna un permissivismo totale è incompatibile con uno sviluppo sano. Se fin dalla più tenera età si trattano i bambini al pari di divinità, non deve sorprendere che da grandi essi si comportino come demoni. Ho un vivido ricordo di loro, simbolo eloquente del modo in cui li vedo e loro vedono se stessi. Era lo scorso giugno, una giornata serena, calda ma non afosa, con poche nuvole che si muovevano lente, simili a brandelli di mussolina, nel cielo limpido e azzurro e l'aria era dolce e fresca sulla pelle: una giornata senza nulla di quell'umido languore che associo alle estati di Oxford. Ero andato a trovare un collega nella Christ Church ed ero entrato sotto il grande arco a carena di Wolsey per attraversare Tom Quad quando li vidi: erano quattro donne e quattro uomini Omega, elegantemente disposti attorno al plinto di pietra. Le donne, con le loro aureole lucenti di capelli arricciati, le sopracciglia ben disegnate, le pieghe artificiose delle vesti diafane, sembravano appena uscite dalle vetrate preraffaellite della cattedrale. I quattro maschi erano in piedi alle loro spalle con le gambe divaricate e le braccia conserte; non guardavano le donne, ma oltre le loro teste, come per asserire arroganti la propria supremazia sull'intero cortile dell'università. Quando passai, le donne mi rivolsero il tipico sguardo privo di espressione e di curiosità, ma non scevro di un'ombra di disprezzo. I maschi si accigliarono per un attimo e quindi distolsero gli occhi come di fronte a un oggetto indegno di ulteriore attenzione, fissandoli nuovamente sul cortile. In quel momento pensai, e lo penso tuttora, che sono veramente contento di non dover più insegnare agli Omega. La maggior parte di loro è arrivata alla laurea, ma non ha proseguito gli studi; specializzarsi non gli interessa. Gli Omega che ho avuto come studenti erano intelligenti, ma disordinati, indisciplinati e annoiati. Sono contento di non aver mai dovuto rispondere alla loro domanda inespressa: «A che pro?». La storia, che interpreta il passato per capire il presente e affrontare il futuro, è la disciplina che meno si adatta a una specie in via d'estinzione.

Un mio collega dell'università che prende Omega con grande flemma è Daniel Hurstfield il quale, insegnando paleontologia statistica, ha un senso della misura del tempo tutto particolare. Come per il Dio del salmo, mille anni ai suoi occhi sono come il giorno di ieri che è passato. Era seduto accanto a me a una festa del college l'anno in cui ero addetto ai vini e mi chiese: «Che cosa farà servire con la pernice, Faron? Penso che questo vino sia adattissimo. A volte mi sembra che lei tenda a essere troppo azzardato nelle scelte. Spero che abbia messo a punto un programma razionale per le cantine. Mi disturberebbe alquanto, sul letto di morte, assistere a un uso sconsiderato dei vini del college da parte di barbari Omega».

Risposi: «Ce ne stiamo occupando. Continuiamo a fare provviste, naturalmente, ma su scala ridotta. Alcuni colleghi ci ritengono troppo pessimisti».

«Oh, non lo si è mai abbastanza. Non vedo perché Omega vi abbia sorpreso così. Dopotutto, dei quattro miliardi di forme di vita esistite su questo pianeta, tre miliardi e novecentosessanta milioni si sono già estinte, non si sa perché. Alcune senza apparente motivo, altre in seguito a catastrofi naturali, altre ancora a causa di meteoriti e asteroidi. Alla luce di queste estinzioni massicce sembra irragionevole supporre che l'*Homo sapiens* sia immune. La nostra specie ha avuto vita breve, si è sviluppata e si è estinta in un batter d'occhio, per così dire. A parte Omega, in questo stesso momento potrebbe esserci un asteroide in viaggio verso il nostro pianeta, di dimensioni sufficienti per distruggerlo.»

Continuò a masticare rumorosamente la pernice, come se tale prospettiva lo riempisse di soddisfazione.

2

Martedì 5 gennaio 2021

Nei due anni in cui, su invito di Xan, presi parte alle riunioni del Consiglio in qualità di osservatore e consulente, spesso i giornalisti scrivevano che eravamo cresciuti insieme, che eravamo come fratelli. Non corrispondeva al vero. A partire dai dodici anni abbiamo trascorso le vacanze estive insieme, nulla di più. Non era un errore sorprendente, però. Io stesso ne ero quasi convinto. Ancora oggi, se ripenso agli ultimi mesi di scuola, ricordo una noiosa successione di giornate prevedibili, dominate dagli orari, non particolarmente sgradevoli o temibili e tuttavia da sopportare e, di tanto in tanto, da godere a sprazzi dal momento che ero bravo a scuola e abbastanza benvoluto, fino al tanto atteso ultimo giorno. Trascorrevo una settimana a casa e quindi venivo mandato a Woolcombe.

Anche ora, scrivendo queste righe, mi sforzo di capire che cosa provavo per Xan a quei tempi e perché il legame tra di noi sia stato tanto forte e duraturo. Non era un legame di natura sessuale, sebbene sotto sotto quasi tutte le amicizie molto intime non siano scevre da una sfumatura di attrazione sessuale. Non ci toccavamo mai, neppure, che io ricordi, durante i giochi più violenti. In realtà non facevamo mai giochi violenti: Xan non sopportava di essere toccato e io imparai presto a riconoscere e a rispettare quella sua invisibile barriera, così come lui rispettava la mia. Non si trattava neppure del solito rapporto di forza in cui il più grande, anche se di soli quattro mesi, domina il più giovane, il quale lo asseconda pieno di ammirazione. Non mi faceva mai sentire inferiore, non sarebbe stato da lui. Mi accoglieva senza particolari effusioni, ma come se avesse ritrovato il suo gemello, una parte di sé. Aveva fascino, naturalmente, e lo ha tuttora. Spesso il fascino viene disprezzato, non capisco perché. Chi ha fascino è anche capace di sincera simpatia verso il suo prossimo, perlomeno nel momento in cui lo incontra e gli parla. Il fascino è sempre sincero: può essere superficiale, ma non è falso. Quando Xan è con un'altra persona, dà un'impressione di intimità, di interessamento, come se non desiderasse la compagnia di nessun altro. Il giorno dopo sarebbe pronto ad accogliere come se niente fosse la notizia della sua morte, e forse di uccidere quella stessa persona senza scrupoli. Ma quando ora lo guardo alla televisione, mentre invia il suo messaggio trimestrale alla nazione, ritrovo ancora intatto il suo fascino.

Le nostre madri sono morte. Sono state assistite fino alla fine a Woolcombe, che ora è diventata una casa di riposo per le persone favorite dal Consiglio. Il padre di Xan morì in un incidente d'auto in Francia un anno dopo che Xan era diventato Governatore d'Inghilterra. La sua morte rimase in parte avvolta nel mistero e i particolari non furono mai resi pubblici. A quell'epoca ebbi dei dubbi riguardo all'incidente, e tuttora ne nutro, il che dice molto sul mio rapporto con Xan. Una parte di me lo ritiene ancora capace di tutto, quasi avessi bisogno di crederlo spietato, invincibile, al di là dei limiti di un normale comportamento, così come mi appariva quando eravamo piccoli.

Le due sorelle avevano preso strade molto diverse. Mia zia, grazie a una felice combinazione di bellezza, ambizione e fortuna, aveva sposato un baronetto di mezza età e mia madre un funzionario statale di medio livello. Xan è nato a Woolcombe, una delle dimore più belle del Dorset, mentre io sono nato a Kingston, nel Surrey, nel reparto maternità dell'ospedale locale, da dove fui poi portato a casa, una villetta vittoriana bifamiliare in una strada lunga e squallida fiancheggiata da case tutte uguali, che portava a Richmond Park. Crebbi in un'atmosfera carica di risentimento. Ricordo ancora mia madre che mi preparava la valigia per le vacanze a Woolcombe, scegliendo nervosamente le camicie pulite, tirando fuori la mia giacca migliore, rassettandola ed esaminandola con una specie di animosità personale, irritata al tempo stesso per i soldi che era costata e per il fatto che, avendomela comprata troppo grande, per la crescita, ed essendo divenuta ormai troppo piccola, non c'era mai stato un periodo intermedio in cui mi fosse andata bene davvero. I suoi sentimenti nei confronti della fortuna della sorella si riassumevano in una serie di frasi che ripeteva spesso: «E per fortuna non si cambiano per cena. Non ho nessuna intenzione di sprecare soldi in uno smoking, alla tua età. Roba da matti!». Poi veniva l'inevitabile domanda, posta con lo sguardo rivolto altrove, perché mia madre non era del tutto priva di ritegno: «Immagino che vadano d'accordo, vero? La gente della loro classe dorme sempre in stanze separate». E alla fine: «Certo, per Serena va benissimo». Anche all'età di dodici anni, sapevo che a Serena non andava bene affatto.

Ho il sospetto che mia madre pensasse a sua sorella e a suo cognato assai più spesso di quanto loro non pensassero a lei. Anche il mio nome così fuori moda lo devo a Xan. A lui diedero il nome di un nonno e di un bisnonno: Xan era un nome che nella famiglia Lyppiatt ricorreva da generazioni. Anche a me quindi fu dato il nome del nonno paterno. Mia madre non aveva voluto essere da meno quando si era trattato di dare un nome un po' eccentrico a suo figlio. Sir George però la lasciava perplessa. Mi pare ancora di udire il tono stizzoso con cui dichiarava: «A me sembra che non abbia affatto l'aria da baronetto». Era l'unico baronetto che avessimo mai conosciuto e mi chiedevo con quale modello lo confrontasse: forse un pallido e romantico ritratto di Van Dyck uscito dalla sua cornice, un eroe byroniano, imbronciato e arrogante, un signorotto un po' spaccone dal viso rosso e dalla voce forte, un cacciatore che non dà tregua ai suoi cani. Ma capivo che cosa intendeva dire mia madre: non sembrava un baronetto neppure a me. E senza dubbio non sembrava il padrone di Woolcombe. Aveva la faccia vagamente triangolare, la pelle arrossata, la bocca piccola e umidiccia sotto un ridicolo paio di baffi che parevano finti; i capelli rossicci erano come quelli di Xan ma sbiaditi, di un grigio spento, e gli occhi contemplavano i suoi acri di terreno con un'espressione di stupita tristezza. Ma era un buon tiratore, e questo mia madre l'avrebbe apprezzato. Anche Xan lo era. Non aveva il permesso di usare i Purdey di suo padre, ma aveva due fucili suoi, con cui sparavamo ai conigli, e c'erano due pistole che ci lasciavano usare, caricate a salve. Sistemavamo dei bersagli di cartone sugli alberi e passavamo ore a esercitarci. Dopo i primi giorni di allenamento mi rivelai più bravo di Xan, sia con il fucile sia con la pistola. La mia abilità sorprese entrambi, soprattutto me. Non immaginavo che sparare potesse piacermi o riuscirmi bene e rimasi un po' turbato nell'accorgermi di quanto godessi, con un piacere quasi sensuale, non esente da un certo senso di colpa, della sensazione del metallo nella mano, del peso gradevolmente bilanciato delle armi.

A parte me Xan non aveva altra compagnia durante le vacanze, né sembrava sentirne la mancanza. Da Sherborne non veniva nessuno a trovarlo a Woolcombe. Se gli facevo domande sulla scuola, rispondeva in modo evasivo.

«Non è male. Meglio di Harrow.»

«Meglio di Eton?»

«Da tempo non frequentiamo più quella scuola. Il bisnonno ha rotto in maniera clamorosa, con pubbliche dichiarazioni, lettere di fuoco e porte sbattute, non ricordo più per quale motivo.»

«Ti dispiace tornare sui banchi?»

«Perché mai? A te dispiace?»

«No, mi piace abbastanza. Se non sono qui, preferisco la scuola alle vacanze.»

Rimase in silenzio per un attimo, poi disse: «Il fatto è che gli insegnanti vogliono cercare di capirci a tutti i costi, credono di essere pagati per questo. Io li disoriento: per un trimestre studio, prendo ottimi voti, sono il cocco del direttore del college e sembro pronto a una borsa di studio per Oxford; il trimestre dopo, solo guai».

«Che genere di guai?»

«Mai tanto da farmi buttar fuori, e il trimestre successivo naturalmente faccio di nuovo il bravo ragazzo, ma il fatto li confonde, li preoccupa.»

Neppure io lo capivo, ma la cosa non mi preoccupava. Non capivo neanche me stesso. Ora so, naturalmente, perché gli piaceva che andassi a Woolcombe. Credo di averne indovinato il motivo quasi subito. Nei miei confronti non aveva assolutamente nessun impegno, nessuna responsabilità, neppure l'impegno dell'amicizia o la responsabilità di una scelta personale. Non era stato lui a scegliermi: ero suo cugino, gli venivo imposto, c'ero e basta. Con me a Woolcombe, non doveva mai affrontare l'inevitabile domanda: «Perché non inviti i tuoi amici per le vacanze?». Perché mai avrebbe dovuto? Aveva già il cugino orfano da intrattenere. Così io allontanavo da lui, figlio unico, il peso dell'eccessiva preoccupazione dei genitori. Non mi accorsi mai che si preoccupassero particolarmente per lui, ma forse, se non ci fossi stato io, i suoi si sarebbero sentiti in dovere di farlo. Fin da piccolo Xan non ha mai tollerato domande, curiosità, interferenze nella sua vita. Lo capivo, anch'io ero come lui. Se ce ne fosse il tempo o il motivo, sarebbe interessante risalire ai nostri antenati comuni per scoprire le radici di un tale esagerato spirito di indipendenza. Adesso mi rendo conto che è stata una delle ragioni del fallimento del mio matrimonio e probabilmente la ragione per cui Xan non si è mai sposato. Ci vuole una spinta ben più grande dell'attrazione sessuale per forzare la saracinesca che chiude il bastione del suo cuore e della sua mente.

In quelle lunghe settimane d'estate vedevamo di rado i

suoi genitori. Come la maggior parte degli adolescenti, la mattina dormivamo fino a tardi e quando scendevamo loro avevano già fatto colazione. A mezzogiorno facevamo uno spuntino con un thermos di minestra, pane, formaggio e fette di plum-cake; ce lo preparava in cucina una cuoca dall'aria tetra che riusciva in modo del tutto illogico a lamentarsi sia per quel poco lavoro in più che le creavamo sia per la penuria di cene eleganti in cui poter sfoggiare il proprio talento. Tornavamo in tempo per cambiarci per la cena. I miei zii non avevano mai ospiti, perlomeno quando c'ero io, e conversavano soprattutto fra di loro, mentre Xan e io mangiavamo lanciandoci di tanto in tanto di nascosto una di quelle occhiate cariche della complicità e dell'intransigenza tipica degli adolescenti. I loro discorsi frammentari vertevano sistematicamente su progetti che ci riguardavano e venivano fatti come se noi non ci fossimo.

La zia, sbucciando delicatamente una pesca, senza alzare lo sguardo: «Forse ai ragazzi piacerebbe visitare Maiden Castle».

«Non c'è un gran che da vedere a Maiden Castle. Jack Manning potrebbe portarli in barca quando va a pescare le aragoste.»

«Non mi fido molto di Manning. Domani a Poole c'è un concerto, potrebbero andarci.»

«Che genere di concerto?»

«Non ricordo, il programma l'ho dato a te.»

«Magari si divertirebbero ad andare a Londra per un giorno.»

«Non con questo bel tempo. È meglio che stiano all'aria aperta.»

Quando Xan compì diciassette anni e poté finalmente usare la macchina del padre, cominciammo ad andare a Poole in cerca di ragazze. Per me quelle gite furono terrificanti e lo accompagnai solo due volte. Era come entrare in un mondo di alieni: le risatine, le ragazze in caccia a coppie, le occhiate sfrontate di sfida, le chiacchiere apparentemente inutili ma di rito. Dopo la seconda volta dissi:

«Non fingiamo di provare alcun affetto per loro, non ci piacciono, e sono certo che neanche noi piacciamo a loro. Se quello che vogliamo, sia noi sia loro, è soltanto fare un po' di sesso, perché non lo diciamo chiaro e tondo e facciamo a meno di tutti questi preliminari imbarazzanti?».

«Be', pare che per loro siano necessari. E comunque le uniche donne che si possono avvicinare come dici tu vogliono essere pagate in contanti e in anticipo, mentre a Poole con un po' di fortuna ce la possiamo cavare con un film e un paio di ore al bar.»

«Non credo che ci tornerò.»

«Probabilmente hai ragione. La mattina dopo di solito ho la sensazione che non ne valesse la pena.»

Era tipico di Xan evitare che la mia riluttanza sembrasse, come senza dubbio aveva capito che era, un misto di imbarazzo, timore di fare brutta figura e vergogna. E non potevo certo prendermela con Xan se avevo perso la verginità in circostanze di grande scomodità in un parcheggio di Poole con una rossa che aveva messo bene in chiaro, sia durante i miei maldestri preliminari sia dopo, di conoscere modi assai più interessanti di trascorrere un sabato sera. E non posso neppure sostenere che tale esperienza abbia influito negativamente sulla mia vita sessuale. Dopo tutto, se essa fosse determinata dai primi esperimenti giovanili, la maggior parte dell'umanità sarebbe condannata al celibato. Non c'è campo dell'esperienza umana in cui la gente sia più convinta che, perseverando, si può trovare di meglio.

A parte la cuoca, ricordo pochi dei domestici. C'era un giardiniere, Hobhouse, con un'avversione patologica per le rose, soprattutto se piantate insieme ad altri fiori. «Crescono da tutte le parti» brontolava, come se i rampicanti e i cespugli che potava con rancore e al tempo stesso con competenza si fossero misteriosamente seminati da soli. Poi c'era Scovell, con la sua bella faccia impertinente, di cui non ho mai capito esattamente le mansioni: autista, aiuto giardiniere, tuttofare? Xan o lo ignorava, o era volutamente offensivo. Non lo avevo mai visto comportarsi in modo sgarbato con nessun altro dei domestici e gliene avrei chiesto il motivo se non avessi intuito, attento come sempre alla minima sfumatura nell'umore di mio cugino, che non era una domanda da fare.

Non ero geloso del fatto che Xan fosse il preferito dei nostri nonni. Quella predilezione mi pareva perfettamente naturale. Ricordo un frammento di conversazione che udii per caso durante l'unico Natale che passammo tutti insieme a Woolcombe, con risultati disastrosi.

«A volte mi chiedo se Theo non finirà per fare più strada di Xan.»

«Oh, no. Theo è un bel ragazzo ed è intelligente, ma Xan è brillante.»

Xan e io condividevamo segretamente tale giudizio. Quando fui ammesso a Oxford i nonni ne furono compiaciuti, ma anche un po' sorpresi. L'ammissione di Xan al Balliol College fu accolta come qualcosa di dovuto. Quando ottenni il massimo dei voti alla laurea dissero che ero stato fortunato. Quando si laureò Xan protestarono che non avesse preso il massimo, ma con indulgenza, perché non si era impegnato abbastanza.

Xan non aveva pretese, non mi trattava come un cugino povero a cui si forniscono tutti gli anni vitto, alloggio e una vacanza gratis in cambio di compagnia o sottomissione. Se volevo stare solo, potevo farlo senza che si lamentasse o facesse commenti. Di solito mi appartavo nella biblioteca, che mi piaceva moltissimo, con i suoi scaffali pieni di volumi rilegati in pelle, le sue lesene e i capitelli, il grande camino di pietra con lo stemma scolpito, i busti di marmo nelle nicchie e l'enorme tavolo su cui potevo spargere i miei libri e i compiti delle vacanze, le comode poltrone in pelle e la vista dalle enormi finestre che spaziava oltre il prato, fino al fiume e al ponte. Fu in quella stanza, curiosando fra le storie della contea, che scoprii che durante la guerra civile proprio lì c'era stata una scaramuccia in cui cinque giovani realisti avevano difeso il ponte tenendo testa ai seguaci di Cromwell fino alla morte. Erano ricordati tutti i nomi, un elenco pieno di romantico coraggio: Ormerod, Freemantle, Cole, Bydder, Fairfax. Andai a chiamare Xan tutto eccitato e lo trascinai in biblioteca.

«Guarda, l'anniversario dello scontro è mercoledì prossimo, il 16 agosto. Dobbiamo festeggiare.»

«Come? Spargendo fiori nel fiume?»

Non lo disse in tono scettico, né con disprezzo, ma solo leggermente divertito dal mio entusiasmo.

«Perché non brindiamo in loro onore? Celebriamo la ricorrenza.»

Facemmo tutt'e due le cose. Andammo sul ponte al tramonto con una bottiglia di chiaretto di suo padre, le due pistole e io con le braccia cariche di fiori raccolti nel giardino. Ci bevemmo la bottiglia, poi Xan salì sul parapetto e sparò in aria, mentre io gridavo i nomi degli ardimentosi. È uno dei momenti della mia fanciullezza di cui conservo gelosamente il ricordo: una sera di gioia assoluta, limpida, senza ombra di colpa, di sazietà o di rimpianto, immortalata per me nella figura di Xan in equilibrio sul parapetto, stagliato contro il cielo al tramonto, i capelli un'aureola di fuoco, e i petali chiari delle rose che passano galleggiando sotto il ponte fino a sparire alla vista.

3

Lunedì 18 gennaio 2021

Ricordo ancora la mia prima vacanza a Woolcombe. Seguii Xan al secondo piano fino in fondo al corridoio, in una stanza in alto che dava sulla terrazza e sul prato, verso il fiume e il ponte. Dapprima, sensibile e contagiato dal risentimento di mia madre, mi chiesi se mi avessero sistemato nell'appartamento della servitù.

Poi Xan disse: «La mia camera è qui vicino e il nostro bagno è in fondo al corridoio».

Ricordo quella stanza in ogni particolare: vi dormii ogni estate, alla fine di ogni anno scolastico, fino a quando non lasciai Oxford. Io cambiavo, ma la camera era sempre la stessa e mi pare di vedere una fila di ragazzini e di studenti universitari, che misteriosamente mi assomigliano tutti un pochino, aprire la porta, estate dopo estate, per prenderne possesso. Non sono più tornato a Woolcombe dalla morte di mia madre, otto anni fa, e ormai so che non vi tornerò più. Talvolta immagino di ritornare a Woolcombe da vecchio e di morire in quella stanza, di aprire quella porta per l'ultima volta e rivedere il grande letto a baldacchino con le colonne intagliate e il copriletto patchwork di seta sbiadita, la sedia a dondolo di legno con il cuscino ricamato da qualche Lyppiatt ormai defunta, la patina del tempo sulla scrivania georgiana, un po' logora ma intatta, salda, ancora utilizzabile, la libreria con libri per ragazzi in edizioni del XIX e XX secolo – Henty, Fenimore Cooper, Rider Haggard, Conan Doyle, Sapper, John Buchan – il comò panciuto con la specchiera macchiata e le vecchie stampe di scene di battaglia, cavalli imbizzarriti per il terrore di fronte ai cannoni, ufficiali di cavalleria dagli occhi sbarrati, Nelson in punto di morte. E, più di tutto, ricordo la prima volta che vi entrai, quando mi diressi alla finestra e guardai fuori la terrazza, il prato in discesa, le querce, il luccichio del fiume e il ponticello a schiena d'asino.

Xan era sulla porta. Disse: «Se vuoi possiamo andare da qualche parte in bicicletta. Il Baronetto ti ha comprato una bici».

Imparai presto che raramente parlava di suo padre chiamandolo in altro modo. Risposi: «Molto gentile da parte sua».

«Macché. Doveva ben farlo, se voleva che stessimo insieme, non credi?»

«Io ho una bicicletta e a scuola vado sempre in bici. Avrei potuto portare la mia.»

«Il Baronetto ha pensato che sarebbe stato più facile tenerne una qui. Non devi per forza usarla. A me piace stare via dal mattino alla sera, ma non sei obbligato a venire con me. Non è obbligatorio andare in bici, niente è obbligatorio a Woolcombe, eccetto l'infelicità.»

Avrei in seguito scoperto che era il genere di commento sardonico da grande che gli piaceva fare. Aveva voluto impressionarmi e c'era riuscito. Ma non gli credetti. Era la prima volta che andavo a Woolcombe e mi era impossibile, pieno di innocenti illusioni com'ero, immaginare che si potesse essere infelici in una casa simile. Sicuramente non si riferiva a se stesso.

Dissi: «Mi piacerebbe fare il giro della casa, un giorno o l'altro». Poi arrossii, temendo di sembrare un turista o un potenziale acquirente.

«Certo che possiamo. Se aspetti fino a sabato, sarà la signorina Maskell della canonica a fare gli onori di casa. Ti costerà una sterlina, ma il giardino è compreso. È aperto tutti i sabati per aiutare la Chiesa a raccogliere fondi. Se Molly Maskell ha delle lacune storiche o artistiche, ha un'immaginazione che supplisce a entrambe.»

«Preferirei se me la mostrassi tu.»

Non rispose, ma rimase a osservarmi mentre posavo la valigia sul letto e iniziavo a disfarla. Mia madre mi aveva comprato una valigia nuova per l'occasione. Miseramente consapevole del fatto che era troppo grande, troppo bella e troppo pesante, avrei voluto essermi portato la mia vecchia sacca di tela. Naturalmente avevo portato troppi vestiti, e sbagliati, ma Xan non fece commenti, non so se per delicatezza, o tatto, o semplicemente perché non se ne accorse nemmeno. Infilando la mia roba velocemente in un cassetto, chiesi: «Non è strano vivere qui?».

«È scomodo e a volte noioso, ma non è strano. I miei antenati vissero qui per trecento anni.» Poi aggiunse: «È una casa piuttosto piccola».

Pensai che volesse mettermi a mio agio sminuendone il valore, ma quando lo guardai in volto vidi, per la prima volta, quell'espressione che mi sarebbe diventata familiare, un'espressione di segreto divertimento che si intravedeva appena negli occhi e nella bocca, ma non sfociava mai in un vero e proprio sorriso. Non sapevo allora, così come non so neppure adesso, se Woolcombe gli fosse cara o meno. Viene tuttora utilizzata come casa di riposo per una cerchia ristretta di privilegiati: parenti e amici del Consiglio, membri dei Consigli Locali, Distrettuali e Regionali, personalità i cui servigi allo Stato sono stati particolarmente apprezzati. Helena e io continuammo ad andarci regolarmente fino a quando mia madre morì. Ricordo ancora le due sorelle sedute vicine sulla terrazza, ben coperte contro il freddo, una con il cancro in fase terminale, l'altra con l'artrite e l'asma cardiaca, ogni traccia di invidia e di risentimento cancellata dall'approssimarsi della grande livellatrice, la morte. Quando penso a un mondo senza neppure un essere umano, immagino – e chi non lo fa? – enormi templi e cattedrali, palazzi e castelli che sopravvivono ai secoli deserti, la British Library, aperta poco prima di Omega, con libri e manoscritti conservati con cura che nessuno leggerà mai più. Ma in fondo al cuore mi commuove soltanto il pensiero di Woolcombe, l'odore delle sue stanze umide e vuote, i pannelli che marciranno nella biblioteca, l'edera che si arrampicherà sui muri sgretolati, l'erba che nasconderà la ghiaia, il campo da tennis, il giardino abbandonato; mi commuove il pensiero di quella piccola camera da letto sul retro, che rimarrà immutata e disabitata fino a quando il copriletto finirà per squarciarsi, i libri per sbriciolarsi e anche l'ultimo quadro per staccarsi dalla parete.

4

Giovedì 21 gennaio 2021

Mia madre aveva velleità artistiche. No, detto così suona arrogante, e non è neppure vero. Non aveva nessuna velleità, tranne quella di raggiungere una perfetta rispettabilità. Aveva un certo talento artistico, però, benché non le abbia mai visto fare alcun disegno originale. Aveva l'hobby di colorare vecchie stampe, di solito scene vittoriane prese da vecchie raccolte rovinate di *Girls' Own Paper* o *The Illustrated London News*. Non credo fosse difficile, ma lo faceva con una certa perizia, stando attenta, come mi spiegava, a scegliere i colori giusti dal punto di vista storico, anche se non capisco come facesse ad averne la certezza. Penso che i momenti più prossimi alla felicità per lei fossero quelli in cui si sedeva al tavolo della cucina con la scatola dei colori e due barattoli vuoti, la lampada orientata in modo da illuminare perfettamente la stampa distesa su un foglio di giornale davanti a sé. La guardavo lavorare, osservando la delicatezza con cui intingeva il pennello più sottile nell'acqua, il turbinio di blu, di gialli e di bianchi che si fondevano quando mescolava i colori sulla tavolozza. Il tavolo della cucina era abbastanza grande da consentirmi, se non di sistemarvi tutto il necessario per i miei compiti, almeno di scrivere o rileggere il mio saggio settimanale. Mi piaceva alzare lo sguardo per sbirciarla senza che lei se ne risentisse e osservare i colori vivaci che riempivano lentamente il foglio trasformando il grigio monotono dei puntini della stampa in scene piene di vita: una stazione ferroviaria affollata di donne con il cappellino che salutano gli uomini in partenza per la guerra di Crimea; una famiglia vittoriana, con le signore in pelliccia e guardinfante, intenta a decorare la chiesa per Natale; la regina Vittoria, accompagnata dal principe consorte e circondata da bambini in crinolina all'inaugurazione della Great Exhibition; il fiume Isis con le vecchie chiatte dell'università ormai scomparse sullo sfondo, gli uomini con i baffi e la giacca e le ragazze dal seno prosperoso e dalla vita sottile con la giacchetta e il cappellino di paglia; una chiesa di campagna con una disordinata processione di fedeli, il signorotto del paese e la moglie in primo piano che entrano in chiesa per il rito pasquale sullo sfondo di tombe rese festose dalla fioritura primaverile. Forse fu il fascino esercitato su di me in gioventù da quelle scene che orientò il mio interesse di storico verso il XIX secolo, un periodo che oggi, così come quando iniziai a studiarlo, mi sembra un mondo visto attraverso un telescopio, al tempo stesso vicinissimo e infinitamente lontano, affascinante per la sua vitalità, il rigore morale, lo splendore e lo squallore.

L'hobby di mia madre era anche redditizio. Una volta colorate, incorniciava le sue stampe con l'aiuto del signor Greenstreet, l'amministratore della nostra parrocchia, che loro due frequentavano assiduamente e io con riluttanza, e le vendeva ai negozi di antiquariato. Non saprò mai che ruolo ebbe il signor Greenstreet nella vita di mia madre, a parte l'abilità con cui maneggiava legno e colla, né che ruolo avrebbe potuto avere se non ci fosse stata la mia costante presenza, così come non so quanto guadagnasse mia madre con quelle stampe e se, cosa che ora sospetto, fosse grazie a quelle entrate extra che mi potevo permettere le gite scolastiche, le mazze da cricket, i libri in più che non mi venivano mai rifiutati. Anch'io facevo la mia parte, però: ero io che procuravo le stampe. Per frugare nelle scatole dei rigattieri mi spingevo fino a Kingston e oltre, di ritorno da scuola oppure al sabato, percorrendo a volte anche venti o trenta chilometri in bicicletta per raggiungere il negozio dove si trovavano i pezzi migliori. Di solito le stampe costavano poco e le compravo con i miei soldi. Le più belle le rubavo: ero diventato abilissimo a togliere i fogli centrali dai volumi rilegati senza danneggiarli, a sfilare le stampe dai supporti di cartone e a nasconderle nell'atlante scolastico. Avevo bisogno di quegli atti vandalici come la maggior parte degli adolescenti, credo, ha bisogno di commettere qualche piccolo reato. Nessuno sospettava di me, ragazzino rispettoso con la divisa della scuola che portava i propri acquisti di minor valore alla cassa e pagava senza fretta né segni di nervosismo e di tanto in tanto comperava i libri usati più a buon prezzo dagli scatoloni esposti davanti al negozio. Mi piacevano quelle gite solitarie, il rischio, l'emozione di scoprire un tesoro, il ritorno trionfante con il bottino. Mia madre non diceva quasi nulla, a parte chiedere quanto avevo speso per rimborsarmi. Se aveva il sospetto che alcune delle stampe valessero più di quanto le dicevo di averle pagate, non appronfondiva la cosa, ma sapevo che le faceva piacere. Non la amavo, ma rubavo per lei. Imparai presto, e proprio a quel tavolo di cucina, che esistono modi per evitare i doveri dell'amore senza sentirsi in colpa.

So, o credo di sapere, quando nacque in me il terrore di assumermi la responsabilità della vita o della felicità degli altri, anche se forse mi sbaglio: sono sempre stato bravo a trovare una scusa per le mie mancanze personali. Mi piace farlo risalire al 1983, l'anno in cui mio padre perse la sua battaglia contro il cancro allo stomaco. È in questi termini che, ascoltando i grandi, ne sentivo parlare. «Ha perso la sua battaglia» dicevano. Ora capisco che si trattava davvero di una battaglia, che combatté con un certo coraggio, anche se non aveva molta scelta. Mio padre e mia madre tentarono di risparmiarmi il peggio. «Cerchiamo di non farlo sapere al bambino» era un'altra frase che udii più volte. Ma non farlo sapere al bambino significava non dirmi nulla, tranne che mio padre era malato, che doveva farsi visitare da uno specialista, che sarebbe andato in ospedale per un intervento, che presto sarebbe tornato a casa, che sarebbe dovuto rientrare nuovamente in ospedale. A volte non mi dicevano neppure questo; tornavo da scuola e non era più in casa, mentre mia madre faceva freneticamente le pulizie con la faccia impietrita. Non farlo sapere al bambino significava che vivevo senza fratelli o sorelle in un'atmosfera inspiegabilmente minacciosa, in cui tutti e tre procedevamo inesorabilmente verso un inevitabile disastro che, quando fosse sopraggiunto, sarebbe stato colpa mia. I bambini sono sempre pronti a credere che le catastrofi degli adulti siano colpa loro. Mia madre non pronunciava mai la parola "cancro" in mia presenza, non faceva mai riferimento alla malattia di mio padre, se non indirettamente. «Stamattina tuo padre si sente un po' stanco.» «Oggi tuo padre deve tornare in ospedale.» «Togli quei libri dal salotto e vai di sopra prima che arrivi il dottore. Deve parlarmi.»

Lo diceva con lo sguardo rivolto altrove, come se in quella malattia ci fosse qualcosa di imbarazzante, addirittura di indecente, che ne faceva un argomento non adatto alle orecchie di un bambino. Che si trattasse invece di un segreto più profondo, della condivisione di una sofferenza che era diventata ormai parte essenziale del loro matrimonio e da cui io ero giustamente escluso, come dal letto coniugale? Adesso mi chiedo se il silenzio di mio padre, che a quel tempo interpretavo come un rifiuto, non fosse invece una sua scelta. Che ad allontanarci non fossero tanto il dolore e la stanchezza, il lento svanire della speranza, quanto il suo preciso desiderio di non aggravare l'angoscia della separazione? Ma non è possibile che mi volesse così bene. Non sono stato un figlio facile da amare. E come potevamo comunicare? Il mondo dei malati terminali non è né il mondo dei vivi né quello dei morti. Dopo mio padre ne ho visti altri e ho sempre avuto la sensazione di una grande estraneità: stanno seduti, parlano, ascoltano la gente che gli parla, sorridono perfino, ma nello spirito sono già lontani e non c'è modo per noi di entrare fra le ombre della loro terra di nessuno. Non ricordo nulla del giorno in cui mio padre morì, tranne un episodio: mia madre era seduta al tavolo della cucina a piangere finalmente tutta la sua rabbia e la sua frustrazione e quando, goffo e imbarazzato, feci per abbracciarla, gemette: «Perché sono sempre così sfortunata?». Mi parve allora, a dodici anni, così come mi pare tuttora, una reazione inadeguata di fronte a quella tragedia e la sua banalità influì sul mio atteggiamento verso mia madre per tutto il resto della mia fanciullezza. Fui ingiusto e categorico, ma tutti i bambini sono ingiusti e categorici nei confronti dei genitori.

Pur avendo dimenticato, o forse volutamente rimosso, tutti i particolari del giorno della morte di mio padre tranne uno, ricordo benissimo quando fu cremato: la pioggerellina sottile che faceva assomigliare il giardino del crematorio a un dipinto divisionista; l'attesa nel chiostro che finisse la cremazione precedente per poter entrare a prendere posto sulle nude panche di legno; l'odore del mio vestito nuovo, le corone appoggiate alla parete della cappella, la piccolezza della bara: mi pareva impossibile che là dentro ci fosse davvero il corpo di mio padre. All'ansia di mia madre che tutto filasse liscio si aggiunse il timore che venisse anche il cognato baronetto. Ma non venne, e neppure Xan, che era a scuola. Venne invece mia zia, troppo elegante, l'unica donna a non essersi vestita di nero, dando così a mia madre un motivo non del tutto sgradito per lamentarsi. Fu dopo il banchetto funebre che le due sorelle decisero di comune accordo che avrei trascorso l'estate successiva a Woolcombe e che venne stabilita la regola per tutte le mie vacanze estive da allora in poi. Ma di quella giornata ricordo soprattutto l'atmosfera di trattenuta agitazione e di forte disapprovazione che sentii concentrata su di me. Fu in quell'occasione che udii per la prima volta la frase, ripetuta da amici e vicini di casa che riconoscevo a malapena negli insoliti abiti scuri: «Ora sei tu l'uomo di casa, Theo. Tua madre conta su di te». Allora non potevo dire quello che so da quasi quarant'anni a questa parte, e cioè che non voglio che nessuno conti su di me per nulla, né protezione, né felicità, né amore, né nient'altro.

Mi piacerebbe serbare un ricordo più felice di mio padre, avere una visione chiara, o comunque una visione, dell'uomo che fu mio padre, per aggrapparmici, per farla mia; mi piacerebbe saper nominare almeno tre sue caratteristiche. Oggi, ripensando a lui per la prima volta dopo anni, non trovo aggettivi da attribuirgli, non posso nemmeno dire che fosse delicato, mite, intelligente, affettuoso. Forse lo era, ma io non lo so. So solo che stava morendo. Il tumore non fu né veloce né clemente con lui – quando mai è clemente? – e gli ci vollero quasi tre anni per morire. La mia infanzia sembra per lo più essere stata caratterizzata dallo spettacolo, dal suono e dall'odore della sua morte. Mio padre era il suo tumore. Non riuscivo a vedere nient'altro allora, né ci riesco adesso, e per anni il mio ricordo di lui, più reincarnazione che ricordo, fu unicamente di orrore. Qualche settimana prima di morire si tagliò l'indice della mano sinistra aprendo una scatola di latta e la ferita si infettò. Dalla grossa fasciatura di cotone e di garza che gli fece mia madre filtravano sangue e pus. La cosa non pareva preoccuparlo; mangiava con la destra, tenendo la sinistra appoggiata sul tavolo e guardandola tranquillamente con aria leggermente sorpresa, quasi fosse staccata dal suo corpo e non avesse nulla a che fare con lui. Ma io non riuscivo a distogliere lo sguardo, combattuto tra la fame e la nausea. Per me era oscena e orripilante. Forse proiettavo su quel dito bendato tutta la mia inconfessata paura della sua malattia mortale. Per mesi, dopo la sua morte, fui tormentato da un incubo ricorrente in cui vedevo mio padre ai piedi del letto che mi puntava contro un moncone giallastro e sanguinolento, non del dito, ma dell'intera mano. Non diceva nulla e se ne stava lì in silenzio con il suo pigiama a righe. A volte con lo sguardo implorante sembrava chiedere qualcosa che io non potevo dargli, ma spesso mi fissava con occhi seri e accusatori come il dito puntato. Ora mi sembra ingiusto aver associato tanto a lungo il suo ricordo solo con orrore, pus e sangue. Quell'incubo mi sconvolge anche adesso che, con le mie dilettantesche nozioni di psicologia, cerco di interpretarlo. Sarebbe più comprensibile se fossi stato una bambina. Il tentativo di interpretare l'incubo ovviamente è un tentativo di esorcizzarlo e in parte deve aver funzionato. Quando ho ucciso Natalie, mio padre mi apparve in sogno per settimane; ora non più. Sono contento che se ne sia finalmente andato, portando con sé il suo dolore, il suo sangue, il suo pus, ma vorrei che mi avesse lasciato un ricordo diverso.

5

Venerdì 22 gennaio 2021

Oggi è il compleanno di mia figlia; sarebbe stato il compleanno di mia figlia se non l'avessi investita e ammazzata. Accadde nel 1994, quando aveva quindici mesi. A quell'epoca Helena e io vivevamo in una casa bifamiliare di stile edoardiano in Lathbury Road, troppo grande e troppo cara per noi, ma Helena, appena scoperto di essere incinta, aveva insistito perché ci trasferissimo in una casa con il giardino e una cameretta disposta verso sud. Non ricordo esattamente le circostanze dell'incidente, se toccava a me tenere d'occhio Natalie o se ero convinto che fosse insieme alla madre. Dev'essere venuto fuori all'inchiesta, ma l'inchiesta e l'accertamento delle responsabilità sono state cancellate dalla mia memoria. Ricordo però che stavo andando al college e facevo retromarcia nel giardino, dove Helena aveva parcheggiato malamente l'automobile il giorno prima, per poter uscire con più agio dal cancello. In Lathbury Road non avevamo garage, ma due posti auto davanti a casa. Probabilmente lasciai il portone aperto e Natalie, che aveva imparato a camminare a tredici mesi, mi seguì. Anche questa lieve responsabilità dev'essere stata accertata durante l'inchiesta. Ci sono particolari che ricordo molto bene, però: l'ostacolo che incontrai con la ruota posteriore sinistra, simile a una gobba nell'asfalto, ma più morbido, più tenero, più soffice. La consapevolezza immediata, certa, assoluta e terrificante di che cos'era. I cinque secondi di silenzio totale prima delle urla. Sapevo che era Helena a urlare, eppure una parte di me non riusciva a credere che si trattasse di suoni umani. Ricordo l'umiliazione. Non riuscivo a muovermi, a scendere dalla macchina, non riuscivo neppure a portare la mano alla portiera. Poi George Hawkins, il nostro vicino, iniziò a battere i pugni contro il vetro e a gridare: «Esci, bastardo, esci!». Ricordo anche l'irrilevanza di ciò che mi venne in mente vedendo quel viso congestionato e distorto dall'ira contro il finestrino. «Non gli sono mai stato simpatico» pensai. Non posso far finta che non sia successo. Non posso far finta che sia stato qualcun altro. Non posso far finta che la colpa non sia mia.

L'orrore e la colpa prevalsero sul dolore. Forse se Helena fosse stata capace di dirmi: «Sei tu quello che sta peggio, caro» o «So che anche tu stai male», avremmo potuto salvare dal naufragio completo un matrimonio partito male sin dall'inizio. Ma non ne fu capace e non ne era affatto convinta. Pensava che a me importasse meno che a lei, e aveva ragione. Pensava che a me importasse meno perché l'amavo di meno, e anche in questo aveva ragione. Ero contento di essere padre e quando mi aveva detto che era incinta avevo provato quelle che suppongo siano le emozioni tipiche: orgoglio irrazionale, tenerezza, stupore. Provavo affetto per mia figlia, anche se forse le avrei voluto più bene se fosse stata più carina – era una piccola caricatura del padre di Helena – più affettuosa, più espansiva, meno piagnucolosa. Sono lieto che nessuno leggerà mai queste parole. È morta da ventisei anni e pensare a lei continua a farmi male. Ma Helena era ossessionata, incantata, schiava di quella bambina e sono consapevole che il mio distacco era dovuto anche alla gelosia. L'avrei superata in futuro, o almeno sarei riuscito a venire a patti con essa, ma non ebbi il tempo di farlo. Non credo che Helena abbia mai pensato che avessi investito Natalie apposta, almeno non quando era in sé; per quanto piena d'amarezza, riuscì sempre a trattenersi dal pronunciare quelle parole imperdonabili, come una moglie oppressa da un marito malato e irascibile, che per superstizione e per un po' di delicatezza, evita di dirgli: «Se almeno morissi». Ma, se avesse potuto scegliere, avrebbe preferito che morissi io, al posto di Natalie. Non gliene faccio una colpa. Sembrava ragionevole allora e lo sembra ancora adesso.

Mi sdraiavo nel grande letto matrimoniale un po' scostato da lei ad aspettare che si addormentasse, sapendo che forse le ci sarebbero volute delle ore, preoccupato per tutto quello che avevo da fare l'indomani, per come sarei riuscito ad andare avanti senza dormire, ripetendomi notte dopo notte la stessa litania di giustificazioni: «Cristo, è stato un incidente, non l'ho fatto apposta. Non sono l'unico ad aver investito la propria figlia. Toccava a lei tener d'occhio Natalie, era lei responsabile della bambina, l'aveva messo in chiaro subito. Almeno avrebbe potuto prendersene cura come si deve». Ma autogiustificarsi in preda alla rabbia era banale e inutile quanto le scuse addotte da un bambino per aver rotto un vaso.

Sapevamo tutti e due che sarebbe stato meglio andarsene da Lathbury Road. Helena disse: «Non possiamo rimanere qui. Dovremmo andare a stare più in centro. Dopo tutto tu l'hai sempre desiderato. Questo posto non ti è mai piaciuto».

L'allusione era chiara: sei contento di cambiare casa, sei contento che la sua morte l'abbia reso possibile.

Sei mesi dopo il funerale ci trasferimmo in St. John Street, in una casa georgiana alta e stretta con la porta direttamente sulla strada, dove è difficile trovare parcheggio. Quella di Lathbury Road era una casa adatta a una famiglia, mentre questa è una casa per persone sole, libere, in movimento. Fui contento di trasferirmi perché mi piaceva stare vicino al centro e perché l'architettura georgiana, anche quando si tratta di un investimento e richiede una manutenzione costante, è più prestigiosa di quella edoardiana. Non avevamo più fatto l'amore dalla morte di Natalie, ma nella casa nuova Helena si sistemò in una camera da letto separata. Non ne parlammo mai, ma sapevo che voleva dirmi che non ci sarebbe stata una seconda volta, che avevo ucciso non soltanto la sua bambina, ma anche qualsiasi speranza di avere figli, di avere quel figlio maschio che sospettava avessi sempre desiderato. Era l'ottobre del 1994 e non avremmo più avuto scelta comunque. Non stavamo sempre separati, naturalmente: il sesso e il matrimonio sono molto più complicati di così. Di tanto in tanto attraversavo la breve striscia di moquette che separava la sua camera da letto dalla mia. Non mi accolse mai a braccia aperte, ma nemmeno mi respinse. Esisteva tuttavia un baratro più grande e più permanente fra noi, che non mi sforzai mai di superare.

Questa casa di cinque piani è troppo grande per me, ma dato il calo demografico, nessuno mi può criticare perché non voglio dividere con altri questo spazio troppo esteso. Non ci sono più studenti alla ricerca di una camera, né famiglie senza casa a far venire i rimorsi di coscienza ai più fortunati. La uso tutta, passando di piano in piano nella routine delle mie giornate, come per delimitare metodicamente il mio territorio fatto di moquette, tappeti e parquet. Nel seminterrato ci sono la sala da pranzo e la cucina, da cui si accede al giardino mediante una scala di pietra. I due salottini del piano di sopra sono diventati un unico locale adibito a biblioteca, dove ascolto musica, guardo la televisione e ricevo gli studenti. Al primo piano c'è un grande tinello a L, anche questo precedentemente diviso in due camere più piccole, come rivelano i due caminetti diversi. La finestra sul retro dà su un giardinetto recintato, con un'unica betulla bianca. Dalla parte della strada ci sono due eleganti portefinestre alte fino al soffitto, che si aprono su un terrazzo.

Sbirciando dalla finestra, chiunque riuscirebbe facilmente a descrivere il proprietario di quella stanza. Senza dubbio un intellettuale: tre pareti sono coperte fino al soffitto da scaffali pieni di libri. Uno storico, come dimostrano i libri, che si interessa prevalentemente del XIX secolo, come proclamato non soltanto dai volumi, ma anche dai quadri e dai soprammobili: le statuette dello Staffordshire, gli olî vittoriani, la carta da parati stile William Morris. Si capisce che è la stanza di un uomo che ama il comfort e le comodità e che vive da solo. Non ci sono foto di famiglia, né giochi di società, niente disordine, polvere o tocchi femminili e la stanza, in generale, sembra poco vissuta. Inoltre, si può anche capire che non vi è nulla di ereditato e che tutto è stato acquistato. Non ci sono oggetti unici o eccentrici, amati o tollerati in quanto ricevuti in eredità, né ritratti di famiglia o dipinti a olio dozzinali a testimonianza dei propri antenati. È la stanza di un uomo che si è fatto da solo, circondandosi dei simboli dei propri successi e delle proprie debolezze. La signora Kavanagh, moglie di uno dei domestici del college, viene a fare le pulizie tre volte la settimana ed è abbastanza brava. Non ho voglia di assumere nessuno degli Ospiti Temporanei cui avrei diritto in quanto ex consigliere del Governatore d'Inghilterra.

La mia stanza preferita è all'ultimo piano: una piccola mansarda con un incantevole caminetto in ferro battuto e piastrelle decorate, arredata soltanto con una scrivania e una sedia e il necessario per fare il caffè. La finestra, senza tende, dà sul campanile della St. Barnabas Church e sui prati verdi di Wytham Wood. È lì che scrivo il mio diario, preparo lezioni e seminari e stendo i miei saggi di storia. La porta d'ingresso è quattro piani più in basso, ed è scomodo andare ad aprire, ma ho fatto in modo che non ci siano visitatori inaspettati nella mia vita solitaria.

L'anno scorso, in febbraio, Helena mi lasciò per Rupert Clavering, che ha tredici anni meno di lei, l'aspetto di un entusiasta giocatore di rugby e l'animo di un artista, o almeno così vuol far credere. Disegna manifesti e copertine, e molto bene. Ricordo che nel corso di una delle nostre discussioni prima del divorzio, in cui dovevo sforzarmi di mantenere una certa calma e obiettività, una volta Helena disse che avevo fatto l'amore con lei a intervalli regolari, calcolati con cura affinché le mie relazioni con le studentesse nascessero da bisogni più elevati del mero sollievo di pulsioni sessuali insoddisfatte. Non si espresse in questi termini, naturalmente, ma il senso era quello. Credo che in quell'occasione il suo intuito avesse sorpreso entrambi.

6

Il dovere di scrivere un diario, per Theo di dovere e non di piacere appunto si trattava, era entrato a far parte della sua vita superorganizzata, appendice serale a una routine settimanale in parte imposta dalle circostanze e in parte congegnata appositamente nel tentativo di dare un ordine e uno scopo a un'esistenza altrimenti informe. Il Consiglio d'Inghilterra aveva decretato che tutti i cittadini, in aggiunta alle loro normali occupazioni, dovevano partecipare a due sedute settimanali di addestramento in attività che sarebbero servite loro a sopravvivere se e quando fossero rimasti fra gli ultimi superstiti di quella civiltà. La scelta di tali attività era libera. Xan aveva sempre riconosciuto l'utilità di dare alla gente la possibilità di scegliere, in questioni dove la scelta è assolutamente ininfluente. Theo aveva optato per un periodo di servizio all'ospedale John Radcliffe, non tanto perché si sentisse a suo agio in quella gerarchia asettica o perché pensasse che l'assistenza corporale resa ai vecchi e ai malati, che lo riempiva di terrore e di repulsione, fosse più gratificante per loro che per lui, ma perché riteneva che le conoscenze così acquisite potessero tornargli utili e che non fosse una cattiva idea sapere dove poter mettere mano su dei medicinali, con un po' di astuzia, in caso di necessità. Le altre due ore di formazione le trascorreva, assai più piacevolmente, facendo lavori di piccola manutenzione della casa; il senso dell'umorismo e le critiche grossolane degli artigiani che insegnavano erano per lui un gradito sollievo rispetto alla disapprovazione più sofisticata degli accademici. Il suo vero lavoro era insegnare agli adulti che studiavano a tempo pieno e part time, i quali, insieme ai pochi studenti che svolgevano attività di ricerca o si preparavano a una specializzazione, giustificavano l'esistenza dell'università. Due sere la settimana, il martedì e il venerdì, cenava con gli altri docenti nella Hall. Il mercoledì assisteva regolarmente al canto dei vespri alle tre nella Magdalen Chapel. Alcuni college, più eccentrici del normale o ostinatamente determinati a ignorare la realtà, usavano ancora le cappelle per il culto, e certi erano addirittura tornati al vecchio *Book of Common Prayer.* Ma il coro di Magdalen godeva di ottima considerazione e Theo ci andava per ascoltarlo e non per partecipare a un arcaico atto di culto.

Accadde il quarto mercoledì di gennaio. Diretto come al solito alla Magdalen Chapel, aveva svoltato da St. John Street in Beaumont Street; era quasi all'altezza dell'entrata dell'Ashmolean Museum quando gli si avvicinò una donna che spingeva una carrozzina. Era cessata da poco una pioggia leggera e quando la donna giunse al suo fianco si fermò per ripiegare la copertura impermeabile e abbassare il mantice della carrozzina. Apparve così la bambola, appoggiata ai cuscini, con le braccia adagiate sulla coperta imbottita e le mani protette dai guanti, parodia dell'infanzia al tempo stesso patetica e sinistra. Scandalizzato e disgustato, Theo si accorse che non riusciva a distogliere lo sguardo. Le iridi lucenti, innaturalmente grandi e più azzurre di quelle di qualsiasi occhio umano, di un celeste vitreo, lo fissavano con uno sguardo vuoto, che tuttavia faceva pensare con orrore a un'intelligenza nascosta, aliena e mostruosa. Le ciglia brune spiccavano come ragni sulle gote di porcellana dal colorito delicato, mentre dalla cuffietta bordata di pizzo spuntavano boccoli biondi, folti come quelli di un adulto.

Era molto tempo che non vedeva una bambola così agghindata, ma una ventina di anni prima era una moda, una specie di mania collettiva. Quello delle bambole era l'unico settore dell'industria dei giocattoli che, insieme a quello delle carrozzine, aveva prosperato per una decina d'anni, sfornando bambole per soddisfare ogni possibile desiderio di maternità frustrata; alcune erano pacchiane e di poco prezzo, ma altre di ottima fattura e così belle che sarebbero potute diventare ricordi di famiglia da conservare con cura, se non fossero nate da Omega. Delle più care – ricordava che alcune costavano anche più di duemila sterline – esistevano taglie diverse: neonato, sei mesi, un anno, diciotto mesi, queste ultime ormai in grado di reggersi in piedi e camminare grazie a complicati meccanismi. Gli venne in mente che si chiamavano "semestrali". C'era stato un periodo in cui era impossibile camminare in High Street senza scontrarsi con le carrozzine nella ressa di pseudomadri adoranti. Se ricordava bene, c'erano addirittura dei finti parti e le bambole rotte venivano sepolte con apposite cerimonie in terra consacrata. Una delle dispute ecclesiastiche minori dei primi anni Duemila non riguardava forse la legittimità dell'uso delle chiese per simulazioni di quel genere e addirittura la partecipazione dei preti?

Sentendosi osservata, la donna gli rivolse un sorriso ebete, quasi invitandolo alla connivenza, ai complimenti. Poi, quando i loro occhi si incontrarono e Theo abbassò lo sguardo perché non vedesse la sua pietà, che era minima, e il suo disprezzo, assai più grande, con uno scatto la donna scostò la carrozzina e sollevò un braccio per farle scudo, quasi a ripararla dalla sua indiscrezione di uomo. Una passante più comprensiva si fermò e le rivolse la parola. Era una signora di mezza età, elegantemente vestita di tweed e pettinata con cura, che si avvicinò alla carrozzina, sorrise alla proprietaria della bambola e prese a farle un sacco di smancerie. La prima donna, fra mille smorfie di compiacimento, si sporse in avanti, lisciò l'imbottitura di raso che copriva la carrozzina, aggiustò la cuffietta, ravviò un ciuffo di capelli che era andato fuori posto. L'altra fece il solletico sotto il mento alla bambola come se fosse un gatto, continuando a mormorare paroline dolci.

Theo, depresso e disgustato da quello spettacolo più di quanto giustificasse una messinscena tanto innocua, stava per andarsene quando all'improvviso la seconda donna afferrò la bambola, la tirò fuori da sotto le coperte e, senza una parola, la fece roteare due volte sopra la propria testa tenendola per le gambe prima di scagliarla con forza contro il muro. Il viso andò in frantumi e sul marciapiede cadde tintinnando una pioggia di schegge di porcellana. Per qualche istante la padrona della bambola rimase in silenzio assoluto, poi si mise a urlare. Fu un suono terribile, l'urlo del torturato, di chi perde una persona cara, uno strillo acutissimo e pieno di terrore, disumano e nello stesso tempo fin troppo umano, irrefrenabile. Rimase lì, con il cappello di sghimbescio, la testa rovesciata all'indietro, la bocca spalancata che vomitava disperazione, dolore, rabbia. Sulle prime parve non rendersi conto che l'autrice dell'aggressione era ancora lì e la guardava con muto disprezzo. Poi questa si voltò e si avviò a passo svelto oltre i cancelli aperti e il cortile dell'Ashmolean. Accortasi d'un tratto che le era sfuggita, la padrona della bambola si lanciò al suo inseguimento, senza smettere di urlare, per poi tornare alla carrozzina, avendo capito evidentemente che era inutile. Si era un po' calmata e, lasciandosi cadere in ginocchio, si mise a raccogliere i cocci singhiozzando e gemendo piano, cercando di farli combaciare quasi si trattasse dei pezzi di un puzzle. I due occhi vitrei, orribilmente veri, tenuti insieme da una molla, rotolarono verso Theo. Per un attimo fu tentato di raccoglierli, di aiutare, di pronunciare almeno qualche parola di conforto. Avrebbe potuto far notare alla donna che poteva andarsi a comprare un altro figlio, consolazione che non aveva potuto offrire a sua moglie. Ma fu un'esitazione momentanea, e proseguì per la sua strada a passo svelto. Nessun altro le si avvicinò. Le donne di mezza età, della generazione giunta alla maturità nell'anno Omega, erano notoriamente instabili.

Arrivò alla cappella proprio quando la funzione stava per cominciare. Il coro, composto da otto uomini e otto donne, entrò portando con sé il ricordo di altri cori, di cantori bambini che entravano con il volto serio e una quasi impercettibile baldanza infantile, le braccia conserte che stringevano gli spartiti sul petto minuto, i lineamenti illuminati come da una luce interiore, i capelli ben spazzolati simili a un copricapo lucente, i visi di una solennità soprannaturale sopra i colletti inamidati. Theo scacciò quell'immagine, chiedendosi perché mai fosse tanto ricorrente, quando in fondo dei bambini non gli era mai importato nulla. Spostò lo sguardo sul cappellano, ripensando a un episodio cui aveva assistito alcuni mesi prima, un giorno in cui era arrivato troppo presto per il vespro. Chissà come un cerbiatto del parco di Magdalen era entrato nella cappella, andandosi a fermare tranquillamente accanto all'altare come se si trattasse del suo habitat naturale. Il cappellano gli si era avventato contro gridando come un ossesso, afferrando e scagliando libri di preghiere e prendendolo a pugni sui fianchi. Docile e stupito, dopo aver subito per un attimo quell'assalto, il cerbiatto era uscito di corsa dalla cappella con passi leggeri.

Il cappellano si era rivolto a Theo, con il viso rigato di lacrime. «Cristo, non possono aspettare? Maledetti animali, fra poco l'avranno tutta per loro: non possono aspettare?»

A distanza di tempo, osservando il suo viso serio e pieno di sussiego nella cappella silenziosa illuminata dalle candele, quell'episodio sembrava soltanto una scena bizzarra di un incubo semidimenticato.

Come al solito i fedeli erano al massimo una trentina e Theo riconobbe molti dei presenti, frequentatori abituali come lui. Ma c'era una faccia nuova, una donna seduta nello scanno esattamente di fronte al suo, di cui di tanto in tanto gli riusciva difficile evitare lo sguardo, sebbene non desse segno di riconoscerlo. Nella penombra della cappella illuminata dalle candele il volto della donna, rischiarato da una luce tenue, quasi trasparente, a tratti si distingueva chiaramente e a tratti pareva inafferrabile e lieve come quello di un fantasma. Non gli era del tutto sconosciuto, però: l'aveva già vista da qualche parte, e non di sfuggita, ma faccia a faccia e per un certo periodo di tempo. Cercò di costringere la sua memoria a ricordare, prima con la forza e poi con l'inganno, tenendo lo sguardo fisso sulla testa china della donna durante il Confiteor e fingendo di guardare oltre le sue spalle immerso in devota concentrazione durante la lettura della prima lezione, ma sempre consapevole della sua presenza, cercando di catturarne l'immagine nella rete della memoria. Alla fine della seconda lezione aveva cominciato a innervosirsi per l'inutilità di quei tentativi. Poi, mentre i cantori, quasi tutti di mezza età, sistemavano gli spartiti fissando il direttore, in attesa che l'organo cominciasse a suonare e la sua piccola sagoma avvolta nella cotta alzasse le mani tozze e iniziasse a muoverle piano nell'aria, Theo ricordò. L'aveva vista al corso di Colin Seabrook sulla storia e la vita nel periodo vittoriano, sottotitolato "Donne nel romanzo vittoriano", che Theo aveva tenuto in vece sua un anno e mezzo prima. La moglie di Seabrook era stata operata per un tumore e se Colin fosse riuscito a trovare un sostituto per quell'unico corso di quattro lezioni, avrebbero potuto trascorrere una vacanza insieme. Ricordava ancora quella conversazione e le proprie deboli proteste.

«Non pensi che dovresti chiedere a qualcuno della facoltà di inglese di sostituirti?»

«No, vecchio mio, ci ho già provato. Hanno tutti una scusa: o che non gli piacciono i corsi serali, o che hanno troppo da fare, o che non è il loro periodo... Non credere che solo gli storici raccontino queste balle. Che una lezione possono farla, ma tutte e quattro no... Si tratta solo di un'ora, il giovedì dalle sei alle sette. E non devi preoccuparti della preparazione: ho scelto solo quattro romanzi, che probabilmente sai a memoria: *Middlemarch*, *Ritratto di signora*, *La fiera delle vanità* e *Cranford*. Gli iscritti sono solo quattordici, quasi tutte donne sulla cinquantina. Dovrebbero occuparsi dei nipotini, invece hanno del tempo da perdere, sai com'è. Signore deliziose, anche se di gusti un po' convenzionali. Vedrai, ti piaceranno. E andranno in brodo di giuggiole all'idea di avere te come insegnante. Il conforto della cultura, ecco che cosa cercano. Tuo cugino, il nostro illustre Governatore, ci tiene molto al conforto della cultura. Non vogliono altro che evadere temporaneamente in un mondo più piacevole e duraturo. È quel che vogliamo tutti, caro mio, solo che tu e io la chiamiamo erudizione.»

Ma gli iscritti erano quindici e non quattordici. La donna era arrivata con due minuti di ritardo e aveva preso posto in silenzio in fondo alla classe. Come adesso, anche allora le vedeva la testa su uno sfondo di legno scolpito, alla luce delle candele. Quando l'ultima serie di laureati aveva finito gli studi, le porte delle sacre sale dei college si erano aperte a studenti part time, di età più matura, e le lezioni si tenevano nella bella sala di ritrovo rivestita di legno del Queen's College. La donna aveva ascoltato, apparentemente con attenzione, il suo discorso introduttivo su Henry James e lì per lì non era intervenuta nella discussione che l'aveva seguito, finché una signora imponente della prima fila non aveva stranamente cominciato a lodare le qualità morali di Isabel Archer, rammaricandosi commossa per il suo immeritato destino.

Improvvisamente la donna aveva detto: «Non vedo perché si debba compiangere una persona che ha ricevuto tanti doni e ne ha fatto un così misero uso. Avrebbe potuto sposare Lord Warburton e fare un sacco di bene ai suoi affittuari, ai poveri. È vero che non lo amava, per cui aveva una scusa, e che aveva ben altre ambizioni che non sposare Lord Wartburton, ma in fondo... Non aveva creatività, né lavoro, né preparazione. Quando è diventata ricca grazie a suo cugino, che cosa ha fatto? Si è messa a vagabondare per il mondo con Madame Merle, fra tante persone che avrebbe potuto scegliere. Poi ha sposato quell'ipocrita pieno di sé e non ha fatto che frequentare i salotti del giovedì sfoggiando abiti splendidi. E tutto il suo idealismo dov'è andato a finire? Io preferisco Henrietta Stackpole».

La signora aveva protestato: «Oh, ma è tanto volgare!».

«Così pensa la signora Touchett, e anche l'autore, ma per lo meno lei ha del talento, che invece manca a Isabel, e lo usa per guadagnarsi da vivere e mantenere la sorella rimasta vedova.» Quindi aveva aggiunto: «Sia Isabel Archer sia Dorotea rifiutano corteggiatori interessanti per sposare uno stupido presuntuoso, ma Dorotea ispira più comprensione. Forse perché George Eliot rispetta la sua eroina, mentre Henry James disprezza la propria».

A Theo era venuto il sospetto che fosse intervenuta per vincere la noia con una provocazione deliberata. Qualunque fosse la motivazione che l'aveva spinta, però, ne era sorta una discussione animata e vivace e l'ultima mezz'ora era trascorsa in fretta e piacevolmente. Era rimasto dispiaciuto e un po' rattristato quando il giovedì successivo l'aveva attesa invano e non si era ripresentata.

Stabilito il nesso e placata la curiosità, si appoggiò tranquillo allo schienale ad ascoltare il secondo inno. Negli ultimi dieci anni alla Magdalen Chapel era invalsa l'abitudine di ascoltare un inno registrato durante il vespro. Sul foglietto stampato Theo vide che quel pomeriggio ci sarebbe stato il primo di una serie di inni inglesi del XV secolo, che cominciava con *Teach me, O Lord* ed *Exult Thyself, O God* di William Byrd. Ci fu un breve attimo di silenzio carico di aspettativa mentre *l'informator choristarum* si chinava per accendere il registratore. Le voci dei cantori, giovani, dolci, limpide e asessuate, non più udite da quando l'ultimo cantore bambino aveva mutato la voce, si levarono e riempirono la cappella. Theo lanciò un'occhiata alla donna, che stava seduta immobile, con la testa piegata all'indietro, gli occhi fissi sulla volta a costoloni, così che alla luce delle candele non vedeva altro che la curva del collo. In fondo alla fila c'era una figura che riconobbe immediatamente: il vecchio Martindale, un docente di inglese che era prossimo alla pensione quando lui faceva il primo anno. Sedeva assolutamente immobile, con il vecchio volto rivolto verso l'alto, e la luce delle candele faceva scintillare le lacrime, che gli correvano sulle guance in rivoli simili a fili di perle fra le pieghe profonde del viso. Il vecchio Marty, celibe e casto, per tutta la vita aveva amato la bellezza dei ragazzi. Perché, si chiese Theo, lui e quelli come lui venivano tutte le settimane alla ricerca di quel masochistico piacere? Avrebbero potuto ascoltare benissimo le voci registrate dei fanciulli a casa propria; perché venire proprio lì, dove passato e presente si fondevano nella bellezza e nella luce delle candele rendendo più acuto il rimpianto? E anche lui, perché ci andava? Ma conosceva la risposta a quella domanda. Per sentire, si disse, per provare emozioni, emozioni, emozioni. Anche se è dolore che si sente, l'importante è sentire.

La donna uscì dalla cappella prima di lui, con passo frettoloso e quasi furtivo. Ma uscendo fuori al freddo, con sua grande sorpresa, la trovò ad aspettarlo.

Gli si avvicinò e disse: «Posso parlarle? Si tratta di una cosa importante».

Dall'atrio della cappella uscì un fiotto di luce viva nel crepuscolo e, per la prima volta, Theo la vide chiaramente. I capelli, scuri e folti, erano di un bel color castano con riflessi dorati, pettinati all'indietro e trattenuti in una treccia corta e spessa. La fronte alta e lentigginosa era nascosta da una frangia. Per avere i capelli tanto scuri, era di carnagione chiarissima, aveva i colori del miele, il collo lungo e gli zigomi alti, gli occhi ben distanziati, di un colore che non riuscì a distinguere, sopracciglia dritte e folte, il naso lungo e sottile, con una leggera gobba, e una bocca grande e molto bella. Un viso preraffaellita. A Rossetti sarebbe piaciuto farle il ritratto. Era vestita secondo la moda comune a tutti, tranne gli Omega: una giacca corta e attillata e, sotto, una gonna di lana al polpaccio da cui spuntavano le calze dai colori vivaci che erano l'ultimo grido di quell'anno. Le sue erano gialle. Sulla spalla sinistra aveva una borsa di pelle a tracolla. Non portava guanti e Theo vide che aveva la mano sinistra deforme, con il medio e l'indice fusi in un moncone privo di unghia e il dorso molto gonfio; la stringeva nella destra come per confortarla o sostenerla, senza sforzarsi di nasconderla. Pareva anzi che volesse proclamare la propria deformità a un mondo sempre più intollerante nei confronti dei difetti fisici. Pensò che probabilmente ciò rappresentava anche un vantaggio: le donne che presentavano la benché minima malformazione o qualsivoglia disturbo mentale o fisico, erano escluse dalla lista di quelle da cui sarebbe nata la nuova razza se mai fosse stato scoperto un maschio fertile. In quel modo le venivano per lo meno risparmiate le lunghe e umilianti visite semestrali cui erano sottoposte tutte le donne sane di età inferiore ai quarantacinque anni.

A voce più bassa insistette: «Non la tratterrò a lungo, ma la prego, dottor Faron, le devo parlare».

«Se proprio deve.» Era incuriosito, ma non riuscì a suonare cordiale.

«Magari potremmo fare il giro dei nuovi chiostri.»

Si avviarono insieme in silenzio. La donna disse: «Lei non mi conosce».

«No, ma mi ricordo di lei. È venuta alla seconda delle lezioni che ho tenuto al posto del dottor Seabrook, animando non poco la discussione.»

«Temo di essere stata un po' troppo impetuosa.» Poi, come se fosse importante chiarirlo, aggiunse: «*Ritratto di signora* mi piace molto».

«Ma immagino che non abbia organizzato questo incontro per rassicurarmi sui suoi gusti letterari.»

Appena pronunciate quelle parole, se ne pentì. La donna arrossì e Theo ebbe l'impressione che stesse per tirarsi indietro, che perdesse fiducia in se stessa, e forse anche in lui. L'ingenuità della sua osservazione lo aveva lasciato perplesso, ma non era il caso di reagire con un'ironia tanto offensiva. L'imbarazzo della donna lo contagiò. Sperò in cuor suo che non avesse intenzione di affliggerlo con confidenze personali o richieste commoventi. Era difficile credere che la donna che era intervenuta con tanta eloquenza e sicurezza di sé in quella discussione fosse la stessa che ora gli si rivolgeva con una goffaggine quasi adolescenziale. Scusarsi era inutile e per circa mezzo minuto proseguirono in silenzio.

Poi le disse: «Mi è dispiaciuto che non sia tornata: la settimana successiva la lezione è stata molto noiosa».

«Sarei tornata, ma mi avevano cambiato l'orario di lavoro. Ho dovuto fare il turno di mattina.» Non spiegò che lavoro facesse, né dove, ma aggiunse: «Mi chiamo Julian. E naturalmente so chi è lei».

«Julian. Strano per una donna. L'hanno chiamata così in onore di Julian of Norwich?»

«No, non credo che i miei l'avessero mai sentita nominare. Quando mio padre andò a denunciare la nascita, dichiarò di volermi chiamare Julie Ann, il nome scelto dai miei genitori, ma l'impiegato dell'anagrafe capì male, o forse mio padre non lo pronunciò chiaramente. Passarono tre settimane prima che mia madre si accorgesse dell'errore e pensò che fosse troppo tardi per cambiare. Comunque credo che le piacesse abbastanza, per cui mi battezzarono Julian.»

«Ma immagino che tutti la chiamino Julie.»

«Tutti chi?»

«I suoi amici, i suoi parenti.»

«Non ho parenti. I miei genitori rimasero uccisi nei disordini razziali del 2002. Ma perché dovrebbero chiamarmi Julie? Non mi chiamo Julie.»

Era educata, niente affatto aggressiva. Theo avrebbe potuto pensare che fosse rimasta stupita dal suo commento, ma lo stupore era senza dubbio ingiustificato. La sua osservazione era stata fuori luogo, indelicata, forse altezzosa, ma non assurda. E se era venuta a chiedergli di tenere una conferenza sulla storia sociale del XIX secolo, il suo approccio era senza dubbio insolito.

Le chiese: «Perché mi vuole parlare?».

Ora che era giunto il momento, intuì che la riluttanza di lei non nasceva dalla timidezza o dal fatto che si era pentita di aver preso quell'iniziativa, bensì dalla considerazione che quel che aveva da dire era importante e voleva trovare le parole giuste.

Si fermò e lo guardò. «In Inghilterra – in Gran Bretagna – ci sono molte cose che non sono giuste. Faccio parte di un piccolo gruppo di amici che ritengono si debba intervenire per farle cessare. Lei è stato membro del Consiglio d'Inghilterra, è cugino del Governatore. Abbiamo pensato che potrebbe parlargli prima che entriamo in azione. Non siamo certi che lei possa aiutarci, ma due di noi – Luke, un prete, e io – riteniamo che sia possibile. Il capo del gruppo è mio marito, Rolf, e ha acconsentito che io le parlassi.»

«Perché proprio lei? Perché non è venuto di persona?»

«Immagino che abbia, o che abbiano, pensato che fossi la più adatta a convincerla.»

«Convincermi a fare che cosa?»

«A incontrarci, in modo che possiamo spiegarle che cosa ci proponiamo di fare.»

«Perché non me lo spiega adesso, così che possa decidere se sono disposto a vedervi? Di che gruppo si tratta?»

«Siamo solo in cinque e finora non abbiamo cominciato sul serio. Forse non ce ne sarà neppure bisogno, se c'è una speranza di convincere il Governatore a fare qualcosa.»

Theo precisò: «Non sono mai stato membro del Consiglio a pieno titolo, ero soltanto consigliere personale del Governatore d'Inghilterra. Sono più di tre anni che non partecipo alle riunioni e non frequento più il Governatore. Il nostro rapporto di parentela non significa più nulla per nessuno dei due. La mia influenza su di lui probabilmente è pari a quella che potrebbe avere lei».

«Ma lei può incontrarlo. Noi no.»

«Potreste provare. Non è del tutto irraggiungibile. Gli si può telefonare e a volte si riesce a parlargli. È naturale che debba difendersi.»

«Dalla gente? E comunque incontrarlo, parlargli, significherebbe far sapere a lui e alla polizia di Stato che esistiamo, e anche chi siamo. Per noi sarebbe pericoloso.»

«Lo crede davvero?»

«Certo» disse mestamente, «non lo crede anche lei?»

«No, penso di no. Ma se quello che dice è vero, allora sta correndo un rischio enorme. Che cosa le fa pensare di potersi fidare di me? Non starà riponendo la sua incolumità nelle mie mani sulla base di un seminario sulla letteratura vittoriana, spero. Il resto del gruppo mi conosce?»

«No, ma Luke e io abbiamo letto alcuni dei suoi libri.»

Seccamente le rispose: «Non è prudente giudicare l'integrità morale di un accademico sulla base dei suoi scritti».

«Non avevamo alternative. Sappiamo che è un rischio, ma dobbiamo correrlo. Per favore, venga a vedere chi siamo, venga almeno a sentire quello che abbiamo da dire.»

La supplica nella sua voce era inequivocabile, semplice e diretta e, improvvisamente, gli parve di capire il perché: era stata sua l'idea di contattarlo, era venuta strappando a malapena il consenso del resto del gruppo, se non addirittura contro la volontà del capo, a suo rischio e pericolo. Se lui l'avesse respinta, sarebbe tornata a mani vuote, coperta di umiliazione. Capì che non poteva dirle di no.

Pur sapendo che era un errore, le disse: «D'accordo, verrò a parlarvi. Dov'è la prossima riunione, e quando?».

«Domenica alle dieci alla St. Margaret Church a Binsey. Sa dove si trova?»

«Sì, conosco Binsey.»

«Alle dieci. Dentro la chiesa.»

Aveva ottenuto quello che voleva e non perse altro tempo. Udì appena il suo «grazie, grazie» e la vide allontanarsi in fretta e silenziosamente, quasi fosse un'ombra fra le tante che si muovevano nel chiostro.

Theo si soffermò ancora un minuto per essere sicuro di non raggiungerla, poi si avviò verso casa in silenzio e in solitudine.

7

Sabato 30 gennaio 2021

Alle sette di questa mattina Jasper Palmer-Smith mi ha telefonato per chiedermi di andarlo a trovare. Si trattava di una faccenda urgente. Non mi ha dato altre spiegazioni, ma non è sua abitudine farlo. Gli ho detto che mi sarei recato da lui subito dopo mangiato. Queste richieste, oltre che sempre più perentorie, stanno diventando più frequenti. Un tempo mi chiedeva di andare a trovarlo quattro volte l'anno, ora praticamente ogni mese. È stato il mio insegnante di storia, ed era un insegnante straordinario, almeno per gli studenti più bravi. A quell'epoca non volevo ammettere che mi piaceva e al massimo riconoscevo che: «Jasper non è poi tanto male. Andiamo abbastanza d'accordo». Questo per la comprensibile, se non particolarmente lodevole, ragione che ero il suo studente preferito. Jasper aveva sempre un preferito, con cui aveva un rapporto quasi esclusivamente accademico. Non è mai stato né gay, né particolarmente amico dei giovani, anzi la sua antipatia per i bambini era leggendaria e le rare volte in cui accettava un invito a cena essi venivano tenuti alla larga, in maniera che non li vedesse né sentisse. Ma ogni anno eleggeva uno studente, invariabilmente maschio, cui riservava la sua approvazione e protezione. Credevamo che la scelta avvenisse seguendo un criterio preciso, che voleva l'intelligenza al primo posto, la bellezza al secondo e lo spirito al terzo. Gli occorreva diverso tempo, ma la scelta, una volta compiuta, era irrevocabile. Era un rapporto senza ansie per il prescelto poiché, una volta ottenuta la sua approvazione, non poteva più sbagliare; inoltre era libero da risentimento e invidie, in quanto Jasper Palmer-Smith era troppo impopolare per essere corteggiato e tutti sapevano che il pupillo non aveva fatto nulla per essere scelto. A quel punto uno si aspettava di laurearsi con il massimo dei voti, come sempre succedeva a tutti i preferiti. Quando la scelta ricadde su di me, fui abbastanza ottimista e presuntuoso da considerarlo probabile, anche se mi mancavano ancora due anni. Studiai sodo comunque, per farmi apprezzare e non fargli rimpiangere di avermi scelto. Essere selezionati nel mucchio è sempre gratificante per la propria autostima e fa sentire in dovere di ricambiare in qualche modo; questo rivela il perché di molti matrimoni altrimenti incomprensibili. Forse fu per questa ragione che sposò una docente di matematica del New College, cinque anni più vecchia di lui. In compagnia sembravano andare abbastanza d'accordo, ma in generale Jasper Palmer-Smith risultava antipatico alle donne. All'inizio degli anni Novanta, quando le denunce per molestie sessuali si moltiplicarono, egli promosse con ben scarso successo una campagna per l'assegnazione di un osservatore, che avrebbe dovuto assistere a tutti gli incontri fra docenti e studentesse in maniera da evitare che i professori potessero essere accusati ingiustamente. Nessuno riusciva meglio di lui a distruggere la sicurezza di sé di una donna trattandola con grandissima cortesia e considerazione, quasi al limite dell'insolenza.

Pareva una caricatura dell'immagine popolare del professore universitario: fronte spaziosa, stempiato, magro, con il naso leggermente aquilino e la bocca sottile, camminava con il mento proteso in avanti, quasi affrontasse un vento di tempesta, le spalle curve e l'ampia toga sbiadita che gli svolazzava alle spalle. Pareva un personaggio della *Fiera delle vanità*, con il colletto inamidato e un libro fra le dita affusolate e schizzinose.

Talvolta si confidava con me e mi trattava come fossi stato prescelto per raccogliere la sua eredità. Naturalmente non era possibile: anche se mi ha dato molto, c'erano cose che non era in suo potere darmi. Il modo in cui faceva sentire il suo pupillo una sorta di principe ereditario, tuttavia, in seguito mi fece pensare che si trattasse di un suo modo per affrontare il passare del tempo, la vecchiaia, l'inevitabile declino intellettuale, di una sua versione personale dell'illusione di immortalità.

Esprimeva spesso la sua opinione riguardo a Omega, una rassicurante litania consolatoria condivisa da molti suoi colleghi, in particolare da coloro che disponevano di cantine ben fornite o avevano accesso alle riserve di vini del college.

«Non mi preoccupa particolarmente. Non dico di non aver provato un certo sconforto nel sapere che Hilda era sterile; penso che i geni seguano atavici imperativi. Ma nel complesso sono contento: non si possono piangere nipotini mai nati quando non se n'è mai avuta la sia pur minima speranza. La fine del pianeta era segnata comunque. Il sole esploderà o si spegnerà e una piccola, insignificante particella dell'universo scomparirà con un fievole tremito. Se l'umanità è destinata a perire, l'infertilità universale è un modo come un altro, perlomeno indolore. E dopo tutto ci sono anche dei vantaggi personali: per sessant'anni abbiamo leccato i piedi alle classi più ignoranti, più criminali e più egoiste della società; negli anni che ci restano da vivere ci verranno risparmiati l'invadente barbarie dei giovani, il loro rumore, la loro pseudomusica, ripetitiva e monotona, fatta con il computer, la loro violenza, il loro egocentrismo mascherato da idealismo. Mio Dio, forse riusciremo addirittura a sbarazzarci del Natale, celebrazione annuale di sensi di colpa parentali e di avidità giovanile. Voglio una vita comoda e, quando non potrà più esserlo, inghiottirò la mia ultima pillola con una bottiglia di chiaretto.»

Il suo piano di sopravvivenza personale, corredato da

comodità fino all'ultimo, era comune a milioni di persone prima dell'avvento di Xan, quando la paura maggiore era quella del caos totale: andare via dalla città – nel suo caso da Clarendon Square – per trasferirsi in una casetta di campagna o in un cottage fra gli alberi, con un campo in cui coltivare frutta e verdura, un ruscello da cui attingere acqua abbastanza pulita da poterla bere una volta bollita, un caminetto, una buona provvista di legna, di cibi in scatola accuratamente scelti, fiammiferi a sufficienza per diversi anni, un armadietto di medicinali completo di siringhe e, soprattutto, porte e serrature robuste nell'eventualità che i meno previdenti potessero un giorno posare lo sguardo invidioso sul frutto di tanta economia. Recentemente, però, quella di Jasper è diventata un'ossessione: al capanno della legna nel giardino ha sostituito una costruzione in muratura con tanto di porta metallica telecomandata. Ha fatto costruire un alto muro di cinta tutt'attorno al giardino e ha messo un lucchetto alla porta della cantina.

Di solito quando lo vado a trovare, siccome mi aspetta, lascia il cancello di ferro battuto socchiuso in maniera che io possa aprirlo e parcheggiare all'interno. Oggi pomeriggio invece l'ho trovato chiuso e ho dovuto suonare. Quando Jasper è venuto ad aprire, sono rimasto colpito nel vedere come è cambiato nel giro di un mese. Ha sempre la schiena diritta e il passo fermo, ma la pelle tirata sul viso ossuto era più grigia e negli occhi infossati c'era più angoscia, un barlume di paranoia che non avevo mai notato prima. L'invecchiamento è un processo inevitabile, ma non continuo nel tempo: i visi di amici e conoscenti sembrano rimanere praticamente immutati per periodi lunghissimi, anche per anni, poi il tempo pare mettersi a correre e la metamorfosi avviene nel volgere di una settimana. Ho avuto l'impressione che Jasper sia invecchiato di dieci anni nel giro di un mese e mezzo.

L'ho seguito nel grande salotto sul retro, con le portefinestre che danno sulla terrazza e sul giardino. Le pareti di quella stanza, come quelle dello studio, sono completamente coperte di scaffali pieni di libri. Tutto era ordinatissimo come al solito, con mobili, libri e soprammobili perfettamente al loro posto. Ma per la prima volta ho notato i quasi impercettibili segnali della trascuratezza incipiente, i vetri un po' sporchi, qualche briciola sulla moquette, un velo di polvere sulla mensola del caminetto. Nonostante la stufa elettrica la stanza era fredda. Jasper mi ha offerto da bere e, sebbene non ami bere vino di pomeriggio, ho accettato e ho notato che sul tavolo c'erano più bottiglie rispetto alla mia visita precedente. Jasper è uno dei pochi che conosco che beve il chiaretto migliore in qualsiasi occasione e a qualsiasi ora del giorno.

Hilda sedeva accanto al camino con un cardigan sulle spalle. Guardava fisso davanti a sé e non mi ha degnato di un saluto o di uno sguardo quando l'ho salutata, a parte un piccolo cenno del capo. Il cambiamento in lei era ancora più evidente che in Jasper. Per anni mi era sembrata sempre la stessa: spigolosa ma diritta, indossava gonne di tweed di ottimo taglio con tre cannoni al centro, camicette di seta accollate e cardigan di cachemire e portava i folti capelli grigi intrecciati e raccolti in uno chignon. Oggi aveva il cardigan mal messo sulle spalle, macchiato di cibo, le calze sporche e piene di grinze alle caviglie, le scarpe impolverate e i capelli che le ricadevano in ciocche scomposte sul viso, fisso in un'espressione arcigna. Come nelle mie visite precedenti, mi sono chiesto che cos'abbia; non credo che si tratti del morbo di Alzheimer, che dalla fine degli anni Novanta è ampiamente tenuto sotto controllo. Ma ci sono altre malattie senili che neppure il nostro ossessivo interesse scientifico per i problemi legati all'invecchiamento è riuscito ad alleviare. Forse è soltanto vecchia e stanca, forse le sono antipatico. Penso che ritirarsi in se stessi quando si diventa vecchi sia positivo, purché non ci si ritrovi in un inferno.

Ero curioso di sapere perché mi avesse chiamato, ma non volevo domandarglielo direttamente. Alla fine Jasper ha detto: «Desideravo parlarti di una cosa. Sto pensando di trasferirmi nuovamente a Oxford. È stata l'ultima trasmissione televisiva del Governatore a farmi decidere: pare che alla fine bisognerà essere tutti in città in modo da concentrare meglio servizi e strutture. Dice che chi desidera rimanere in campagna è libero di farlo, ma senza la garanzia di rifornimenti di energia elettrica o di benzina. Noi qui siamo piuttosto isolati».

«E Hilda che cosa ne pensa?»

Senza neppure lanciare uno sguardo in direzione della moglie, ha risposto: «Hilda non è in condizione di obiettare, sono io che mi occupo di tutto. Se sarà più facile per me, ci trasferiremo. Pensavo che potrebbe essere vantaggioso per entrambi – voglio dire, per te e per me – se io venissi a stare in St. John Street. A te non serve una casa tanto grande e potremmo ricavare un altro appartamento agli ultimi piani. Naturalmente la ristrutturazione sarebbe a mio carico».

Quell'idea mi ripugnava, ma spero di non averlo dato a vedere. Sono rimasto in silenzio per qualche minuto, come prendendo in considerazione la proposta, quindi ho replicato: «Non credo vi trovereste bene: vi mancherebbe il giardino e le scale sono troppo dure per Hilda».

Dopo una pausa, Jasper ha detto: «Hai sentito parlare del Trapasso, del suicidio in massa degli anziani, vero?».

«Ho letto qualcosa sui giornali e ho visto dei servizi alla televisione.»

Ricordavo un'immagine, forse l'unica mai mostrata in tv: degli anziani vestiti di bianco accompagnati a piedi o sulla sedia a rotelle su una chiatta, le voci acute e stridule dei loro canti, la chiatta che si allontanava lentamente nel crepuscolo. Una scena accuratamente girata nella giusta luce per dare un'allettante impressione di pace.

Ho aggiunto: «La morte collettiva non mi attrae. Il suicidio dovrebbe essere come il sesso, da consumarsi in privato. Se uno vuole togliersi la vita, ha tutti i mezzi che desidera a portata di mano; e allora perché non lo fa nel proprio letto, in tutta comodità? Preferirei un trapasso con uno stiletto, per conto mio».

Jasper ha replicato: «Non saprei, c'è gente a cui piacciono i riti di passaggio. Ce ne sono, sotto forme diverse, in ogni parte del mondo. Suppongo che il fatto di essere in tanti, di partecipare a una cerimonia, dia un certo conforto. Inoltre i parenti ricevono un sussidio dallo Stato, e non si tratta di somme da poco, non credi? No, io ne vedo i lati positivi. Hilda ne parlava proprio l'altro giorno».

Mi è parso poco probabile: immaginavo quel che avrebbe pensato di una simile pubblica manifestazione di sacrificio ed emozione l'Hilda di una volta. Ai suoi tempi è stata un'intellettuale di grande valore, a detta di molti più in gamba del marito, che però lei ha sempre difeso accanitamente. Dopo il matrimonio insegnò e pubblicò di meno, anteponendo sottomissione e amore al proprio talento e alla propria personalità.

Prima di andarmene ho detto: «Forse dovreste farvi aiutare. Perché non fate domanda per avere un paio di Ospiti Temporanei? L'accetterebbero di sicuro».

Jasper ha liquidato subito l'idea. «Non voglio estranei in casa mia e meno che mai Temporanei. Non mi fido. Sarebbe come chiedere di farmi ammazzare sotto il mio stesso tetto. La maggior parte non sa nemmeno che cosa voglia dire lavorare. Meglio usarli per riparare le strade, pulire le fognature e raccogliere la spazzatura, mansioni in cui possono essere tenuti sotto controllo.»

Ho detto: «I domestici sono accuratamente selezionati».

«Sarà, ma non li voglio lo stesso.»

Sono riuscito a congedarmi senza fare promesse. Tornando a Oxford mi sono chiesto come dissuadere Jasper, che è sempre stato abituato a ottenere tutto ciò che vuole. Era come se mi avesse finalmente presentato il conto per trent'anni di privilegi, lezioni private, cene di lusso, biglietti per il teatro e per l'opera. Ma il pensiero di dividere la mia casa, della mia privacy violata, delle crescenti responsabilità verso un vecchio difficile, mi fa orrore. Gli devo moltissimo, ma non così tanto.

Rientrando in città ho visto una coda ordinata, lunga un centinaio di metri, davanti alla Examination School, composta da persone ben vestite, anziane e di mezza età, soprattutto donne. Aspettavano in silenzio, pazientemente, con quell'aria di complicità che caratterizza l'attesa tranquilla di chi è munito di biglietto, ha l'ingresso assicurato e sa che vale la pena di aspettare. Per un attimo sono rimasto stupito, ma poi mi sono ricordato che era giunta in città Rosie McClure, l'evangelista. Avrei dovuto pensarci subito, la pubblicità è stata massiccia. Rosie è la più recente e acclamata delle stelle televisive che vendono la salvezza eterna, traendo profitti da un genere di consumo molto richiesto e a costo zero. Per i primi due anni dopo Omega impazzarono Roaring Roger e la sua spalla Soapy Sam. Roger ha ancora un suo spazio televisivo settimanale. Era – ed è tuttora – un oratore nato, un uomo corpulento dalla barba bianca, che si è creato coscientemente un'immagine ricalcata sullo stereotipo del profeta del Vecchio Testamento, e strepita minacce divine con una voce tonante cui il leggero accento nordirlandese stranamente conferisce ulteriore autorevolezza. Il suo messaggio è semplice, pur se non originale: la sterilità è il castigo divino per la disubbidienza e per i peccati dell'uomo. Solo il pentimento potrà placare la giusta ira dell'Onnipotente e il modo migliore per dimostrarsi pentiti è versare generosi contributi alle spese di Roaring Roger. Non si abbassa mai a chiedere denaro direttamente: quello è il compito di Soapy Sam. All'inizio erano molto in gamba e la casa maestosa che dividono in Kingston Hill è la dimostrazione evidente del loro successo. Nei primi cinque anni dopo Omega il loro messaggio aveva una certa validità in quanto Roger strepitava contro la violenza nelle città, le aggressioni e gli stupri contro le vecchiette, gli abusi sessuali ai danni dei minori, il matrimonio ridotto a mero contratto economico, la frequenza dei divorzi, la dilagante disonestà e perversione sessuale. Dalle sue labbra uscivano condanne su condanne, tratte dalle pagine consunte del suo Vecchio Testamento, ma la merce venduta da Roaring Roger era deperibile: è difficile scagliarsi contro la libertà dei costumi in un mondo dominato dalla noia di vivere, condannare gli abusi sessuali ai danni dei minori quando non ci sono più bambini, denunciare la violenza in città abitate soprattutto da pacifici vecchietti. Roger non ha mai lanciato invettive contro la violenza e l'egoismo degli Omega: il suo istinto di sopravvivenza è molto sviluppato.

Al suo declino si è fatta strada Rosie McClure. La dolce Rosie, originaria dell'Alabama, lasciò gli Stati Uniti nel 2019, probabilmente perché il suo genere di edonismo religioso là è inflazionato. Il vangelo secondo Rosie è molto semplice: Dio è amore e tutto è giustificato dall'amore. Ha ripescato una vecchia canzone dei Beatles, un complesso di giovani di Liverpool degli anni Sessanta, dal titolo *All You Need is Love* ed è il ripetitivo ritornello di quella canzone, non un inno, a precedere le sue adunate. L'Ultimo Avvento non ci aspetta nel futuro, ma è già cominciato, e i fedeli vengono accolti uno per uno al termine della loro vita per assurgere alla gloria eterna. Rosie si addentra nei dettagli delle gioie che ci aspettano. Come tutti i predicatori, si rende conto che la contemplazione dei Cieli non dà grande soddisfazione se non è accompagnata dalla contemplazione degli orrori riservati agli altri negli inferi. Ma l'inferno descritto da Rosie non è tanto un luogo di tormenti, quanto l'equivalente di un alberghetto scomodo e mal gestito in cui ospiti incompatibili fra loro sono costretti a rimanere insieme per l'eternità, lavandosi i piatti da sé in condizioni di estremo disagio anche se, presumibilmente, con acqua calda in abbondanza. La sua descrizione delle gioie celesti è altrettanto particolareggiata: «Nella casa del Padre vi sono molte stanze». Rosie rassicura i suoi adepti sulla disponibilità di case per tutti i gusti e tutti i livelli di virtù; il pinnacolo più alto della serenità eterna sarà riservato ai pochi eletti, ma tutti coloro che seguiranno l'invito di Rosie ad amare troveranno posto in una eterna Costa del Sol con cibo, bevande, sole e sesso in abbondanza. Il male non ha posto nella filosofia di Rosie, che al massimo accusa la gente di essere caduta in errore per non aver compreso la legge dell'amore. La risposta al dolore è un anestetico, un'aspirina, la risposta alla solitudine la garanzia dell'attenzione personale di Dio e al lutto la certezza della riunificazione. Nessuno è chiamato al sacrificio estremo di se stesso poiché Dio, che è amore, vuole che i suoi figli siano felici.

Viene sottolineata l'importanza della gratificazione e della cura di questo corpo mortale e Rosie non tralascia quasi mai uno o due consigli di bellezza durante i propri sermoni, che sono spettacolari, con un coro di un centinaio di persone vestite di bianco sotto luci stroboscopiche, un'orchestra di ottoni e cantori di Gospel. I fedeli si uniscono ai canti gioiosi, ridono, piangono e gesticolano come marionette impazzite. Rosie cambia abito almeno tre volte durante ogni adunata. *All You Need is Love*: l'amore, proclama Rosie, è ciò di cui abbiamo bisogno e nessuno deve sentire la mancanza di un oggetto d'amore. Non deve necessariamente trattarsi di un essere umano, può essere un animale (un cane, un gatto), ma anche un giardino, un fiore, un albero. Il mondo naturale è uno solo, unito nell'amore, sostenuto dall'amore, redento dall'amore. Viene da chiedersi se Rosie abbia mai visto un gatto con un topo. Ma alla fine dell'adunata tutti i suoi seguaci, felici, si gettano l'uno fra le braccia dell'altro e, entusiasti, fanno offerte sconsiderate.

A metà del XX secolo, le Chiese riconosciute, e in particolare la Chiesa d'Inghilterra, passarono dalla teologia del peccato e della redenzione a una dottrina meno intransigente, dove la responsabilità sociale collettiva si accompagnava a un umanitarismo sentimentale. Rosie ha fatto di più, abolendo praticamente la seconda persona della Trinità e la sua croce, e sostituendole il globo dorato del sole in gloria, che ricorda un po' l'insegna vistosa di un pub di epoca vittoriana. Il cambiamento è stato accolto con entusiasmo. Perfino per i non credenti come me la croce, emblema della barbarie ufficiale e dell'ineluttabile crudeltà umana, è sempre stata un simbolo scomodo.

8

La domenica mattina, poco prima delle nove e mezzo, Theo si mise in cammino per andare a Binsey passando per Port Meadow. Aveva dato la sua parola a Julian e per orgoglio non voleva tradirla, ma fra sé dovette ammettere che aveva anche un motivo meno nobile per mantenere la sua promessa. Sapevano chi era e dove trovarlo: meglio scomodarsi una volta, andare a conoscere il gruppo e chiudere così la questione, piuttosto che passare i mesi successivi nell'imbarazzante prospettiva di imbattersi in Julian tutte le volte che andava alla cappella o a fare la spesa al mercato coperto. Era una giornata limpida, l'aria era fredda ma asciutta e il cielo sereno di un azzurro intenso: l'erba, ancora indurita dal gelo notturno, scricchiolava sotto i suoi passi. Il fiume sembrava un nastro increspato in cui si rispecchiava il cielo; quando, attraversando il ponte, si fermò a guardare giù, un branco di anatre e due oche si fecero avanti starnazzando rumorosamente con il becco spalancato, come se ci fossero ancora bambini pronti a gettar loro tozzi di pane per poi scappare con gridolini di finta paura di fronte alla loro chiassosa insistenza. Il villaggio era deserto. Le fattorie sparse sulla destra dell'ampia distesa erbosa erano ancora in piedi, ma la maggior parte delle finestre erano chiuse da assi inchiodate. Qua e là le assi erano state spaccate e, fra le schegge e gli spuntoni di vetro che sporgevano dai telai delle finestre, intravide brandelli di tappezzeria che si staccavano dalle pareti, disegni a fiori scelti tanto tempo prima con cura meticolosa e ormai ridotti a pezzi, fragili e provvisori stendardi di vite concluse. Su uno dei tetti le tegole d'ardesia stavano cominciando a scivolare via rivelando travi marcescenti e i giardini erano selve di erbacce che arrivavano all'altezza delle spalle.

Sapeva che la Perch Inn era stata chiusa molto tempo prima per mancanza di clienti. Una volta quella per Binsey via Port Meadow, con la locanda come meta, era stata una delle sue passeggiate domenicali preferite. Quel giorno attraversando il villaggio ebbe l'impressione di essere il fantasma di quel suo io precedente e di vedere con gli occhi di uno sconosciuto lo stretto viale di castagni che si stendeva per circa un chilometro a nord-ovest congiungendo Binsey alla St. Margaret Church. Cercò di ricordare l'ultima volta che aveva fatto quella passeggiata. Erano passati sette anni oppure dieci? Non ricordava né in quale occasione né con chi ci era venuto, sempre che fosse venuto in compagnia. Ma il viale era cambiato. I castagni c'erano ancora, ma la strada, ombreggiata dai rami intrecciati degli alberi, si era ristretta, riducendosi a un sentiero coperto di foglie ammuffite e ingombro di un intrico di sambuchi e di frassini incolti. Sapeva che il Consiglio Locale aveva scelto una serie di sentieri da mantenere in ordine, ma poco alla volta il numero di quelli effettivamente ripuliti era diminuito. I vecchi non erano abbastanza in forze per quel lavoro e i cittadini di mezza età, su cui ricadeva per la maggior parte il compito di mantenere in vita lo Stato, avevano troppo da fare, mentre ai giovani curare la campagna interessava ben poco. Perché conservare quel che sarebbe stato lasciato loro in grande abbondanza? Ben presto avrebbero ereditato un mondo di montagne spopolate, di corsi d'acqua incontaminati, di boschi e foreste sempre più vasti e di estuari deserti. Era raro incontrarli in campagna e sembravano anzi averne paura. I boschi, in particolare, erano diventati posti pericolosi in cui molti non osavano addentrarsi, quasi temessero, una volta persi fra quei tronchi duri e tenebrosi e fra quei sentieri dimenticati, di non riuscire più a tornare alla luce. E non solo i giovani. Sempre più persone cercavano la compagnia dei propri simili, disertando i paesi più isolati prima ancora che la prudenza o i decreti ufficiali lo rendessero necessario, e trasferendosi nelle zone urbane in cui il Governatore si era impegnato a fornire luce ed energia fino alla fine, se possibile.

La casa solitaria che Theo ricordava era ancora in mezzo al giardino, a destra della chiesa. Rimase sorpreso nel vedere che era almeno in parte abitata. C'erano le tende alle finestre, dal comignolo usciva un sottile filo di fumo e a sinistra del vialetto qualcuno aveva tentato di togliere le erbacce che arrivavano fino al ginocchio e di coltivare un orto. Alcune piante avvizzite di fagiolini pendevano dai loro sostegni e c'erano file irregolari di cavoli e di cavolini di Bruxelles ingialliti, in parte già raccolti. Ricordava che, quando vi si recava da studente, si rammaricava del fatto che la pace della chiesa e di quella casa, che sembrava impossibile fossero così vicine alla città, venisse disturbata dal rombo intenso e continuo dell'autostrada. Ora quel rumore era a malapena percepibile e la casa sembrava avvolta in una calma fuori del tempo.

Il silenzio fu rotto dallo spalancarsi della porta: un uomo anziano con una tonaca sbiadita si precipitò fuori e gli andò incontro lungo il vialetto vociando, incespicando e agitando le braccia come per scacciare degli animali recalcitranti. Con voce tremante esclamò: «Niente funzione! Niente funzione oggi! Ho un battesimo alle undici».

Theo disse: «Non sono venuto per la funzione, sono venuto soltanto a visitare la chiesa».

«È quello che fanno tutti, o almeno così dicono. Ma alle undici ho bisogno del fonte battesimale. A quell'ora dovrete andare via tutti quanti, tranne gli invitati al battesimo.»

«Non ho intenzione di fermarmi così a lungo. È lei il parroco?»

Si avvicinò e fissò Theo con occhi cattivi e deliranti. Theo pensò che non aveva mai visto una persona così vecchia, con la pelle del viso, sottilissima e coperta di macchie, tesa sulle ossa del cranio come se la morte non vedesse l'ora di portarselo via.

Il vecchio disse: «Mercoledì scorso hanno fatto una messa nera qui, hanno cantato e gridato tutta la notte. Non è giusto. Non posso impedirlo, ma disapprovo. E non puliscono neppure prima di andarsene, lasciano sangue, piume, vino dappertutto. E macchie nere di cera che non si riescono a mandar via: non se ne vanno e basta, sa? E devo fare tutto io. Loro non ci pensano. È un'ingiustizia. Non è giusto».

Theo replicò: «Perché non tiene la chiesa chiusa a chiave?».

Il vecchio assunse un tono da cospiratore: «Perché hanno preso la chiave, ecco perché. Io so chi è stato, oh, sì che lo so». Si girò e borbottando tornò con passo malfermo verso la casa, per poi voltarsi sulla soglia e gridare un ultimo avvertimento: «Fuori per le undici, a meno che non venga anche lei al battesimo. Tutti fuori per le undici».

Theo andò verso la chiesa. Era un piccolo edificio di pietra, con un campanile non molto alto a due campane, che assomigliava a una modesta casa di pietra con un unico comignolo. Come un prato trascurato da lungo tempo, il camposanto era invaso da lunghe erbacce color paglia e sulle tombe si era insinuata l'edera, che nascondeva i nomi. Da qualche parte sotto l'intrico della vegetazione c'era il pozzo di St. Frideswide, che una volta era stato meta di pellegrinaggi. Un pellegrino moderno avrebbe avuto difficoltà a trovarlo, ma era evidente che la chiesa era frequentata. Ai lati del portico c'erano due vasi di terracotta che contenevano delle rose: gli steli erano spogli, ma recavano ancora alcuni stentati boccioli danneggiati dalle intemperie.

Julian lo aspettava sotto il portico. Non gli porse la mano, né gli sorrise, ma disse: «Grazie per essere venuto, ci siamo tutti». Aprì la porta e Theo la seguì: l'interno era poco illuminato e vi aleggiava un forte profumo di incenso, che copriva un altro odore più selvatico. La prima volta che era stato in quella chiesa, venticinque anni prima, era rimasto estasiato dal silenzio della sua pace fuori del tempo e gli era parso di udire nell'aria l'eco del canto piano, ormai dimenticato, di vecchi imperativi e di preghiere disperate. Non era più così. Una volta era un luogo in cui il silenzio alludeva a qualcosa di più della semplice assenza di rumori; ormai era soltanto un edificio di pietra e nulla più.

Immaginava che gli altri membri del gruppo lo stessero aspettando tutti insieme, in piedi o seduti nella semioscurità della rustica chiesa deserta, ma vide che si erano divisi: camminavano in punti diversi della chiesa come se una discussione o un pressante desiderio di solitudine li avessero spinti a separarsi. Erano quattro: tre uomini e una donna alta, in piedi vicino all'altare. Quando lui e Julian entrarono, si avvicinarono in silenzio andando a riunirsi nella navata di fronte a Theo.

Non ebbe dubbi su quale fosse il marito di Julian, nonché il capo del gruppo, ancor prima che questi si facesse avanti e lo squadrasse dalla testa ai piedi, in maniera apparentemente voluta. Rimasero fermi uno di fronte all'altro a studiarsi come due avversari. Nessuno dei due sorrise o tese la mano.

L'uomo era di carnagione molto scura, aveva un bel viso, un po' imbronciato, occhi irrequieti e sospettosi, vivaci e infossati, sovrastati da un paio di sopracciglia folte e diritte che accentuavano la sporgenza degli zigomi come due pennellate. Le palpebre pesanti erano punteggiate di peli neri che facevano sembrare un tutt'uno le ciglia e le sopracciglia. Aveva orecchie grandi e sporgenti, con i lobi appuntiti, delle orecchie da folletto stranamente in contrasto con l'espressione intransigente della bocca e della mascella, forte e serrata. Non era la faccia di un uomo in pace con se stesso o con il mondo, ma perché avrebbe dovuto esserlo, avendo perso per pochi anni soltanto l'onore e i privilegi di essere un Omega? Come quella degli Omega, anche la sua generazione era stata osservata, studiata, vezzeggiata, assecondata, preservata in vista del momento in cui i maschi divenuti adulti avrebbero prodotto il tanto sperato sperma fecondo. Era una generazione destinata all'insuccesso, delusione estrema per i genitori che l'avevano cresciuta e per l'umanità intera, che aveva dedicato loro tante amorevoli cure e riposto in loro tante speranze.

Quando cominciò a parlare, la sua voce si rivelò più alta di quanto Theo si fosse aspettato, aspra, con un lieve accento che non riuscì a identificare. Senza attendere che Julian facesse le presentazioni, esordì: «Non serve che lei sappia i nostri cognomi, useremo soltanto i nomi di battesimo. Io sono Rolf e sono il capo del gruppo. Julian è mia moglie. Questi sono Miriam, Luke e Gascoigne. Gascoigne è il nome di battesimo, glielo diede suo nonno nel 1990, Dio solo sa perché. Miriam faceva la levatrice e Luke è prete. Non c'è bisogno che le diciamo che cosa facciamo adesso».

La donna fu l'unica a farsi avanti e a stringergli la mano. Era nera, probabilmente giamaicana, ed era la più vecchia del gruppo, più vecchia anche di lui, forse; Theo calcolò che doveva avere cinquantacinque o sessant'anni. I suoi capelli folti e molto ricci erano spolverati di bianco e il contrasto tra il nero della pelle e il bianco dei capelli era tanto forte che sembrava si fosse incipriata la testa, con il risultato di ottenere un'aura ieratica di grande effetto. Era alta e aveva un bel corpo, il viso allungato dai lineamenti delicati, la pelle color caffè senza rughe, quasi a smentire il biancore dei capelli. Portava un paio di pantaloni neri aderenti infilati negli stivali, una maglia marrone dal collo alto e un giubbotto di montone, creando in tal modo un contrasto elegante, vagamente esotico, rispetto ai pratici indumenti da campagna dei tre uomini. Diede a Theo un'energica stretta di mano e gli rivolse uno sguardo pensoso, un po' ironico e un po' complice, quasi fossero già cospiratori.

A prima vista il ragazzo del gruppo – sembrava un ragazzo nonostante non potesse avere meno di trent'anni – da loro chiamato Gascoigne, non aveva nulla di speciale: basso di statura, grassoccio, aveva i capelli tagliati a spazzola e un viso rotondo e affabile, con gli occhi grandi e il naso camuso; un viso da bambino, cresciuto ma non molto cambiato da quando si era sporto per la prima volta dalla carrozzina per guardare un mondo che, a giudicare dalla sua aria di stupita innocenza, trovava ancora adesso strano, ma non ostile.

Quello che si chiamava Luke, che anche Julian gli aveva detto essere prete, era più vecchio di Gascoigne, probabilmente aveva passato i quaranta. Era alto, con un volto pallido e sensibile e una corporatura gracile, con grosse mani nodose che pendevano da polsi sottili, come se fosse cresciuto troppo in fretta e, da grande, non fosse mai riuscito a irrobustirsi. I capelli chiari gli ricadevano in una frangia setosa sulla fronte alta; gli occhi grigi erano un po' distanti e di espressione mite. Era difficile immaginarlo in veste di cospiratore e la sua evidente debolezza contrastava nettamente con la bruna mascolinità di Rolf. Rivolse a Theo un rapido sorriso che gli illuminò il volto venato di malinconia.

Rolf disse: «Julian le ha spiegato perché abbiamo acconsentito a vederla», come se fosse Theo il postulante.

«Volete che ricorra alla mia influenza presso il Governatore d'Inghilterra. Devo dirvi che non ne ho affatto. Ho rinunciato a qualsiasi diritto in tal senso quando ho lasciato il mio incarico di consigliere. Ascolterò quello che avete da dire, ma non credo di poter fare nulla per influenzare il Consiglio o il Governatore d'Inghilterra, né ho mai potuto farlo; è anche per questo che ho dato le dimissioni.»

Rolf ribatté: «Siete cugini, lei è l'unico parente che ha. Siete praticamente cresciuti insieme. Corre voce che lei sia l'unica persona in Inghilterra cui abbia mai dato ascolto».

«È una voce infondata.» Poi aggiunse: «Che genere di gruppo è il vostro? Vi riunite sempre in questa chiesa? La vostra è un'organizzazione religiosa?».

Fu Miriam a rispondere: «No. Come le ha spiegato Rolf, Luke è prete, anche se non ha un incarico a tempo pieno né una parrocchia. Lui e Julian sono cristiani, noi no. Ci vediamo nelle chiese per comodità, perché sono aperte, sono gratuite e di solito sono vuote, perlomeno quelle che scegliamo noi. Questa forse la dovremo abbandonare: sta cominciando a servirsene anche altra gente».

Rolf intervenne, in tono spazientito e troppo enfatico: «La religione e il cristianesimo non c'entrano niente, niente!».

Come se non lo avesse neppure sentito, Miriam continuò: «Nelle chiese si ritrovano eccentrici di ogni sorta. Noi siamo solo un gruppo di stravaganti fra molti altri. Nessuno ci chiede nulla ma, all'occorrenza, diciamo che siamo il Cranmer Club e che ci riuniamo per leggere e studiare il vecchio *Book of Common Prayer*».

Gascoigne disse: «È la nostra copertura». Lo disse con il tono soddisfatto di un bambino che ha scoperto uno dei segreti dei grandi.

Theo gli chiese: «Davvero? E allora che cosa rispondereste se la polizia di Stato vi chiedesse di recitare la colletta della prima domenica di Avvento?». Vedendo l'aria imbarazzata e confusa di Gascoigne, concluse: «Poco credibile, come copertura».

Julian disse a bassa voce: «Anche se non condivide le nostre idee, non per questo ci deve disprezzare. La nostra copertura non serve per convincere la polizia. Se dovessero mai interessarsi a noi, non ci sarebbe copertura che regge: ci scoprirebbero nel giro di dieci minuti, e lo sappiamo. La copertura ci serve come motivo, come scusa per vederci regolarmente e nelle chiese. Non la reclamizziamo, la usiamo solo se qualcuno ce lo chiede, se necessario».

Gascoigne aggiunse: «So che preghiere sono le collette.

Lei conosce quella che mi ha chiesto?». Non lo disse in tono d'accusa, ma semplicemente con interesse.

Theo rispose: «Sono cresciuto con il vecchio *Book of Common Prayer*. La chiesa in cui mi portava mia madre da piccolo deve essere stata una delle ultime ad abbandonarlo. Come storico, mi interesso della Chiesa vittoriana, di vecchie liturgie e forme desuete di culto».

Spazientito Rolf disse: «Tutto questo non ha alcuna importanza. Come dice Julian, se la polizia ci prenderà, non perderà tempo a interrogarci sul vecchio catechismo. Per il momento non siamo in pericolo, a meno che lei non ci tradisca. Che cosa abbiamo fatto finora? Soltanto parole. Prima di entrare in azione a due di noi è parso ragionevole rivolgere un appello a suo cugino, il Governatore d'Inghilterra».

Miriam corresse: «A tre di noi: è stata una decisione presa a maggioranza. Io sono d'accordo con Luke e Julian, penso che valga la pena di provare». Anche questa volta Rolf la ignorò. «Quella di farla venire qui non è stata un'idea mia, sarò sincero. Non ho motivo per fidarmi di lei e non desidero particolarmente la sua presenza.»

Theo ribatté: «E io non desideravo particolarmente venire, per cui siamo pari. Volete che parli con il Governatore. Perché non lo fate voi direttamente?».

«Perché a noi non darebbe ascolto, mentre a lei forse sì.»

«Se accetto di andare a parlargli e lui mi dà ascolto, che cosa volete che gli dica?»

Di fronte a una domanda posta tanto esplicitamente, parvero sulle prime sconcertati. Si guardarono l'un l'altro come per chiedersi chi dovesse cominciare.

Fu Rolf a rispondere: «Il Governatore salì al potere eletto dalla cittadinanza, ma ciò è avvenuto quindici anni fa. Da allora non ha mai più indetto elezioni. Sostiene di governare per volere del popolo, ma in realtà è un despota e un tiranno».

Seccamente Theo disse: «Ci vorrebbe un messaggero davvero coraggioso per andare a dirgli una cosa simile».

Gascoigne disse: «E i granatieri sono il suo esercito privato. È a lui che giurano fedeltà, non servono più lo Stato, ma lui. Non ne ha diritto. Mio nonno era soldato nei granatieri e diceva che erano il miglior reggimento dell'esercito britannico».

Rolf lo ignorò. «E ci sono cose che potrebbe fare anche senza aspettare le elezioni. Potrebbe mettere fine al programma di monitoraggio dello sperma: è uno spreco di tempo, è umiliante e comunque è inutile. Potrebbe autorizzare i Consigli Locali e Regionali a nominare i propri presidenti; sarebbe almeno un principio di democrazia.»

Luke disse: «Non si tratta solo del monitoraggio dello sperma, ma anche delle visite ginecologiche obbligatorie. Sono umilianti per le donne. E poi vogliamo che metta fine ai Trapassi. Lo so che si parte dal presupposto che i vecchi siano tutti volontari; forse all'inizio lo erano davvero e forse qualcuno lo è tuttora, ma desidererebbero veramente morire se dessimo loro una speranza?».

Theo ebbe la tentazione di chiedere: «Speranza in che cosa?».

Intervenne Julian: «E vogliamo che si faccia qualcosa per gli Ospiti Temporanei. Le sembra giusto che ci sia una legge che proibisce ai nostri Omega di emigrare? Importiamo Omega e giovani dai Paesi più poveri per i lavori che qui nessuno vuole fare, pulire le fogne, portar via la spazzatura, prendersi cura degli incontinenti e degli anziani».

Theo disse: «Vengono fin troppo volentieri, probabilmente perché qui la qualità della vita è migliore».

Julian aggiunse: «Vengono per fame. E quando sono vecchi – il limite di età è sessant'anni, vero? – vengono rimandati indietro, volenti o nolenti».

«Questo è un male cui potrebbero porre rimedio i loro stessi Paesi, gestendo meglio le loro economie, tanto per cominciare. In ogni caso, non sono molto numerosi: c'è una quota, l'immigrazione è sottoposta a controlli rigorosi.»

«Non solo c'è una quota, ci sono anche norme severe: devono essere di sana e robusta costituzione e senza precedenti penali. Ci prendiamo i migliori e poi li rispediamo indietro quando non ci servono più. Inoltre, per chi lavorano? Non per chi ne ha più bisogno, ma per il Consiglio e per gli amici del Consiglio. E chi si occupa degli Omega stranieri quando sono qui? Lavorano per una miseria, vivono nei campi, le donne separate dagli uomini. Non concediamo loro neppure la cittadinanza; è una forma di schiavitù legalizzata.»

Theo disse: «Non credo che possiate cominciare una rivoluzione sulla questione dei Temporanei o del Trapasso. Non sono cose che stanno a cuore alla gente».

Julian affermò: «Vogliamo che la gente se la prenda a cuore».

«Ma perché dovrebbero? Vivono senza speranza su un pianeta moribondo. Le uniche cose che vogliono sono sicurezza, comodità e piacere. Il Governatore d'Inghilterra è in grado di garantire le prime due, ed è più di quanto riesca a fare la maggior parte dei governi stranieri.»

Rolf aveva ascoltato la conversazione senza intervenire. A questo punto improvvisamente chiese: «Com'è il Governatore d'Inghilterra? Che tipo di uomo è? Lei dovrebbe saperlo, siete cresciuti insieme».

«Questo non significa che io sappia che cosa pensa.»

«Tanto potere, come nessuno ne ha mai avuto in passato, per lo meno in questo Paese, tutto nelle sue mani... Gli piace?»

«Immagino di sì. Non sembra aver alcuna intenzione di rinunciarvi.» Quindi aggiunse: «Se volete la democrazia, dovete in qualche modo ridare vita ai Consigli Locali. È da lì che comincia».

Rolf disse: «Ed è lì che finisce. È così che il Governatore esercita il proprio controllo a quel livello. Conosce il presidente del nostro Consiglio Locale, Reggie Dimsdale? Ha settant'anni, è un debole, un cagasotto che resta in carica solo per aver diritto a una doppia razione di benzina e a un paio di Omega stranieri che gli curino la sua maledetta casa e gli puliscano il sedere quando diventerà incontinente. Non ci sarà nessun Trapasso per lui».

«È stato eletto, tutti sono stati eletti.»

«Da chi? C'è andato a votare, lei? Chi se ne interessa? Per la gente è un sollievo che qualcuno si prenda la briga. E poi lei sa come vanno le cose: il presidente del Consiglio Locale non può essere nominato senza l'approvazione del Consiglio Distrettuale, il quale a sua volta ha bisogno dell'approvazione del Consiglio Regionale; tutti sono soggetti all'approvazione del Consiglio d'Inghilterra. Il Governatore controlla il sistema dall'alto verso il basso, come lei sa benissimo. E lo stesso succede anche in Scozia e nel Galles, che hanno ciascuno il suo Governatore, ma nominato da chi? Xan Lyppiatt si farebbe chiamare Governatore di Gran Bretagna se non fosse che alle sue orecchie suona meno romantico.»

Theo pensò che quell'osservazione era molto acuta. Ricordò una vecchia conversazione con Xan. «Non certo Primo Ministro: non voglio impadronirmi di un titolo altrui e meno che mai di uno così carico di tradizioni e di obblighi. Magari pretenderebbero che indicessi le elezioni ogni cinque anni. E neanche Lord Protettore: l'ultimo non si può certo definire un successo incondizionato. Governatore andrà benissimo. Ma Governatore di Gran Bretagna e Irlanda del Nord? Non ha la tonalità romantica che desidero.»

Julian disse: «Con il Consiglio Locale non arriveremo da nessuna parte. Lei vive a Oxford, è un cittadino come tutti gli altri. Provi un po' a leggere che razza di resoconti tirano fuori dopo le riunioni, le cose che discutono: manutenzione dei campi da golf e da bocce, adeguatezza delle strutture dei club sportivi, delibere sull'assegnazione dei lavori, reclami sui buoni benzina, domande di assunzione di Ospiti Temporanei, audizioni del coro dei dilettanti, se ci sono abbastanza persone interessate a prendere lezioni di violino da giustificare l'ingaggio a tempo pieno di un professionista da parte del Consiglio... A volte parlano addirittura di pattugliare le strade, come se la prospettiva della deportazione alla colonia penale di Man non bastasse a scoraggiare i potenziali rapinatori».

Pacatamente Luke sottolineò: «Protezione, comodità, piacere. Non bastano».

«È questo che interessa alla gente, è questo che vogliono: che cos'altro dovrebbe offrire il Consiglio?»

«Compassione, giustizia, amore.»

«Nessuno Stato si è mai occupato dell'amore, né mai potrà farlo.»

Julian disse: «Ma lo Stato può occuparsi della giustizia».

Rolf perse la pazienza: «Giustizia, compassione, amore... Sono solo parole. Noi stiamo parlando di potere. Il Governatore è un dittatore che si spaccia per leader democratico. Dovrebbe essere chiamato a rispondere alla volontà del popolo».

Theo replicò: «Ah, la volontà del popolo, bella frase! Al momento il popolo non sembra volere altro che protezione, comodità e piacere». Pensò: "So che cosa ti disturba: il fatto che Xan abbia tanto potere, non il modo in cui lo esercita". Al piccolo gruppo mancava una vera coesione e, probabilmente, anche un obiettivo comune: Gascoigne era mosso dallo sdegno per l'uso improprio dei granatieri, Miriam da qualche motivo che per il momento non gli era chiaro, Julian e Luke dall'idealismo religioso e Rolf dalla gelosia e dall'ambizione. Da studioso della storia, avrebbe potuto citare una decina di casi analoghi.

Julian disse: «Raccontagli di tuo fratello, Miriam. Raccontagli di Henry. Ma prima sediamoci».

Si sistemarono su uno dei banchi, chinandosi in avanti per sentire Miriam che parlava a voce bassa. Theo pensò che potevano sembrare un gruppo male assortito di fedeli poco convinti.

«Henry fu mandato sull'isola diciotto mesi fa. Furto e aggressione. In realtà non aveva aggredito nessuno: per scippare un'Omega, le aveva dato uno spintone. Solo una spinta, ma la donna era caduta e in tribunale aveva dichiarato che Henry l'aveva presa a calci nelle costole mentre era a terra. Non era vero. Non nego che Henry l'abbia spinta, è sempre stato un ragazzo difficile, ma sono sicura che quell'Omega non l'ha presa a calci, non quando era per terra. Le ha rubato la borsa, l'ha spinta ed è scappato. È successo a Londra, poco prima di mezzanotte. Ha svoltato di corsa l'angolo di Ladbroke Grove ed è finito dritto fra le braccia della polizia di Stato. È sempre stato sfortunato.»

«Lei ha assistito al processo?»

«Sì, insieme a mia madre. Mio padre è morto due anni fa. Abbiamo cercato un avvocato per Henry e lo abbiamo pagato, ma non si è dato molto da fare. Ha preso i soldi senza fare nulla. Si vedeva che era d'accordo con l'accusa, secondo la quale Henry meritava di essere mandato sull'isola. Dopotutto, aveva derubato un'Omega. Era un'aggravante. E poi è nero.»

Rolf intervenne in tono brusco: «Non ricominciare con le stronzate sulla discriminazione razziale. È stato lo spintone a fregarlo, non il colore della pelle. Alla colonia penale ci si finisce soltanto per reati contro la persona o alla seconda condanna per furto con scasso. Henry non era mai stato condannato per furto con scasso, ma aveva due condanne per furto semplice».

Miriam precisò: «Taccheggio, nulla di grave: aveva rubato un foulard per il compleanno della mamma e una tavoletta di cioccolato, ma quando era piccolo. In nome del Cielo, Rolf, aveva dodici anni! È stato più di vent'anni fa».

Theo disse: «Se ha buttato a terra la vittima, si tratta di aggressione, anche se non l'ha presa a calci».

«Ma non l'ha buttata a terra. L'ha spinta e lei è caduta, non l'ha fatto apposta.»

«Evidentemente la giuria la pensava diversamente.»

«Non c'era nessuna giuria. Sapete com'è difficile convincere la gente a fare il giudice popolare. Non gliene importa niente, se ne fregano. È stato processato in base alle nuove norme, da un giudice e due magistrati. Hanno il potere di mandare la gente sull'isola, e per tutta la vita. Non c'è remissione, non si torna più. Una condanna all'ergastolo in quell'inferno per uno spintone dato senza volere. Mia madre ne è morta: Henry era il suo unico figlio e sapeva che non lo avrebbe rivisto mai più. Si è lasciata morire e basta. Ma sono contenta che sia andata così: almeno non ha saputo quel che gli è successo dopo.»

Guardò Theo e disse semplicemente: «Io invece lo so: è tornato a casa».

«Vuol dire che scappò dall'isola? Credevo che fosse impossibile.»

«Henry ci riuscì. Trovò un dinghy rotto, che era sfuggito alla polizia quando prepararono l'isola per i detenuti. Bruciarono tutte le barche che non valeva la pena di portar via, ma una era nascosta, o forse gli sfuggì, o pensarono che fosse troppo malridotta. Henry è sempre stato portato per i lavori manuali: di nascosto la riparò e costruì due remi; poi, quattro settimane fa, il 3 gennaio, aspettò che venisse buio e salpò.»

«Un gesto incredibilmente avventato.»

«No, anzi: sapeva che o ce l'avrebbe fatta o sarebbe annegato, e annegare era meglio che rimanere su quell'isola. Riuscì ad arrivare a casa, a tornare. Io abito... lasciamo perdere dove abito. In un cottage alla periferia di un paesino. Arrivò dopo mezzanotte. Avevo avuto una giornata pesante al lavoro e volevo andare a letto presto. Ero stanca ma inquieta e tornata a casa mi feci una tazza di tè; poi mi addormentai in poltrona. Dormii per una ventina di minuti soltanto, ma quando mi svegliai non avevo più voglia di andare a letto. Sa come succede, quando si è troppo stanchi: non si ha più nemmeno la forza di spogliarsi.

«Era una notte buia e senza stelle e il vento soffiava sempre più forte. Di solito quando me ne sto comoda a casa mia il rumore del vento mi piace; ma quella sera era diverso, non era piacevole, fischiava e gemeva nel comignolo, era minaccioso. Mi assalì la tristezza, cominciai a pensare a mia madre che era morta e a Henry perduto per sempre. Pensai che fosse meglio cercare di scuotermi e andare a letto. A un certo punto sentii bussare alla porta; c'è il campanello, ma non lo suonò. Batté soltanto il batacchio due volte, piano, ma io lo sentii. Dallo spioncino non riuscivo a vedere nulla, solo il buio: era quasi mezzanotte e non riuscivo a immaginare chi potesse essere, così tardi, però misi la catena e aprii. Davanti alla porta c'era una sagoma scura, accasciata contro il muro. Gli era rimasta solo la forza di bussare due volte prima di crollare svenuto. A fatica lo trascinai in casa e lo rianimai. Gli diedi un po' di minestra e un po' di brandy e dopo un'ora riuscì a parlare. Aveva bisogno di sfogarsi, così lo stetti ad ascoltare, tenendolo fra le braccia.»

Theo chiese: «In che stato era?».

Fu Rolf a rispondere: «Era sudicio, puzzolente, sporco di sangue, di una magrezza spaventosa. Era arrivato a piedi dalla costa del Cumberland».

Miriam riprese: «Lo lavai e gli medicai i piedi e riuscii a metterlo a letto. Era terrorizzato all'idea di dormire da solo, così mi sdraiai vestita accanto a lui. Non riuscivo a dormire. Fu a quel punto che si mise a parlare, e parlò per più di un'ora. Io non dissi nulla, lo tenni fra le braccia e lo ascoltai. Alla fine tacque e capii che si era addormentato. Rimasi lì ad ascoltarlo respirare e borbottare fra le mie braccia. Di tanto in tanto mandava un gemito, si metteva di colpo a sedere e gridava, ma riuscivo a calmarlo, come se fosse un bambino, e si riaddormentava. Gli rimasi accanto piangendo in silenzio per le cose che mi aveva raccontato. Ero anche furente, però: la rabbia mi ribolliva in petto come fuoco.

«L'isola è un vero inferno. Quelli che erano umani sono morti tutti e gli altri sono diavoli. Muoiono di fame. So che hanno semi, cereali e macchine agricole, ma la maggior parte vengono dalla città e non sono abituati a coltivare la terra o a fare lavori manuali. Hanno finito tutte le scorte di cibo e saccheggiato completamente campi e orti. A volte quando uno muore se lo mangiano. Lo giuro, è successo veramente. L'isola è dominata da un gruppo di detenuti più forti degli altri. Godono della crudeltà e lì possono picchiare e seviziare e tormentare senza che nessuno li veda o li fermi. Quelli miti, che si preoccupano per gli altri, che non dovrebbero essere là, non resistono a lungo. Fra i peggiori ci sono alcune donne. Henry mi ha raccontato cose che non oso ripetere e che non dimenticherò mai.

«La mattina dopo sono venuti a cercarlo. Non hanno fatto irruzione nella casa, hanno fatto poco rumore: l'hanno semplicemente circondata in silenzio e poi hanno bussato.»

Theo chiese: «Chi erano?».

«Sei granatieri e sei uomini della polizia di Stato: sono venuti in dodici per catturare un uomo solo, distrutto ed esausto. I peggiori erano i poliziotti. Credo che fossero degli Omega. Non mi hanno detto niente, sono andati di sopra e l'hanno trascinato giù. Quando li ha visti ha mandato un grido, un grido che non dimenticherò mai, mai... Stavano per prendersela anche con me, ma un ufficiale, uno dei granatieri, gli ha detto di lasciarmi in pace. Ha detto: "È sua sorella, è naturale che sia venuto da lei. Non poteva fare altro che aiutarlo".»

Julian disse: «Abbiamo immaginato che avesse anche lui una sorella, qualcuno che di certo non lo avrebbe mai abbandonato, che lo avrebbe sempre aiutato».

Rolf aggiunse in tono spazientito: «Oppure credeva che sarebbe riuscito a farsi ripagare da Miriam in un modo o nell'altro mostrando quel po' di umanità».

Miriam scosse la testa: «No, non si trattava di questo. Voleva essere gentile. Gli chiesi che cosa avrebbero fatto a Henry. Non rispose, ma uno dei poliziotti disse: "Che cosa si aspetta? Le manderemo le ceneri, comunque". Fu il capitano a dirmi che avrebbero potuto prenderlo quando era sbarcato, ma che lo avevano seguito dal Galles fino a

Oxford. Un po' per vedere dove sarebbe andato, immagino, e un po' perché volevano aspettare che si sentisse al sicuro prima di arrestarlo».

Pieno di rabbia e di amarezza Rolf spiegò: «È il tocco di crudeltà in più che li eccita».

«Una settimana dopo arrivò il pacco. Era pesante, come una scatola di zucchero, e della stessa forma, avvolto in carta marrone con un'etichetta scritta a macchina. Dentro c'era un sacchetto di plastica pieno di sabbia bianca. Sembrava concime per le piante, niente a che fare con Henry. C'era solo un biglietto dattiloscritto, senza firma: "Ucciso durante un tentativo di fuga". Nient'altro. Ho scavato un buco in giardino. Ricordo che pioveva e quando ho versato la cenere nel buco è stato come se l'intero giardino si fosse messo a piangere. Ma io non ho pianto: Henry aveva smesso di soffrire. Qualsiasi cosa era meglio che essere rimandato su quell'isola.»

Rolf disse: «Non ce lo avrebbero mai rimandato, naturalmente. Non vogliono certo che si sappia che è possibile fuggire. E d'ora in avanti non lo sarà più. Si metteranno a sorvegliare la costa».

Julian posò una mano sul braccio di Theo e lo guardò dritto in faccia. «Non dovrebbero trattare così degli esseri umani. Qualunque cosa abbiano fatto, chiunque essi siano, non dovrebbero trattarli così. Dobbiamo impedirglielo.»

Theo replicò: «È chiaro che ci sono dei mali nella nostra società, ma non sono nulla in confronto a quanto succede in altre parti del mondo. Si tratta di vedere che cosa il Paese è disposto a tollerare in cambio di un governo stabile».

Julian chiese: «Che cosa intende per governo stabile?».

«Ordine pubblico, niente corruzione in alto loco, libertà dalla guerra e dalla criminalità, distribuzione ragionevolmente equa della ricchezza e delle risorse, tutela della vita individuale.»

Luke disse: «Allora il nostro non è un governo stabile».

«Può darsi che sia il migliore possibile, date le circostanze. L'istituzione della colonia penale di Man è stata ampiamente appoggiata dall'opinione pubblica. Nessun governo può andare al di là della volontà morale della gente.»

Julian ribattè: «E allora dobbiamo cambiare la volontà morale. Dobbiamo cambiare la gente».

Theo scoppiò a ridere: «È questa la rivolta che avete in mente? Non contro il sistema, ma contro il cuore e la mente degli uomini? Allora siete i rivoluzionari più pericolosi di tutti, o meglio lo sareste se aveste la minima idea di dove cominciare, la minima possibilità di farcela».

Come se la sua risposta le interessasse sul serio, Julian gli chiese: «Lei da dove comincerebbe?».

«Non comincerei. La storia mi ha insegnato che cosa succede a chi ci prova. Un esempio dovrebbe ricordarglielo il ciondolo che porta al collo.»

Julian sollevò la mano deforme e si toccò rapidamente la croce. Sul palmo tumefatto sembrava un talismano molto piccolo e fragile.

Rolf disse: «Scuse per non fare nulla se ne possono sempre trovare. Il fatto è che il Governatore gestisce l'Inghilterra come se si trattasse di un suo feudo. I granatieri sono il suo esercito privato e gli uomini della polizia di Stato le sue spie e i suoi giustizieri».

«Di questo non ha prove.»

«Chi ha ucciso il fratello di Miriam? È stata un'esecuzione dopo regolare processo o un assassinio compiuto in segreto? Quello che vogliamo è una vera democrazia.»

«Con lei a capo?»

«Potrei far meglio di lui.»

«Credo che sia esattamente quello che ha pensato anche lui quando ha preso il posto dell'ultimo Primo Ministro.»

Julian domandò: «Allora non andrà a parlare al Governatore?».

Rolf intervenne: «Certo che non ci andrà. Non ne ha mai avuto la minima intenzione. Farlo venire fin qui è stato uno spreco di tempo, inutile, stupido e pericoloso».

A bassa voce Theo ribatté: «Non ho detto che non ci andrò. Ma ho bisogno di qualcosa di più di semplici voci riportate, soprattutto dal momento che non posso dirgli né dove né come ho avuto le mie informazioni. Prima di prendere una decisione voglio vedere un Trapasso. Dove si terrà il prossimo? Lo sapete?».

Fu Julian a rispondere: «Hanno smesso di pubblicizzarli, ma naturalmente la notizia si sparge in anticipo. Ci sarà un Trapasso femminile a Southwold mercoledì prossimo, fra tre giorni. Sul molo a nord del paese; sa dove si trova? È circa otto miglia a sud di Lowestoft».

«È un po' scomodo.»

Rolf disse: «Forse per lei, ma per loro no. Siccome non c'è la ferrovia, non ci sarà troppa folla, ed è abbastanza lontano da raggiungere in macchina perché la gente si chieda se valga la pena di consumare tanta benzina per vedere la nonna che se ne va in camicia da notte bianca al suono di *Abide With Me!* Dimenticavo, esiste una sola strada d'accesso, per cui possono controllare il numero dei presenti e tenerli d'occhio, e in caso di disordini possono identificare i responsabili».

Julian chiese: «Quanto dovremo aspettare prima che ci dia una risposta?».

«Deciderò se andare dal Governatore subito dopo il Trapasso. Poi sarà meglio lasciar passare una settimana e fissare un appuntamento.»

Rolf disse: «Facciamo quindici giorni. Se andrà dal Governatore, è probabile che la facciano sorvegliare».

«In che modo ci farà sapere se ha deciso di andarci?»

«Vi lascerò un messaggio dopo aver visto il Trapasso. Avete presente il Cast Museum in Pusey Lane?»

Rolf rispose: «No».

Luke si affrettò a dire: «Io sì. Fa parte dell'Ashmolean Museum, è una galleria di calchi in gesso e copie di marmo di statue greche e romane. Ci andavamo a fare lezione di storia dell'arte quando eravamo a scuola. Sono anni che non ci metto piede. Non sapevo nemmeno che fosse ancora aperto».

Theo disse: «Non c'è motivo di chiuderlo. Non richiede

molta sorveglianza e di tanto in tanto ci vanno alcuni anziani studiosi. L'orario è affisso all'ingresso».

Rolf pareva sospettoso. «Perché proprio lì?»

«Perché mi piace andarci ogni tanto e il custode è abituato a vedermi. Perché ha una serie di nascondigli accessibili. Soprattutto perché per me è comodo. Tutto il resto in quest'impresa non lo è affatto.»

Luke chiese: «Dove lascerà esattamente il messaggio?».

«Al piano terra, lungo la parete a destra, sotto la testa del diadumeno, numero C38 del catalogo. Il numero è anche sul busto. Se non ricordate il nome, dovreste riuscire a ricordare il numero. Altrimenti scrivetevelo.»

Julian domandò: «È facile, sono gli anni di Luke. Bisognerà sollevare la statua?».

«Non è una statua, ma solo un busto, e non avrete bisogno di toccarla. C'è una piccola fessura tra la base e la mensola. Scriverò la mia risposta su un foglietto. Niente di compromettente, solo un sì o un no. Potrei dirvelo per telefono, ma senza dubbio siete convinti che sia poco prudente.»

Rolf confermò: «Cerchiamo di non usare mai il telefono. Anche se non siamo ancora entrati in azione, prendiamo le normali precauzioni. Lo sanno tutti che le linee telefoniche sono sotto controllo».

Julian chiese: «Se la risposta è sì e il Governatore accetta di riceverla, quando ci farà sapere che cosa le ha detto, che cosa ha promesso di fare?».

Rolf la interruppe: «Meglio lasciar passare almeno due settimane. Ci vedremo il mercoledì, quattordici giorni dopo il Trapasso. Verrò io da lei, a piedi, in qualsiasi punto di Oxford, meglio se all'aperto».

Theo obiettò: «All'aperto ci possono controllare con il binocolo: due persone che si incontrano in mezzo a un parco, in un prato, o in un giardino dell'università, danno nell'occhio. È più sicuro un edificio pubblico. Vedrò Julian al Pitt Rivers Museum».

Rolf disse: «Sembra che le piacciano i musei».

«Hanno il vantaggio di essere luoghi in cui la gente è autorizzata a bighellonare.»

Rolf replicò: «Allora verrò io, alle dodici in punto al Pitt Rivers».

«No, voglio che venga Julian. È stata lei a contattarmi la prima volta e a farmi venire qui oggi. Sarò al Pitt Rivers a mezzogiorno, mercoledì, due settimane dopo il Trapasso, e desidero che Julian venga da sola.»

Erano quasi le undici quando Theo li lasciò nella chiesa. Si fermò per un attimo sotto il portico, guardò l'ora e, più in là, il camposanto abbandonato. In cuor suo avrebbe preferito non essere venuto, non essersi lasciato coinvolgere in quell'impresa inutile e imbarazzante. La storia di Miriam lo aveva colpito più di quanto volesse ammettere. Avrebbe preferito non averla mai sentita. Ma che cosa si aspettavano da lui, che cosa mai si poteva fare? Ormai era troppo tardi. Non credeva che fossero in pericolo e le loro preoccupazioni gli erano parse esagerate. E poi aveva sperato di essere sollevato dalla responsabilità almeno per un po', si era augurato che non ci fossero altri Trapassi per qualche mese. Il mercoledì era un giorno scomodo, avrebbe dovuto riorganizzare i suoi impegni all'ultimo momento. Ed erano tre anni che non vedeva Xan. Se doveva incontrarlo nuovamente, era sgradevole e umiliante per lui farlo da postulante. Se la prese con se stesso e con il gruppo: poteva giudicarli con disprezzo una banda di dilettanti scontenti, ma si erano rivelati più furbi di lui mandandogli l'unica persona cui sapevano gli sarebbe stato difficile dire di no. Perché gli risultasse tanto difficile era una questione che per il momento non intendeva approfondire. Sarebbe andato al Trapasso, come aveva promesso; poi avrebbe lasciato loro la sua risposta al Cast Museum e sperava che potesse giustificabilmente essere NO.

Lungo il sentiero stava arrivando un gruppetto di persone per il battesimo, guidato dal vecchio prete che ora indossava una stola e li esortava con gridolini di incoraggiamento. C'erano due donne di mezza età e due uomini più anziani; gli uomini con sobri abiti blu e le donne con cappellini fiorati che facevano a pugni con il cappotto. Portavano tutte e due un fagotto bianco, avvolto in uno scialle da cui pendevano le lunghe pieghe adorne di pizzi di una veste battesimale. Theo fece per superarle con lo sguardo discretamente rivolto altrove, ma le due donne quasi gli sbarrarono il passo e, con un sorriso ebete, demenziale, gli mostrarono i fagotti perché li ammirasse. I due gattini, con le orecchie piegate all'ingiù sotto la cuffietta legata da un nastro, erano ridicoli e patetici al tempo stesso. Avevano gli occhi sbarrati, come ottuse pozze opalescenti, e non sembravano infastiditi dall'impossibilità di muoversi: si chiese se erano stati drogati, poi pensò che probabilmente erano stati toccati, accarezzati e tenuti in braccio come bambini fin dalla nascita e quindi c'erano abituati. Ebbe i suoi dubbi anche sul prete. Che avesse preso i voti regolarmente o che fosse un impostore – e ce n'erano non pochi in giro – non poteva certo celebrare un rito ortodosso. La Chiesa d'Inghilterra, ormai priva di una dottrina o di una liturgia comune, era divisa al punto che non si sapeva più quali fossero le credenze di certe sette, ma nutriva seri dubbi sul fatto che il battesimo degli animali venisse incoraggiato. Gli pareva che il nuovo arcivescovo, una donna che si definiva una cristiana razionalista, probabilmente avrebbe condannato come forma di superstizione persino il battesimo dei neonati, nel caso in cui se ne fosse presentata l'occasione. Ma le sarebbe stato impossibile controllare quel che avveniva chiesa per chiesa. Probabilmente i gattini non avrebbero gradito una doccia fredda sulla testa, ma a parte loro nessuno avrebbe sollevato obiezioni. Quella sceneggiata era la degna conclusione di una mattinata di follia. Theo si avviò a passo deciso verso la sanità di mente e quell'edificio vuoto e inviolato che chiamava casa.

9

La mattina del Trapasso, al suo risveglio Theo provò un senso di fastidio, non abbastanza forte da potersi chiamare angoscia, ma una vaga depressione, non ben definita, simile a quella che si prova dopo un brutto sogno che tuttavia non si ricorda. Ancor prima di portare la mano all'interrutore dell'abat-jour, gli tornò in mente che cosa gli avrebbe riservato quella giornata. Aveva sempre avuto l'abitudine di inventarsi piccoli piaceri per compensare spiacevoli doveri. In condizioni normali avrebbe studiato con cura il percorso da seguire, scegliendo un pub in cui mangiare un boccone a pranzo, una chiesa interessante da visitare, una deviazione per fare un giro in un bel paesino dei dintorni. Ma per quel viaggio, il cui scopo e fine era la morte, non esistevano palliativi efficaci. Gli conveniva cercare di arrivare a destinazione il più in fretta possibile, vedere ciò che aveva promesso di vedere, tornare a casa, dire a Julian che né lui né loro potevano fare nulla e cercare di cancellare dalla propria memoria quell'esperienza che non aveva né scelto né desiderato. Il che voleva dire lasciar perdere la strada più panoramica, via Bedford, Cambridge e Stowmarket, a favore della M40 e M25, per poi dirigersi a nord-est, raggiungendo la costa del Suffolk sulla A12. Era la strada più veloce, anche se meno diretta e più noiosa, ma del resto non si trattava di un viaggio di piacere.

Ma procedette spedito: la A12 era in condizioni migliori di quanto si fosse aspettato, considerato che i porti sulla costa orientale erano ormai quasi abbandonati. Impiegò poco tempo e arrivò all'estuario di Blythburgh poco prima delle due. La marea stava scendendo ma, dietro alle canne e alle piane di fango, il mare si estendeva come uno scialle di seta e il sole capriccioso del primo pomeriggio inondava di luce dorata le vetrate della chiesa di Blythburgh.

L'ultima volta che ci si era recato era ventotto anni prima, quando lui ed Helena avevano trascorso un weekend allo Swan di Southwold. Natalie aveva sei mesi. A quei tempi si potevano permettere soltanto una Ford di seconda mano e avevano legato strettamente il porte-enfant sul sedile posteriore e riempito il bagagliaio con tutto il necessario per un bambino piccolo: ingombranti confezioni di pannolini, sterilizzatore per i biberon, omogeneizzati. Arrivati a Blythburgh, Natalie si era messa a strillare ed Helena aveva detto che aveva fame e bisognava darle da mangiare prima di arrivare all'hotel. Non potevano fermarsi al White Hart di Blythburgh? Sicuramente nel pub avrebbero avuto modo di farle scaldare un po' di latte. Avrebbero potuto mangiare qualcosa anche loro mentre davano il biberon alla bambina. Ma lui aveva notato che il parcheggio era pieno e non aveva voglia di causare il disturbo e la confusione che inevitabilmente le richieste di Helena e di Natalie avrebbero comportato. Aveva insistito per proseguire fino a Southwold, che in fondo era a pochi chilometri di distanza, ma Helena se l'era presa. Intenta com'era a cercare inutilmente di calmare la bambina, non aveva guardato che di sfuggita l'acqua luccicante e la grande chiesa che si innalzava come una nave maestosa ormeggiata fra i canneti. Quel viaggetto, iniziato con il solito risentimento, era proseguito in un'atmosfera di malumore a stento represso. Naturalmente la colpa era sua, che aveva preferito ferire la moglie e far soffrire la figlia piuttosto che causare disturbo a degli sconosciuti in un pub. Avrebbe voluto serbare almeno un ricordo della bambina che non fosse carico di rimpianto e sensi di colpa.

Impulsivamente decise di pranzare al pub. Quel giorno la sua era l'unica automobile nel posteggio e nel locale dai soffitti di legno bassi il fuoco di grossi ceppi nel caminetto era stato sostituito da una stufetta elettrica. Era l'unico cliente. L'uomo dietro al bancone, molto anziano, gli servì un boccale di birra del posto. Era eccellente, ma da mangiare avevano solo pasticci di carne precotti da scaldare nel forno a microonde. Non bastava per prepararsi agli avvenimenti che lo aspettavano.

All'incrocio imboccò la strada per Southwold, che ricordava. La campagna del Suffolk, ondulata e spoglia sotto il cielo invernale, sembrava immutata, ma la carreggiata era molto più dissestata, piena di buche e pericolosa come quella di un rally. Raggiunta la periferia di Reydon, vide alcune squadre di Temporanei evidentemente intenti a preparare un cantiere per lavori di manutenzione al manto stradale sotto gli occhi attenti dei capisquadra. I visi scuri si alzarono verso di lui quando rallentò per superarli. La loro presenza lo sorprese. Southwold non era di certo stata scelta come centro abitato autorizzato per il futuro. Perché allora si preoccupavano di garantirvi un comodo accesso?

Poi passò davanti agli alberi, i cortili e gli edifici della St. Felix School; un'insegna sul cancello proclamava che la scuola era diventata il Centro d'Artigianato dell'East Suffolk. Probabilmente era aperto soltanto d'estate o al fine settimana, perché sui vasti prati trascurati non c'era nessuno. Attraversò il Bight Bridge ed entrò nel paese, con le case dipinte che parevano assopite per la siesta pomeridiana. Trent'anni prima il paese era abitato prevalentemente da anziani: militari in pensione che portavano a spasso il cane, vecchie coppie dagli occhi lucidi e il viso segnato che passeggiavano a braccetto sul lungomare. Vi regnava un'atmosfera di pace e di tranquillità, ogni passione ormai spenta. Adesso era quasi deserto. Sulla panchina davanti al Crown Hotel sedevano due uomini con lo sguardo fisso nel vuoto e le scure mani nodose poggiate sul manico del bastone.

Decise di parcheggiare nel cortile dello Swan e prendere un caffè prima di dirigersi alla spiaggia a nord del paese, ma l'albergo era chiuso. Mentre stava per risalire in macchina, una signora di mezza età con un grembiule fiorato uscì da una porta laterale tirandosela dietro.

Theo disse: «Speravo in un caffè. È chiuso l'hotel?».

La signora aveva un bel viso, ma era tesa e si guardò intorno prima di rispondere: «Solo per oggi, in segno di rispetto. Vede, è per il Trapasso, ma forse lei non sapeva neppure che c'era».

«Sì» disse, «lo sapevo.»

Nel tentativo di rompere il profondo senso di isolamento che incombeva su strade ed edifici, aggiunse: «C'ero venuto trent'anni fa. Non è cambiato molto da allora».

La donna si appoggiò con una mano al finestrino della macchina e disse: «Oh, sì che è cambiato, è cambiato moltissimo. Ma lo Swan è ancora un albergo. I clienti scarseggiano, naturalmente, e la gente si trasferisce: vede, hanno programmato l'evacuazione, in quanto il governo prima o poi non sarà più in grado di garantire la fornitura di energia e di servizi. Così si trasferiscono tutti a Ipswich e Norwich». Che fretta c'era, pensò Theo irritato. Xan avrebbe potuto certamente far andare avanti quel paese per altri vent'anni.

Alla fine parcheggiò sullo spiazzo erboso in fondo a Trinity Street e si avviò a piedi lungo il sentiero che costeggiava la scogliera e portava al molo.

Il mare grigio come il fango si alzava e si abbassava indolente sotto un cielo quasi latteo con una striscia di luce all'orizzonte, come se il sole incerto fosse in procinto di spuntare di nuovo. Sopra a quella pallida striscia trasparente incombevano ammassi pesanti di nuvoloni grigi e neri, come un sipario sollevato solo a metà. Dieci metri più in basso vedeva le onde punteggiate di schiuma sollevarsi e poi infrangersi stancamente, quasi fossero appesantite dalla sabbia e dai sassi. La ringhiera della passeggiata, un tempo perfettamente candida, era arrugginita e rotta in più punti, mentre l'erba nella discesa fra la passeggiata e i bungalow sulla spiaggia sembrava non fosse stata tosata da anni. Una volta davanti ai suoi occhi sarebbe apparsa una fila ordinata di casette di legno verniciate, dai nomi talmente ridicoli da essere commoventi, una accanto all'altra di fronte al mare come tante case di bambola dai colori vivaci. Ormai nella fila si aprivano voragini come nella dentatura di un vecchio e le poche costruzioni ancora in piedi erano in rovina, con la vernice scrostata, puntellate con pali di legno piantati nella sabbia, destinate a essere portate via dalla prossima mareggiata. L'erba giallastra, che gli arrivava alla vita, imperlata di secchi baccelli, si muoveva al vento che mai si quietava del tutto su quella costa.

Apparentemente l'imbarco non sarebbe avvenuto direttamente dal molo, ma da un pontile di legno montato appositamente accanto ad esso. In lontananza scorse i due barconi decorati di ghirlande di fiori e sulla punta del molo, dalla parte del pontile, un gruppetto di persone, alcune delle quali gli parvero in divisa. A un'ottantina di metri da lui tre pullman si fermarono sulla strada. Quando si avvicinò, vide che stavano iniziando a scendere i passeggeri. Dapprima uscirono i componenti di una piccola banda, con la giacca rossa e i pantaloni neri, che si sparpagliarono chiacchierando, mentre il sole faceva scintillare gli ottoni. Uno di loro diede per scherzo una gomitata al vicino e per un po' finsero di prendersi a pugni, poi, annoiati, si accesero una sigaretta e rimasero a guardare il mare. Poi apparvero le vecchiette: alcune scesero con le proprie gambe, altre con l'aiuto di alcune infermiere. Quindi, aperto il portabagagli di uno dei pullman, ne estrassero delle sedie a rotelle e da ultimo fecero scendere le invalide, che vennero fatte sedere sulle carrozzelle.

Theo si tenne a distanza e osservò la fila di persone curve che scendevano faticosamente lungo il sentiero che attraversava la scogliera verso i bungalow sul lungomare. Di colpo capì perché le utilizzavano come spogliatoi, per permettere alle donne di indossare la veste bianca, quelle costruzioni in cui per tanto tempo erano riecheggiate le risa dei bambini e i cui nomi, per quanto dimenticati ormai da trent'anni, gli ritornarono subito alla mente, sciocche e gioiose celebrazioni delle ferie di famiglia: Casa Pete, Vista sull'oceano, Casa degli spruzzi, Bungalow della felicità. Rimase aggrappato al parapetto arrugginito in cima alla scogliera a osservare le donne che venivano fatte entrare nei bungalow a due a due.

I componenti della banda, che erano stati a guardare senza fare commenti, iniziarono a confabulare fra loro, spensero le sigarette, raccolsero gli strumenti e scesero verso la spiaggia. Si misero in fila e rimasero ad aspettare. Il silenzio aveva un che di innaturale. Alle sue spalle le case vittoriane, chiuse e vuote, sembravano decrepite testimonianze di un tempo più felice. La spiaggia davanti a lui era deserta, la quiete rotta soltanto dai richiami striduli dei gabbiani.

A quel punto le donne furono accompagnate fuori dei bungalow e sistemate in fila. Indossavano tutte una lunga veste bianca, forse una camicia da notte, e scialli di lana o mantelline bianche per proteggersi dal vento gelido. Era contento di avere indosso il cappotto di tweed. Avevano tutte in mano un mazzetto di fiori che le faceva sembrare un gruppo di grottesche sposine. Si ritrovò a chiedersi chi si fosse occupato di preparare i fiori, aprire i bungalow e lasciarvi le camicie bianche. La cerimonia, apparentemente improvvisata e spontanea, doveva invece essere stata organizzata con cura. Per la prima volta notò che i bungalow su quel lato erano stati rimessi a nuovo e verniciati di fresco.

La banda cominciò a suonare mentre la processione si avviava lentamente lungo la passeggiata verso il molo. Non appena le note degli ottoni ruppero il silenzio, Theo fu colto dall'indignazione e da un'orribile pena. Suonavano musica allegra, melodie del tempo dei suoi nonni e marcette della seconda guerra mondiale che riconosceva, ma di cui non ricordava più il titolo. Poi ne rammentò alcuni: *Bye Bye Blackbird, Somebody Stole My Girl, Somewhere Over the Rainbow*. Quando le donne si avvicinarono al molo, la musica cambiò e Theo riconobbe le note dell'inno *Abide with Me*. Dopo la prima strofa, quando attaccarono nuovamente il ritornello, udì un querulo lamento, simile allo stridio degli uccelli marini, e capì che le vecchine si erano messe a cantare. Ne vide alcune accennare qualche passo di danza, tenendosi la gonna fra le mani ed esibendosi in goffe piroette. Pensò che forse le avevano drogate.

Procedendo al passo con le ultime della fila, Theo le seguì sul molo. Da lì si vedeva tutto benissimo. C'erano solo una ventina di spettatori, alcuni forse parenti e amici, ma per lo più uomini della polizia di Stato. Pensò che i due barconi forse un tempo erano stati usati come chiatte, ma ora ne rimaneva solo lo scafo, in cui erano state sistemate diverse file di panche. In ognuno c'erano due soldati che si chinavano ogni volta che saliva una donna, presumibilmente per incatenarle le caviglie o per attaccarvi dei pesi. Era evidente anche la funzione della barca a motore attraccata al molo: una volta al largo, spariti alla vista, i militari avrebbero tolto i tappi dei barconi e sarebbero tornati a riva a bordo della barca a motore. La banda continuava a suonare, questa volta *Nimrod* di Elgar. Il canto era cessato e non gli giungeva alle orecchie alcun suono tranne l'incessante infrangersi delle onde sulla spiaggia e di tanto in tanto un ordine impartito sottovoce portato dal vento.

Si disse che aveva visto abbastanza: a quel punto era giustificato a tornare in macchina. L'unica cosa che desiderava era allontanarsi a tutta velocità da quel paese che gli parlava solo di impotenza, di decadenza, di vuoto e di morte. Ma aveva promesso a Julian che avrebbe assistito a un Trapasso e ciò implicava rimanere fino a che i barconi non fossero scomparsi alla vista. Quasi per costringersi a mantenere il proprio impegno, scese i gradini di cemento che collegavano la strada alla spiaggia. Non venne nessuno a ordinargli di andare via. Il gruppetto di ufficiali, infermiere, militari e suonatori, tutti coinvolti per la loro parte nella macabra cerimonia, non parve neppure accorgersi della sua presenza.

Improvvisamente ci fu del trambusto. Una donna che veniva accompagnata al primo barcone si mise a urlare e iniziò a dibattersi furiosamente. L'infermiera che la scortava fu colta di sorpresa e, prima che potesse fare qualcosa, la donna si tuffò nell'acqua e cercò di raggiungere la riva. Istintivamente Theo le corse incontro. Sentì sotto i piedi la sabbia e i sassi e la morsa ghiacciata dell'acqua alle caviglie. Era a meno di venti metri da lui e la vide chiaramente: i capelli bianchi e scarmigliati, la camicia da notte appiccicata al corpo, i seni cadenti, la pelle delle braccia segnata da rughe profonde. Un'onda, prima di infrangersi, le denudò la spalla sinistra e Theo vide il seno muoversi osceno nell'acqua come una medusa. Continuava a urlare, con il grido stridulo e acuto di un animale torturato. La riconobbe quasi subito: era Hilda Palmer-Smith. Sotto choc, cercò di raggiungerla, tendendole entrambe le mani.

Fu allora che accadde. Era quasi riuscito ad afferrarle i polsi quando uno dei militari si gettò in mare dal molo e la colpì furiosamente alla tempia con il calcio della pistola. La donna ricadde in avanti, roteando le braccia. L'acqua si tinse brevemente di rosso prima che l'onda successiva la travolgesse e la sollevasse per poi ritirarsi, lasciandola nella schiuma con le braccia e le gambe aperte. Fece di nuovo per alzarsi, ma l'uomo la colpì ancora. Theo ormai l'aveva raggiunta e le afferrò una mano. Immediatamente si sentì prendere per le spalle e scaraventare di lato. Udì una voce calma, autoritaria, quasi gentile: «Lasci perdere, signore, lasci perdere».

Un'onda, più grossa delle precedenti, travolse la donna e gli fece perdere l'equilibrio. Quando si ritirò Theo, cercando di rialzarsi, la vide, riversa, la camicia scomposta che lasciava vedere le gambe sottili e il ventre. Con un gemito cercò nuovamente di raggiungerla barcollando nell'acqua, ma questa volta fu lui a essere colpito alla tempia e a cadere. Sentì le pietre che gli graffiavano la faccia, l'odore penetrante dell'acqua di mare, un rombo pulsante nelle orecchie. Cercò di aggrapparsi a qualcosa, ma le dita affondavano nella ghiaia e la sabbia e i sassi venivano risucchiati dalle onde sotto di lui. Arrivò un'altra onda e si sentì trasportare nell'acqua più profonda. Semincosciente, cercò di alzare la testa, di respirare, sapendo di essere sul punto di annegare. Allora venne una terza ondata, che lo sollevò e lo gettò sulla spiaggia.

Ma evidentemente non volevano lasciarlo annegare. Rabbrividendo per il freddo, sputando e tossendo, sentì che qualcuno lo aveva afferrato saldamente sotto le ascelle e lo stava tirando fuori dall'acqua senza fatica, come fosse stato un bambino. Lo stavano trascinando a faccia in giù sulla spiaggia. Sentiva la punta delle scarpe che strisciava sulla sabbia bagnata e i sassolini che gli appesantivano i pantaloni fradici; aveva le braccia penzoloni, le nocche livide e graffiate dalle pietre più grosse. E sentiva sempre il forte odore di mare e udiva il ritmico infrangersi delle onde sulla spiaggia. Poi si fermarono e lo lasciarono cadere come un sacco sulla sabbia asciutta e morbida. Sentì che gli gettavano il cappotto sulla schiena, notò vagamente una sagoma scura che si allontanava e rimase solo.

Cercò di alzare il capo, cosciente per la prima volta del dolore pulsante che sembrava espandersi e contrarsi come un essere vivente nella sua testa. Quando riusciva a sollevarlo, gli dondolava debolmente e quindi gli ricadeva pesantemente nella sabbia. La terza volta, però, riuscì ad alzarlo di qualche centimetro e aprì gli occhi. Aveva le palpebre pesanti, coperte di sabbia, altra sabbia sul viso e in bocca e viscide alghe fra i capelli e fra le dita. Gli pareva di essere riemerso da una tomba d'acqua, con le bende della morte ancora addosso. Prima di perdere conoscenza si accorse che lo avevano trascinato nello spazio fra due bungalow, appoggiati su basse palafitte. Sotto vedeva i resti di vacanze da tempo dimenticate, mezzo sepolti nella sabbia sporca: un riflesso di carta stagnola, una vecchia bottiglia di plastica, la tela marcia e le assi scheggiate di una sedia a sdraio, una paletta spezzata. A fatica cercò di avvicinarvisi tendendo la mano, come per aggrapparsi a una sorgente di salvezza e di pace, ma lo sforzo fu troppo grande e, chiudendo gli occhi che gli bruciavano, si abbandonò con un sospiro all'oscurità.

Quando si svegliò, ebbe l'impressione che fosse completamente buio. Voltandosi sulla schiena vide il cielo brillare di pallide stelle e il chiarore del mare davanti a sé. Ricordò dove si trovava e che cosa era accaduto. La testa gli faceva ancora male, ma ora il dolore era sordo e persistente. Passandosi una mano fra i capelli sentì un bernoccolo grosso come un uovo, ma non gli parve nulla di grave. Non aveva idea di che ora fosse e non riusciva a vedere le lancette dell'orologio. Si massaggiò le gambe indolenzite, si scrollò la sabbia dal cappotto e, infilatoselo, si diresse barcollando verso la riva, dove si chinò a bagnarsi il viso. L'acqua era gelata. Il mare era più calmo e la luna vi si rifletteva con un tremulo bagliore. Le onde basse si allungavano limpide di fronte a lui; pensò alle donne incatenate una all'altra, annegate, ancora legate alle panche del barcone, immaginò i loro capelli bianchi che si alzavano e si abbassavano nella marea. Ritornò verso i bungalow e si fermò qualche minuto sui gradini a recuperare le forze. Controllò le tasche della giacca. Il portafoglio di pelle era fradicio, ma c'era ancora e il suo contenuto non era stato toccato.

Si avviò lungo la scala che portava alla strada. I lampioni erano pochi, ma sufficienti a vedere l'ora. Erano le sette. Era rimasto privo di sensi, e presumibilmente poi aveva dormito, per meno di quattro ore. Risalito in Trinity Street si accorse con sollievo che l'automobile era ancora lì, ma non scorse altro segno di vita. Era indeciso. Stava cominciando a tremare dal freddo, aveva voglia di qualcosa di caldo. Inorridiva al pensiero di tornare a Oxford in quello stato, ma il bisogno di andare via da Southwold era imperioso quasi quanto la fame e la sete. Mentre restava lì, indeciso, udì una porta che si chiudeva e si guardò intorno. Da una delle case a schiera vittoriane era uscita una donna con un cagnolino al guinzaglio, diretta verso il prato. Era l'unica casa in cui si vedeva una luce e notò che sulla finestra del pianoterra campeggiava l'insegna BED AND BREAKFAST.

D'impulso si avvicinò alla donna e le disse: «Ho avuto un incidente e sono bagnato fradicio. Non credo di farcela a tornare a casa in macchina stasera. Ha una camera libera? Mi chiamo Faron, Theo Faron».

Era più vecchia di quello che si era immaginato, aveva il viso rotondo segnato da rughe profonde e cascante come un palloncino sgonfio e piccoli occhi vivaci; la bocca, minuta e ben disegnata, un tempo era forse stata bella, ma ormai biascicava in continuazione come se stesse gustando gli ultimi resti della cena appena consumata.

Quella richiesta non parve sorprenderla e, cosa ancor più confortante, neppure spaventarla; con voce affabile rispose: «Ho una camera libera, se vuole aspettarmi mentre porto fuori Chloe. C'è un posticino riservato ai cani. Stiamo attenti a non sporcare la spiaggia. Un tempo le mamme si lamentavano se la spiaggia era sporca e l'abitudine ci è rimasta. La cena non è compresa, ma se desidera posso prepararle qualcosa».

Lo guardò e Theo, per la prima volta, scorse un velo di ansia negli occhi vivaci. Le disse che gli avrebbe fatto un grande piacere.

Ritornò dopo tre minuti e Theo la seguì lungo uno stretto corridoio, in un salotto sul retro. Era talmente piccolo e pieno di mobili fuori moda che faceva venire la claustrofobia. Notò il chinz sbiadito, la mensola del caminetto piena di animaletti di ceramica, i cuscini patchwork sulle poltrone basse davanti al focolare, le fotografie nelle cornici d'argento e un lieve profumo di lavanda. Quella stanza gli parve un luogo sacro, come se le pareti dalla tappezzeria a fiori racchiudessero un comfort e una sicurezza che nella sua infanzia segnata dall'angoscia lui non aveva mai conosciuto.

La donna disse: «Temo di non avere un gran che nel frigo, stasera, ma potrei prepararle una minestra e un'omelette».

«Va benissimo.»

«È minestra in scatola, purtroppo, ma mescolandone due tipi e aggiungendo un po' di prezzemolo tritato o una cipolla viene abbastanza buona. Spero che le piacerà. Vuole che apparecchi in sala da pranzo o preferisce mangiare qui in salotto, davanti al caminetto? Forse qui starà più comodo.»

«Va benissimo qui.»

Si sedette su una poltroncina bassa, allungò le gambe davanti alla stufetta elettrica e osservò il vapore che si sprigionava dai calzoni bagnati. Presto fu pronta la cena: gli servì per prima la minestra, in cui a Theo parve di riconoscere una mescolanza di crema di funghi e minestra di pollo con un pizzico di prezzemolo tritato. Era calda e sorprendentemente buona e il pane e burro che l'accompagnavano erano freschi. Poi la donna gli servì un'omelette alle erbe aromatiche e gli chiese se preferiva tè, caffè o cioccolata. Avrebbe voluto qualcosa di alcolico, ma non sembrava che la casa lo passasse; optò quindi per il tè. La donna lo lasciò solo a sorseggiarlo, così come non gli aveva tenuto compagnia mentre mangiava.

Quando ebbe finito riapparve, quasi fosse rimasta ad aspettare sulla porta, e gli disse: «L'ho sistemata nella camera sul retro. A volte fa piacere non sentire il rumore del mare. Il letto è appena fatto, non si preoccupi: ci tengo molto a dare aria ai letti. Le ho messo due borse dell'acqua calda, ma se fossero troppe le tolga pure. Ho acceso lo scaldabagno, così avrà acqua calda in abbondanza, se volesse farsi un bagno».

Le gambe gli facevano male, essendo rimasto nella sabbia bagnata per ore, e l'idea di un bagno caldo era invitante, ma, una volta placate la fame e la sete, si sentì sopraffatto dalla stanchezza. Non avrebbe avuto la forza neppure di riempire la vasca.

Rispose: «Farò il bagno domattina, se per lei è lo stesso».

La camera era al secondo piano e sul retro, come promesso. Scostandosi per farlo entrare, la donna disse: «Non credo di avere pigiami della sua misura ma, se desidera, ho una vecchia vestaglia che potrebbe andarle bene. Era di mio marito».

Non pareva né sorpresa né preoccupata che Theo non avesse biancheria con sé. Vicino al focolare vittoriano era sistemata una stufetta elettrica, che la donna si chinò a spegnere prima di congedarsi. Theo si rese conto che il prezzo non comprendeva il riscaldamento notturno, ma non ne aveva bisogno. Non appena la donna uscì, si spogliò, si infilò sotto le lenzuola e, al calduccio, si lasciò sprofondare nell'oblio.

Il mattino dopo la colazione gli fu servita nella sala da pranzo al pianterreno, nella parte anteriore della casa. C'erano cinque tavoli apparecchiati con tovaglie candide e vasetti di fiori finti, ma non c'erano altri ospiti.

La sala, vuota e ingombra al tempo stesso, con l'aria di promettere più di quanto potesse offrire, gli ricordò l'ultima volta che era andato in vacanza insieme ai suoi genitori. Aveva undici anni ed erano stati a Brighton per una settimana in un *bed-and-breakfast* sul lungomare vicino a Kemp Town. Era piovuto quasi tutti i giorni e di quella vacanza ricordava l'odore degli impermeabili bagnati, loro tre rannicchiati sotto un riparo a guardare il mare grosso e grigio e a passeggiare per le strade alla ricerca di qualcosa da fare a prezzo abbordabile per far venire le sei e mezzo, quando potevano tornare nella pensione per cenare. Mangiavano in una sala da pranzo proprio come quella, piena di famiglie che, non abituate a farsi servire, sedevano in un silenzio imbarazzato in attesa che la proprietaria, che voleva dimostrarsi allegra a tutti i costi, arrivasse con vassoi carichi di carne e due contorni. Era stato di cattivo umore tutta la vacanza, si era annoiato. Per la prima volta gli venne in mente che i suoi genitori avevano goduto di ben poche gioie nella loro vita e che lui, loro unico figlio, aveva dato un ben scarso contributo.

La donna sembrava contenta di servirgli uova, pancetta e patate fritte e indecisa se rimanere a fargli compagnia, come avrebbe desiderato lei, o lasciarlo solo, come certamente avrebbe preferito lui. Theo mangiò velocemente, ansioso di partire.

Nel pagarla le disse: «È stata molto gentile a ospitarmi; in fondo ero solo e senza bagaglio. Altri avrebbero fatto delle difficoltà».

«Oh, no! Il suo arrivo non è stato una sorpresa per me; non avevo paura: lei è stato l'esaudimento delle mie preghiere.»

«Questo non me l'aveva mai detto nessuno.»

«Eppure è proprio così. Erano quattro mesi che non avevo un solo cliente e mi sentivo così inutile. Non c'è niente di peggio che sentirsi inutili, quando si è vecchi. Così ho pregato Iddio di darmi un segno, di dirmi che cosa dovevo fare, se valeva la pena di continuare. E Lui ha mandato lei. Sono convinta che quando siamo davvero in difficoltà e dobbiamo affrontare problemi che ci sembrano troppo grandi per noi e chiediamo aiuto, Lui risponde sempre, non lo crede anche lei?»

«No» rispose contando i soldi, «non credo che mi sia mai accaduto.»

Proseguì, come se non lo avesse sentito: «Naturalmente mi rendo conto che prima o poi dovrò smettere. Il paese sta morendo e non siamo un centro abitato autorizzato, così la gente che va in pensione non si trasferisce più qui e i giovani se ne vanno. Ma andrà tutto bene, il Governatore ha promesso che si prenderà cura di ognuno di noi alla fine. Penso che mi faranno trasferire in un appartamento a Norwich».

Theo pensò che, se era il suo Dio a mandarle un ospite di tanto in tanto, per le cose essenziali però la donna contava sul Governatore. D'impulso chiese: «Ha visto il Trapasso, ieri?».

«Trapasso?»

«La cerimonia di ieri, con le barche giù al molo.»

Rispose con voce ferma: «Si sbaglia, signor Faron, non c'è stato nessun Trapasso. Queste cose non succedono, qui a Southwold».

A quel punto si rese conto che era ansiosa quanto lui di congedarsi. La ringraziò di nuovo. Non gli aveva detto come si chiamava e Theo non glielo chiese. Fu tentato di dire: «Sono stato molto bene nel suo *bed-and-breakfast*. Devo tornare per una piccola vacanza». Ma sapeva che non sarebbe mai tornato e la gentilezza della signora meritava di più di una bugia detta tanto per dire.

10

La mattina dopo scrisse un'unica parola, SI, su un cartoncino e lo piegò con grande cura e precisione, facendo scorrere il pollice sulla piegatura. Scrivendo quelle due lettere gli parve di prendere un impegno la cui portata non sapeva ancora prevedere, ma che andava oltre la promessa di andare da Xan.

Poco dopo le dieci si incamminò sulle pietre sottili del lastricato di Pusey Lane, verso il museo. C'era un solo custode in servizio, seduto come al solito dietro un tavolo di legno di fronte alla porta. Era molto vecchio e dormiva profondamente. Teneva la testa allungata, coperta di chiazze e di ciuffi di irti capelli grigi, nell'incavo del braccio destro piegato sul tavolo. La mano sinistra sembrava mummificata, un mucchio di ossa tenute insieme alla bell'e meglio da un guanto screziato di pelle macchiata. Accanto ad essa giaceva un'edizione tascabile del *Teeteto* di Platone. Probabilmente era uno studioso, uno dei tanti volontari che facevano gratuitamente i turni per tenere aperto il museo. La sua presenza, sveglio o addormentato che fosse, era comunque superflua: nessuno avrebbe rischiato la deportazione sull'isola di Man per i pochi medaglioni esposti nella vetrina e chi avrebbe potuto, o voluto, portarsi via la grande *Vittoria* di Samafaya o le ali della *Nike* di Samotracia?

Theo aveva studiato storia, ma era stato Xan a fargli conoscere il Cast Museum, entrandovi con passo veloce e pieno di gioiosa aspettativa, come un bambino in una stanza colma di giocattoli nuovi che mostra i suoi tesori. Anche Theo ne era rimasto affascinato. I loro gusti erano diversi anche al museo. A Xan piacevano soprattutto il rigore e i volti impassibili e severi delle statue di figure maschili del primo periodo classico al pianterreno, mentre Theo preferiva la sala del sotterraneo, le linee più morbide e fluenti del periodo ellenistico. Vide che nulla era cambiato. I calchi e le statue erano allineati alla luce delle grandi finestre come resti stipati di una civiltà abbandonata, torsi privi di braccia dal volto serio e dalla bocca arrogante, i riccioli elegantemente disposti sulla fronte cinta da un nastro, divinità senza occhi che sorridono fra sé, quasi fossero a conoscenza di una verità più profonda del messaggio ingannevole di quegli arti di ghiaccio: che le civiltà nascono e muoiono, ma l'uomo resta.

Per quanto ne sapeva, da quando aveva finito l'università Xan non era mai più tornato al museo, ma per Theo con il passare degli anni esso era diventato una specie di rifugio. Nei mesi terribili che avevano seguito la morte di Natalie e il trasloco in St. John Street, aveva rappresentato per lui una comoda fuga dal dolore e dal risentimento della moglie. Poteva sedersi su una di quelle sedie dure e funzionali a leggere o a pensare nel silenzio raramente disturbato da voci umane. Di tanto in tanto entrava nel museo qualche scolaresca o uno studente solitario; allora chiudeva il libro e se ne andava. L'atmosfera particolare che trovava in quel posto svaniva, se non era solo.

Prima di fare ciò per cui era venuto, si aggirò per il museo, in parte per la sensazione, un po' superstiziosa, che anche in quel vuoto e in quel silenzio fosse meglio comportarsi da visitatore occasionale e in parte per il desiderio di rivisitare oggetti una volta amati e vedere se riuscivano ancora a commuoverlo: la lapide attica di una giovane madre del IV secolo a.C., la serva che regge il neonato in fasce, la pietra tombale di una bambina con le colombe, espressione del dolore che parla a quasi tremila anni di distanza. Guardò, pensò, ricordò.

Quando tornò al pianterreno vide che il custode dormiva ancora. La testa del diadumeno era sempre al suo posto nella galleria del pianterreno, ma lo guardò con meno emozione di quando lo aveva visto per la prima volta trentadue anni prima. Gli dava un piacere distaccato, intellettuale, mentre allora ne aveva sfiorato la fronte con un dito, seguendo la linea del naso fino alla gola, scosso da quel misto di timore, profondo rispetto ed eccitazione che, in quei giorni pieni di entusiasmo, la grande arte sempre suscitava in lui.

Estratto dalla tasca il biglietto piegato, lo infilò fra il piedistallo e la mensola su cui poggiava la statua in modo che il bordo risultasse appena visibile all'occhio attento di chi sa cosa cerca. Chiunque Rolf avesse mandato a recuperarlo, sarebbe riuscito a tirarlo fuori con un'unghia, una moneta o una matita. Non temeva che lo trovassero altri e, anche se fosse successo, il messaggio non avrebbe rivelato loro nulla. Mentre controllava che il bordo del biglietto si vedesse, provò di nuovo quel misto di irritazione e di imbarazzo che lo aveva assalito per la prima volta nella chiesa di Binsey. Adesso però la sensazione di lasciarsi coinvolgere, sia pur di malavoglia, in un'impresa tanto ridicola quanto inutile era meno forte. Ricordava il corpo seminudo di Hilda che rotolava nella risacca, quel corteo sparuto e affranto, il rumore del calcio della pistola sulla testa, e quelle immagini conferivano dignità e serietà anche al più infantile dei giochi. Gli bastava chiudere gli occhi per sentire di nuovo il fragore con cui l'onda si infrangeva e il lungo sospiro con cui si ritirava.

Scegliere di rimanere uno spettatore garantiva una certa sicurezza e dignità, ma di fronte a orrori di quel genere non si poteva evitare di farsi avanti ed entrare in azione. Sarebbe andato da Xan. Ma più che dall'indignazione per l'orrore del Trapasso, non era forse spinto dal ricordo della propria umiliazione, di quel colpo assestato con cura, del proprio corpo trascinato e scaricato sulla spiaggia come una carcassa indesiderata?

Quando passò davanti al tavolo, diretto all'uscita, l'anziano custode si riscosse e si raddrizzò sulla sedia. Forse il rumore dei suoi passi si era insinuato nella sua mente semiaddormentata come un rimprovero per aver trascurato il proprio dovere. Rivolse a Theo un'occhiata colma di una paura che sconfinava nel terrore. Un attimo dopo Theo lo riconobbe: era Digby Yule, un professore di materie umanistiche di Merton in pensione.

Theo si presentò: «Piacere di rivederla, come sta?».

Quella domanda parve accrescere il nervosismo di Yule. Con la mano destra cominciò a tamburellare, in maniera apparentemente incontrollabile, sul piano del tavolo e disse: «Oh, benissimo! Sì, benissimo, grazie, Faron. Me la passo bene. Sono solo, sa. Vivo in una camera ammobiliata vicino a Iffley Road, ma me la passo bene. Faccio tutto da solo. La padrona di casa non è una donna facile – be', ha i suoi problemi anche lei – ma io non le do disturbo, non do disturbo a nessuno».

Chissà di che cosa aveva paura, si chiese Theo. Di una telefonata discreta per informare la polizia che un altro cittadino era divenuto un peso per il prossimo? Gli parve che i sensi gli si fossero straordinariamente acuiti: sentiva l'odore un po' pungente del disinfettante, vedeva le tracce di sapone secco rimastegli sulla barba e sul mento, notò che il centimetro di polsino che spuntava dalle maniche della giacca malandata era pulito ma non stirato. Poi si rese conto che avrebbe potuto suggerirgli: «Se dove sta non si trova bene, da me in St. John Street c'è un sacco di posto. Sono rimasto solo. Mi farebbe piacere un po' di compagnia».

Ma si disse con fermezza che non gli avrebbe fatto nessun piacere, che la sua offerta sarebbe parsa nello stesso tempo presuntuosa e condiscendente, che il vecchio professore non ce l'avrebbe fatta a salire le scale, quelle comode scale che lo esentavano dall'obbligo della benevolenza.

Neppure Hilda ce l'avrebbe fatta a salire le scale. Ma Hilda era morta.

Yule stava dicendo: «Vede, vengo qui solo due volte la settimana, il lunedì e il venerdì. Sostituisco un collega. Fa piacere rendersi utili e mi piace il silenzio di questo posto: è diverso dal silenzio di qualsiasi altro edificio di Oxford».

Theo pensò che forse sarebbe morto lì, seduto a quel tavolo, senza fare rumore. Quale posto migliore per andarsene? E di colpo ebbe una visione del vecchio rimasto lì solo, dietro quel tavolo, dell'ultimo custode che chiudeva e sprangava la porta, di una serie ininterrotta di anni di silenzio assoluto, del corpo mummificato o decomposto sotto lo sguardo marmoreo di quegli occhi vuoti e ciechi.

11

Martedì 9 febbraio 2021

Oggi, per la prima volta dopo tre anni, ho visto Xan. Non è stato difficile fissare un appuntamento, sebbene la faccia sul monitor non fosse la sua, ma quella di uno dei suoi assistenti, un granatiere con le mostrine da sergente. Un piccolo plotone dell'esercito personale di Xan lo protegge, cucina per lui, gli fa da autista e lo serve in tutto; non ci sono mai state, neppure all'inizio, segretarie o assistenti personali, governanti o cuoche alla corte del Governatore. Mi sono sempre chiesto se alla base di tale esclusione ci sia il desiderio di evitare qualsiasi scandalo di natura sessuale o se la lealtà che Xan richiede non sia di tipo essenzialmente maschile: gerarchica, assoluta, indifferente.

Mi ha mandato un'automobile. Avevo detto al granatiere che avrei preferito andare a Londra per conto mio, ma la sua risposta, pronunciata con tono piatto, ma senza possibilità di discussione, era stata: «Il Governatore la farà venire a prendere da un autista, signore. Si troverà davanti a casa sua alle nove e trenta».

Avevo pensato che magari sarebbe venuto George, che mi faceva regolarmente da autista quando ero consigliere di Xan. George mi piaceva: aveva una faccia allegra e simpatica, le orecchie a sventola, la bocca larga e il naso grosso e all'insù. Di poche parole, non parlava mai se non ero io a iniziare la conversazione. Avevo il sospetto che tutti gli autisti fossero tenuti a seguire questa regola, ma George emanava un senso di cordialità e di approvazione, o almeno così mi piaceva pensare, e i viaggi insieme a lui rappresentavano per me un interludio riposante e privo di stress tra la frustrazione che provavo alle riunioni del Consiglio e l'infelicità di casa mia. Invece si è presentato un autista magro, di un'eleganza aggressiva nella sua divisa nuova; i suoi occhi, nell'incontrare i miei, non hanno espresso nulla, neppure antipatia.

Ho domandato: «George non fa più l'autista?».

«George è morto, signore. Ha avuto un incidente sulla A4. Mi chiamo Hedges e l'accompagnerò sia all'andata che al ritorno.»

Era difficile pensare che George, autista esperto e meticolosamente prudente, fosse rimasto coinvolto in un incidente mortale, ma non ho fatto altre domande. Qualcosa mi diceva che la mia curiosità non sarebbe stata soddisfatta e ulteriori domande in proposito sarebbero state male accolte.

Non aveva senso cercare di immaginare il colloquio o l'accoglienza che mi avrebbe riservato Xan dopo tre anni di silenzio. Ci eravamo lasciati senza rancore e senza rabbia, ma sapevo che ai suoi occhi mi ero comportato in maniera ingiustificabile. Mi sono chiesto se lo ritenesse anche imperdonabile. Era abituato a ottenere tutto ciò che voleva. Mi aveva voluto al suo fianco e io mi ero tirato indietro. Aveva però acconsentito a vedermi. Nel giro di un'ora avrei saputo se considerava definitiva la nostra rottura. Chissà se aveva detto agli altri membri del Consiglio che avevo chiesto di parlargli. Non mi aspettavo, né desideravo vederli: quella parte della mia vita era conclusa. Tuttavia, mentre la vettura si dirigeva veloce e silenziosa verso Londra, ho pensato a loro.

Sono quattro. Martin Woolvington, responsabile dell'Industria e della Produzione; Harriet Marwood per la Sanità, la Scienza e il Tempo Libero; Felicia Rankin agli Interni, un dicastero eterogeneo che comprende anche Edilizia e Trasporti; infine Carl Inglebach, ministro della Giustizia e della Sicurezza di Stato. La divisione delle responsabilità è un metodo di organizzazione del lavoro più conveniente dell'attribuzione di poteri assoluti. A nessuno, almeno finché ho partecipato alle riunioni del Consiglio, è mai stato impedito di interessarsi anche dei settori di attività degli altri membri e le decisioni venivano prese dall'intero Consiglio con votazioni a maggioranza da cui, in qualità di consigliere di Xan, io ero escluso. Ora mi chiedo se non sia stata tale umiliante esclusione, più che la coscienza di essere assolutamente inutile, a rendere intollerabile la mia posizione. Avere influenza non basta a sostituire il potere.

Il ruolo di Martin Woolvington e la sua posizione nel Consiglio non sono più in discussione e devono essersi notevolmente rafforzati dopo la mia defezione. È il membro del Consiglio più vicino a Xan, quello che per lui probabilmente si avvicina di più alla figura di un amico. Erano nello stesso reggimento, tutti e due ufficiali subalterni, e Woolvington fu uno dei primi membri del Consiglio nominati da Xan. Quello dell'Industria e della Produzione è uno dei dicasteri più importanti, dal momento che comprende agricoltura, alimentazione, energia e lavoro. In un Consiglio di persone straordinariamente intelligenti, la nomina di Woolvington dapprima mi sorprese. Ma non è uno stupido: l'Esercito Britannico ha smesso di considerare una virtù la stupidità dei propri ufficiali sin da prima degli anni Novanta e Martin merita il posto che occupa per via della sua intelligenza pratica e non teorica, a parte il fatto che lavora moltissimo. Durante le riunioni parla poco, ma i suoi interventi sono sempre opportuni e acuti. La sua lealtà verso Xan è assoluta. Nelle sedute era l'unico che scarabocchiava. Ho sempre pensato che scarabocchiare fosse un lieve sintomo di stress, del bisogno di tenere le mani occupate, un utile espediente per evitare di guardare in faccia gli altri. Gli scarabocchi di Martin erano unici: sembrava quasi che li facesse per non perdere tempo. Ascoltava e nello stesso tempo riusciva a tratteggiare linee di battaglia, pianificare manovre e disegnare con grande precisione soldatini, generalmente con le divise delle guerre napoleoniche. Di solito andandosene lasciava i fogli sul tavolo e io mi stupivo dell'accuratezza e della precisione di quei disegni. Mi era abbastanza simpatico perché era invariabilmente cortese e non dimostrava quel malcelato risentimento nei miei confronti che, nella mia ipersensibilità, credevo di rilevare in tutti gli altri. Ciò nonostante mi è sempre sembrato di non capirlo e dubito che lui abbia mai neppure tentato di capire me. Se il Governatore mi voleva al suo fianco, a lui bastava. È poco più alto della media, ha i capelli chiari e ondulati e un bel viso dai lineamenti delicati che mi ricorda moltissimo una fotografia di una stella hollywoodiana degli anni Trenta, Leslie Howard. Una volta riconosciuta quella somiglianza, mi è sembrata sempre più forte e ha contribuito a dargli ai miei occhi una sensibilità e un'intensità espressiva che sono estranee al suo carattere essenzialmente pragmatico.

Non mi sono mai sentito a mio agio con Felicia Rankin. Se desiderava una collega che fosse al tempo stesso una brava avvocatessa e una giovane donna, Xan avrebbe avuto comunque a disposizione soggetti meno aspri. Non ho mai capito perché abbia scelto proprio lei. Ha un aspetto straordinario. Viene sempre ripresa e fotografata di profilo o di mezza faccia, in quanto così dà l'impressione di avere una bellezza calma e tradizionale per via dei suoi lineamenti classici, delle sopracciglia molto arcuate, dei capelli biondi raccolti in uno chignon. Vista di faccia, però, quell'illusoria simmetria scompare, quasi la sua testa fosse fatta di due metà diverse, tutte e due belle se prese una per una, ma che insieme creano un effetto discordante che, in certe luci, sfiora la deformità. L'occhio destro è più grande del sinistro e da quella parte la fronte è un po' sporgente; anche l'orecchio destro è più grande dell'altro. Ha gli occhi grigi, molto grandi e luminosi. Osservandola, quando era rilassata, mi chiedevo sempre che cosa si debba provare a mancare di un soffio la bellezza. Talvolta durante le riunioni non riuscivo a staccarle gli occhi di dosso e distoglievo rapidamente lo sguardo solo quando lei, voltandosi di colpo, mi lanciava un'occhiata di aperto disprezzo. Mi chiedo quanto il mio morboso interesse per il suo aspetto abbia contribuito alla nostra reciproca antipatia.

Harriet Marwood, che a sessantotto anni è il membro più anziano del Consiglio, è responsabile della Sanità,, della Scienza e del Tempo Libero, ma il suo ruolo mi fu chiaro sin dalla prima riunione, così come è chiaro all'intero Paese. Harriet è il vecchio saggio della tribù, è la nonna universale, rassicurante, consolatrice, sempre presente a sostenere i propri antiquati codici di comportamento dando per scontato che i nipotini vi si conformeranno. Quando appare sugli schermi televisivi per spiegare le ultime direttive, è impossibile credere che non siano a fin di bene. Riuscirebbe a far sembrare assolutamente ragionevole una legge che impone il suicidio universale e metà della popolazione, immagino, la metterebbe immediatamente in pratica. Rappresenta la saggezza dell'età, certa, assoluta e amorevole. Prima di Omega dirigeva una scuola femminile e l'insegnamento era la sua passione: anche da preside continuò sempre a far lezione alle maturande. Ma era ai giovani che voleva insegnare e non vedeva di buon occhio il mio compromesso di tenere corsi di storia popolare e di letteratura ancor più popolare agli adulti, distribuendo il pane della sapienza a persone annoiate di mezza età. L'energia, l'entusiasmo che da ragazza aveva dedicato all'insegnamento, li dedica ora al Consiglio. I membri del Consiglio sono i suoi scolari, i suoi bambini e lo stesso vale, per estensione, anche per i cittadini. Sospetto che Xan la trovi utile in modi a me sconosciuti; secondo me è una donna estremamente pericolosa.

Chi si dà pena di riflettere sulla personalità dei membri del Consiglio dice che il cervello è Carl Inglebach, attribuendo alla sua grande testa dalla fronte ampia la brillante pianificazione e gestione della capillare struttura che tiene insieme il Paese, e sostiene che senza il suo genio amministrativo il Governatore d'Inghilterra sarebbe ridotto all'impotenza. È il genere di voce che corre a proposito di tutti i potenti e potrebbe addirittura avervi dato adito lui stesso, per quanto ne dubito. È impermeabile all'opinione pubblica. Il suo credo è semplice: ci sono cose contro le quali non vi è nulla da fare e cercare di modificarle è uno spreco di tempo. Ve ne sono altre invece che vanno cambiate e, una volta presa la decisione, il cambiamento deve essere messo in pratica senza indugio e senza pietà. È il membro più sinistro del Consiglio e, dopo il Governatore, il più potente.

Non ho rivolto la parola al mio autista fino alla rotatoria di Shepherd's Bush, quando mi sono sporto in avanti e ho bussato sul vetro che ci divideva dicendo: «Vorrei che passasse per Hyde Park, Constitution Hill e Birdcage Walk, se non le dispiace».

Senza muovere le spalle e senza la minima espressione nella voce, ha risposto: «È la strada che mi ha pregato di fare il Governatore».

Il palazzo aveva le porte chiuse, l'asta senza bandiera, le garitte vuote, gli enormi cancelli sprangati. St. James Park mi è parso più trascurato dell'ultima volta che l'avevo visto. È uno dei parchi per cui il Consiglio ha decretato la manutenzione permanente e, in effetti, ho visto in lontananza un gruppo di persone, con indosso la divisa gialla e marrone dei Temporanei, intente a raccogliere i rifiuti e a sistemare i bordi delle aiuole ancora spoglie. Il sole invernale illuminava la superficie del laghetto; le piume colorate di due anatre mandarine vi risaltavano come giocattoli variopinti. Sotto gli alberi c'era un sottile strato di neve, caduta la settimana prima; notai, incuriosito ma senza emozione, che stava cominciando a nevicare.

In Parliament Square c'era poco traffico e i cancelli di ferro di Westminster erano chiusi. Qui si riunisce una volta all'anno il Parlamento, composto dai membri eletti dai Consigli Distrettuali e Regionali. Non vengono discussi progetti di legge, né promulgati atti legislativi: la Gran Bretagna è governata per decreto dal Consiglio d'Inghilterra. La funzione ufficiale del Parlamento è discutere, consigliare, ricevere informazioni e formulare raccomandazioni. Ciascuno dei cinque membri del Consiglio fa una relazione personale in quello che i media chiamano il messaggio annuale alla nazione. La sessione dura un mese soltanto e l'ordine del giorno viene fissato dal Consiglio. Gli argomenti in discussione sono insignificanti. Le delibere, approvate a maggioranza dei due terzi, passano all'esame del Consiglio d'Inghilterra che può respingerle o ratificarle. Il sistema ha il vantaggio di essere semplice e di dare un'illusione di democrazia a un popolo cui non importa più come e da chi viene governato, purché gli sia garantito ciò che il Governatore ha promesso: libertà dalla paura, libertà dal bisogno, libertà dalla noia.

Per i primi anni dopo Omega, era il re, non ancora incoronato, ad aprire il Parlamento con l'antico fasto, anche se sfilava per strade semideserte. Adesso, da potente simbolo di continuità e tradizione, la monarchia si è trasformata in arcaica e inutilizzabile memoria di ciò che abbiamo perduto. Il re continua ad aprire il Parlamento, ma senza pompa, con l'abito di tutti i giorni, entrando e uscendo da Londra quasi in incognito.

Ricordo una conversazione con Xan la settimana prima di lasciare il mio incarico. «Perché non fai incoronare il re? Pensavo che ci tenessi a mantenere la normalità.»

«E a che cosa servirebbe? Alla gente non interessa più. Protesterebbero per gli altissimi costi di una cerimonia ormai priva di qualunque significato.»

«Non se ne sente parlare quasi più. Dove si trova, agli arresti domiciliari?»

Xan aveva riso fra sé. «Se si può definire domicilio un palazzo o un castello, forse sì. Gode di ogni comodità e comunque non credo che l'arcivescovo di Canterbury acconsentirebbe a incoronarlo.»

Ricordo anche che cosa risposi. «Non mi sorprende. Quando hai nominato arcivescovo Margaret Shivenham sapevi che era una fervente repubblicana.»

Appena passati i cancelli, è comparsa una compagnia di flagellanti che camminavano in fila sull'erba. Erano a torso nudo e, nel clima inclemente di febbraio, non indossavano che gialli perizoma e sandali senza calze. Procedevano sferzandosi la schiena già insanguinata con pesanti fruste. Attraverso il finestrino sentivo il sibilo delle cinghie di cuoio e i colpi sulla carne nuda. Ho osservato la nuca dell'autista, la mezzaluna di capelli accuratamente rasati che spuntava dal berretto, il neo sopra il colletto che aveva attirato mio malgrado la mia attenzione durante tutto quel viaggio silenzioso.

Deciso a cavargli almeno una parola di bocca, ho detto: «Pensavo che questo genere di manifestazione pubblica fosse stato dichiarato illegale».

«Solo sulle strade e sui marciapiedi, signore. Credo si ritengano autorizzati a passeggiare per il parco.»

Ho domandato: «Le pare uno spettacolo indecente? Penso che sia per questo che i flagellanti sono stati banditi. Alla gente non piace vedere il sangue».

«Lo trovo ridicolo, signore. Se Dio esiste e ha deciso che ne ha abbastanza di noi, non credo che cambierà idea perché un pugno di derelitti con uno straccio giallo sui fianchi gira per il parco gemendo dal dolore.»

«Lei crede in Dio, nella sua esistenza?»

Eravamo ormai davanti alla porta del vecchio ministero degli Esteri. Prima di scendere e aprirmi la portiera, si è voltato a guardarmi in faccia. «Forse le cose Gli sono andate storte, signore. Forse non sapeva che cosa fare di fronte a tutto quel caos, non sapeva come rimediare. O forse non voleva affatto rimediare. Forse Gli rimaneva soltanto il potere necessario per un intervento definitivo. Così ha deciso. Chiunque sia e dovunque sia, spero che bruci nell'inferno che Egli stesso ha creato.»

Lo ha detto con un tono di straordinaria amarezza, poi ha assunto nuovamente la sua maschera fredda e impassibile e, sull'attenti, ha aperto la portiera per farmi uscire.

12

Il granatiere di guardia oltre la porta non era una faccia nuova per Theo. Gli disse: «Buongiorno, signore» e gli sorrise come se non fossero passati tre anni e Theo stesse entrando per prendere il posto che gli spettava di diritto. Un altro granatiere, questa volta uno che non conosceva, si fece avanti e gli rivolse un saluto militare. Insieme salirono lo scalone.

Xan aveva rifiutato di servirsi del numero 10 di Downing Street sia come ufficio sia come abitazione e aveva preferito il palazzo dell'ex ministero degli Affari Esteri che dava su St. James Park. Lì, all'ultimo piano, aveva un appartamento privato dove, come Theo sapeva, viveva in quella semplicità ordinata e confortevole che è possibile raggiungere solo se protetti dal denaro e da un nutrito personale. La stanza sul davanti del palazzo, che venticinque anni prima era la stanza del ministro degli Esteri, fin dall'inizio era stata adibita a ufficio di Xan e camera del Consiglio.

Il granatiere aprì la porta senza bussare e annunciò ad alta voce il suo arrivo.

Theo si ritrovò di fronte non solo a Xan, ma a tutto il Consiglio. Erano seduti intorno al piccolo tavolo ovale che ricordava, ma tutti dallo stesso lato e più vicini del solito. Xan era in mezzo, fra Felicia e Harriet, mentre Martin occupava l'ultimo posto a sinistra e Carl quello a destra. Esattamente di fronte a Xan era stata sistemata l'unica sedia libera della sala. Era una mossa calcolata, chiaramente volta a spiazzarlo, e per un attimo sortì l'effetto voluto. Sapeva che alle cinque paia d'occhi che lo studiavano non era sfuggita la sua involontaria esitazione sulla soglia, né l'attimo di irritazione e di imbarazzo che lo aveva colto. Ma la sorpresa cedette il passo alla rabbia, e la rabbia lo aiutò. Avevano preso l'iniziativa, ma non c'era motivo per cui dovessero continuare a tenerla loro.

Xan aveva le mani sul tavolo, con le dita leggermente piegate. Theo sussultò riconoscendo l'anello che portava al dito e capì che glielo stava mostrando con uno scopo preciso. Difficilmente sarebbe passato inosservato: al medio della mano sinistra Xan portava l'anello dell'Incoronazione, l'anello nuziale d'Inghilterra, il grande zaffiro circondato da diamanti e sormontato da una croce di rubini. Vi posò gli occhi e disse: «È stata un'idea di Harriet. Sarebbe di una volgarità spaventosa se uno non sapesse che è vero, ma il popolo ha bisogno di ninnoli. Non preoccuparti, non ho intenzione di farmi incoronare da Margaret Shivenham nell'abbazia di Westminster. Non credo che riuscirei a mantenere la dovuta serietà per l'intera cerimonia: è tanto ridicola con la sua mitra! Ma so che stai pensando che una volta non l'avrei messo».

Theo osservò: «Una volta non avresti sentito il bisogno di metterlo». Fu tentato di aggiungere: "Né di dirmi che è stata un'idea di Harriet".

Xan lo invitò con un gesto ad accomodarsi sulla sedia libera. Theo la prese e dichiarò: «Ho chiesto un colloquio personale con il Governatore d'Inghilterra e credevo che mi sarebbe stato accordato. Non sono qui per ottenere un posto di lavoro, né per sostenere un esame».

Xan disse: «Sono tre anni che non ci vediamo e non ci parliamo. Pensavo che ti facesse piacere vedere i tuoi vecchi... Come li definiresti, Felicia? Amici, compagni, colleghi?».

Felicia rispose: «Direi vecchie conoscenze. Non ho mai

capito quali fossero esattamente le funzioni del dottor Faron quando era consigliere del Governatore e continuo a non capirlo ora che si è dimesso e che sono trascorsi tre anni».

Woolvington alzò lo sguardo dal foglio su cui stava scarabocchiando. Il Consiglio doveva essere in riunione da un po': aveva già radunato una compagnia di soldati di fanteria. Disse: «Non è mai stato chiaro. Il Governatore voleva così e per me questo bastava. Per quanto ricordo non diede grandi contributi, ma non fu neppure d'ostacolo».

Xan sorrise, ma il sorriso non arrivò fino agli occhi. «Acqua passata. Bentornato. Dicci quel che sei venuto a dire. Sei fra amici.» Fece in modo che quelle parole banali suonassero minacciose.

Era inutile ricorrere a giri di parole e Theo spiegò: «Ho assistito al Trapasso di Southwold mercoledì scorso. È un omicidio. Metà delle suicide sembrava drogata e non tutte quelle che si rendevano conto di ciò che stava per accadere sono andate di loro spontanea volontà. Ho visto donne trascinate sulla barca e incatenate. Una addirittura è stata colpita a morte sulla spiaggia. Stiamo eliminando gli anziani come animali indesiderati? È questa carneficina che il Consiglio intende per sicurezza, comfort, piacere? È questa che chiamate morte dignitosa? Sono venuto perché credo che dobbiate sapere che cosa viene fatto in nome del Consiglio».

Pensò fra sé: "Sono stato troppo irruente. Ho cominciato ad attaccare troppo presto. Non devo perdere la calma".

Felicia precisò: «Nel caso particolare di quel Trapasso ci sono stati dei disguidi. La situazione è sfuggita al controllo. Ho chiesto un rapporto. Può darsi che alcune delle guardie abbiano esagerato nell'adempimento del proprio dovere».

Theo disse: «Esagerato nell'adempimento del proprio dovere: non è sempre stata quella la scusa? E che bisogno c'è di guardie e di catene se questa gente ha scelto spontaneamente di morire?».

Controllando a mala pena la propria impazienza Felicia ripeté: «Nel caso particolare di quel Trapasso ci sono stati dei disguidi. Nei confronti dei responsabili verranno adottati i provvedimenti del caso. Il Consiglio prende atto della tua preoccupazione, della tua ragionevole, anzi, lodevole preoccupazione. È tutto?».

Come se non avesse udito la domanda, Xan disse: «Quando toccherà a me, ho intenzione di prendere la mia pillola standomene comodamente a letto e preferibilmente da solo. Non ho mai ben capito lo scopo dei Trapassi, anche se tu sembravi tenerci tanto, Felicia».

Felicia ribatté: «Sono cominciati spontaneamente. Una ventina di ottantenni in una casa di riposo del Sussex decisero di organizzare un viaggio in pullman a Eastbourne e, tenendosi per mano, si buttarono in mare a Beachy Head. Divenne una specie di moda. Poi due o tre Consigli Locali decisero di andare incontro alle esigenze della popolazione, organizzando la cosa come si deve. Buttarsi da un dirupo può essere un bel modo di togliersi dai piedi, ma a qualcuno poi resta il compito sgradevole di rimuovere i cadaveri. Credo che uno o due non siano neppure morti subito. Era un pasticcio, la cosa lasciava a desiderare. Portarli al largo è decisamente più pratico».

Harriet si sporse in avanti e in tono convincente, ragionevole, aggiunse: «La gente ha bisogno di riti di passaggio e preferisce morire in compagnia. Se il Governatore ha la forza di morire da solo, per la maggior parte delle persone il contatto umano è di conforto».

Theo disse: «La donna che ho visto morire io non ha avuto alcun contatto umano se non, per un attimo, quello della mia mano. Tutto quello che ha avuto è stato un calcio di pistola sul cranio».

Senza darsi la pena di alzare lo sguardo dai suoi scarabocchi, Woolvington borbottò: «Si muore soli. Tutti dobbiamo affrontare la morte così come una volta abbiamo affrontato la nascita. Sono due esperienze che non è possibile condividere con nessuno».

Harriet Marwood si rivolse a Theo. «Naturalmente il Trapasso è volontario. Prendiamo tutte le precauzioni del caso. Devono firmare un modulo in duplice copia, se non erro: vero, Felicia?»

Laconicamente Felicia rispose: «In triplice copia: una va al Consiglio Locale, una al parente più prossimo perché possa richiedere l'indennità prevista e una resta all'anziano e viene ritirata al momento di salire a bordo. È la copia che viene inviata all'ufficio demografico».

Xan osservò: «Come vedi, Felicia tiene tutto sotto controllo. C'è altro, Theo?».

«Sì. La colonia penale di Man: sapete che cosa succede laggiù? Omicidi, morte per fame, disprezzo totale della legge e dell'ordine.»

Xan disse: «Lo sappiamo. La domanda è: come fai a saperlo tu?».

Theo non rispose, ma nella sua mente all'erta quella domanda risuonò chiara come un campanello d'allarme.

Felicia disse: «Mi pare che tu abbia presenziato, nella tua posizione vagamente ambigua, alla riunione in cui discutemmo l'istituzione della colonia penale di Man. Non muovesti alcuna obiezione, se non a favore della popolazione locale che noi avevamo intenzione di trasferire sulla terraferma. Sono stati trasferiti, comodamente e convenientemente, in zone di loro scelta. Non riceviamo lamentele di sorta».

«Credevo che la colonia avrebbe avuto un'amministrazione, che venissero garantiti i servizi indispensabili per una vita decente.»

«E difatti ci sono: riparo dalle intemperie, acqua e semi per coltivare di che sfamarsi.»

«Credevo anche che la colonia sarebbe stata sorvegliata e amministrata. Persino nel XIX secolo, quando i carcerati venivano deportati in Australia, a capo dei loro insediamenti c'era un funzionario; a volte tollerante, a volte severissimo, era comunque responsabile del mantenimento della pace e dell'ordine. Gli insediamenti non erano lasciati alla mercé dei condannati più forti e più crudeli.»

Felicia replicò: «Ah, no? È una questione di punti di vista. Comunque non si tratta della stessa situazione. Conosci la logica del nostro sistema penale: se la gente sceglie di aggredire, derubare, terrorizzare, violentare e sfruttare gli altri, che viva con gente dello stesso genere. Se quella è la società che vogliono, diamogliela. Se gli resta un po' di virtù, si organizzeranno razionalmente e vivranno in pace tra di loro, altrimenti la loro società degenererà nel caos che volevano imporre agli altri. La scelta sta interamente a loro».

Intervenne Harriet: «Quanto ad assumere un sovrintendente o dei funzionari per imporre l'ordine: dove li troviamo? Ti offri tu volontario? E se tu non sei disposto a farlo, chi vuoi che lo sia? La gente ne ha abbastanza dei criminali e della criminalità; non è più disposta a convivere con la paura. Tu sei nato nel 1971, vero? Non ricordi gli anni Novanta, le donne che avevano paura di uscire da sole, l'aumento della violenza e degli stupri, i vecchi costretti a vivere rinchiusi in casa come in prigione – alcuni finirono bruciati nella loro reclusione – i teppisti alcolizzati che turbavano la tranquillità anche nei paesi, i bambini pericolosi quanto gli adulti, la proprietà in pericolo costante se non era protetta da costosi sistemi di allarme e di recinzione... Fu fatto di tutto per cercare di estirpare la criminalità, furono tentati rimedi di ogni tipo e nelle prigioni regimi di ogni genere. Rigore e crudeltà non servirono a niente, ma neppure mitezza e clemenza sortirono alcun risultato. Da Omega in poi la gente ha detto basta. Preti, psichiatri, psicologi, criminologi, nessuno ha saputo trovare una risposta. Noi garantiamo libertà dalla paura, libertà dal bisogno, libertà dalla noia. Le altre libertà non servono a niente, se non si è liberi dalla paura».

Xan disse: «Il vecchio sistema non era del tutto privo di vantaggi, però, non vi pare? La polizia era ben pagata e la borghesia aveva il suo tornaconto: funzionari di polizia, assistenti sociali, magistrati, giudici, impiegati del tribunale, un intero settore piuttosto redditizio, a seconda del tipo di reato. La tua categoria, Felicia, se la passava abbastanza bene esercitando le proprie conoscenze giuridiche per far condannare la gente in modo che poi i colleghi potessero avere la soddisfazione di far capovolgere la sentenza in appello. Oggi l'incoraggiamento della delinquenza è un lusso che non possiamo permetterci, neppure per fornire una dignitosa sussistenza alla borghesia liberale. Ma immagino che le tue preoccupazioni non finiscano con la colonia penale di Man».

Theo proseguì: «C'è un certo malcontento riguardo al trattamento degli Ospiti Temporanei. Li importiamo come servi e li trattiamo come schiavi. E perché la quota d'immigrazione? Se vogliono venire, lasciamoli venire, e se vogliono andar via, lasciamoli andare».

Le prime due file di soldati di cavalleria di Woolvington erano complete e si impennavano elegantemente in cima al foglio. Alzò lo sguardo e disse: «Non starai per caso suggerendo di autorizzare la libera immigrazione? Ricordi quello che successe in Europa negli anni Novanta? La gente si stufò delle orde di invasori, provenienti da Paesi con risorse naturali pari alle nostre, che per viltà, pigrizia e stupidità si erano lasciati malgovernare per decenni e volevano sfruttare i vantaggi che noi avevamo acquisito nei secoli con intelligenza, lavoro e coraggio e impadronirsene, pervertendo e distruggendo la civiltà stessa di cui erano tanto ansiosi di entrare a far parte».

Theo pensò che ormai parlavano persino nello stesso modo: chiunque parlasse, la voce era quella di Xan. Replicò: «Non stiamo discutendo di storia. Le risorse non ci mancano, il lavoro e le case neppure. Porre limiti all'immigrazione in un mondo sottopopolato e moribondo non è una politica particolarmente generosa».

Xan osservò: «La politica non lo è mai stata. La generosità è una virtù per gli individui, non per i governi. Quando un governo è generoso, lo è con i soldi degli altri, con la sicurezza degli altri, con il futuro degli altri».

Fu a quel punto che Carl Inglebach prese la parola per la prima volta. Era seduto come Theo lo aveva visto sedere decine di altre volte, un po' sull'orlo della sedia, con i pugni stretti posati esattamente uno accanto all'altro sul tavolo, quasi nascondesse un tesoro di cui però teneva a far conoscere l'esistenza al Consiglio, oppure addirittura come se si apprestasse a fare qualche gioco da bambini, aprendo ora un palmo ora l'altro per mostrare una monetina. Con la lucida fronte spaziosa e gli occhi neri e brillanti sembrava, e probabilmente era ormai stufo di sentirselo dire, una versione benevola di Lenin. Non sopportava la costrizione di cravatte e colletti, per cui la somiglianza era accentuata dall'impeccabile completo di lino color ruggine con il collo alto e abbottonato sulla spalla sinistra, che portava sempre. Ma era terribilmente cambiato. Theo aveva notato subito che doveva essere gravemente malato, forse ormai prossimo a morire. La testa pareva un teschio, coperto da una membrana di pelle tesa sulle ossa sporgenti, il collo scarno spuntava dalla camicia come quello di una tartaruga e la pelle maculata era di un giallo itterico. Theo aveva già visto visi ridotti così. Solo gli occhi erano rimasti gli stessi e fiammeggiavano nelle orbite, con piccoli guizzi di luce. Quando aprì bocca, parlò con la voce forte di sempre. Era come se tutta l'energia che gli era rimasta si fosse concentrata nella mente e nella voce, bella e sonora, che alla mente dava espressione.

«Tu sei uno storico. Sai quanto male è stato commesso nei secoli per garantire la sopravvivenza di nazioni, sette, religioni e singole famiglie. Tutto ciò che l'uomo ha fatto, nel bene e nel male, lo ha fatto sapendo di essere plasmato dalla storia, di avere una vita breve, incerta, inconsistente, ma nella speranza di un futuro per la nazione, per la razza, per la tribù. Tale speranza è definitivamente scomparsa, tranne che nella mente dei pazzi e dei fanatici. L'uomo si sminuisce se vive nell'ignoranza del proprio passato;

senza la speranza nel futuro diventa una bestia. In tutti i Paesi del mondo assistiamo alla perdita di questa speranza, al tramonto della scienza e delle invenzioni – se non per scoperte volte ad allungare la vita o ad accrescerne il comfort e i piaceri – alla scomparsa dell'interesse per la natura e per il pianeta. Che ci importa degli escrementi che ci lasciamo alle spalle, segno del nostro breve passaggio? Alle emigrazioni in massa, ai grandi sommovimenti interni, alle guerre religiose e tribali degli anni Novanta è subentrata un'anomia universale, in cui non si seminano né si raccolgono più i frutti della terra, gli animali vengono trascurati, la gente muore di fame, la guerra civile dilaga, i deboli vengono depredati dai forti. Assistiamo al ritorno di vecchi miti e superstizioni, addirittura di sacrifici umani, talvolta su vasta scala. Se a questo Paese è stata in gran parte risparmiata tale catastrofe è grazie alle cinque persone che siedono intorno a questo tavolo, e in particolare al Governatore d'Inghilterra. Il nostro sistema, allargandosi verso il basso da questo Consiglio fino ai Consigli Locali, consente di mantenere una parvenza di democrazia per i pochi cui ancora sta a cuore. La nostra amministrazione della forza lavoro è umana, tiene conto dei desideri e delle capacità di ciascuno e garantisce che la gente continui a lavorare anche se non ha prole cui lasciare in eredità i frutti delle proprie fatiche. Nonostante l'inevitabile desiderio di spendere, comprare e soddisfare bisogni immediati, abbiamo una valuta forte e un tasso d'inflazione limitato. Abbiamo messo a punto dei piani che garantiscono che l'ultima generazione ad avere la fortuna di vivere in quel pensionato multirazziale che chiamiamo Gran Bretagna disponga di riserve di cibo, medicinali indispensabili, luce, acqua ed energia. Tenuto conto di questo, credi che ai cittadini importi molto se alcuni Ospiti Temporanei sono scontenti, se alcuni anziani decidono di morire in compagnia, se nella colonia penale di Man non regna l'ordine?»

Harriet aggiunse: «Non prendesti parte a quelle decisioni, vero? Non è serio rifiutare di assumersi le proprie responsabilità e poi lamentarsi se non si gradiscono i risultati del lavoro altrui. Sei stato tu a decidere di dare le dimissioni, ricordi? A voi storici piace di più vivere nel passato: perché non ci resti, allora?».

Felicia osservò: «Non c'è dubbio che è nel passato che si trova più a suo agio. Anche quando ha ucciso sua figlia stava andando all'indietro».

Nel silenzio, breve ma intenso, con cui fu accolto quel commento Theo riuscì a dire: «Non nego quel che siete riusciti a ottenere, ma pensate davvero che introdurre qualche riforma andrebbe a scapito dell'ordine, del comfort, della sicurezza, di tutto ciò che offrite alla gente? Mettete fine ai Trapassi: se la gente vuole ammazzarsi – e convengo che è un modo razionale di concludere la propria vita – allora date loro le pillole necessarie per suicidarsi, ma senza ricorrere alla persuasione di massa e senza coercizione. Mandate delle truppe a ripristinare un minimo d'ordine sull'isola di Man. Abolite i controlli obbligatori sullo sperma e le visite ginecologiche di routine delle donne sane: sono degradanti e comunque si sono dimostrati inutili. Chiudete i pornoshop di Stato. Trattate gli Ospiti Temporanei come esseri umani e non come schiavi. Sono tutte cose che potete fare facilmente. Il Governatore le può decretare con una sola firma. Non chiedo altro».

Xan affermò: «Il Consiglio ritiene che tu stia chiedendo molto. Le tue proposte potrebbero avere maggior significato per noi se fossi seduto, come effettivamente potresti essere, da questa parte del tavolo. La tua posizione non è diversa da quella del resto della Gran Bretagna: siete d'accordo con il fine, ma vi tappate il naso davanti ai mezzi per ottenerlo. Volete avere un giardino bellissimo, ma a condizione che l'odore del letame non raggiunga le vostre narici delicate».

Xan si alzò e uno alla volta gli altri membri del Consiglio lo imitarono. Non gli tese la mano. Theo si accorse che il granatiere che lo aveva accompagnato nella sala, come obbedendo a un segnale convenuto, gli si era avvicinato silenziosamente e quasi si aspettò che lo prendesse per una spalla. Senza parlare si voltò e lo seguì fuori dalla camera del Consiglio.

13

L'automobile lo stava aspettando. Nel vederlo, l'autista scese ad aprirgli la portiera. Ma in quel momento Xan lo raggiunse. Ordinò a Hedges: «Vada al Mall e ci aspetti davanti alla statua della regina Vittoria». Quindi si rivolse a Theo: «Noi andremo a piedi passando per il parco. Aspettami, vado a prendere il cappotto».

Ritornò meno di un minuto dopo con il solito paltò di tweed che indossava invariabilmente nel corso delle riprese televisive esterne, stile Regency, con la vita leggermente alta e una doppia mantellina, un capo che era stato costoso e di moda per un breve periodo all'inizio del secolo XXI. Era vecchio, ma continuava a portarlo.

Theo ricordava che cosa si erano detti quando l'aveva acquistato: «È una follia, tutti quei soldi per un cappotto».

«Durerà in eterno.»

«Ma tu no, e neppure la moda.»

«Non seguo le mode: mi piacerà ancora di più quando non se lo metterà più nessuno.»

E ormai non se lo metteva più nessuno.

Attraversarono la strada ed entrarono nel parco. Xan disse: «Sei stato imprudente a venire, oggi. C'è un limite alla protezione che posso garantire a te e alla gente con cui ti sei messo in combutta».

«Non credevo di aver bisogno di protezione. Sono un libero cittadino che consulta il Governatore d'Inghilterra democraticamente eletto. Perché dovrei aver bisogno della protezione tua, o di chiunque altro?»

Xan non rispose. Impulsivamente Theo disse: «Perché lo fai? Perché mai hai assunto questa carica?». Era una domanda che solo lui poteva, o osava, rivolgergli.

Xan aspettò un po' prima di rispondere, strizzò gli occhi fissando il lago come se vi fosse apparso qualcosa per lui interessante e invisibile agli sguardi altrui. Ma Theo era certo che non avesse motivo di esitare. Era una domanda che senza dubbio si era posto lui stesso più volte. Alla fine si voltò, riprese a camminare e disse: «All'inizio pensavo che mi sarebbe piaciuto. Il potere, credo. Ma non si trattava solo di questo. Non ho mai tollerato di stare a vedere gli altri fare cose che sapevo di poter fare meglio. Dopo i primi cinque anni mi sono reso conto che mi piaceva meno, ma a quel punto era troppo tardi. Qualcuno lo deve fare e le sole persone disposte a farlo sono le quattro che si siedono a quel tavolo. Preferiresti Felicia? Harriet? Martin? Carl? Carl lo potrebbe fare, ma sta per morire. Gli altri tre non riuscirebbero a tenere insieme neppure il Consiglio, figuriamoci il Paese».

«È per questo, allora: senso del dovere disinteressato verso la comunità?»

«Hai mai visto nessuno rinunciare al potere, al potere vero?»

«C'è chi lo fa.»

«Ma li hai visti, quei morti viventi? E poi non si tratta soltanto del potere. Ti voglio dire qual è la ragione vera: non mi annoio mai. Qualsiasi cosa mi succeda, non mi annoio più.»

Continuarono a camminare in silenzio attorno al lago. Poi Xan disse: «I cristiani credono che sia cominciato l'Ultimo Avvento, a parte il fatto che Dio li chiama a sé uno per uno invece di scendere sulla terra fra nubi di gloria, come promesso. In questo modo i Cieli controllano le ammissioni ed è più facile gestire i redenti nelle loro vesti bianche. Mi piace pensare che Dio si preoccupi di problemi logistici. Ma metterebbero volentieri da parte ogni illusione, pur di sentire ancora la risata di un bimbo».

Theo non rispose. Xan proseguì sottovoce: «Chi sono queste persone? Faresti meglio a dirmelo».

«Nessuno, davvero.»

«Quel guazzabuglio di cose che hai detto nell'aula del Consiglio non le hai pensate da solo; non che non te ne creda capace, penso che tu sia capace di questo e altro, ma perché erano tre anni che non ti interessavi di nulla e anche prima te ne importava poco. Qualcuno si sta servendo di te.»

«No. Vivo nella realtà anche a Oxford: faccio la coda alla cassa, faccio la spesa, prendo l'autobus, ascolto la gente che ogni tanto mi parla. Non gente a cui tengo, persone qualsiasi. Parlo anche con gli sconosciuti.»

«Quali sconosciuti? I tuoi studenti?»

«No, non studenti, nessuno in particolare.»

«Strano che tu sia diventato tanto avvicinabile. Una volta andavi in giro con una corazza invalicabile per proteggere la tua privacy, una sorta di amnio personale e invisibile. Quando parli con questi misteriosi sconosciuti, chiedigli se pensano di poter fare il mio lavoro meglio di me. Se sì, digli di venirmelo a dire in faccia, perché non sei un emissario particolarmente persuasivo. Sarebbe un peccato essere costretti a chiudere il centro di formazione per adulti di Oxford, ma dovremo farlo se diventerà un covo di sediziosi.»

«Non dirai sul serio?»

«Lo dirà Felicia.»

«Da quando in qua presti attenzione a quello che dice Felicia?»

Xan sorrise fra sé, immerso nei ricordi. «Certo, hai ragione. Non presto attenzione a quello che dice.»

Attraversarono il ponte sul lago e si fermarono un istante a guardare Whitehall. Era uno dei punti panoramici più belli di tutta Londra, immutato, inglese ed esotico al tempo stesso, con i bastioni eleganti e maestosi dell'Impero che si riflettevano sull'acqua incorniciati dagli alberi. Theo rammentò di essere venuto a contemplare quello stesso paesaggio una settimana dopo aver preso parte al Consiglio per la prima volta, con Xan che indossava lo stesso cappotto. Ricordava ogni parola di quella conversazione, come se fosse avvenuta poco prima.

«Dovresti abbandonare le analisi obbligatorie dello sperma. È una pratica umiliante e in più di vent'anni non ha sortito alcun risultato. E poi sottoponi ad analisi soltanto maschi sani e selezionati. E gli altri?»

«Se possono riprodursi, buon per loro, ma dal momento che i laboratori non sono molti, ci conviene usarli solo per gli uomini fisicamente e moralmente sani.»

«Allora pianifichi la virtù, oltre che la salute?»

«Volendo, sì. Chi ha la fedina penale sporca o familiari con precedenti penali non dovrebbe essere autorizzato a riprodursi, possibilmente.»

«Così il diritto penale diventa criterio di misura della virtù?»

«E quale altro metro esiste? Lo Stato non può guardare nel cuore degli uomini. Sono d'accordo con te, è un metodo piuttosto rozzo e i reati minori non verranno considerati. Ma perché far riprodurre gli stupidi, gli incapaci, i violenti?»

«Così nel tuo nuovo mondo non ci sarà posto per i ladri pentiti?»

«Se ne può lodare il pentimento senza necessariamente usarli a fini riproduttivi. E comunque, Theo, non succederà. Pianifichiamo tanto per fare, fingendo che l'umanità abbia un futuro. Ma quanti credono ancora che troveremo sperma fecondo?»

«Supponi che si scopra che uno psicopatico aggressivo è fertile. Useresti il suo sperma?»

«Certamente. Se fosse l'unica speranza, lo useremmo. Prenderemmo quello che capita. Ma sceglieremmo accuratamente madri sane, intelligenti, senza precedenti penali, in maniera da cercare di eliminare la psicopatia.»

«E poi volevo chiederti: pensi che siano davvero necessari i centri di pornografia?»

«Non devi utilizzarli per forza. La pornografia è sempre esistita.»

«Sì, ma era tollerata e non fornita dallo Stato.»

«Non è poi tanto diverso. Che male fa, in un mondo senza speranza? Non c'è niente di meglio che tenere occupato il corpo e tranquillo lo spirito.»

Theo aveva domandato: «Ma non è questo il motivo per cui sono stati creati, vero?».

«No, certo. L'uomo non ha speranza di procreare, se non si accoppia. Se smettiamo di copulare, siamo perduti.»

Ripresero a camminare lentamente. Interrompendo un silenzio che non era ostile, Theo chiese: «Torni spesso a Woolcombe?».

«Quel mausoleo vivente? Quel posto mi fa orrore. Andavo a trovare mia madre una volta ogni tanto, per dovere. Sono cinque anni che non ci vado. Non muore più nessuno a Woolcombe, adesso. Quel posto avrebbe bisogno di un bel Trapasso tutto suo: bisognerebbe farlo saltare in aria con una bomba. È strano, non credi? La ricerca medica moderna si dedica quasi esclusivamente ai problemi geriatrici e all'allungamento dell'aspettativa di vita, ma invece di diminuire, le forme di senilità aumentano. A che cosa serve vivere più a lungo? Somministriamo ai vecchi farmaci per migliorare la memoria a breve termine, l'umore, l'appetito. Per dormire non hanno bisogno di niente: non fanno altro. Che cosa gli passerà mai per la mente in quei lunghi periodi fra il sonno e la veglia? Ricordi, forse, o preghiere.»

Theo disse: «Una preghiera: "che io possa vedere i figli dei miei figli e la pace in Israele". Ti ha riconosciuto tua madre, prima di morire?».

«Purtroppo sì.»

«Una volta mi hai detto che tuo padre la detestava.»

«Non so perché. Forse volevo sconcertarti, o impressionarti, chissà. Niente ti turbava, neppure da ragazzo. E niente di quello che ho fatto, università, militare, Governatore, ti ha mai colpito, non è vero? I miei genitori andavano abbastanza d'accordo. Mio padre era gay, certo. Non te ne sei mai accorto? Da piccolo mi dispiaceva immensamente, ora invece mi sembra che non abbia affatto alcuna importanza. Perché non avrebbe dovuto vivere come più gli piaceva? Io l'ho sempre fatto. Questo spiega il suo matrimonio, naturalmente: voleva una certa rispettabilità e aveva bisogno di un figlio, così scelse una donna che sarebbe stata talmente contenta di avere Woolcombe, un baronetto e un titolo da non lamentarsi una volta scoperto che non avrebbe ricevuto nient'altro.»

«Tuo padre non mi ha mai fatto delle avance.»

Xan scoppiò a ridere. «Come sei egocentrico, Theo. Non eri il suo tipo e poi lui era tradizionalista fino alla paranoia: era uno che non caga nel proprio letto. E poi aveva Scovell. Scovell era in macchina con lui quando ebbe l'incidente. Riuscii a mettere tutto velocemente a tacere, per una sorta di affetto filiale, suppongo, visto che a me non importava nulla se anche lo si fosse venuto a sapere, ma a lui invece sarebbe importato. Non sono stato per niente un bravo figlio, quello almeno glielo dovevo.»

Improvvisamente aggiunse: «Non saremo noi gli ultimi sopravvissuti. Quel privilegio toccherà a un Omega, che Dio lo benedica. Ma se lo fossimo, che cosa vorresti fare?».

«Bere alla salute delle tenebre ricordando la luce. Gridare un elenco di nomi e poi spararci.»

«Che nomi?»

«Michelangelo, Leonardo da Vinci, Shakespeare, Bach, Mozart, Beethoven, Gesù Cristo.»

«Una sintesi dell'umanità. Lascia perdere gli dei, i profeti e i fanatici. Vorrei che la stagione fosse mezza estate, che il vino fosse chiaretto e il posto il ponte di Woolcombe.»

«E poiché, dopo tutto, siamo inglesi, potremmo concludere con il monologo di Prospero dalla *Tempesta*.»

«Se non saremo troppo vecchi per ricordarci le parole e, finito il vino, troppo deboli per impugnare la pistola.»

Erano ormai alla fine del lago. Sul Mall, davanti alla statua della regina Vittoria, l'automobile lo stava aspettando. L'autista era in piedi vicino alla macchina con le gambe divaricate e le braccia conserte e li osservava, da sotto la visiera. Aveva l'aria di un carceriere, o forse addirittura di un boia. Theo sostituì mentalmente al berretto un cappuccio nero, immaginò una maschera, l'ascia in pugno.

Poi udì la voce di Xan, le sue parole di commiato: «Di' ai tuoi amici, chiunque essi siano, di usare un po' di buon senso e, se proprio non ci riescono, di essere prudenti. Non sono un tiranno, ma non posso permettermi pietà. E farò sempre tutto quello che credo vada fatto».

Osservò Theo, che per un istante straordinario credette di scorgere negli occhi di Xan la preghiera di essere comprensivo, poi ripeté: «Diglielo, Theo. Farò quello che va fatto».

14

Per Theo era ancora difficile abituarsi ad attraversare St. Giles Street deserta. Il ricordo dei primi giorni trascorsi a Oxford, con le file di macchine parcheggiate una dietro l'altra sotto gli olmi, e del senso crescente di frustrazione mentre aspettava di attraversare fra il traffico quasi incessante, doveva aver radici più profonde di altri ricordi più ameni o più significativi, se bastava così poco a farlo riemergere. Si ritrovava ancora adesso a esitare istintivamente sul marciapiede, e ancora adesso non riusciva a contemplare senza sorpresa quel vuoto. Attraversando la strada larga con una rapida occhiata a sinistra e a destra, tagliò per il vicolo lastricato passando accanto al pub Lamb and Flag e si diresse al museo. La porta era chiusa: per un attimo temette che anche il museo fosse chiuso e se la prese con se stesso per non aver pensato di telefonare. Ma girando la maniglia vide che la porta si apriva e che quella di legno all'interno era socchiusa. Entrò nella grande sala quadrata tutta cristalli e metallo.

Faceva molto freddo, ancora più freddo che fuori, e il museo era deserto, a eccezione di una donna di una certa età, talmente imbacuccata che le si vedevano solo gli occhi tra la sciarpa di lana a righe e il berretto, che troneggiava dietro il bancone dei souvenir. Vide che in mostra c'erano sempre le stesse cartoline: immagini di dinosauri, gemme, farfalle, capitelli delicatamente scolpiti, fotografie dei padri fondatori di quel tempio secolare eretto all'ottimismo vittoriano, John Ruskin e Sir Henry Ackland seduti uno accanto all'altro nel 1874, Benjamin Woodward con la sua espressione sensibile e malinconica. Rimase a fissare in silenzio il pesante soffitto, sorretto da una serie di colonne di ghisa, e i pennacchi decorati degli archi che si allargavano con tanta eleganza a formare foglie, frutti, fiori, alberi e cespugli. Sapeva però che quell'insolito brivido di eccitazione, più inquietante che gradevole, non derivava tanto da quel luogo quanto dal dovervi incontrare Julian e cercò di controllarlo concentrandosi sulla qualità e sull'ingegnosità della struttura in ferro battuto e sulla bellezza degli intagli. Dopotutto era il suo periodo preferito. Era quello l'ottimismo vittoriano, l'impegno vittoriano: il rispetto per la cultura, per il lavoro e per l'arte, la convinzione che l'intera vita dell'uomo possa essere vissuta in armonia con il mondo naturale. Erano più di tre anni che non entrava in quel museo, ma non era cambiato nulla. Per la verità non era cambiato nulla da quando vi aveva messo piede per la prima volta da studente, tranne il cartello, appoggiato a una colonna, che dava il benvenuto ai bambini invitandoli nello stesso tempo, invano, per quanto ricordava, a non correre e non fare rumore. Il dinosauro con le sue grosse dita artigliate aveva ancora il posto d'onore. Osservandolo si ritrovò nella sua scuola elementare a Kingston. La signora Ladbrook aveva fissato sulla lavagna un disegno del dinosauro e aveva spiegato che quel grosso animale impacciato e con la testa piccolissima era tutto corpo e niente cervello: di conseguenza non era riuscito ad adattarsi e si era estinto. Persino all'età di dieci anni quella spiegazione gli era parsa poco convincente. Il dinosauro, con il suo piccolo cervello, era sopravvissuto per un paio di milioni di anni, molto più dell'*Homo sapiens*.

Oltrepassò l'arco in fondo all'edificio principale per entrare nel Pitt Rivers Museum, una delle raccolte etnologiche più grandi del mondo. Gli oggetti in mostra erano talmente ammassati che era difficile vedere se Julian era già lì ad aspettarlo, magari in piedi accanto al totem alto dodici metri. Ma quando si fermò non udì nessun rumore di passi in risposta ai propri. Il silenzio era assoluto e Theo ebbe la certezza di essere solo; ma era anche certo che sarebbe venuta.

Il Pitt Rivers gli sembrò ancora più ingombro di oggetti dell'ultima volta che c'era stato. Nelle bacheche modellini di navi, maschere, oggetti d'avorio e di perline, amuleti e offerte votive sembravano offrirsi in silenzio alla sua contemplazione. Si fece avanti tra le vetrine andandosi a fermare di fronte a uno dei suoi oggetti preferiti: era ancora in mostra, ma il cartellino era ormai talmente ingiallito che le lettere sbiadite erano a malapena decifrabili. Si trattava di una collana fatta di ventitré denti di capodoglio, lucidi e ricurvi, donata nel 1874 dal re Thakombau al reverendo James Calvert e lasciata al museo dal pronipote di questi, un pilota dell'aeronautica militare morto in seguito ad alcune ferite nel settembre del 1939. Come da studente Theo si sentì di nuovo affascinato di fronte alla strana concatenazione di eventi che aveva collegato le mani di un intagliatore delle Figi con quello sfortunato giovane aviatore. Si immaginò ancora una volta la cerimonia della consegna, il re sul suo trono attorniato dai guerrieri con il gonnellino di paglia, il missionario con il volto serio che accettava quel curioso tributo. La seconda guerra mondiale era stata anche la guerra di suo nonno, morto anch'egli mentre militava nella RAF, abbattuto a bordo di un bombardiere Blenheim durante il grande raid su Dresda. Da studente, sempre ossessionato dal mistero del tempo, gli era piaciuto pensare che ciò rappresentasse un tenue legame che univa anche lui con quell'antico re, le cui ossa riposavano dall'altra parte della terra.

In quel momento udì i passi. Si guardò intorno, ma aspettò che Julian gli fosse venuta vicina. Aveva la testa scoperta, ma portava una giacca e un paio di pantaloni imbottiti. Quando si mise a parlare, il suo fiato si condensò in piccole nuvole di vapore.

«Scusi il ritardo. Sono venuta in bicicletta e ho forato una gomma. Gli ha parlato?»

Non si scambiarono saluti e Theo capì che per lei era solo un messaggero. Si allontanò dalla bacheca e Julian lo seguì, guardando da una parte e dall'altra nella speranza, gli parve, di dare l'impressione che fossero due visitatori incontratisi per caso, nonostante la sala fosse evidentemente vuota. Non era affatto convincente e Theo si chiese perché si prendesse la briga di fingere.

Disse: «L'ho visto. Prima ho visto tutto il Consiglio e poi il Governatore da solo. Non ho ottenuto nulla di buono, anzi, forse ho fatto male. Ha capito che qualcuno mi aveva spinto ad andare a parlargli. Così, se mettete in pratica i vostri piani, lui è stato avvertito».

«Gli ha spiegato del Trapasso, del trattamento degli Ospiti Temporanei, di quel che succede sull'isola di Man?»

«Ho fatto tutto quello che mi avete chiesto di fare. Non mi aspettavo di ottenere nulla e non ho ottenuto nulla. Oh, può darsi che decida di cambiare qualcosa, anche se non ha promesso niente. Probabilmente chiuderà gli ultimi pornoshop, ma poco alla volta, e renderà meno severe le norme sulle analisi obbligatorie dello sperma. È uno spreco di tempo comunque e non credo che abbia abbastanza personale nei laboratori per continuare a eseguirle su scala nazionale ancora per molto. I più hanno smesso di preoccuparsene in ogni caso: ho saltato due visite l'anno scorso e nessuno è venuto a controllare. Non credo che farà nulla per i Trapassi, tranne forse assicurarsi che in futuro vengano organizzati meglio.»

«E la colonia penale di Man?»

«Niente da fare. Non sprecherà né uomini né risorse per riportare la pace sull'isola. Chi glielo fa fare? L'istituzione della colonia penale è stata forse una delle sue iniziative più popolari.»

«E il trattamento degli Ospiti Temporanei? Concederà loro i diritti civili, una vita decente, la possibilità di restare?»

«Sembra ritenerla una cosa di ben poca importanza rispetto a ciò che conta veramente per lui: mantenere l'ordine nel Paese e garantire che la razza si estingua con una certa dignità.»

Julian esclamò: «Dignità? Come può esserci dignità, se ci preoccupiamo così poco della dignità degli altri?».

Ormai erano vicini al grande totem. Theo accarezzò il legno con le mani. Senza neppure guardarlo Julian disse: «Allora dovremo fare quello che possiamo».

«Non potete fare nulla, tranne farvi ammazzare, o farvi mandare sull'isola, questo nel caso che il Governatore e il Consiglio siano davvero spietati quanto pensate. Come Miriam può ben dirvi, è meglio morire che finire laggiù.»

Come se stesse prendendo seriamente in considerazione un piano, Julian disse: «Forse se alcune persone, magari un gruppo di amici, si facessero esiliare volontariamente sull'isola, potrebbero cercare di cambiare la situazione. Se ci offrissimo volontari, perché il Governatore dovrebbe proibirci di andare, che cosa potrebbe avere in contrario? Anche in pochi si potrebbe fare qualcosa, se ci si andasse con amore».

Theo riconobbe il disprezzo nel proprio tono di voce quando replicò: «Presentando la croce di Cristo ai selvaggi come fecero i missionari in Sudamerica e, come loro, facendosi massacrare sulla spiaggia? Non l'avete letta la storia? Le ragioni di una simile follia possono essere due. La prima è il desiderio di morire martiri, e non è una novità, se è a questo che vi porta la vostra religione. Io l'ho sempre interpretata come una miscela morbosa di masochismo e sensualità, ma capisco che possa essere affascinante per chi la pensa in un certo modo. La novità è che il vostro martirio non verrebbe neppure commemorato, neppure celebrato. Fra una settantina d'anni non avrà più alcun valore, perché non sarà rimasto nessuno sulla terra a dargli valore, nessuno a costruire nemmeno un piccolo tabernacolo lungo la strada in ricordo dei nuovi martiri di Oxford. La seconda ragione è meno nobile e Xan la capirebbe benissimo. Se la vostra impresa riuscisse, che ebbrezza di potere! L'isola di Man pacificata, i violenti che vivono in pace, i campi seminati e coltivati, i malati assistiti, le funzioni nelle chiese la domenica, i redenti che baciano le mani del santo vivente che ha reso possibile tutto ciò! Allora capireste quello che prova il Governatore d'Inghilterra in ogni momento della sua giornata, quello che gli piace e di cui non può fare a meno. Un potere assoluto su un piccolo regno: capisco che possa essere una prospettiva allettante, ma non si verificherà».

Rimasero un attimo in piedi in silenzio, poi Theo disse con dolcezza: «Lasciate perdere. Non sprecate il resto della vostra vita per una causa inutile e irrealizzabile. Le cose miglioreranno. Fra quindici anni, che non sono molti, il novanta per cento della popolazione del Paese avrà superato gli ottant'anni. Non ci sarà più energia per fare né il male né il bene. Pensate a come sarà allora l'Inghilterra: palazzi vuoti e silenziosi, strade abbandonate, fiancheggiate da siepi incolte, resti di umanità uniti per confortarsi e proteggersi a vicenda, servizi sociali sempre più ridotti e, alla fine, il black-out totale. Si cominceranno a intaccare le riserve di candele e ben presto anche l'ultima di esse vacillerà e si spegnerà. Tutto questo non fa sembrare trascurabile quanto avviene sull'isola di Man?».

Julian replicò: «Se dobbiamo morire, possiamo farlo da esseri umani e non demoniaci. Addio, e grazie per essere andato dal Governatore».

Ma Theo sentiva di dover fare un ultimo tentativo e aggiunse: «Non riesco a immaginare un gruppo meno preparato del vostro ad affrontare l'apparato dello Stato. Non avete denaro, né risorse, né influenza, né appoggio popolare, non avete neppure una filosofia rivoluzionaria coerente. Miriam lo fa per vendicare suo fratello, Gascoigne apparentemente per il modo in cui il Governatore usa la parola granatiere, Luke per una specie di vago ideale cristiano e in nome di concetti astratti come pietà, giustizia e amore; Rolf non ha neppure la scusa dell'indignazione morale: è mosso dall'ambizione, lo disturba che il Governatore abbia poteri assoluti di cui vorrebbe disporre lui. Lei lo fa perché è la moglie di Rolf. La sta trascinando in una situazione molto pericolosa per soddisfare le proprie ambizioni. Ma non può costringerla. Lo lasci, scappi».

Dolcemente rispose: «Non posso non essere sua moglie. Non posso lasciarlo. E si sbaglia, non è per questo che lo faccio. Sono con loro perché devo».

«Già, perché Rolf lo vuole.»

«No, è Dio che lo vuole.»

Sentì l'impulso di battere la testa contro il totem per dar sfogo alla sua frustrazione. «Se crede che esista davvero, allora immagino che creda che è stato Lui a dotarla di intelligenza e di ragione. Le usi. Credevo che fosse troppo orgogliosa per rendersi tanto ridicola.»

Ma la donna rimase indifferente a lusinghe tanto facili e disse: «Il mondo non lo cambia chi ha rispetto per se stesso, ma gli uomini e le donne che sono disposti a rendersi ridicoli. Addio, dottor Faron. E grazie di averci provato». Si voltò, senza neppure sfiorarlo, e Theo rimase a guardarla che si allontanava.

Non gli aveva chiesto di non tradirli. Non aveva bisogno di farlo, ma gli fece ugualmente piacere che quelle parole non fossero state pronunciate. Non avrebbe potuto promettere nulla, del resto. Non credeva che Xan gli avrebbe risparmiato la tortura e per lui la minaccia della tortura sarebbe bastata comunque. Per la prima volta gli venne in mente che forse, nel giudicare Xan, per un motivo banalissimo aveva commesso un errore, perché non riusciva a credere che un uomo dotato di grande intelligenza, di senso dell'umorismo e di fascino, un uomo che una volta gli era stato amico, potesse essere malvagio. Forse era lui stesso, e non Julian, ad aver bisogno di una lezione di storia.

15

Il gruppo non aspettò a lungo. Due settimane dopo l'incontro con Julian, una mattina scese a far colazione e trovò fra la posta sparpagliata sullo stuoino un foglio piegato. Lo scritto era preceduto da un'intestazione con il disegno di un pesce che pareva un'aringa, tratteggiato con precisione. Sembrava il disegno di un bambino ed era fatto con cura. Theo lesse il messaggio con un senso di pietà e di esasperazione.

ALLA POPOLAZIONE DELLA GRAN BRETAGNA

Non possiamo più chiudere gli occhi di fronte ai mali della nostra società. Se la nostra razza è destinata a estinguersi, cerchiamo almeno di morire da persone libere, da esseri umani e non demoniaci. Al Governatore d'Inghilterra chiediamo:

1. Di indire libere elezioni proponendo ai cittadini il suo programma politico.
2. Di concedere agli Ospiti Temporanei pieni diritti civili, compreso il diritto di vivere in abitazioni proprie, di portare con sé le famiglie e rimanere in Gran Bretagna anche dopo la scadenza del contratto.
3. Di abolire i Trapassi.
4. Di fermare la deportazione alla colonia penale dell'isola di Man e garantire a coloro che già vi risiedono condizioni di vita decenti e pacifiche.
5. Di abolire le analisi obbligatorie dello sperma, la visita obbligatoria per le donne sane e di chiudere i pornoshop.

I CINQUE PESCI

Quelle parole lo colpirono per la loro semplicità, la loro ragionevolezza, la loro umanità di fondo. Si chiese perché era così certo che fossero uscite dalla penna di Julian. Eppure non sarebbero servite a nulla. Che cosa proponevano i Cinque Pesci? Che la gente marciasse sulla sede del Consiglio Locale o addirittura sul vecchio ministero degli Esteri? Non avevano né organizzazione, né basi, né denaro, né una chiara linea operativa; al massimo potevano sperare di far riflettere la gente, di suscitare malcontento, di incoraggiare gli uomini a non sottoporsi all'analisi dello sperma e le donne a disertare la visita medica obbligatoria. Ma che cosa sarebbe cambiato? Quanto più si affievolivano le speranze, tanto più quelle analisi, quelle visite, diventavano una mera formalità.

La carta era da poco prezzo e il messaggio era stampato in modo rudimentale. Presumibilmente avevano una tipografia nascosta nella cripta di qualche chiesa o in qualche capanno nella foresta, lontano ma accessibile. Ma per quanto sarebbero riusciti a rimanere nascosti, se la polizia di Stato avesse deciso di dar loro la caccia?

Rilesse ancora una volta le cinque richieste. La prima non avrebbe preoccupato Xan. Il Paese non avrebbe certamente gradito la spesa e lo scompiglio che le elezioni avrebbero implicato oltre al fatto che, se le avesse indette, ne sarebbe uscito riconfermato da una maggioranza schiacciante, sempre che ci fosse qualcuno abbastanza temerario da proporsi come suo avversario. Theo si chiese quante delle altre riforme avrebbe potuto contribuire a far realizzare se fosse rimasto consigliere di Xan. Ma conosceva la risposta. Non aveva alcun potere allora, così come non ne avevano ora i Cinque Pesci. Senza Omega, sarebbe valsa la pena di lottare per quelle rivendicazioni, anche a costo di sacrifici personali. Ma, senza Omega, quei mali non sarebbero esistiti. Lottare, soffrire e forse anche morire per una società più giusta e umana non aveva alcun senso in un mondo senza futuro, dove presto parole come "giustizia", "umanità", "società", "lotta", "male" sarebbero divenute eco inascoltate nel deserto. Julian avrebbe replicato che valeva la pena di lottare e di soffrire anche soltanto per risparmiare l'ingiustizia a un solo Ospite Temporaneo o la deportazione nella colonia penale a un solo ergastolano. Ma i Cinque Pesci non sarebbero riusciti nel loro intento, qualsiasi cosa avessero deciso di fare. Non erano obiettivi alla loro portata. Rileggendo le cinque rivendicazioni sentì svanire l'iniziale simpatia che aveva provato per loro. Si disse che la maggior parte dei cittadini, muli umani privi di eredi, portavano sulle spalle il loro carico di dolore e di rimpianto con coraggio, cercavano piaceri compensatori, indulgevano in piccole vanità personali e si comportavano correttamente con il loro prossimo e con gli Ospiti Temporanei che incontravano sul loro cammino. Che diritto avevano i Cinque Pesci di cercare di imporre a questi stoici spodestati il futile carico dell'eroismo? Andò in bagno e, strappato il foglio in quattro pezzi, li gettò nel gabinetto e tirò lo sciacquone. Vedendoli turbinare, risucchiati vorticosamente dall'acqua, desiderò per un attimo, ma per un attimo soltanto, di poter condividere l'entusiasmo e la follia che univa quel gruppetto pietosamente disarmato.

16

Sabato 6 marzo 2021

Stamattina Helena mi ha telefonato dopo colazione per invitarmi a prendere il tè da lei e a vedere i gattini di Mathilda. Mi aveva mandato una cartolina cinque giorni fa in cui annunciava il lieto evento, ma non mi aveva invitato alla festa per il parto. Mi chiesi se avevano effettivamente organizzato una festa o se avevano preferito fare di quella nascita un lusso privato, un'esperienza comune che celebrasse tardivamente e consolidasse la loro nuova vita insieme. Tuttavia mi pareva improbabile che fossero venuti meno a quello che viene generalmente considerato un obbligo, e cioè invitare i propri amici ad assistere alla nascita di una nuova vita. Di solito si invitano al massimo sei persone, a guardare a una distanza accuratamente prestabilita in modo da non innervosire o disturbare la madre. Dopo, se tutto va bene, c'è il pranzo, spesso innaffiato di champagne. La nascita dei gattini non è esente da un velo di tristezza: le norme sugli animali domestici in età fertile sono chiare e vengono applicate con rigore. Adesso Mathilda verrà sterilizzata ed Helena e Rupert avranno il permesso di tenere una sola femmina della cucciolata per farla riprodurre. In alternativa Mathilda potrà avere un'altra cucciolata, ma tutti i piccoli, tranne un maschio, saranno eliminati in maniera indolore.

Dopo la telefonata di Helena ho acceso la radio per sentire il notiziario delle otto. Sentendo la data, mi sono accorto che oggi è esattamente un anno che mi ha lasciato per andare a vivere con Rupert. Forse è il giorno più adatto per andare a trovarli per la prima volta nel loro nido. Dico nido e non casa perché sono certo che così la descriverebbe Helena, attribuendo a un edificio qualsiasi nella parte nord di Oxford l'importanza sacramentale dell'amore reciproco, del lavare i piatti a turno, dell'impegno a osservare una sincerità totale e una dieta equilibrata, di una bella cucina nuova e igienica e di un igienico rapporto sessuale due volte la settimana. La parte riguardante il sesso mi incuriosisce: da un lato deploro la mia indiscrezione, ma dall'altro mi dico che la mia curiosità è naturale, nonché lecita. Dopo tutto Rupert si gode, o forse non riesce a godersi, un corpo che una volta conoscevo intimamente quasi quanto il mio. Un matrimonio fallito è la conferma più umiliante della precarietà delle seduzioni della carne. Gli amanti possono esplorare ogni linea, ogni curva e ogni incavo del corpo dell'amato, possono raggiungere insieme il culmine di un'estasi indicibile, ma quanto poco conta tutto questo quando l'amore o il desiderio finiscono e restano solo gli averi contesi, le parcelle dell'avvocato, i tristi rimasugli del ripostiglio, quando la casa scelta, arredata e posseduta con entusiasmo e speranza diventa una prigione, quando sui visi si formano rughe di rancore e i corpi che non si desiderano più vengono osservati in tutti i loro difetti con occhio imparziale e disincantato. Chissà se Helena parla con Rupert di quello che succedeva tra noi a letto. Immagino che lo faccia, per non parlarne dovrebbe avere più autocontrollo e più tatto di quanto abbia mai notato in lei. C'è una vena di volgarità nella rispettabilità sociale tanto accuratamente coltivata di Helena e non mi è difficile immaginare che cosa gli racconti.

«Theo credeva di essere un amante straordinario, ma era solo tecnica: sembrava che avesse imparato su un manuale. E non mi parlava mai, non parlava veramente. Avrei potuto essere qualsiasi altra donna.»

Riesco a immaginare le sue parole perché so che sono giustificate. Le ho fatto più male di quanto ne abbia fatto lei a me, anche senza contare che ho ucciso la sua unica figlia. Perché l'ho sposata? L'ho sposata perché era la figlia del direttore del college ed era per me motivo di prestigio, perché anche lei era laureata in storia e credevo che avessimo degli interessi culturali in comune e perché la trovavo fisicamente attraente, tanto da riuscire a convincere il mio cuore avaro che, se non era amore, era la cosa più vicina all'amore cui io potessi arrivare. Essere il genero del direttore mi causò più fastidio che piacere (era veramente un uomo di una presunzione spaventosa, non c'era da meravigliarsi che sua figlia non vedesse l'ora di sfuggirgli); gli interessi culturali di Helena erano inesistenti (era stata ammessa a Oxford perché era figlia di un direttore di college e, grazie a un grande impegno e a costose lezioni private, aveva ottenuto i voti necessari perché Oxford potesse giustificare una scelta che altrimenti non avrebbe fatto). E l'attrazione sessuale? Be', quella durò un po' più a lungo, pur ricadendo sotto la legge dei rendimenti decrescenti, finché non morì definitivamente il giorno in cui morì Natalie. Non c'è niente di più efficace della morte di un figlio per portare allo scoperto, senza possibilità alcuna di autoilludersi, il vuoto di un matrimonio fallito.

Mi chiedo se con Rupert le cose le vadano meglio. Se hanno una vita sessuale soddisfacente, fanno parte di una fortunata minoranza. Il sesso è diventato il meno importante fra i piaceri dei sensi. Si sarebbe potuto pensare che, una volta eliminato definitivamente il timore della gravidanza indesiderata e con esso la necessità dell'armamentario assai poco erotizzante di pillole, preservativi e calcoli sull'ovulazione, la sessualità sarebbe stata libera di esplorare nuove e fantasiose delizie. Invece è accaduto il contrario. Anche chi, uomo o donna che sia, normalmente non desidererebbe figli, sembra aver bisogno di sapere che potrebbe averne, se volesse. Totalmente scisso dalla procreazione, il sesso è diventato una specie di ginnastica svuotata di senso. Le donne si lamentano sempre più spesso dei cosiddetti orgasmi dolorosi, con il raggiungimento dello spasmo, ma non del piacere. Le riviste femminili dedicano intere pagine a questo diffuso fenomeno. Le donne, che negli anni Ottanta e Novanta diventarono sempre più critiche e intolleranti nei confronti degli uomini, finalmente hanno una giustificazione inoppugnabile per il risentimento accumulato nei secoli. Noi, che non riusciamo più a dare loro dei figli, non sappiamo neppure dare loro piacere. Il sesso può ancora essere una forma di conforto reciproco, ma raramente raggiunge l'estasi. Dai pornoshop statali alle pubblicazioni sempre più esplicite, gli accorgimenti per stimolare il desiderio sono tutti falliti. Uomini e donne continuano a sposarsi, anche se con meno frequenza che in passato, con meno cerimonie e spesso con partner dello stesso sesso. La gente si innamora ancora, o per lo meno dice di essere innamorata, e cerca in maniera quasi disperata una persona, preferibilmente più giovane o per lo meno della stessa età, con cui affrontare l'inevitabile declino e decadimento. Abbiamo bisogno del conforto di un corpo senziente, la mano nella mano, la bocca sulla bocca, ma le poesie d'amore dei tempi passati suscitano in noi un certo stupore.

Oggi pomeriggio, camminando per Walton Street, non ho provato particolare riluttanza all'idea di rivedere Helena e ho pensato a Mathilda con piacere. Come contitolare ufficiale della licenza per animali domestici in età fertile ovviamente avrei potuto ricorrere al Tribunale per l'affidamento degli animali chiedendo la custodia congiunta o almeno il diritto alle visite, ma non avevo voglia di sottopormi a una simile umiliazione. Alcune cause per l'affidamento degli animali vengono dibattute senza esclusione di colpi, con grande dispendio di denaro e pubblicità e non ho alcuna intenzione di aggiungere il mio nome alla lista. So di aver perso Mathilda e lei, infida e interessata come tutti i gatti, a quest'ora mi avrà dimenticato.

Vedendola mi è stato difficile non illudermi. Era distesa nel suo cestino con due micini frementi, simili a topi bianchi dal pelo lucido, che succhiavano il latte. Mi ha guardato con i suoi occhi azzurri privi di espressione e ha cominciato a fare le fusa, con un suono tanto forte e rauco che sembrava scuotere il cestino. Ho allungato una mano e le ho toccato la testa morbida.

Ho chiesto: «È andato tutto bene?».

«Oh, alla perfezione. Naturalmente c'è stato il veterinario fin dalle prime doglie, ma ha detto che raramente gli era capitato un parto più facile. Ha portato via due dei gattini. Non abbiamo ancora deciso quale di questi due tenere.»

La casa è piccola, anonima dal punto di vista architettonico, una tipica villa bifamiliare di periferia, in mattoni, il cui pregio principale è il lungo giardino sul retro che scende fino al canale. Gran parte del mobilio e la moquette sembravano nuovi e immaginai che li avesse scelti Helena, dopo essersi liberata di tutti gli accessori della vita precedente del suo amante, compresi amici, club, consolazioni da scapolo solitario, mobili e quadri di famiglia ereditati insieme alla casa. Si era divertita a preparargli un nido – ero certo che si esprimesse così – e lui si beava del risultato dei suoi sforzi come un bambino nella sua cameretta nuova. Dappertutto regnava l'odore della vernice fresca. Nel salotto, come sempre a Oxford nelle case di quel tipo, la parete sul retro era stata demolita per ricavare un'unica grande stanza, con un bovindo sul davanti e delle portefinestre su una veranda sul retro. A una delle pareti imbiancate dell'ingresso era appesa una fila di copertine di libri originali realizzate da Rupert, incorniciate in legno bianco. Ce n'erano circa una dozzina e mi sono chiesto se l'idea di esporle così sia stata sua o di Helena. In ogni caso, ha provocato in me per un attimo un giustificato moto di sdegnosa disapprovazione. Avrei voluto soffermarmi a osservare i disegni, ma avrei dovuto fare qualche commento in proposito e non avevo nulla da dire. La rapida occhiata che vi ho dato passando, tuttavia, mi è bastata per capire che erano dotati di una forza notevole: Rupert non è un artista insignificante e quell'egocentrica ostentazione del suo talento non faceva che confermare quel che già sapevo.

Abbiamo preso il tè nella veranda, un banchetto eccessivamente abbondante a base di sandwich al pâté, *scones* e plum-cake fatti in casa e serviti su un vassoio coperto da una tovaglietta di lino inamidata, con i tovagliolini uguali. L'unica parola che mi veniva in mente era "lezioso". Osservando la tovaglietta mi sono reso conto che era una di quelle che Helena aveva ricamato poco prima di lasciarmi. Allora anche quell'accurato lavoro d'ago faceva parte del suo corredo di adultera. Che quella merenda leziosa – e insistevo a usare quell'aggettivo – fosse stata organizzata per impressionarmi, per mostrarmi che buona moglie sapeva essere con chi era capace di apprezzare i suoi pregi? Mi è sembrato proprio che Rupert li sappia apprezzare. Quasi gongolava per come lei lo viziava. Forse come artista tanta sollecitudine gli pare dovuta. Ho pensato che la veranda dev'essere piacevole in primavera e in autunno. Anche oggi, con un solo radiatore acceso, si stava bene e attraverso il vetro ho intravisto che curano molto il giardino. Lungo la staccionata, che era nuova, c'era un filare di piante di rose, con le radici chiuse in sacchetti di tela. Sicurezza, comfort, piacere. Xan e il suo Consiglio approverebbero.

Dopo il tè Rupert è scomparso per un attimo nel salotto. Tornando mi ha porto un volantino. L'ho riconosciuto subito: era identico a quello che i Cinque Pesci avevano lasciato sul mio stuoino. Fingendo di non averlo mai visto prima, l'ho letto attentamente. Rupert pareva in attesa di una mia reazione. Quando ha visto che restavo impassibile ha osservato: «Hanno corso un bel rischio ad andare di porta in porta».

Mi sono trovato a dire quello che ero certo fosse successo, innervosendomi per il fatto che ne ero certo e che non riuscivo a tenere la bocca chiusa.

«Non farebbero mai una cosa del genere. Non è mica un bollettino parrocchiale, ti pare? Probabilmente li distribuisce una persona sola, in bicicletta o a piedi, li infila sotto le porte quando non c'è nessuno in giro, ne lascia qualcuno sotto le pensiline degli autobus o li infila sotto il tergicristallo delle macchine in sosta.»

Helena ha detto: «È pur sempre un rischio però, no? O lo sarebbe se la polizia di Stato decidesse di arrestarli».

Rupert ha aggiunto: «Non credo che si prenderanno la briga di farlo. Nessuno lo prenderà sul serio».

Ho chiesto: «E tu?».

Dopo tutto l'aveva tenuto. La mia domanda, più brusca di quanto intendessi, lo ha lasciato sconcertato. Ha lanciato un'occhiata a Helena e ha esitato. Mi sono chiesto se ci fosse stata una discussione tra loro sulla faccenda, magari il primo litigio. Ma ero troppo ottimista: se avessero litigato, a quell'ora il volantino sarebbe già stato distrutto nell'entusiasmo della riconciliazione.

Rupert ha detto: «In effetti mi sono chiesto se non fosse il caso di parlarne al Consiglio Locale quando andavamo a denunciare la nascita dei gattini, ma abbiamo deciso di non farlo. Non vedo cosa ci possano fare; quelli del Consiglio Locale, intendo dire».

«A parte comunicarlo alla polizia di Stato e farvi arrestare per possesso di materiale sedizioso».

«Be', abbiamo considerato anche questa possibilità. Non volevamo che pensassero che siamo a favore di tutto questo.»

«Qualcun altro ha ricevuto lo stesso volantino in questa strada?»

«Nessuno ne ha parlato e non abbiamo avuto voglia di chiedere.»

Helena ha detto: «Queste sono cose per cui il Consiglio Locale non può fare nulla comunque. Nessuno vuole che chiudano la colonia penale di Man».

Rupert aveva ancora il volantino in mano, quasi non sapesse che cosa farne. Poi ha aggiunto: «D'altra parte, voci su quel che succede nei campi per gli Ospiti Temporanei se ne sentono e mi pare che, ormai che sono qui, dovremmo trattarli con giustizia».

Helena ha detto con asprezza: «Qui sono trattati molto meglio che a casa loro e sono contenti di venirci: nessuno li costringe. Ed è assurdo proporre di chiudere la colonia penale».

È questo che la preoccupa, ho pensato: la criminalità e la violenza che incombono sulla sua casa, sul centrino ricamato, sul salotto accogliente, sulla veranda con le sue fragili pareti di vetro, sulla vista sul giardino buio in cui ora ha la certezza che non si nasconde nessuna presenza ostile.

Ho detto: «Non propongono di chiuderla, ma è innegabile che dovrebbe essere sorvegliata come si deve e che i detenuti dovrebbero vivere decentemente».

«Ma non è questo che propongono i Cinque Pesci. Il volantino dice che bisogna por fine alle deportazioni, che vogliono farla chiudere. E farla sorvegliare da chi, poi? Se Rupert si offrisse volontario non ce lo lascerei andare. Gli ergastolani potrebbero vivere una vita decente, se volessero: l'isola è grande abbastanza, hanno cibo e un tetto sotto cui ripararsi. Sono certa che il Consiglio non ordinerebbe mai l'evacuazione dell'isola, ci sarebbe una rivolta: tutti quegli assassini e violentatori di nuovo a piede libero... E poi non ci sono anche gli internati di Broadmore laggiù? Sono matti, matti e pericolosi.»

Ho notato che aveva usato la parola internati e non pazienti e ho detto: «I peggiori ormai devono essere tanto vecchi che non rappresentano più un gran pericolo».

Helena ha esclamato: «Ma alcuni hanno meno di cinquant'anni e ce ne mandano continuamente di nuovi. Più di duemila solo l'anno scorso, vero?». ha chiesto rivolgendosi a Rupert. «Caro, credo che faremmo meglio a strapparlo. Non c'è motivo di tenerlo. Non possiamo farci nulla e, chiunque essi siano, non hanno diritto di stampare cose del genere. Servono solo a spaventare la gente.»

Rupert l'ha rassicurata: «Lo butterò nel gabinetto».

Quando è uscito dalla stanza Helena si è rivolta a me: «Tu non ci credi, vero, Theo?».

«Io credo che la vita sull'isola di Man sia terribilmente spiacevole.»

Lei ha ripetuto ostinata: «Be', dipende dai detenuti stessi, no?».

Non abbiamo più parlato del volantino e una decina di minuti più tardi, dopo un'ultima visita a Mathilda, che Helena chiaramente si aspettava e che Mathilda ha sopportato, sono tornato a casa. Non mi dispiace essere andato a trovarli. Non l'ho fatto soltanto per il bisogno di vedere Mathilda: il nostro breve incontro mi ha dato più dolore che gioia. Ora posso considerare chiuso un capitolo che era rimasto incompiuto. Helena è felice. Sembra persino più giovane, più bella. La sua grazia bionda e snella che una volta elevavo al rango di bellezza è maturata trasformandosi in un'eleganza sicura di sé. Sinceramente non posso dire di essere contento per lei: è difficile essere generosi con coloro ai quali abbiamo fatto del male, ma perlomeno non sono più responsabile della sua felicità o infelicità. Non provo particolare desiderio di rivedere nessuno dei due, ma riesco a pensare a loro senza amarezza o sensi di colpa.

C'è stato solo un momento, poco prima che me ne andassi, in cui ho provato qualcosa di più di un semplice interesse cinico e distaccato per la loro intimità. Mi ero allontanato per andare nel bagno. Asciugamano pulito e ricamato, saponetta nuova, la tazza piena di schiuma disinfettante blu, una ciotolina di pot-pourri: ho notato tutto con un certo disprezzo. Mentre tornavo senza fare rumore ho visto che, seduti a una certa distanza, avevano allungato il braccio per tenersi per mano e, sentendo i miei passi, si erano di nuovo staccati in fretta, quasi si sentissero in colpa. Quel piccolo gesto di delicatezza, di tatto, forse addirittura di pietà, mi ha provocato per un attimo emozioni conflittuali, tanto fugaci che sono scomparse prima ancora che le riconoscessi, ma mi sono reso conto che quel che sentivo erano invidia e rimpianto, non per qualcosa che avevo perduto, ma per qualcosa che non avevo mai provato.

17

Lunedì 15 marzo 2021

Oggi ho ricevuto la visita di due uomini della polizia di Stato. Il fatto stesso che sono qui a scriverlo dimostra che non mi hanno arrestato e che non hanno trovato questo diario. In realtà non l'hanno neppure cercato, non hanno perquisito la casa. È innegabile che questo diario costituisce una prova incriminante, se è di deficienze morali e lacune personali che si è alla ricerca, ma credo che essi pensassero a misfatti più concreti. Come ho detto, erano in due: uno giovane, ovviamente un Omega – è straordinario come si riconoscano a prima vista – e un ufficiale di grado superiore, che avrà avuto qualche anno meno di me, con un impermeabile e una valigetta di pelle nera. Si è presentato come ispettore capo George Rawlings e il suo collega come sergente Oliver Cathcart. Cathcart era un tipo malinconico, elegante, poco espressivo: un tipico Omega. Rawlings, massiccio e un po' goffo, aveva una chioma di folti capelli brizzolati ben pettinati, che sembravano tagliati apposta per far risaltare le onde sulle tempie e sulla nuca. Aveva lineamenti marcati, occhi piccoli e talmente incavati che quasi non si vedevano le iridi e una bocca grande, con il labbro superiore a forma di freccia, aguzzo come un becco. Erano entrambi in borghese e indossavano abiti di ottimo taglio. In altre circostanze, sarei stato tentato di chiedere se si servivano dallo stesso sarto.

Sono arrivati alle undici. Li ho fatti accomodare nel salotto al pianterreno e gli ho chiesto se volevano un caffè. Hanno rifiutato. Quando li ho invitati a sedersi, Rawlings si è lasciato sprofondare comodamente in poltrona davanti al caminetto mentre Cathcart, dopo un attimo di esitazione, si è seduto di fronte al collega, con la schiena diritta. Io ho preso la sedia girevole dalla scrivania, orientandola in maniera da guardarli in faccia.

Rawlings ha esordito: «Una mia nipote, la figlia minore di mia sorella, che non è Omega per un anno soltanto, ha frequentato le sue lezioncine su "Storia e vita nel periodo vittoriano". Non è molto intelligente e lei probabilmente non se la ricorderà. O forse sì: si chiama Marion Hopcroft. Dice che c'erano pochi studenti e diminuivano di settimana in settimana. La gente non ha costanza, si iscrivono con entusiasmo e poi si stancano subito, soprattutto se non vengono continuamente stimolati».

In breve aveva ridotto il mio corso a una serie di lezioni noiosissime per un numero sempre più ristretto di persone poco intelligenti. Non era stato molto diplomatico, ma dubito che fosse uno che si perdeva in sottigliezze. Ho risposto: «Il nome non mi è nuovo, ma sua nipote non la ricordo».

«"Storia e vita nel periodo vittoriano". Mi pare che storia sia di troppo. Non bastava forse "La vita nel periodo vittoriano"? Oppure "Storia dell'Inghilterra vittoriana".»

«Non ho scelto io il titolo del corso.»

«Davvero? È strano, pensavo che fosse suo compito. Penso che dovrebbe insistere per scegliere lei i titoli dei suoi corsi.»

Non ho risposto. Senza dubbio sapeva benissimo che avevo sostituito Colin Seabrook in quel corso, ma se non lo sapeva, non volevo essere io a dirglielo.

Dopo un attimo di silenzio che né lui né Cathcart sembravano trovare imbarazzante, ha proseguito: «Ho pensato di iscrivermi anch'io a uno di questi corsi per adulti. Storia, non letteratura. Ma non sceglierei l'Inghilterra vittoriana. Andrei più indietro, ai Tudor. I Tudor mi hanno sempre affascinato, soprattutto Elisabetta I».

Ho chiesto: «Che cosa la attrae di quel periodo? La violenza e la magnificenza, la gloria delle conquiste, quel misto di poesia e crudeltà tipico dell'epoca, i visi acuti e intelligenti fra i colletti di pizzo, la splendida corte consolidata a colpi di serrapollici e di ruote per la tortura?».

Dopo un attimo di riflessione, ha risposto: «Non direi che il periodo Tudor sia particolarmente crudele, dottor Faron. A quei tempi si moriva giovani e spesso fra atroci dolori. Ogni epoca ha le sue crudeltà. E se vogliamo parlare di dolore, morire di cancro senza farmaci, come è successo a molti nel corso dei secoli, è probabilmente un tormento più orribile di qualsiasi tortura inventata dai Tudor. Soprattutto per i bambini, non le pare? È difficile trovare una giustificazione al tormento dei bambini, non crede?».

Ho detto: «Forse non dovremmo credere che in natura tutto abbia una giustificazione».

Ha proseguito, come se non avessi aperto bocca: «Mio nonno era uno di quelli che predicano la fine del mondo e pensano che tutto abbia una giustificazione, soprattutto il dolore. Nato fuori del tempo, si sarebbe trovato meglio nel XIX secolo. Mi ricordo che da bambino una volta mi venne mal di denti, un ascesso; non dicevo niente perché avevo paura del dentista, ma una notte mi svegliai dal male. Mia madre mi disse che mi avrebbe portato dal dottore non appena avesse aperto lo studio e fino al mattino dovetti sopportare il dolore. Mio nonno venne a trovarmi e mi disse: "Possiamo fare qualcosa contro i piccoli dolori di questo mondo, ma non contro le sofferenze eterne del mondo a venire. Ricordatelo, ragazzo". Certamente scelse il momento migliore: eterno mal di denti, un pensiero terrificante per un bambino di nove anni».

«Anche per un adulto» dissi.

«Be', abbiamo abbandonato tale credenza, eccezion fatta per Roaring Roger. Sembra che abbia ancora un certo seguito.» Si è interrotto, come per riflettere sulle saette scagliate da Roaring Roger, poi ha ripreso, con lo stesso tono: «Il Consiglio si sta preoccupando, o meglio, occupando dell'attività di determinate persone».

Si è fermato, forse aspettandosi che domandassi: "Quali attività? Quali persone?". Invece ho detto: «Devo uscire fra mezz'ora. Se il suo collega desidera perquisire la casa è meglio che lo faccia subito, mentre noi parliamo. Ci sono due o tre cose a cui tengo particolarmente, i cucchiaini da tè nella vetrina georgiana, le statuette commemorative vittoriane dello Staffordshire in salotto e un paio di libri rari. In circostanze normali desidererei assistere alla perquisizione, ma confido nella probità della polizia di Stato».

Ho pronunciato queste parole guardando dritto negli occhi Cathcart, il quale ha sostenuto il mio sguardo senza tentennamenti.

Rawlings si è concesso un'intonazione di leggero biasimo: «Non siamo qui per una perquisizione, dottor Faron. Perché ha pensato che volessimo perquisirle la casa? Che cosa dovremmo cercare? Lei non è un sovversivo. Siamo qui per parlarle, per consultarci con lei, se preferisce. Come le ho spiegato, stanno accadendo cose che il Consiglio vorrebbe approfondire. Glielo dico in confidenza, naturalmente. Tali faccende non sono state rese note né dalla stampa né dalla radio, né dalla televisione».

Ho detto: «È stato saggio da parte del Consiglio. I sobillatori, sempre che di questo si tratti, prosperano sulla pubblicità. Perché regalargliela?».

«Proprio così. I governi ci hanno messo molto a capire che non vi è alcun bisogno di manipolare le notizie sgradite. Basta non divulgarle.»

«E che cos'è che non divulgate?»

«Piccoli incidenti, di per sé senza importanza, ma che nel complesso possono far pensare a una cospirazione. Vi sono state azioni di disturbo durante gli ultimi due Trapassi: è stato fatto saltare il pontile la mattina della cerimonia, proprio mezz'ora prima dell'arrivo delle vittime sacrificali; ma forse il termine "vittime" non è appropriato, sarebbe più giusto dire "martiri".»

Dopo una pausa, ha ripreso: «Ma martiri è dir troppo. Diciamo prima dell'arrivo dei suicidi. Ciò ha portato considerevole scompiglio. Il terrorista, uomo o donna che fosse, ha rischiato grosso. Trenta minuti di ritardo e quei vecchi sarebbero morti in maniera assai più spettacolare del previsto. L'attentato era stato preannunciato telefonicamente da una voce maschile, di un giovane, ma troppo tardi perché si potesse intervenire. Siamo riusciti soltanto a tenere lontana la folla».

Ho commentato: «Un inconveniente fastidioso. Sono andato a vedere un Trapasso circa un mese fa e il pontile da cui si è effettuato l'imbarco sembrava essere stato realizzato in poco tempo. Non credo che i danni causati da quest'azione terroristica siano stati tali da bloccare il Trapasso per più di un giorno».

«Come ha fatto notare lei, dottor Faron, si è trattato di un incidente di poco conto, ma non privo di significato. Ci sono stati troppi incidenti di poco conto in questi ultimi tempi. Per non parlare dei volantini: alcuni relativi al trattamento riservato agli Ospiti Temporanei. Abbiamo dovuto rimpatriare con la forza l'ultimo lotto di Ospiti Temporanei, composto da sessantenni e da alcuni malati. Sul molo ci sono stati alcuni episodi incresciosi. Non dico che ci sia un nesso fra questo e la distribuzione di volantini, ma forse è più di una coincidenza. La distribuzione di materiale politico fra gli Ospiti Temporanei è illegale, ma sappiamo che nei campi circolavano volantini sovversivi. Altri, in cui si deplorava il trattamento degli Ospiti Temporanei in generale, le condizioni dei detenuti nell'isola di Man, le analisi obbligatorie dello sperma e quella che i dissidenti considerano mancanza di democrazia, sono stati distribuiti di casa in casa. Uno di questi enumerava le cause dello scontento in una serie di rivendicazioni. Per caso lei l'ha visto?»

Ha preso la valigetta di pelle nera, se l'è appoggiata sulle ginocchia e l'ha aperta. Stava recitando la parte del vecchio zio che non sa tanto bene il perché della sua visita e mi aspettavo che facesse finta di frugare affannosamente fra le proprie carte prima di trovare quello che cercava. Invece mi ha colto di sorpresa, mostrandomelo immediatamente.

Me lo ha porto dicendo: «L'ha già visto prima, dottor Faron?».

L'ho scorso un istante e ho risposto: «Sì. Ne ho trovato uno fra la posta qualche settimana fa». Non aveva senso negare. Quasi certamente la polizia di Stato sapeva che quei volantini erano stati distribuiti in St. John Street e non c'era motivo per cui non dovessero averlo portato anche a me. L'ho riletto e gliel'ho restituito.

«Sa se altri lo hanno ricevuto?»

«Che io sappia, no. Ma immagino che debbano essere stati distribuiti in grande quantità. Non ho chiesto perché la cosa non mi interessava.»

Rawlings ha osservato il volantino come se non l'avesse mai visto prima, quindi ha detto: «I Cinque Pesci. Ingegnoso, ma non molto intelligente. Cercheremo un gruppo di cinque persone: cinque amici, cinque parenti, cinque colleghi, o cospiratori. Forse vogliono imitare il Consiglio d'Inghilterra. È un numero utile, non crede, dottore? Garantisce la maggioranza in qualsiasi dibattito». Non ho replicato. Ha proseguito: «I Cinque Pesci. Immagino che ciascuno di loro abbia un nome in codice basato sul nome di battesimo, in maniera che sia facile da ricordare. La lettera "A" presenterebbe delle difficoltà, però, non mi vengono in mente pesci che inizino per A. Ma forse nessuno di loro si chiama con un nome che inizia per "A". Per la "B" c'è branzino e anche "C" non è difficile: carpa, cernia. "D" come dentice, "E" non è facile, ma suppongo che se non avessero trovato un nome di pesce per ciascun membro del gruppo, non si sarebbero chiamati i Cinque Pesci. Che cosa ne pensa? Del mio ragionamento, intendo».

Ho detto: «Molto acuto. È interessante osservare i processi mentali della polizia di Stato in azione. Sono pochi i cittadini che ne hanno la possibilità, almeno finché rimangono liberi cittadini».

Avrei anche potuto fare a meno di parlare. Continuando a osservare il volantino ha aggiunto: «Un pesce, ben disegnato. Non credo da un artista di professione, ma da una persona portata per il disegno. Il pesce è un simbolo cristiano. Che si tratti di un gruppo di cristiani?». Ha spostato su di me lo sguardo. «Lei ammette di essere stato in possesso di uno di questi volantini, dottor Faron; però non ha fatto niente. Non pensava che fosse suo dovere denunciarlo?».

«L'ho trattato come tratto la posta non importante e non richiesta.» Quindi, decidendo che era arrivato il momento di passare all'attacco, ho concluso: «Mi perdoni, ispettore, ma non capisco che cosa preoccupi tanto il Consiglio. Il malcontento esiste in tutte le società e questo gruppo, in particolare, non sembra aver fatto altro che minare uno o due pontili provvisori e diffondere critiche mal formulate al governo».

«Quei volantini si potrebbero definire sediziosi, dottor Faron.»

«Si possono definire come si vuole, ma non si possono innalzare al rango di una grande cospirazione. Sicuramente non vorrete mobilitare i servizi segreti perché un pugno di cittadini annoiati e scontenti decide di dedicarsi a passatempi più pericolosi del golf. Di che cosa si preoccupa il Consiglio? Se ci sono dei dissidenti, saranno abbastanza giovani, o almeno di mezza età. Ma il tempo passa per loro come per tutti noi. Ha dimenticato le cifre? Il Consiglio d'Inghilterra non fa che rammentarcele. La popolazione, che ammontava a cinquantotto milioni nel 1996, è scesa quest'anno a trentasei milioni e il venti per cento ha superato i settant'anni. Siamo una razza in via di estinzione, ispettore. Con la maturità e la vecchiaia si spegne ogni entusiasmo, compreso quello, affascinante, della cospirazione. Non esiste una vera opposizione al Governatore d'Inghilterra. Non c'è mai stata, fin da quando è salito al potere.»

«È nostro compito garantire che non ve ne sia.»

«Farete ovviamente quello che riterrete necessario, ma io prenderei sul serio questa faccenda solo se la ritenessi effettivamente una cosa seria, magari spia di un'opposizione al Governatore all'interno del Consiglio.»

Quelle parole erano un rischio calcolato, e forse anche grosso. È rimasto turbato. Era quello che desideravo.

Dopo una pausa, involontaria e non calcolata, ha commentato: «Se vi fosse quel pericolo, dottor Faron, la questione non sarebbe nelle mie mani, ma verrebbe gestita a un livello più alto».

Mi sono alzato e ho detto: «Il Governatore d'Inghilterra è mio cugino e mio amico. Mi è stato vicino durante l'infanzia, quando l'amicizia è particolarmente importante. Non sono più suo consigliere, ma ciò non significa che non sia più suo cugino e suo amico. Se dovessi avere le prove di un complotto ai suoi danni, lo direi a lui. Non ne farei parola né con lei, ispettore, né con la polizia di Stato, ma ne parlerei con il diretto interessato, con il Governatore».

Stavo bluffando naturalmente, ed entrambi lo sapevamo benissimo. Non ci siamo stretti la mano e non abbiamo parlato mentre li accompagnavo alla porta, ma non perché mi fossi fatto un nemico. Rawlings non si concede il lusso di nutrire antipatie personali come non si concederebbe il lusso di nutrire simpatia, comprensione o pietà per le vittime che va a trovare e a interrogare. Credo di aver capito che tipo d'uomo è: meschino burocrate della tirannia, che gode della porzione accuratamente soppesata di potere a lui concessa e ha bisogno di camminare in un alone di paura artificiale e di sapere che quella paura lo precede nelle stanze in cui entra e vi rimane come un odore dopo che ne è uscito, ma privo del sadismo e del coraggio presupposti dall'autentica crudeltà. Ma gli uomini di quel tipo devono prender parte all'azione: a loro non basta, come alla maggior parte di noi, rimanere in disparte a guardare le croci sul Golgota.

18

Theo chiuse il diario e lo ripose nel primo cassetto della scrivania; girò la chiave e se la infilò in tasca. La scrivania era ben fatta e i cassetti robusti, ma non avrebbe certo resistito all'attacco di una mano esperta o molto determinata. D'altronde, però, era un'eventualità poco probabile e comunque era stato attento a rendere innocuo il suo resoconto della visita di Rawlings. Il fatto stesso di provare il bisogno di autocensurarsi era un segno di malessere, e lo sapeva. La necessità di tali precauzioni lo irritava. Aveva iniziato quel diario più che come resoconto della propria vita (per chi e perché? Quale vita?), come indagine quotidiana e compiaciuta su se stesso, un mezzo per attribuire un senso al passato, in parte catarsi e in parte rassicurante affermazione di sé. Quel diario, ormai diventato un'abitudine nella sua vita, perdeva significato se doveva censurare, omettere, ingannare piuttosto che illuminare.

Ripercorse mentalmente la visita di Rawlings e Cathcart. Sul momento era rimasto sorpreso di quanto poco lo avessero spaventato. Quando se n'erano andati aveva provato una certa soddisfazione per non aver avuto paura, per la competenza con cui aveva affrontato quell'incontro. Adesso si chiedeva se tanta fiducia fosse giustificata. Ricordava quasi parola per parola quanto si erano detti; aveva sempre avuto buona memoria per i dialoghi. Ma lo sforzo di trascrivere quella laconica conversazione gli aveva suscitato delle preoccupazioni che al momento non aveva provato. Si disse che non aveva nulla da temere: aveva mentito apertamente solo una volta, quando aveva negato di conoscere altre persone che avessero ricevuto il volantino dei Cinque Pesci. Era una bugia che avrebbe potuto giustificare, se gliel'avessero contestata. Perché, avrebbe detto, fare il nome della sua ex moglie e procurarle il fastidio e la preoccupazione di una visita della polizia? Il fatto che lei, o chiunque altro, avesse ricevuto il volantino non aveva particolare importanza: quei fogli dovevano essere stati infilati praticamente sotto tutte le porte in quella strada. Una menzogna non era una prova di colpevolezza. Era improbabile che lo arrestassero per un'unica piccola bugia. Dopo tutto in Inghilterra vigeva ancora la legge, almeno per i cittadini britannici.

Scese in salotto e passeggiò nervosamente avanti e indietro per la grande stanza, percependo misteriosamente il vuoto e il buio dei piani sopra e sotto di lui, come se ciascuno di quei vani silenziosi racchiudesse una minaccia. Si fermò a una finestra che dava sulla strada e guardò fuori, oltre la ringhiera di ferro battuto. Piovigginava. Vedeva i riflessi argentei della pioggia contro la luce dei lampioni e, più in basso, il marciapiede scuro e viscido. Le tende alle finestre della casa di fronte erano tirate e sulla facciata di pietra non c'era alcun segno di vita, neppure uno spiraglio di luce. La depressione lo avviluppò come una coltre pesante e conosciuta. Oppresso dal senso di colpa, dai ricordi e dall'ansia, gli pareva quasi di sentire l'odore dei detriti accumulati nel corso di quegli anni vuoti. Il senso di sicurezza di poco prima svanì e la paura si fece più forte. Si disse che durante il colloquio aveva pensato solo a se stesso, alla propria incolumità, intelligenza, dignità. Ma non era lui a interessarli: erano Julian e i Cinque Pesci che cercavano. Non si era lasciato sfuggire nulla, non c'era ragione di sentirsi in colpa per quello, ma il fatto stesso che fossero venuti da lui significava che sospettavano qualcosa. Certo che sospettavano. Il Consiglio non aveva mai creduto che si fosse presentato di sua spontanea volontà. La polizia di Stato sarebbe tornata, e la prossima volta la parvenza di gentilezza sarebbe stata più tenue, l'interrogatorio più approfondito e il suo esito forse più doloroso.

Che cos'altro sapevano oltre a quello che gli aveva rivelato Rawlings? Improvvisamente gli parve straordinario che quei cinque non fossero già stati presi e interrogati. Ma forse li avevano presi. Che fosse quello il motivo della visita? Che avessero già in pugno Julian e gli altri e stessero cercando di scoprire fino a che punto era coinvolto? Certamente non ci avrebbero messo molto ad arrivare a Miriam. Gli tornò in mente che cosa aveva risposto il Consiglio alla sua interrogazione riguardo all'isola di Man: «Lo sappiamo; la domanda è, come fai a saperlo tu?». Cercavano una persona che fosse a conoscenza della situazione sull'isola; dal momento che non vi erano ammessi visitatori, che era proibito qualsiasi scambio di corrispondenza con i detenuti e che tutto era tenuto segreto, come era possibile che qualcuno lo fosse venuto a sapere? La fuga del fratello di Miriam era certamente documentata. Era davvero strano che Miriam non fosse stata interrogata non appena i Cinque Pesci erano entrati in azione. Ma forse lo era stata, forse in quel momento stesso Miriam e Julian erano nelle loro mani.

Giunto alla conclusione del suo ragionamento, per la prima volta provò un profondo senso di solitudine. Per lui non era un'emozione familiare. Ne diffidava e lo infastidiva. Abbassando lo sguardo sulla strada vuota, per la prima volta desiderò che ci fosse qualcuno, un amico fidato, con cui poter parlare a cuore aperto. Prima di lasciarlo Helena aveva detto: «Viviamo nella stessa casa, ma siamo come inquilini, o ospiti dello stesso albergo: non parliamo mai veramente». Irritato da una protesta tanto banale e prevedibile, trita lamentela di tutte le mogli scontente, aveva ribattuto: «Parlare di cosa? Se vuoi parlare, sono qui, ti ascolto».

Gli parve che gli sarebbe servito persino parlare con lei,

ascoltare la sua risposta riluttante e certamente di nessun aiuto per il suo dilemma. E insieme alla paura, al senso di colpa e alla solitudine ebbe un nuovo impeto di irritazione nei confronti di Julian, del gruppo e di se stesso, per essersi lasciato coinvolgere. Se non altro aveva fatto quel che gli avevano chiesto: era andato dal Governatore d'Inghilterra e poi aveva messo in guardia Julian. Non era colpa sua se non gli avevano dato retta. Senza dubbio avrebbero obiettato che era suo dovere informarli, fargli sapere che erano in pericolo. Ma lo sapevano benissimo di essere in pericolo. E come avrebbe potuto avvisarli? Non conosceva l'indirizzo di nessuno di loro, né dove lavorassero o che cosa facessero. L'unica cosa che poteva fare, se avessero preso Julian, era intercedere in suo favore presso Xan. Ma sarebbe venuto a sapere del suo arresto? Cercando, sarebbe forse riuscito a trovare uno della banda, ma come avrebbe potuto informarsi senza correre rischi, senza rendere troppo evidente la sua indagine? Poteva darsi che la polizia lo stesse addirittura tenendo segretamente sotto sorveglianza già allora. Non gli rimaneva altro che aspettare.

19

Venerdì 26 marzo 2021

L'ho rivista oggi per la prima volta dopo l'incontro nel Pitt Rivers Museum. Ero andato a comprare il formaggio al mercato coperto e mi stavo allontanando con i miei pacchettini di Roquefort, Camembert e formaggio danese quando l'ho vista, a pochi metri da me. Era davanti a un banco della frutta: non faceva la spesa per una persona sola dai gusti sempre più difficili come me, ma indicava le sue scelte senza esitazione, porgendo la sporta aperta per farsela riempire di fragili sacchetti di carta marrone ricolmi di arance dorate, banane curve e lucenti, mele color ruggine. Mi è apparsa in un alone di vividi colori, dentro cui la sua pelle e i suoi capelli parevano aver assorbito la brillantezza della frutta, quasi non risplendessero alla luce dura e abbagliante delle lampade del mercato, ma ai raggi tiepidi del sole del Sud. L'ho osservata, mentre porgeva sorridente al negoziante una banconota e contava gli spiccioli per dargli la cifra esatta, mentre si tirava sulla spalla la spessa tracolla della sporta di tela, inclinandosi leggermente da una parte per il peso. C'era un flusso disordinato di persone fra di noi, ma io sono rimasto dov'ero, non volendo, o forse non potendo, muovermi, la mente in preda a un tumulto di sensazioni straordinarie e sgradevoli. Mi ha assalito un ridicolo impulso di correre al banco dei fiori, mettere delle banconote nella mano del fiorista e prendere dai vasi mazzi di narcisi, tulipani, rose di serra e gigli, gettarli fra le braccia di Julian e toglierle la pesante borsa dalla spalla. Era un impulso romantico, infantile e ridicolo, che non provavo da quando ero ragazzino. A quei tempi mi infastidiva e mi lasciava perplesso, mentre oggi mi ha spaventato la sua forza, la sua irrazionalità, il suo potenziale distruttivo.

Si è voltata, senza vedermi, e si è incamminata verso l'uscita che dà su High Street. L'ho seguita facendomi largo fra la folla del venerdì mattina e i carrelli per la spesa, impaziente di fronte a ogni ostacolo. Mi sono detto che mi stavo comportando come uno sciocco, che avrei dovuto lasciarla scomparire fra la gente, che l'avevo vista solo quattro volte e non aveva mai dimostrato il minimo interesse per me, a parte chiedermi insistentemente di fare quello che lei desiderava, che non sapevo nulla di lei se non che era sposata, che quel travolgente desiderio di sentire la sua voce, di toccarla, non era che il primo segnale della morbosa instabilità emotiva tipica degli uomini soli della mia età. Ho cercato di rallentare il passo, riconoscendo così l'umiliante bisogno che provavo, ma ho finito comunque per raggiungerla, mentre stava svoltando verso High Street.

Le ho sfiorato una spalla e ho detto: «Salve».

Qualsiasi saluto sarebbe parso banale, almeno quello era innocuo. Si è voltata verso di me e per un secondo mi sono quasi illuso che il suo sorriso fosse di gioia nel riconoscermi. Ma era lo stesso che aveva riservato al fruttivendolo.

Posando la mano sulla sporta, le ho chiesto: «Posso portarla io?». Mi sentivo come uno scolaretto importuno.

Ha scosso il capo. «Grazie, ma ho il furgone parcheggiato qui vicino.»

Quale furgone? Per chi era quella frutta? Di sicuro non solo per lei e Rolf. Che lavori in qualche istituto? Non ho fatto domande, però, sapendo che non mi avrebbe risposto.

Ho chiesto: «Sta bene?».

Di nuovo ha sorriso. «Sì, come vede. E lei?».

«Come vede.»

Si è girata dall'altra parte; con delicatezza, senza volermi ferire, ma con decisione, definitivamente.

Sottovoce le ho sussurrato: «Devo parlarle. È importante, non ci vorrà molto. Possiamo andare da qualche parte?».

«Saremo più al sicuro nel mercato che qui fuori.»

Si è voltata di nuovo verso di me e io mi sono avviato di fianco a lei come per caso, senza guardarla, come fossimo due persone intente a fare la spesa e costrette a stare temporaneamente vicine dalla pressione della folla tutt'intorno. Una volta all'interno, si è fermata a guardare un banco chiuso, dove un vecchio e una commessa vendevano torte dolci e salate appena uscite dal forno. Mi sono fermato anch'io, fingendo interesse per il formaggio fuso e filante e per i ripieni succulenti. Il profumo era forte e stuzzicante, era un profumo che ricordavo. Quel banco esisteva sin da quando ero studente.

Sono rimasto fermo a osservare, come valutando la merce, poi le ho detto piano nell'orecchio: «La polizia è venuta a casa mia, potrebbero essere sulla buona strada. Stanno cercando un gruppo di cinque persone».

Voltando le spalle alla vetrina, ha ripreso a camminare. L'ho seguita.

«È evidente, lo sanno che siamo in cinque. Non è un segreto» ha risposto.

Le ho bisbigliato da dietro la spalla: «Non so che cos'altro abbiano scoperto o dedotto. Fermatevi, non state facendo niente di buono. Potrebbe esserci poco tempo. Se gli altri non vogliono, se ne tiri fuori almeno lei».

A quel punto si è voltata a fissarmi in viso. I nostri occhi si sono incontrati solo per un attimo, ma abbastanza perché vedessi ciò che non avevo notato prima; lontano dalla luce forte delle lampade e dallo splendore di tutta quella frutta, ho visto che aveva il viso stanco, invecchiato, tirato.

Ha detto: «Per favore, se ne vada. È meglio se non ci vediamo più».

Mi ha teso la mano e, incurante del rischio, gliel'ho stretta dicendo: «Non so il suo cognome, né dove vive o dove trovarla. Ma lei sa dove trovare me: se dovesse aver bisogno di qualcosa, mi mandi a chiamare in St. John Street e io verrò».

Poi le ho voltato le spalle e mi sono allontanato, per non doverla vedere andare via.

Scrivo queste righe dopo cena, guardando dalla finestra sul retro il pendio di Wytham Wood in lontananza. Ho cinquant'anni e non ho mai saputo che cosa vuol dire amare. Scrivo queste cose sapendo che sono vere, ma provo solo il rimpianto che deve sentire chi è stonato e non può apprezzare la musica, un rimpianto meno lacerante, perché di qualcosa mai provato e non di qualcosa che si è provato e poi perduto. Ma le emozioni hanno un loro tempo e luogo. La mia non è l'età giusta per la turbolenza dell'amore, meno che mai in questo mondo spacciato e senza gioia, in cui l'uomo va verso il riposo eterno e ogni desiderio si spegne. Progetterò la mia fuga. Non è facile per chi ha meno di sessantacinque anni ottenere un permesso di espatrio: da Omega in poi viaggiano liberamente solo gli anziani. Ma non sarà difficile per me. Essere cugino del Governatore ha i suoi lati positivi, anche se non accenno mai alla nostra parentela. Non appena si entra nella sfera dell'ufficialità è cosa nota. Sul mio passaporto ci sono già i timbri necessari. Dovrò trovare qualcuno che mi sostituisca nel corso estivo e non rimpiangerò affatto la noia che esso susciterebbe in me e negli studenti. Non ho niente di nuovo da dire, nessun entusiasmo da comunicare. Prenderò il traghetto e poi viaggerò in automobile, rivisiterò le grandi città, le cattedrali e i templi europei finché le strade sono transitabili, gli alberghi hanno abbastanza personale da garantire un certo comfort, finché c'è speranza di trovare benzina, almeno nelle città. Cercherò di dimenticare quello che ho visto a Southwold, Xan, il Consiglio e questa città grigia, dove persino le pietre parlano della caducità della gioventù, della cultura, dell'amore. Strapperò questa pagina dal mio diario. Questo sfogo è stato una debolezza, ma conservarlo sarebbe follia. Cercherò anche di dimenticare la promessa di questa mattina. L'ho fatta in un momento di pazzia e non credo che lei l'abbia presa sul serio. Se mai l'avesse fatto, non troverà nessuno in questa casa.

Parte Seconda

ALFA
Ottobre 2021

20

Tornò a Oxford l'ultimo giorno di settembre, verso metà pomeriggio. Nessuno aveva cercato di impedirgli di andare e nessuno gli diede il bentornato. Nella casa regnava un cattivo odore, la sala da pranzo nel seminterrato puzzava di umido e di muffa e le stanze dei piani di sopra sapevano di chiuso. Aveva dato istruzioni alla signora Kavanagh di aprire le finestre di tanto in tanto, ma nell'aria aleggiava uno sgradevole odore acidulo, come se fossero rimaste ermeticamente chiuse per anni. Il pavimento del piccolo ingresso era disseminato di posta: alcune delle buste sottili sembravano appiccicate alla moquette. Nel salotto, con le lunghe tende tirate per chiudere fuori la luce del sole come se si trattasse della casa di un morto, dal caminetto erano caduti pezzetti di detriti e schizzi di fuliggine, che schiacciò sul tappeto calpestandoli senza accorgersene. Inspirò quell'odore di fuliggine e di disfacimento. Sembrava che la casa stessa gli si stesse disintegrando sotto gli occhi.

La stanzetta dell'ultimo piano, con la vista sul campanile della St. Barnabas Church e gli alberi di Wytham Wood tinti dai primi colori dell'autunno, gli parve molto fredda ma sempre uguale. Si sedette e sfogliò distrattamente le pagine del diario in cui aveva annotato le giornate del suo viaggio, tristemente, meticolosamente, spuntando mentalmente l'elenco delle città e dei monumenti che aveva programmato di rivisitare come uno scolaretto intento a svolgere un compito delle vacanze. L'Alvernia, Fontainebleau, Carcassonne, Firenze, Venezia, Perugia, il duomo di Orvieto, i mosaici di San Vitale, Ravenna, il tempio di Era a Paestum. Era partito senza particolare entusiasmo, non aveva cercato né avventure né luoghi primitivi e sconosciuti in cui la novità e il piacere della scoperta compensassero pasti monotoni e letti troppo duri. Si era trasferito con mezzi costosi e confortevoli da una capitale all'altra: Parigi, Madrid, Berlino, Roma. Non aveva consapevolmente dato l'addio alla bellezza e agli splendori conosciuti per la prima volta in gioventù: poteva ancora sperare di tornare, non era stata necessariamente la sua ultima visita. Quel viaggio era una fuga, non un pellegrinaggio alla ricerca di sensazioni dimenticate. Ma ora capì che la parte di sé da cui più aveva bisogno di fuggire era rimasta a Oxford.

In agosto in Italia faceva troppo caldo. Per sfuggire alla calura, alla polvere, alla triste compagnia dei vecchi che si spostavano per l'Europa trascinando i piedi come un banco di nebbia vagante, prese la strada tortuosa per Ravello, sospeso come un nido d'aquila tra l'azzurro intenso del Mediterraneo e il cielo. Trovò un piccolo albergo a gestione familiare, caro e semivuoto, e vi restò fino alla fine del mese. Non vi trovò pace, ma per lo meno comodità e solitudine.

Il ricordo più vivo era quello di Roma, quando aveva sostato davanti alla Pietà di Michelangelo in San Pietro, con le file crepitanti di candele, le donne inginocchiate, ricche e povere, giovani e vecchie, gli occhi fissi sul viso della Vergine pieni di un desiderio talmente intenso che faceva male a vederlo. Ripensò a quelle braccia protese, le mani premute contro la vetrata protettiva, e al mormorio basso e continuo delle preghiere, incessante lamento angosciato, che pareva uscire da un'unica bocca per portare al marmo indifferente la supplica vana del mondo intero.

Tornando aveva trovato Oxford sbiadita ed esausta dopo un'estate caldissima, immersa in un'atmosfera che gli parve piena di ansia, di nervosismo, quasi minacciosa. Era andato a passeggio per i cortili deserti dell'università, dove nel morbido sole autunnale il lastricato mandava riflessi dorati e le pareti brillavano degli ultimi guizzi dell'estate, e non aveva incontrato nessuna faccia conosciuta. Nella sua immaginazione depressa e distorta gli era parso che gli abitanti di un tempo fossero stati misteriosamente scacciati e che le strade grigie fossero frequentate da stranieri che si sedevano come fantasmi all'ombra degli alberi nei giardini dei college. La conversazione nella *Senior Common Room* era forzata, sconnessa; i suoi colleghi non sembravano aver nessuna voglia di incontrare il suo sguardo. I pochi che si erano resi conto che era stato via si informarono sul viaggio, ma senza curiosità, per pura educazione. Ebbe l'impressione che il viaggio gli avesse lasciato addosso qualcosa di contagioso, alieno e disdicevole. Era tornato nella sua città, in un luogo che gli era familiare, ma non si era liberato da quel particolare senso di disagio, per lui insolito, che gli pareva potesse essere definito soltanto solitudine.

Dopo una settimana telefonò a Helena, sorprendendosi di non desiderare soltanto di sentire la sua voce, ma di sperare anche in un invito. Helena non lo invitò. Non si sforzò neppure di nascondere la delusione nel riconoscerlo: Mathilda era fiacca e non mangiava; il veterinario aveva fatto alcune analisi e lei aspettava una sua telefonata.

Le disse: «Sono stato via da Oxford tutta l'estate. È successo qualcosa?».

«Come sarebbe a dire "è successo qualcosa"? Che genere di cose? Non è successo niente.»

«Lo immaginavo, ma uno torna dopo sei mesi e si aspetta di trovare dei cambiamenti.»

«Nessun cambiamento a Oxford. Perché dovrebbe cambiare qualcosa?»

«Non pensavo a Oxford, ma a tutto il Paese. Non mi sono tenuto al corrente delle novità, quando ero via.»

«Be', non ci sono novità. E perché lo chiedi a me, poi? Ci

sono stati dei problemi con alcuni dissidenti e basta. Si tratta soprattutto di voci. Pare che abbiano fatto saltare dei pontili nel tentativo di fermare i Trapassi. Ne hanno parlato al telegiornale circa un mese fa: lo speaker ha detto che un gruppo di dissidenti vorrebbe liberare tutti i detenuti dell'isola di Man, che potrebbero addirittura organizzare un'evasione in massa e cercare di deporre il Governatore.»

Theo disse: «Ma è ridicolo».

«È quello che dice anche Rupert. Ma non dovrebbero divulgare notizie del genere, se non sono vere: serve solo a mettere in agitazione la gente. Era tutto così tranquillo.»

«Sanno chi sono questi dissidenti?»

«Credo di no, credo che non lo sappiano. Theo, ora devo salutarti, sto aspettando una telefonata del veterinario.»

Senza aspettare la sua risposta, riattaccò.

Nella notte del decimo giorno dal suo rientro, ebbe di nuovo l'incubo. Questa volta ai piedi del letto con il moncherino sanguinante puntato non c'era suo padre, bensì Luke, e lui non era a letto ma seduto in macchina, non davanti alla casa di Lathbury Road ma nella navata della chiesa di Binsey. I finestrini della macchina erano chiusi. Sentiva una donna che gridava come aveva gridato Helena. C'era Rolf, rosso in viso, che batteva con i pugni sulla macchina e urlava: «Hai ucciso Julian, hai ucciso Julian!». Davanti alla macchina c'era Luke che gli puntava contro, in silenzio, il moncone sanguinolento. Non riusciva a muoversi, paralizzato da un gelo di morte. Sentiva voci rabbiose che gridavano: «Vieni fuori! Vieni fuori!». ma era come immobilizzato. Rimaneva lì, seduto, gli occhi fissi sulla figura accusatrice di Luke dall'altra parte del parabrezza, ad aspettare che qualcuno aprisse la portiera con la forza, lo trascinasse fuori e lo mettesse davanti all'orrore che lui, lui solo, aveva causato.

L'incubo gli lasciò un senso di malessere che si intensificò di giorno in giorno. Cercò di scacciarlo, ma nella sua vita solitaria, tranquilla, dominata dalla routine, non c'era nulla che avesse abbastanza forza da occupargli più di una parte della mente. Si disse che doveva comportarsi normalmente, mostrarsi indifferente, che probabilmente in un modo o nell'altro lo stavano tenendo d'occhio. Ma non sembrava. Non ebbe notizie né da Xan, né dal Consiglio, non ricevette nessuna comunicazione, non si accorse di essere seguito. Aveva il terrore che Jasper si facesse vivo per rinnovare la proposta di unire le loro solitudini, ma dopo il Trapasso Jasper non si era mai fatto sentire e non ricevette telefonate di sorta. Faceva jogging come al solito e, due settimane dopo il suo ritorno, una mattina presto decise di correre fino alla chiesa di Binsey passando per Port Meadow. Sapeva che sarebbe stato imprudente andare a parlare con il vecchio prete e non riusciva a spiegarsi perché tornare a Binsey gli sembrasse così importante, né che cosa sperasse di ottenere. Correndo per Port Meadow con la sua falcata lunga e regolare per un attimo si chiese se in tal modo non avrebbe portato la polizia di Stato in uno dei luoghi di incontro abituali del gruppo, ma arrivando a Binsey vide che il villaggio era completamente deserto e pensò che era improbabile che continuassero a vedersi sempre negli stessi posti. Dovunque si trovassero, sapeva che erano in grave pericolo. Continuò a correre, come sempre aveva fatto, in preda a un tumulto di emozioni conosciute, in conflitto l'una con l'altra: irritazione per essersi lasciato coinvolgere, rimpianto per non aver condotto meglio il colloquio con il Consiglio, terrore all'idea che Julian potesse trovarsi già nelle mani della polizia di Stato, frustrazione per non avere né modo di mettersi in contatto con lei né nessuno con cui potersi confidare tranquillamente.

Il sentiero che portava alla St. Margaret Church era ancor più malridotto e più ingombro di erbacce dell'ultima volta che c'era passato e i rami che si intrecciavano sopra la sua testa lo rendevano buio e sinistro come una galleria. Quando arrivò al camposanto vide che davanti alla casa c'era un carro funebre: due uomini portavano una semplice bara di legno giù per il viottolo.

Chiese: «È morto il vecchio parroco?».

L'uomo che gli rispose lo degnò a malapena di uno sguardo. «Lo spero per lui: è chiuso qui dentro.» Fece scivolare con mano esperta la bara nel carro funebre, sbatté il portellone e se ne andò insieme all'altro.

La porta della chiesa era aperta. Entrò in quell'oscurità vuota e secolare, in cui si notavano già i segni della rovina incombente. Dalla porta aperta erano entrate con il vento delle foglie e il pavimento del coro era infangato e cosparso di macchie che sembravano di sangue. Le panche erano coperte da uno spesso strato di polvere e dall'odore si capiva che dovevano esserci entrati degli animali, probabilmente dei cani. Davanti all'altare erano stati dipinti sul pavimento segni strani, alcuni dei quali gli erano vagamente familiari. Si pentì di essere entrato in quel luogo profanato. Uscì chiudendosi la pesante porta alle spalle con un senso di sollievo. Ma non aveva scoperto nulla, né ottenuto nulla di buono: quel piccolo pellegrinaggio inutile non aveva fatto altro che approfondire il suo senso di impotenza e di disastro incombente.

21

Erano le otto e mezzo di sera quando udì bussare alla porta. Era in cucina che condiva l'insalata per la cena, mescolando nella giusta proporzione olio d'oliva e aceto di vino. Come ogni sera, avrebbe mangiato nello studio e il vassoio, con la tovaglietta pulita e il tovagliolo, era già pronto sul tavolo della cucina. La costoletta d'agnello era sulla griglia. Aveva stappato il chiaretto un'ora prima e se n'era versato un bicchiere da sorseggiare mentre cucinava. Faceva gli stessi gesti di sempre senza entusiasmo, senza interesse. Mangiare bisogna, e a condire con cura l'insalata era ormai abituato. Mentre le sue mani erano intente a svolgere quelle mansioni familiari, la mente gli diceva però che tutto ciò non aveva la benché minima importanza.

Aveva tirato le tende della portafinestra che dava sul patio e sulla scaletta che portava in giardino, non tanto per tutelare la propria privacy – cosa di cui non c'era affatto bisogno – ma perché aveva l'abitudine di chiudere fuori la notte. A parte i piccoli rumori che faceva lui stesso in cucina, era circondato dal silenzio più totale, tanto che gli pareva quasi di sentire il peso dei piani vuoti della casa sopra di lui. Udì bussare alla porta proprio mentre si stava portando alla bocca il bicchiere. Bussarono piano, ma con una certa insistenza, un primo colpo sul vetro seguito subito da tre rapidi colpetti, una specie di segnale convenuto. Aprì le tende e intravide appena i contorni di un viso quasi premuto contro il vetro. Un viso scuro. Prima ancora di riconoscerlo, l'istinto gli disse che era Miriam. Tirò i due chiavistelli e aprì la porta. La donna entrò immediatamente.

Non perse tempo in convenevoli e domandò: «È solo?».

«Sì. Che cosa c'è? Che cosa è successo?»

«Hanno preso Gascoigne. Stiamo fuggendo. Julian ha bisogno di lei. Non poteva venire lei stessa, perciò ha mandato me.»

Rimase sorpreso di riuscire a rispondere con tanta calma all'agitazione e alla paura della donna. Ma in fondo quella visita, per quanto imprevista, non era che il culmine naturale dell'angoscia crescente di quella settimana. Presentiva che sarebbe successo qualcosa di traumatico, che sarebbe stato coinvolto in qualche evento straordinario. Era arrivato il momento.

Siccome non rispondeva, Miriam riprese: «Aveva detto a Julian di farsi viva se avesse avuto bisogno di lei. E così ha fatto».

«Dove sono gli altri?»

Non rispose subito, quasi si domandasse se fosse o meno prudente svelarglielo, quindi disse: «Sono in una cappella a Widford, vicino a Swinbrook. Abbiamo l'automobile di Rolf, ma la polizia senz'altro sa il numero di targa. Abbiamo bisogno della sua macchina e di lei. Dobbiamo scappare prima che Gascoigne ceda e faccia i nostri nomi».

Nessuno dubitava che Gascoigne avrebbe ceduto. Non sarebbe stato necessario neppure ricorrere alla tortura. La polizia di Stato disponeva dei farmaci necessari ed era abbastanza competente e spietata per utilizzarli.

Theo chiese: «Come ha fatto ad arrivare fin qui?».

Rispose con impazienza: «In bici. L'ho appoggiata al cancello sul retro. Era chiuso a chiave, ma per fortuna il suo vicino aveva messo fuori il bidone della spazzatura e mi ci sono arrampicata sopra. Senta, non c'è tempo per cenare. Sarà meglio che prenda tutto quello che ha di pronto da mangiare. Noi abbiamo del pane, del formaggio e qualche scatoletta. Dov'è la sua macchina?».

«In un garage in Pusey Lane. Io vado a prendere il cappotto. Nella credenza c'è una borsa e la dispensa è là. Veda se riesce a mettere insieme un po' di provviste. Tappi la bottiglia e prenda anche il vino.»

Andò al piano di sopra a prendere il cappotto pesante, quindi salì nella stanzetta sul retro e si mise nella capace tasca interna il diario. Fu un gesto istintivo; se gli avessero chiesto perché, avrebbe avuto difficoltà a spiegarlo persino a se stesso. Non conteneva nulla di particolarmente compromettente: ci era stato attento. Non pensava di lasciare per più di qualche ora la vita che quel diario descriveva e la casa dentro cui essa si svolgeva. E anche se quel viaggio fosse stato l'inizio di un'odissea, avrebbe potuto infilarsi in tasca talismani più utili, più importanti e più cari.

L'ultima esortazione di Miriam a sbrigarsi fu superflua. Sapeva che non c'era tempo da perdere. Se doveva raggiungere il resto del gruppo per discutere con loro come usare al meglio la propria influenza presso Xan, e soprattutto se gli premeva vedere Julian prima che l'arrestassero, doveva mettersi in strada senza indugio. Non appena scoperto che si erano dati alla latitanza, la polizia avrebbe rivolto a lui la propria attenzione. Potevano risalire al suo numero di targa e la cena lasciata in cucina, anche se avesse avuto il tempo di buttarla nel bidone della spazzatura, sarebbe bastata a dimostrare che era partito in tutta fretta. L'ansia di raggiungere Julian era tale da oscurare la preoccupazione per la propria incolumità. Era pur sempre un ex consigliere del Governatore. C'era un uomo solo in Gran Bretagna ad avere poteri assoluti, autorità assoluta e controllo assoluto e lui era suo cugino. Persino la polizia di Stato non avrebbe potuto impedirgli di vedere Xan, alla fine. Avrebbe però potuto impedirgli di raggiungere Julian, questo sì.

Miriam, con una borsa della spesa piena in mano, lo stava aspettando vicino alla porta. Theo l'aprì, ma lei gli fece cenno di stare indietro; si sporse e si guardò intorno velocemente, poi disse: «Via libera».

Aveva piovuto. L'aria era fresca e la notte scura; i lampioni gettavano la loro luce livida sulle pietre grigie e sui tetti bagnati delle auto parcheggiate per strada. Le tende erano tirate in tutte le case ad eccezione di una finestra in alto, dove si vedevano delle teste scure passare nel quadrato di luce e da cui proveniva una fievole musica. Qualcuno alzò il volume e di colpo la strada grigia si riempì di un dolce intreccio di voci, bassi, tenori e soprano: un quartetto, sicuramente di Mozart, ma Theo non riconobbe l'opera. Per un attimo colmo di nostalgia e di rimpianto quel suono lo riportò in una strada che gli era stata familiare da studente trent'anni prima, agli amici che abitavano in quella strada e che non c'erano più, a ricordi di finestre aperte nelle sere d'estate, di giovani voci, musica e risate.

Non c'erano occhi curiosi, non c'era segno di vita, a parte quell'impennata di suoni potenti, ma Miriam e Theo percorsero velocemente e senza far rumore i trenta metri che li separavano da Pusey Street, a testa bassa e in silenzio, come se un sussurro o un passo più pesante potessero destare tutta la strada. Svoltarono in Pusey Lane e Miriam rimase sempre in silenzio ad aspettare che Theo aprisse il garage, mettesse in moto la Rover e le aprisse la portiera per farla salire. Prese Woodstock Road abbastanza velocemente, ma con prudenza e senza oltrepassare il limite di velocità. Solo quando raggiunsero la periferia della città Theo aprì bocca.

«Quando hanno preso Gascoigne?»

«Circa due ore fa, mentre piazzava dell'esplosivo sotto un attracco a Shoreham. Era in programma un altro Trapasso. La polizia di Stato lo stava aspettando.»

«Non mi sorprende. Non è la prima volta che fate saltare i pontili dei Trapassi: era ovvio che stessero in guardia. Così è in mano loro già da due ore. Mi stupisce che non vi abbiano ancora catturato.»

«Probabilmente non hanno incominciato a interrogarlo che quando sono arrivati a Londra. Non credo che abbiano fretta, non siamo così importanti. Ma prima o poi arriveranno.»

«È naturale. Come avete fatto a sapere che l'avevano preso?»

«Ha telefonato per comunicarci il suo piano. Si trattava di un'iniziativa sua personale, che Rolf non aveva autorizzato. Telefoniamo sempre a missione compiuta, invece questa volta non l'ha fatto. Luke è andato a casa sua a Cowley: c'era stata la polizia; almeno, la padrona di casa ha detto che avevano fatto una perquisizione, mi sembra evidente che sia stata la polizia.»

«Non è stato prudente da parte di Luke andare a casa di Gascoigne. Potevano essere lì ad aspettarlo.»

«Niente di ciò che abbiamo fatto è stato prudente. Solo necessario.»

Theo disse: «Non so che cosa vi aspettiate da me, ma se volete che vi aiuti dovete raccontarmi qualcosa di più su di voi. Non so nulla, eccetto i vostri nomi. Dove abitate? Che mestiere fate? Come vi siete conosciuti?»

«Glielo dirò, anche se non vedo che importanza abbia o a che cosa le serva. Gascoigne è, anzi era, un camionista. Rolf lo reclutò per questo. Credo che si siano conosciuti in un pub. Facendo lunghi percorsi poteva distribuire volantini in tutta l'Inghilterra.»

«Un camionista esperto di esplosivi. Capisco perché lo consideravate utile.»

«Era stato suo nonno a insegnargli a maneggiare gli esplosivi. Aveva militato nell'esercito e andavano molto d'accordo. Non era un esperto, però. Non è poi tanto complicato far saltare degli attracchi e cose del genere. Rolf è un tecnico. Lavora nella società elettrica.»

«E qual è il suo contributo alla vostra causa, a parte la leadership non particolarmente efficace?»

Miriam ignorò la provocazione e proseguì: «Di Luke sa già che era prete. Credo che lo sia tuttora. Secondo lui, una volta che si diventa preti lo si resta per sempre. Non ha una parrocchia perché non sono rimaste molte chiese a praticare la sua particolare dottrina cristiana».

«Che dottrina è?»

«Quella che la Chiesa abbandonò negli anni Novanta, basata sulla vecchia Bibbia e i vecchi riti. Ogni tanto dice messa, quando qualcuno glielo chiede. Lavora al giardino botanico e sta imparando ad allevare il bestiame.»

«E perché Rolf l'ha reclutato? Non certo per dare conforto spirituale al gruppo, immagino.»

«È stata Julian a volerlo.»

«E lei?»

«Be', sa che facevo l'ostetrica. Mi piaceva moltissimo il mio lavoro. Dopo Omega ho fatto la cassiera in un supermercato. Adesso lo dirigo.»

«E che cosa fa per i Cinque Pesci? Infila i volantini nelle scatole dei cereali?»

Disse: «Senta, ho detto che non siamo prudenti, non che siamo degli idioti completi. Se non fossimo stati attenti, se fossimo incompetenti come crede lei, non avremmo resistito tanto a lungo».

Theo replicò: «Se avete resistito fino a ora è perché il Governatore ha deciso così. Avrebbe potuto arrestarvi mesi fa. Non l'ha fatto perché gli servite di più a piede libero che in carcere. Non vuole martiri, vuole che si paventi un'ombra di minaccia all'ordine pubblico, in maniera da poter consolidare il proprio potere. Tutti i tiranni ne hanno bisogno, di tanto in tanto. Gli basta dire alla popolazione che esiste una società segreta il cui manifesto, all'apparenza liberale, si propone in realtà di chiudere la colonia penale di Man, mettendo in libertà diecimila criminali psicopatici in una società di gente sempre più vecchia, di rispedire in patria tutti gli Ospiti Temporanei che così non raccoglieranno più la spazzatura e non puliranno più le strade, e infine di rovesciare il Consiglio e il Governatore».

«E perché dovrebbero credergli?»

«E perché no? In fondo è questo che volete voi cinque.

A Rolf non dispiacerebbe certamente rovesciare il Consiglio. In un governo antidemocratico non sono ammessi dissidenti né contestazione, sia pur moderata. So che vi chiamate i Cinque Pesci, tanto vale che mi dica anche i vostri nomi in codice.»

«Rolf è Rombo, Luke Luccio, Gascoigne Gattuccio e io sono Murena.»

«E Julian?»

«Abbiamo avuto qualche difficoltà. Non esistono pesci con la "J", per cui abbiamo dovuto sceglierne uno con la "G": Grancevola.»

Theo dovette trattenersi per non scoppiare a riderle in faccia. Disse: «Ma che senso ha, visto che avete comunicato a tutto il Paese che vi chiamate i Cinque Pesci? Quando Rolf le telefona e le dice che Rombo vuol parlare con Murena si aspetta che la polizia che intercetta la telefonata si strappi i capelli e si morda le dita per la frustrazione?».

Rispose: «Si è spiegato benissimo, d'accordo. Non li usiamo praticamente mai. Era un'idea di Rolf».

«Lo supponevo.»

«Senta, la smetta di fare tanto il superiore, okay? Lo sappiamo che è una persona intelligente e forse con il suo sarcasmo crede di dimostrarcelo, ma in questo momento non lo tollero. E non provochi Rolf, per il bene di Julian la smetta, okay?»

Per qualche minuto viaggiarono in silenzio. Theo le lanciò un'occhiata e vide che fissava la strada con grande concentrazione, quasi si aspettasse di trovarla minata. Teneva le mani strette attorno ai manici della borsa, le nocche bianche, e gli pareva in preda a un'agitazione quasi tangibile. Aveva risposto alle sue domande, ma come se la sua mente fosse altrove.

Quando parlò di nuovo, dandogli improvvisamente del tu, rimase leggermente turbato di fronte a tanta imprevista intimità. «Theo, devo dirti una cosa. Julian mi ha raccomandato di non dirtelo prima che fossimo per strada. Ma non per mettere alla prova la tua buona fede, sapeva che saresti venuto, se te l'avesse chiesto. Se non fossi venuto, però, se ti avesse trattenuto qualcosa d'importante, se non fossi potuto venire, allora non dovevo dirtelo. Non sarebbe servito a niente, in ogni caso.»

«Dirmi che cosa?» domandò, scrutandola. Miriam guardava avanti e muoveva piano le labbra come per cercare le parole giuste. «Dirmi che cosa, Miriam?»

Senza voltarsi a guardarlo in faccia, disse: «Non ci crederai, e non me lo aspetto nemmeno, ma non ha nessuna importanza, perché fra poco più di mezz'ora lo vedrai coi tuoi stessi occhi. Anche se non ci credi, non dire niente, in questo momento non ho voglia di affrontare una discussione. Non ho intenzione di cercare di convincerti, lo farà Julian, se mai».

«Dimmi, deciderò io se crederti o meno.»

A quel punto girò la testa e lo guardò. Con voce chiara, nonostante il rumore del motore, disse: «Julian è incinta. Per questo ha bisogno di te. Sta per avere un bambino».

Nel silenzio che seguì quelle parole, Theo provò dapprima fastidio, poi irritazione e quindi disgusto. Lo ripugnava l'idea che Julian fosse capace di autosuggestionarsi fino a quel punto o che Miriam fosse tanto cretina da assecondarla. Durante il loro primo e unico incontro a Binsey, per quanto breve, gli era piaciuta e l'aveva creduta una persona ragionevole e intelligente. Gli dispiaceva accorgersi di aver commesso un simile errore di valutazione.

Dopo un momento disse: «Non controbatterò, ma non ci credo. Non voglio dire che tu stia mentendo deliberatamente, penso che tu ne sia convinta, ma non è possibile».

Dopotutto era un fenomeno abbastanza comune. Nei primi anni dopo Omega succedeva ovunque che le donne si convincessero di essere incinte, avessero tutti i sintomi della gravidanza e se ne andassero in giro tutte fiere del loro pancione: le aveva viste lui stesso passeggiare per High Street a Oxford. Si preparavano al parto e talvolta avevano addirittura un falso travaglio, gemendo e contorcendosi per sgravarsi soltanto d'aria e di dolore.

Dopo cinque minuti Theo domandò: «Da quant'è che ve ne siete convinti?».

«Ho detto che non ho nessuna voglia di discuterne. Ho detto che devi aspettare.»

«Hai detto che non dovevo controbattere e non l'ho fatto: ti ho solo rivolto una domanda.»

«Dai primi movimenti fetali. Julian fino ad allora non si era accorta di nulla. E come poteva? A quel punto me ne parlò e le confermai che era gravida. Non dimenticare che sono un'ostetrica. Avevamo deciso di non vederci più del necessario durante gli ultimi quattro mesi. Se l'avessi vista più spesso me ne sarei accorta prima. Anche se sono passati venticinque anni, me ne sarei accorta.»

«Per essere davvero convinta di una cosa tanto incredibile, sei molto calma.»

«Ho avuto tutto il tempo di abituarmi alla bellezza di questo fatto. Adesso mi preoccupa solo il lato pratico della faccenda.»

Dopo una pausa di silenzio, abbandonandosi ai ricordi come se avessero tutto il tempo che volevano, disse: «Avevo ventisette anni quando venne Omega e lavoravo nel reparto maternità del John Radcliff. Ero di servizio nell'ambulatorio di medicina prenatale e ricordo di aver prenotato una visita per una paziente e di essermi improvvisamente resa conto che sette mesi dopo la pagina era bianca. Non c'era neppure un nome. Di solito le donne prendevano appuntamento due mesi dopo l'ultima mestruazione, e talvolta anche uno solo, ma non c'era neanche un nome segnato sull'agenda. Ricordo che pensai: ma che cosa sta succedendo agli uomini di questa città? Poi telefonai a una mia amica che lavorava al Queen Charlotte's. Anche lì le cose andavano a quel modo. Mi disse che avrebbe chiamato una sua conoscente al Rosie Maternity Hospital di Cambridge e mi ritelefonò venti minuti dopo per dirmi che la situazione era identica anche da loro. Allora capii; penso di essere stata fra i primi a capire. Ero presente quando è arrivata la fine e ora sarò presente al nuovo inizio».

Stavano ormai entrando a Swinbrook e Theo rallentò e abbassò le luci, come se quelle precauzioni bastassero a renderli invisibili. Ma il paese era deserto. Contro un cielo che pareva di seta grigio azzurra, punteggiato di poche stelle lontane, si stagliava una mezza luna cerea. La notte era meno scura di quanto si era aspettato, senza vento, e l'aria profumava d'erba. Il chiarore della luna si rifletteva fioco sulle pietre. Theo vide chiaramente le sagome delle case, i tetti spioventi e i muri dei giardini coperti di rampicanti. Non c'erano luci alle finestre e il paese era avvolto nel silenzio e nell'immobilità come un set cinematografico abbandonato, apparentemente solido e permanente, ma in realtà effimero, fatto di pareti dipinte sostenute da pali di legno che nascondono i detriti marcescenti della troupe ormai lontana. Per un momento pensò che se si fosse appoggiato a una di quelle pareti sarebbe crollata, sbriciolandosi in un cumulo di gesso e bastoni. Il paesaggio gli era familiare; persino in quella luce irreale ne riconosceva i punti caratteristici: lo spiazzo erboso accanto allo stagno e l'enorme albero con la panca circolare costruita attorno al tronco, l'ingresso del viottolo stretto che portava alla chiesa.

C'era già stato, insieme a Xan, il primo anno. Era una di quelle calde giornate di fine giugno in cui conveniva scappare da Oxford, con i suoi marciapiedi bollenti invasi dai turisti, l'aria intrisa dei fumi di scappamento e la quiete dei cortili delle università disturbata dal vociare di gente di tutte le razze in diverse lingue straniere. Avevano percorso Woodstock Road senza una destinazione precisa, quando Theo si era ricordato che voleva visitare la St. Oswald's Chapel a Widford. Era una meta come un'altra. Felici di aver trovato uno scopo per la loro gita, avevano imboccato la strada per Swinbrook. Quel giorno, nel suo ricordo, era diventato per lui il simbolo della perfetta estate inglese: il cielo azzurro e quasi completamente terso, le nuvole di cerfoglio selvatico, l'odore dell'erba tagliata, il vento che scompigliava i capelli. Rappresentava anche altre cose, più transitorie, che al contrario dell'estate erano ormai perdute per sempre; la giovinezza, la fiducia in se stessi, la gioia, la speranza dell'amore. Non avevano fretta. Appena fuori Swinbrook c'era una partita di cricket; si erano fermati e si erano seduti sulla scarpata erbosa dietro al muretto di pietra a guardare, a criticare, ad applaudire. Avevano parcheggiato la macchina proprio nel punto in cui si fermò con Miriam, accanto al laghetto e avevano fatto lo stesso percorso, superando il vecchio ufficio postale, su per la salita di pietra costeggiata dall'alto muro coperto d'edera che portava alla chiesa del paese. Ricordava che quel giorno c'era un battesimo e lungo la strada verso il colonnato si inerpicava un piccolo corteo con i genitori in testa; la madre portava il piccolo con la bianca veste battesimale tutta balze, le donne avevano cappelli fiorati e gli uomini, un po' a disagio e accaldati, indossavano attillati completi blu o grigi. Ricordava che quella scena gli era parsa senza tempo e per un istante si era divertito a immaginare battesimi avvenuti in altre epoche, con abiti diversi ma le medesime facce di gente di campagna, serie e nello stesso tempo emozionate, sempre uguali. Quel giorno aveva pensato al passare del tempo, inesorabile, implacabile, inarrestabile, e si ritrovò a pensarci anche adesso. Ma allora quel pensiero era stato un esercizio intellettuale privo di dolore e di nostalgia perché aveva davanti un futuro che a un diciannovenne pareva un'eternità.

Adesso, voltandosi a chiudere la macchina, disse: «Se il luogo dell'appuntamento è la St. Oswald's Chapel, il Governatore lo conosce».

La risposta di Miriam fu calma: «Ma non sa che anche noi lo conosciamo».

«Lo verrà a sapere, se Gascoigne parlerà.»

«Neanche Gascoigne lo sa. È un punto di ritrovo di riserva che Rolf ha tenuto per sé nell'eventualità che uno di noi venisse catturato.»

«Dove ha lasciato l'auto?»

«L'ha nascosta fuori strada, non so dove. Il programma era di fare a piedi l'ultimo tratto.»

Theo osservò: «In mezzo a campi incolti e per giunta di notte. Non mi sembra che sia il posto adatto per scappare in fretta e furia».

«No, ma è fuori mano, è inutilizzato e la cappella è sempre aperta. Non dovremo preoccuparci di scappare di corsa se nessuno saprà dove trovarci.»

Ma Theo pensò che non potevano non esserci posti migliori e di nuovo dubitò della competenza di Rolf come capo e delle sue doti organizzative. Rassicurato dal disprezzo si disse che Rolf era un bell'uomo e aveva una certa rude forza fisica, ma non era molto intelligente: era una sorta di barbaro ambizioso. Come aveva fatto Julian a sposarlo?

La strada finì; svoltarono a sinistra lungo un sentiero sterrato costeggiato da muri coperti d'edera, passarono oltre un recinto e si trovarono in un campo. Più in basso, sulla sinistra, c'era una fattoria che non ricordava d'aver mai visto prima.

Miriam disse: «È deserta e nel paese non c'è più nessuno. Non so perché succeda in certi posti e non in altri. Forse quando se ne vanno una o due famiglie cardine, tutti gli altri si lasciano prendere dal panico e le seguono».

Il terreno era aspro e coperto di ciuffi d'erba; procedevano cauti, facendo attenzione a dove mettevano i piedi. Di tanto in tanto uno dei due perdeva l'equilibrio e l'altro tendeva subito la mano per aiutarlo, mentre Miriam con la torcia cercava un sentiero che in realtà non esisteva. Theo pensò che dovevano sembrare una coppia di vecchietti, ultimi abitanti di un paese abbandonato che si facevano strada nell'oscurità più fitta per recarsi alla St. Oswald's Chapel, spinti da un perverso o forse atavico bisogno di morire in terra consacrata. Alla sua sinistra i campi si estendevano fino a un'alta siepe dietro la quale scorreva il Windrush. Dopo la visita alla cappella, lui e Xan si erano sdraiati sull'erba a osservare la corrente fluire lenta, nella speranza di vedere dei pesci balzar fuori dall'acqua e poi, voltandosi sulla schiena, avevano guardato il cielo azzurro attraverso le foglie argentee. Si erano portati del vino e per strada avevano comprato delle fragole. Gli pareva di ricordare parola per parola quello che si erano detti.

Xan, inghiottendo una fragola e tendendo il braccio per prendere la bottiglia aveva detto: «Mi sembra tutto troppo Brideshead; mi manca solo l'orsacchiotto». Poi, con lo stesso tono di voce: «Sto pensando di entrare nell'esercito».

«E perché, Xan?»

«Per nessun motivo in particolare. Per scacciare la noia.»

«Ma sarà una noia mortale! Forse non per quelli a cui piace viaggiare e fare dello sport, ma a te non è mai piaciuto né l'uno né l'altro, a parte il cricket, che oltre tutto non è il genere di sport che si pratica sotto le armi. Giocano duro quelli, e poi con tutta probabilità non ti prenderanno. Ora che sono rimasti in pochi ho sentito che sono diventati molto selettivi.»

«Mi prenderanno, vedrai. E in seguito proverò a darmi alla politica.»

«Una noia ancora peggiore. Non hai mai dimostrato il benché minimo interesse per la politica. Non hai neppure delle idee politiche.»

«Posso farmele. E non sarà noioso come la carriera a cui pensi di dedicarti tu. Ti laureerai con il massimo dei voti, poi Jasper troverà un posto di ricercatore al suo pupillo. Ti spediranno come al solito a insegnare in qualche università di provincia, dove presterai servizio insieme a insulsi colleghi, farai le tue pubblicazioni e di tanto in tanto scriverai un bel saggio ben documentato che verrà accolto con il massimo rispetto. A quel punto tornerai a Oxford insignito di una cattedra, all' All Souls College, se sarai fortunato, e per il resto della tua vita non farai altro che insegnare storia a studenti che la considerano una materia facile. Già, dimenticavo: sposerai una signora per bene, abbastanza intelligente da non farti fare brutta figura in società, ma non tanto da entrare in competizione con te; farai un mutuo per comprare una casa nella parte nord di Oxford e avrai due bei bambini, intelligenti e noiosi, che seguiranno le tue orme.»

Be', aveva azzeccato quasi tutto, a parte la moglie intelligente e i due figli. Che ciò che aveva detto in quella conversazione apparentemente casuale facesse già parte di un piano? Aveva ragione: l'esercito lo aveva accettato. Era diventato il più giovane colonnello degli ultimi centocinquant'anni. Non aveva né ideali politici, né convinzioni, tranne quella che sarebbe riuscito a ottenere tutto quello che voleva e che una volta deciso di mettere le mani su qualcosa non avrebbe fallito. Dopo Omega, quando il Paese si abbandonò all'apatia, tutti persero la voglia di lavorare, i servizi giunsero sull'orlo della paralisi, la criminalità pareva incontrollabile e ogni speranza e ambizione perduta per sempre, l'Inghilterra fu pronta per Xan. Come un frutto maturo, sul punto di marcire, era pronta per essere raccolta e a Xan bastò solo tendere la mano. Era un paragone abusato, ma non sarebbe potuto essere più calzante. Theo cercò di scacciare il passato dalla memoria, ma le voci di quell'estate continuavano a riecheggiare nella sua mente e persino in quella fredda notte autunnale gli pareva di sentire ancora il tepore del sole sulla pelle.

Erano arrivati alla cappella, con il tetto a un solo spiovente e il campanile al centro. Era come la prima volta che l'aveva vista, incredibilmente piccola, una cappella costruita da qualche deista indulgente, come una specie di giocattolo. Mentre si dirigevano verso la porta, Theo fu colto da un'improvvisa riluttanza che quasi gli paralizzò le gambe e, per la prima volta, con un misto di curiosità e di ansia, si domandò che cosa vi avrebbe trovato esattamente. Non riusciva a credere che Julian avesse concepito, non era per quel motivo che era venuto. Miriam sarà pure stata un'ostetrica, ma erano venticinque anni che non lavorava più e c'erano diverse malattie che potevano essere scambiate per una gravidanza. Alcune erano anche gravi: che si trattasse di un cancro degenerato per il fatto che Miriam e Julian si erano lasciate trarre in inganno da folli speranze? Era successo piuttosto di frequente nei primi anni dopo Omega, era stata una tragedia comune quasi quanto le gravidanze isteriche. Non sopportava il pensiero che Julian fosse tanto sciocca da illudersi fino a quel punto, ma ancor meno il pensiero che avesse una malattia incurabile. Quella preoccupazione lo infastidiva, gli sembrava di pensare troppo a quella donna. Ma del resto perché si era lasciato condurre in quel luogo selvaggio e desolato?

Miriam illuminò l'entrata con la torcia e quindi la spense. La porta si aprì facilmente. La cappella era buia ma il gruppo aveva acceso otto candele, sistemandole in fila davanti all'altare. Si chiese se Rolf le avesse nascoste in precedenza o se fossero state lasciate lì da altri visitatori più assidui. Gli stoppini oscillarono brevemente per l'aria entrata aprendo la porta, proiettando lunghe ombre sul pavimento di pietra e sul legno chiaro e opaco per poi ritornare al latteo bagliore di prima. A Theo lì per lì parve che la cappella fosse vuota, ma poi scorse le tre teste che spuntavano da un recinto. Si fecero avanti nella stretta navata e rimasero in piedi a osservarlo. Erano vestiti da viaggio: Rolf aveva un basco e un ampio e logoro giaccone di montone, Luke indossava un vecchio cappotto nero e una sciarpa pesante e Julian una mantella lunga quasi fino ai piedi. Alla fioca luce delle candele i loro volti sembravano ombre confuse. Nessuno parlò. Poi Luke si voltò, prese una candela e la sollevò. Julian avanzò verso Theo e lo guardò in faccia, sorridendo.

Disse: «È la verità, Theo, senti».

Sotto la mantella indossava una casacca e un paio di calzoni larghi. Gli prese la mano destra e la guidò sotto alla casacca di cotone, allargando l'elastico dei pantaloni. Il ventre ingrossato era teso e il suo primo pensiero fu come mai quella grossa protuberanza non si vedesse quasi sotto i vestiti. La pelle, tirata ma liscia come seta, gli parve fredda al tatto, ma impercettibilmente le trasmise il calore della sua mano così che poco dopo non sentì più alcuna differenza e la sua pelle sembrò tutt'uno con quella di lei. Poi si sentì spingere via la mano da uno spasmo improvviso e convulso e la risata gioiosa di Julian riecheggiò nella cappella.

«Ascolta» gli disse, «senti il battito del cuore.»

Era più facile se si inginocchiava e così fece, senza imbarazzo, senza interpretare quel gesto come un omaggio, ma solo come la cosa giusta da fare. Le cinse la vita con il braccio destro e premette l'orecchio contro il ventre. Non udì il battito del cuore del bambino, ma udì e sentì che si muoveva, che era vivo. Fu sopraffatto da un'ondata di emozioni che lo assalirono e lo travolsero in un turbinio di agitazione, sgomento e paura che, una volta placato, lo lasciò debole e sfinito. Per un attimo rimase lì in ginocchio, incapace di muoversi, appoggiato al corpo di Julian, e si lasciò compenetrare dal suo profumo, dal suo calore e dall'essenza stessa di lei. Poi si rizzò in piedi, sentendosi osservato. Nessuno parlava. Avrebbe voluto che se ne andassero in maniera da poter accompagnare Julian nell'oscurità e nel silenzio della notte e insieme a lei fondersi in quel silenzio assoluto. Aveva bisogno di lasciar riposare la mente, di assaporare le sensazioni senza parlare. Ma sapeva di dover dire qualcosa e di dover fare ricorso a tutto il suo potere di persuasione. Forse le parole non sarebbero bastate. Avrebbe dovuto rispondere alla volontà con la volontà e alla passione con la passione. Poteva offrire soltanto ragione, argomentazioni valide e intelligenza, di cui si era fidato per tutta la vita; ma in quel momento si sentiva inadeguato e vulnerabile là dove si era un tempo sentito più sicuro e fiducioso.

Si scostò da Julian e disse a Miriam: «Dammi la torcia».

Gliela porse senza una parola ed egli la accese, dirigendo il fascio di luce sui loro volti. Ricambiarono il suo sguardo: gli occhi di Miriam erano ironici e sorridenti, quelli di Rolf risentiti ma trionfanti, quelli di Luke supplichevoli.

Fu Luke il primo a parlare: «Vedi, Theo, siamo stati costretti a fuggire, dobbiamo proteggere Julian».

Theo replicò: «Non la proteggerete dandovi alla fuga. Questo cambia tutto, non solo per voi, ma per il mondo intero. Nulla ha più importanza ormai, eccetto Julian e il suo bambino. Dovrebbe essere in ospedale. Telefonate al Governatore, oppure lasciate che lo faccia io. Una volta che lo saprà non si preoccuperà più di volantini sediziosi o di dissenso. Nel Consiglio, nel Paese, nel mondo intero forse, tutti si preoccuperanno di una cosa soltanto: che questo bimbo nasca e viva».

Julian gli posò la mano deforme sulla sua e disse: «Per piacere, non constringermi a questo. Non voglio che assista alla nascita del mio bambino».

«Non dovrà per forza assistere. Farà tutto quello che vuoi tu. Tutti faranno quello che vuoi tu.»

«Ci sarà, lo sai che ci vorrà essere. Assisterà al parto e a tutto il resto. Ha ucciso il fratello di Miriam e in questo momento sta uccidendo Gascoigne. Se finirò nelle sue mani non riuscirò a liberarmene mai più. E neppure mio figlio sarà mai libero.»

Theo si chiese come avrebbe potuto impedire che Xan mettesse le mani su Julian e suo figlio. Era davvero convinta di poterlo tenere segreto per sempre?

«Devi pensare per prima cosa al bambino. Supponi che ci siano delle complicazioni, magari un'emorragia...»

«Andrà tutto bene. C'è Miriam con me.»

Theo si voltò verso di lei. «Diglielo tu, Miriam. Sei tu l'esperta, tu sai che sarebbe meglio se andasse in ospedale. O pensi solo a te stessa anche tu? State tutti pensando a voi stessi? Alla vostra gloria? Ti sembra importante, non è vero? Essere la levatrice del primo esemplare di una nuova razza, se è questo che diventerà. Non vuoi dividere con nessuno questo onore, hai paura di essere messa da parte e vuoi essere l'unica ad aiutare questo bimbo prodigioso a nascere.»

Miriam rispose calma: «Ho fatto nascere duecentoottanta bambini. Sembrano tutti un miracolo, almeno alla nascita. Voglio solo che madre e figlio siano al sicuro e stiano bene. Non affiderei alle cure del Governatore d'Inghilterra neppure una cagna gravida. È vero, preferirei che partorisse in ospedale, ma Julian ha il diritto di scegliere».

Theo si rivolse a Rolf: «E che cosa ne pensa il padre?».

Rolf era spazientito. «Se rimaniamo a parlarne ancora a lungo non avremo più scelta. Julian ha ragione. Se dovesse finire nelle mani del Governatore sarebbe lui a occuparsi di tutto, assisterebbe al parto e annuncerebbe la nascita al mondo. Andrebbe in televisione a mostrare il mio bambino alla nazione. Tocca a me farlo, non a lui.»

Theo pensò che Rolf credeva di appoggiare la moglie, ma in realtà gli importava solo che il bambino nascesse prima che Xan e il Consiglio venissero a sapere della gravidanza.

Con voce inasprita dall'ira e dalla frustrazione affermò: «È una follia. Fate come i bambini che non vogliono dividere con nessuno il loro nuovo giocattolo e vogliono tenerlo tutto per sé. Ma non siete bambini e questa nascita riguarda il mondo intero, non solo l'Inghilterra. Questo bambino appartiene all'umanità intera».

Luke disse: «Questo bambino appartiene a Dio».

Theo sbottò: «Cristo! Non possiamo almeno discuterne razionalmente?».

Intervenne Miriam: «Il bambino appartiene a se stesso, ma è figlio di Julian. Prima della nascita e per qualche tempo dopo di essa, madre e figlio sono una cosa sola. Spetta a Julian scegliere dove partorire».

«Anche se ciò è rischioso per il bambino?»

Julian disse: «Se dovessi partorire in presenza del Governatore, moriremmo tutti e due».

«È ridicolo.»

Miriam chiese calma: «Vuoi correre questo rischio?». Theo non rispose. Dopo una piccola pausa riprese: «Saresti pronto ad assumerti questa responsabilità?».

«Allora, che cosa avete in mente?»

Fu Rolf a rispondere: «Vogliamo trovare un posto sicuro, il più sicuro possibile. Una casa abbandonata, un cottage, una capanna in cui rifugiarci per un mesetto. In campagna, fuori mano, magari in un bosco. Abbiamo bisogno di provviste, di acqua e di un'automobile. L'unica macchina che abbiamo è la mia e conoscono il numero di targa».

Theo disse: «Anche la mia non potremo usarla per molto. La polizia di Stato sarà già a St. John Street, ormai. È un'impresa disperata. Una volta che Gascoigne si sarà messo a parlare – e lo farà, non avranno neppure bisogno di ricorrere alla tortura, hanno i farmaci adatti – una volta che il Consiglio verrà a sapere della gravidanza, vi cercheranno con ogni mezzo. Dove sperate di arrivare?».

La voce di Luke risuonò calma e paziente, come spiegasse la situazione a un bambino ritardato. «Sappiamo che ci inseguiranno. Ci stanno già cercando e ci vogliono morti, ma forse non riusciranno a scovarci tanto presto, forse all'inizio non si daranno troppo da fare. Vedi, non sanno del bambino. A Gascoigne non lo abbiamo mai detto.»

«Ma faceva parte del gruppo anche lui. Non l'avrà immaginato? Aveva gli occhi per accorgersene, no?»

Julian disse: «Aveva trentun anni e non credo avesse mai visto una donna incinta. Sono venticinque anni che non nascono più bambini, non credo che immaginasse neppure lontanamente un'eventualità simile. Anche agli Ospiti Temporanei con cui lavoravo al campo, neppure a loro è passato per la mente. Non lo sa nessuno, a parte noi cinque».

Miriam osservò: «Inoltre Julian ha i fianchi larghi e la pancia è alta. Non te ne saresti accorto neanche tu, se non ti avessimo fatto sentire i movimenti del feto».

Theo pensò che dunque non si fidavano di Gascoigne, almeno non tanto da confidargli il segreto più prezioso.

Non ne avevano ritenuto degno quel bravo ragazzo solido e semplice che al primo incontro gli era parso la figura più affidabile del gruppo. Se gli avessero dato fiducia, avrebbe obbedito agli ordini, non avrebbe intrapreso quell'azione di sabotaggio e non sarebbe stato catturato.

Come se gli avesse letto nel pensiero, Rolf spiegò: «Lo abbiamo fatto per il suo bene, oltre che per il nostro. Meno siamo a saperlo, meglio è. Ho dovuto dirlo a Miriam, naturalmente, avevamo bisogno della sua esperienza. Poi l'ho detto a Luke perché lo ha voluto Julian, forse perché è un prete, per una specie di superstizione: dovrebbe portarci fortuna. Io non ero d'accordo, ma gliel'ho detto lo stesso».

Julian disse: «Sono stata io a parlarne a Luke».

Theo pensò che probabilmente Rolf non era d'accordo neppure che lo andassero a chiamare. Era stata un'idea di Julian e cercavano di assecondarla in tutto il possibile. Ma il segreto, una volta svelato, non si poteva dimenticare. Per quanto cercasse ancora di sfuggire a ogni responsabilità, non poteva fingere di non sapere.

Per la prima volta percepì una nota di urgenza nella voce di Luke: «Andiamo via prima che arrivino. Possiamo prendere la tua macchina e continuare a parlare durante il viaggio. Avrai tempo e modo di cercare di convincere Julian a cambiare idea».

Julian disse: «Per favore, vieni con noi, Theo. Ti prego, aiutaci».

«Non ha scelta, ormai sa troppo: non possiamo lasciarlo andare» sbottò Rolf.

Theo guardò Julian. Avrebbe voluto chiederle: «È questo l'uomo con cui tu e il tuo Dio avete deciso di ripopolare il mondo?».

Invece disse freddamente: «Per l'amor del Cielo, non fare minacce. Sai ridurre tutto, anche questo, al livello di un telefilm da strapazzo. Se vengo con voi, è perché lo scelgo io».

22

Una per una spensero tutte le candele. La cappella tornò alla sua quiete fuori del tempo. Rolf chiuse la porta e si avviarono con cautela per il campo, con lui in testa. Aveva preso la torcia e il suo piccolo fascio di luce danzava come un fuoco fatuo sui ciuffi ispidi di erba scura, illuminando per un attimo, come un riflettore in miniatura, ora un unico fiore tremulo, ora un gruppo di margherite chiare come bottoni di madreperla. Dietro Rolf camminavano a braccetto le due donne, mentre Luke e Theo chiudevano la fila. Non parlavano, ma capì che Luke era contento che ci fosse anche lui. Theo era stupito di sentirsi preda di emozioni così intense e diverse – meraviglia, eccitazione e timore – e nello stesso tempo di riuscire a osservarne e analizzarne con distacco gli effetti sulle proprie azioni e sui propri pensieri. Lo stupiva anche che in tale tumulto di emozioni ci fosse ancora posto per l'irritazione. Sembrava una reazione meschina e inadeguata di fronte all'importanza straordinaria del suo dilemma, ma la situazione nel complesso aveva un che di paradossale. Possibile che ci fosse una tale incongruenza tra fine e mezzi? Si era mai visto un gruppo così sparuto e inadeguato affrontare un'impresa di tale estrema importanza? Non era costretto a parteciparvi, però. Erano disarmati, non avrebbero potuto trattenerlo con la forza, e le chiavi della macchina le aveva lui. Poteva andarsene, telefonare a Xan, por fine all'intera faccenda. Ma se lo avesse fatto, Julian sarebbe morta. O per lo meno lei ne era convinta, e ciò poteva bastare a causare la morte sua e del bambino. Aveva già la morte di un bambino sulla coscienza. Gli bastava.

Finalmente giunsero al laghetto e al prato in cui aveva parcheggiato la Rover; quasi si aspettava di trovarla circondata dagli uomini della polizia di Stato, figure nere e immobili con gli occhi di ghiaccio e le pistole in pugno. Ma il paese era ancora deserto come al loro arrivo. Avvicinandosi all'auto decise di fare un ultimo tentativo.

Si rivolse a Julian: «Qualunque cosa tu pensi del Governatore, qualunque cosa tu tema, lasciami provare a telefonargli ora. Lascia che gli parli. Non è il diavolo che tu credi».

Fu Rolf a rispondere con il suo solito tono spazientito: «Non ti arrendi mai? Julian non ha bisogno della tua protezione, non si fida delle tue promesse. Faremo quello che abbiamo deciso, andremo quanto più lontano potremo e cercheremo un rifugio. Ruberemo il cibo che ci serve da qui a quando sarà nato il bambino».

Miriam disse: «Theo, non abbiamo scelta. Ci dev'essere un posto in cui possiamo rifugiarci da qualche parte, magari un cottage abbandonato nel fitto dei boschi».

Theo le rispose: «Un bell'idillio, non c'è che dire! Me l'immagino proprio: un cottage accogliente in una radura lontana, con un filo di fumo che esce dal camino, un pozzo d'acqua fresca, uccelli e conigli pronti a farsi acchiappare, l'orto sul retro pieno di verdura. Forse troverete persino qualche pollo e una capra da mungere e senz'altro i proprietari avranno cortesemente lasciato una carrozzina nel capanno degli attrezzi».

Con calma ma fermamente, guardandolo fisso negli occhi, Miriam ripeté: «Theo, non abbiamo scelta».

Neppure lui aveva scelta. Nel momento in cui si era inginocchiato ai piedi di Julian e con la mano aveva sentito muovere il bambino, si era legato indissolubilmente a loro. Avevano bisogno di lui. Rolf poteva anche non sopportarlo, ma aveva ugualmente bisogno di lui. Nella peggiore delle ipotesi avrebbe potuto intercedere presso Xan: se fossero caduti nelle mani della polizia di Stato, la sua era una voce cui forse avrebbero dato ascolto.

Estrasse dalla tasca le chiavi della macchina. Rolf tese la mano per prenderle, ma Theo disse: «Guiderò io. Tu puoi scegliere l'itinerario. Immagino che tu sappia usare una carta».

Quella provocazione non era stata una bella mossa. Il tono di Rolf era pericolosamente calmo. «Ci disprezzi, vero?» chiese.

«No, perché dovrei?»

«Non hai bisogno di un motivo. Disprezzi il mondo intero, tranne quelli come te, con la tua stessa cultura, i tuoi privilegi, le tue scelte. Come uomo, Gascoigne valeva il doppio di te. Che cosa hai prodotto in vita tua? Che cosa hai mai fatto, a parte parlare del passato? Non mi stupisco che scegliessi dei musei per i tuoi appuntamenti, solo là ti senti a tuo agio. Gascoigne era in grado di far saltare un molo e por fine a un Trapasso da solo. Tu ne saresti capace?»

«Di usare degli esplosivi? No, ammetto che non rientra fra le mie competenze.»

Rolf gli fece il verso: «"Ammetto che non rientra fra le mie competenze!" Dovresti sentirti! Non sei uno di noi, non lo sei mai stato. Non hai il fegato. E non credere che ti vogliamo veramente, non credere di piacerci: sei qui solo perché sei cugino del Governatore e ciò potrebbe tornarci utile».

Aveva usato il plurale, ma sapevano tutti e due a nome di chi stava parlando. Theo ribatté: «Se ammiravi tanto Gascoigne, perché non ti sei fidato di lui? Se gli avessi detto del bambino non avrebbe disubbidito agli ordini. Forse io non sono uno di voi, ma lui lo era, e aveva diritto di sapere. Sei responsabile della sua cattura e, se è morto, sei responsabile della sua morte. Non prendertela con me se ti senti in colpa».

Sentì che Miriam lo prendeva per un braccio; con voce

pacata ma autorevole disse: «Calmati, Theo. Se litighiamo, siamo perduti. Andiamocene da qui, d'accordo?».

Quando furono in macchina, con Rolf seduto davanti, Theo chiese: «Da che parte andiamo?».

«Verso nord-ovest, nel Galles. Saremo più al sicuro oltre il confine. Anche là vige il regime del Governatore, ma è più odiato che amato. Viaggeremo di notte e dormiremo di giorno. E sceglieremo le strade secondarie: è più importante non farsi scoprire che fare tanta strada. Senza dubbio stanno cercando questa macchina. Se potremo la cambieremo.»

Fu allora che a Theo venne l'ispirazione: Jasper. Jasper, tanto vicino, tanto ben rifornito, Jasper che aveva disperatamente bisogno di andare a vivere con lui in St. John Street.

Disse: «Ho un amico che vive nei pressi di Asthall, non lontano da qui. Ha grandi scorte di cibo e credo che potrei convincerlo a prestarci la sua macchina».

Rolf chiese: «Che cosa ti fa pensare che direbbe di sì?».

«Gli serve una cosa che io posso dargli.»

Rolf ribattè: «Non abbiamo tempo da perdere. Quanto ci vorrà a convincerlo?».

Controllando a stento l'irritazione, Theo rispose: «Procurarsi un'altra macchina e caricarla di quello che ci serve non mi sembra uno spreco di tempo. Anzi, mi pare che sia indispensabile. Ma se hai un'idea migliore, sentiamo».

Rolf convenne: «D'accordo, andiamo».

Theo innestò la marcia e partì, guidando al buio con prudenza. Quando giunsero alla periferia di Asthall disse: «Prenderemo in prestito la sua macchina e lasceremo la mia nel suo garage. Con un po' di fortuna ci metteranno del tempo prima di arrivare fino a lui. E credo di poter garantire che non parlerà».

Julian si sporse in avanti e disse: «Ma ciò non significa mettere in pericolo il tuo amico? Non dobbiamo farlo».

Rolf perse la pazienza: «Dovrà correre il rischio».

Theo rispose a Julian: «Se ci prenderanno, l'unica cosa

che avranno per risalire a lui è la macchina. Può sempre dire che è sparita di notte, che gliel'abbiamo rubata, o che lo abbiamo costretto a collaborare».

Rolf aggiunse: «E se non volesse collaborare? Sarà meglio che venga con te per assicurarmene personalmente».

«Costringendolo con la forza? Non essere stupido. Per quanto tempo starebbe zitto? Collaborerà, ma non se lo minacci. Ho bisogno di qualcuno che venga con me, ma porterò Miriam.»

«Perché proprio lei?»

«Perché sa che cosa ci vuole per il parto.»

Rolf non insistette. Theo si chiese se gli aveva parlato con abbastanza tatto, poi si irritò per l'arroganza che rendeva necessarie tali precauzioni. In un modo o nell'altro, però, doveva evitare lo scontro aperto. Di fronte all'incolumità di Julian e alla tremenda importanza di quell'impresa, cedere alla crescente irritazione nei confronti di Rolf gli sembrava un lusso pericoloso, anche se minimo. Si trovava con loro per propria scelta, ma in realtà non c'era altra scelta. Era nei confronti di Julian e di suo figlio, e di nessun altro, che si sentiva impegnato.

Quando allungò la mano per suonare il campanello sul muro di cinta si accorse con sorpresa che il grande cancello era aperto. Fece un cenno a Miriam ed entrarono insieme. Si richiuse il cancello alle spalle. La casa era immersa nel buio, tranne il salotto, dove un filo di luce passava fra le tende tirate. Vide che anche il garage era aperto, con la saracinesca sollevata e la sagoma scura della Renault parcheggiata all'interno. A quel punto non rimase sorpreso nel trovare aperta anche la porta di servizio. Accese la luce nell'ingresso e chiamò a bassa voce, ma non ebbe risposta. Con Miriam al fianco, percorse il corridoio fino al salotto.

Appena aprì la porta capì che cosa avrebbe trovato. L'odore lo prese alla gola, forte e cattivo come un morbo: odore di sangue, di feci, di morte. Jasper si era messo comodo prima di compiere l'ultimo gesto della sua vita. Era seduto nella poltrona davanti al caminetto vuoto, con le mani che pendevano mollemente oltre i braccioli. Il metodo che aveva scelto era brutale, ma infallibile: si era puntato la canna di un revolver in bocca e si era sparato alla testa. Quel che ne rimaneva gli pendeva sul petto, come una specie di bavaglio irrigidito di sangue rappreso, che pareva vomito secco. Era mancino e la pistola era caduta per terra accanto alla poltrona, sotto un tavolino rotondo su cui erano posate le chiavi di casa e della macchina, un bicchiere e una bottiglia di vino vuoti e un biglietto scritto a mano, parte in latino e parte in inglese.

> *Quid te exempta iuvat spinis de pluribus una?*
> *Vivere si recte nescis, decede peritis.*
> *Lusisti satis, edisti satis atque bibisti:*
> *Tempus abire tibi est.*

Miriam si avvicinò e gli toccò le dita fredde in un inutile e istintivo gesto di compassione, poi esclamò: «Pover'uomo. Oh, pover'uomo».

«Rolf sosterrebbe che ci ha fatto un piacere. Così non dobbiamo sprecare tempo a convincerlo.»

«Perché lo ha fatto? Che cosa dice il biglietto?»

«È una citazione di Orazio. Dice che non dà nessun piacere liberarsi di una spina fra molte. Se non puoi vivere bene, togliti di mezzo. Probabilmente l'ha trovata nell'*Oxford Book of Quotations.*»

La parte in inglese era più breve e più chiara. «Chiedo scusa per il disordine. C'è un altro colpo in canna.» Theo si chiese se fosse un avvertimento o un invito. Che cosa poteva aver spinto Jasper a compiere quel gesto? Rimorso, rimpianto, solitudine, disperazione, o forse accorgersi che la spina era stata tolta, ma il dolore rimaneva ed era incurabile? Disse: «Dovrebbero esserci biancheria e coperte al piano di sopra. Io prendo il resto».

Fu contento di avere indosso il suo lungo cappotto. Nella tasca interna avrebbe potuto facilmente sistemare il revolver. Controllò che ci fosse veramente una pallottola in canna, la tolse e se la infilò in tasca insieme alla pistola.

La cucina, con i piani di lavoro vuoti e una fila di tazze appese per il manico, era piena di polvere ma in ordine, e non sembrava essere stata usata, se non per uno strofinaccio spiegazzato e ovviamente lavato da poco, che era stato steso ad asciugare sullo scolapiatti vuoto. L'unica nota stonata fra tanto ordine e precisione erano i due stuoini di paglia arrotolati e appoggiati al muro. Che Jasper avesse pensato di suicidarsi in cucina e avesse voluto fare in modo che il pavimento si potesse facilmente ripulire dal sangue? O forse aveva pensato di lavarlo ancora una volta, prima di rendersi conto dell'inutilità di quell'ultimo attacco di ossessiva preoccupazione per l'apparenza?

La porta della dispensa non era chiusa a chiave. Dopo aver freneticamente fatto provviste per venticinque anni, non avendone più bisogno, le aveva lasciate a disposizione, così come la propria vita, in balia dei saccheggiatori. Anche nella dispensa tutto era pulito e ordinato. Sugli scaffali di legno erano allineate scatole di latta con il coperchio sigillato con lo scotch. Su ciascuna c'era un'etichetta scritta in stampatello con la calligrafia meticolosa di Jasper: *carne, frutta sciroppata, latte in polvere, zucchero, caffè, riso, tè, farina*. Alla vista di quelle etichette, scritte con tanta cura, Theo si sentì stringere il cuore per la compassione, dolorosa e sgradita, e provò un senso di pietà e di rimpianto che la vista del cervello spappolato e del torace insanguinato di Jasper non aveva saputo suscitare in lui. Aspettò un attimo perché gli passasse, poi si concentrò su quel che doveva fare. Il primo impulso fu di rovesciare per terra il contenuto delle scatole e di scegliere le cose di cui avrebbero avuto più bisogno, almeno per la prima settimana, ma poi pensò che non c'era tempo, anche solo per togliere lo scotch. Meglio prendere le scatole senza aprirle: carne, latte in polvere, frutta secca, caffè, zucchero, verdure in scatola. Fra le scatole più piccole, scelse quelle che contenevano medicinali e siringhe, compresse per la disinfezione dell'acqua e fiammiferi, oltre alla bussola. Gli fu meno facile scegliere tra due fornelli a cherosene: uno era vecchio e con un solo becco, l'altro più moderno e più ingombrante, con tre fuochi, ma lo scartò perché avrebbe occupato troppo posto. Con grande sollievo trovò anche una lattina d'olio e una tanica da due galloni di benzina. Sperò in cuor suo che il serbatoio della macchina non fosse vuoto.

Sentiva Miriam che si muoveva in fretta ma senza far troppo rumore al piano di sopra e mentre rientrava dopo aver portato in macchina il secondo carico di scatole la incontrò che scendeva le scale con il mento posato su quattro cuscini.

Gli disse: «Tanto vale stare comodi».

«Occuperanno un sacco di spazio. Hai preso tutto quello che ci vuole per il parto?»

«Un sacco di asciugamani e di lenzuoli. Possiamo sederci sui cuscini. In camera c'è un armadietto di medicinali: l'ho svuotato e ho messo tutto in una federa. A parte il disinfettante che ci può servire, ci sono soprattutto farmaci normali, come aspirina, bicarbonato, sciroppo per la tosse. In questa casa c'è di tutto. Peccato non poter restare qui.»

Sapeva che non era un suggerimento serio, ma ribatté comunque: «Appena si accorgeranno della mia scomparsa, questo sarà uno dei primi posti dove verranno a cercarmi. Andranno a casa di tutti quelli che conosco, per interrogarli».

Lavorarono insieme in silenzio, metodicamente. Quando il bagagliaio fu finalmente pieno, Theo lo chiuse piano e disse: «Metteremo la mia macchina nel garage e lo chiuderemo a chiave. Chiuderò anche il cancello che dà sulla strada. Non servirà a fermare la polizia, ma può darsi che ritardi la scoperta del cadavere».

Mentre chiudeva la porta del cottage, Miriam gli toccò un braccio e bisbigliò in fretta: «La pistola: meglio non dire a Rolf che l'hai presa».

Nella sua voce c'era un'insistenza, un'autorevolezza,

che fece eco all'istintivo timore di Theo. «Non ho nessuna intenzione di farglielo sapere» fu la sua risposta.

«Meglio non dirlo neanche a Julian. Rolf cercherebbe di prendertela e Julian vorrebbe fartela buttare via.»

Bruscamente rispose: «Non lo dirò a nessuno dei due. Ma se Julian vuole che proteggiamo lei e il bambino, dovrà chiudere un occhio sui mezzi di cui ci serviremo. Aspira a essere più virtuosa del suo stesso Dio?».

Con prudenza portò la Renault oltre il cancello e la parcheggiò dietro la Rover. Rolf, che passeggiava nervosamente vicino alla macchina, era indignato.

«Ci avete messo un sacco di tempo. Avete avuto delle difficoltà?»

«No, Jasper è morto. Si è suicidato. Abbiamo preso tutto quello che stava nel bagagliaio. Porta dentro la Rover, io chiudo il garage e il cancello. La porta di casa l'ho già chiusa.»

Non c'era nulla che valesse la pena di trasferire dalla Rover alla Renault, tranne le carte stradali e un'edizione economica di *Emma* nel vano portaoggetti. Mise il libro nella tasca interna del cappotto, insieme alla pistola e al suo diario. Due minuti dopo erano tutti sulla Renault. Theo si mise al volante. Rolf, dopo un attimo di esitazione, salì davanti, mentre Julian si sistemava dietro tra Miriam e Luke. Theo chiuse il cancello e buttò la chiave oltre il muro. Della casa buia non si vedeva altro che il profilo scuro del tetto.

23

Durante la prima ora dovettero fermarsi due volte per lasciare che Julian e Miriam si allontanassero nell'oscurità. Rolf strizzava gli occhi per cercare di non perderle di vista, sentendosi sulle spine ogni volta che scomparivano. In risposta alla sua evidente impazienza, Miriam disse: «Dovrai abituartici. Succede nell'ultima fase della gravidanza, quando il feto preme sulla vescica».

La terza volta scesero tutti per sgranchirsi le gambe e anche Luke, con una scusa borbottata a mezza voce, si allontanò dietro a un cespuglio. Con il motore e i fari spenti il silenzio pareva assoluto. L'aria era tiepida e dolce come se fosse ancora estate, e le stelle brillavano alte nel cielo. A Theo parve di sentire il profumo dei fiori dei fagioli, ma di certo era un'impressione: in quella stagione non potevano essercene più, sostituiti da bacelli maturi.

Rolf gli si avvicinò: «Io e te dobbiamo parlare».

«Dimmi.»

«Non ci possono essere due capi in questa spedizione.»

«Spedizione? È così che la chiami? Cinque fuggiaschi male in arnese, senza un'idea precisa di dove andare o che cosa fare una volta arrivati. Non penso che sia necessaria una gerarchia, ma se ci tieni tanto a farti chiamare capo, a me non interessa, purché tu non mi chieda ubbidienza incondizionata.»

«Non sei mai stato uno di noi, non hai mai fatto parte

del nostro gruppo. Ti abbiamo offerto di entrarci e hai rifiutato. Sei qui solo perché ti ho mandato a chiamare.»

«Sono qui perché Julian mi ha mandato a chiamare. Ormai è fatta. Non mi resta che tollerarti, dal momento che non ho altra scelta, e ti consiglio di fare lo stesso con me.»

«Voglio guidare io.» Poi, come se ci fosse bisogno di ulteriori spiegazioni, aggiunse: «D'ora in poi voglio stare io alla guida».

Theo scoppiò in una risata spontanea e genuina. «Il figlio di Julian sarà osannato come un miracolo. Tu sarai osannato in quanto padre di tale miracolo: novello Adamo, progenitore di una nuova stirpe, salvatore dell'umanità. Un potere che soddisferebbe chiunque e a mio parere fin troppo grande per te. E ti preoccupi di non guidare?»

Dopo una pausa, Rolf replicò: «D'accordo, facciamo un patto. Potrei servirmi di te. Il Governatore ha ritenuto che tu avessi qualcosa da offrirgli; anch'io avrò bisogno di un consigliere».

«Mi pare di essere diventato il confidente universale. Probabilmente mi troveresti inadeguato, come ha fatto lui.» Rimase in silenzio per un istante, quindi domandò: «Così pensi di prendere il suo posto?».

«E perché no? Se vorranno il mio sperma dovranno prendere anche me. Non avranno uno senza l'altro. Sono in grado di governare quanto lui.»

«Pensavo che tu e i tuoi amici sosteneste che era un pessimo governante, un tiranno spietato. Ora dici di voler sostituire a una dittatura un'altra dittatura, più mite, suppongo. La maggior parte dei tiranni comincia così.»

Rolf non rispose e Theo pensò che erano soli e che quella poteva essere la sua unica occasione di parlargli a tu per tu, per cui disse: «Senti, continuo a pensare che faremmo meglio a telefonare al Governatore per procurare a Julian tutta l'assistenza di cui ha bisogno. Sai benissimo che è l'unica cosa ragionevole da fare».

«E tu sai benissimo che Julian non vuole. Andrà tutto bene. Partorire è una cosa naturale, no? Ha la sua levatrice.»

«Che non fa nascere un bambino da venticinque anni. E poi il rischio che intervengano delle complicazioni c'è sempre.»

«Non ci sarà nessuna complicazione. Miriam è tranquilla. E comunque correrebbe maggior rischio di complicazioni, sia fisiche sia mentali, se venisse costretta a ricoverarsi in ospedale. Ha una paura terribile del Governatore, pensa che sia il male personificato. Ha ucciso il fratello di Miriam e ora sta probabilmente uccidendo Gascoigne. Julian ha il terrore che possa fare del male al bambino.»

«È ridicolo e lo sapete benissimo tutti e due: è l'ultima cosa che farebbe. Con il bambino nelle sue mani il suo potere crescerà immensamente, non solo in Gran Bretagna, ma nel mondo intero.»

«Non il suo potere, ma il mio. Non sono preoccupato per Julian: so che il Consiglio non farebbe mai del male né a lei né al bambino, ma voglio essere io, e non Xan Lyppiatt, a presentare mio figlio al mondo. Poi vedremo chi sarà il Governatore d'Inghilterra.»

«Allora quali sarebbero i tuoi piani?»

«Che cosa vuoi dire?» La voce di Rolf era sospettosa.

«Be', devi pur avere un'idea di che cosa fare, se riuscirai a strappare il potere al Governatore.»

«Non si tratta di strappargli il potere. Sarà la gente a darmelo. Dovranno farlo, se vorranno che la Gran Bretagna venga ripopolata.»

«Capisco. Allora il popolo ti darà il potere; probabilmente hai ragione. A quel punto che cosa farai?»

«Nominerò il mio Consiglio, in cui non ci sarà Xan Lyppiatt. Ha già avuto la sua parte di potere.»

«Immagino che ti adopererai per riportare la pace sull'isola di Man.»

«Non credo che sarà una delle mie priorità. Il Paese non mi sarebbe affatto grato se mettessi in libertà quella marmaglia di psicopatici criminali. Aspetterò che l'isola si rappacifichi per estinzione interna, che il problema si risolva da solo.»

Theo disse: «Immagino che anche Lyppiatt la pensi così, ma non credo che Miriam ne sarà contenta».

«Non devo far contenta Miriam. Lei ha un compito da svolgere e una volta assolto sarà adeguatamente ricompensata.»

«E gli Ospiti Temporanei? Pensi di migliorare le loro condizioni o di far cessare l'immigrazione di giovani stranieri? Dopo tutto i loro Paesi hanno bisogno di loro.»

«Terrò sotto controllo la situazione e garantirò agli immigrati un trattamento equo e corretto.»

«Ho l'impressione che anche il Governatore creda di fare proprio questo. E i Trapassi?»

«Non ho intenzione di interferire con il diritto della gente di togliersi la vita come meglio crede.»

«Il Governatore d'Inghilterra si dichiarerebbe d'accordo.»

Rolf precisò: «Quello che io posso fare, e lui no, è dare vita a una nuova stirpe. Abbiamo già una banca dati in cui sono registrate tutte le donne sane di età compresa fra i trenta e i cinquant'anni. La concorrenza per aggiudicarsi sperma fertile sarà incredibile. Ovviamente c'è il rischio di produrre ibridi anomali e perciò dovremo selezionare accuratamente donne dotate di grande intelligenza e in perfette condizioni fisiche».

«Sono sicuro che il Governatore d'Inghilterra approverebbe. È il suo stesso piano.»

«Ma lui non ha lo sperma, io invece sì.»

Theo disse: «C'è una cosa che non hai considerato. Dipenderà tutto dal bambino, non credi? Bisogna che il neonato sia normale e in buone condizioni di salute. Supponi che dia alla luce un mostro».

«E perché dovrebbe? Perché il nostro non dovrebbe essere un bambino normale?»

Quell'istante di vulnerabilità, di confidenza reciproca, di segreta paura infine riconosciuta e ammessa, provocò in Theo un moto di simpatia. Non fu sufficiente a fargli provare amicizia per Rolf, ma bastò a trattenerlo dal pronunciare ciò che aveva in mente: "Forse sarebbe meglio per te se il bambino fosse anormale, deforme, se fosse un deficiente, un mostro. Se sarà sano, tu diventerai uno stallone, una cavia per il resto della tua esistenza. E non credere che il Governatore d'Inghilterra rinuncerà tanto facilmente al suo potere, neppure di fronte al progenitore di una nuova stirpe. Potranno aver bisogno del tuo sperma, ma te ne prenderanno abbastanza da ripopolare l'Inghilterra e mezzo mondo, per poi decidere di non aver più bisogno di te. Se il Governatore capirà che rappresenti una minaccia per lui, non esiterà a farlo."

Ma non lo disse.

Dall'oscurità emersero tre figure: Luke, seguito da Miriam e Julian, mano nella mano, attente a non inciampare sul terreno impervio. Rolf si sedette al posto di guida.

«Avanti» disse, «sarà meglio muoversi. D'ora in poi guido io.»

24

Al primo sussulto in avanti della macchina Theo ebbe la certezza che Rolf sarebbe andato troppo forte. Gli lanciò un'occhiata, chiedendosi se non fosse il caso di azzardare un avvertimento e sperando che il fondo stradale migliorasse e lo rendesse superfluo. Alla luce bianca dei fari la strada butterata aveva l'aspetto sinistro e alieno di un paesaggio lunare, nello stesso tempo vicino e misteriosamente remoto ed eterno. Rolf la scrutava con lo sguardo intenso e concentrato di un pilota di rally e girava il volante con uno strattone a ogni ostacolo che sorgeva nel buio. La strada, piena di buche, solchi e gobbe, sarebbe stata pericolosa anche per un guidatore prudente. Con la guida violenta di Rolf, l'auto sussultava e sbandava, scrollando da una parte e dall'altra i tre seduti stretti sul sedile posteriore.

Miriam con un certo sforzo si sporse in avanti e disse: «Vai più piano, Rolf, rallenta. È pericoloso per Julian: vuoi farla partorire prima del tempo?».

Lo disse con calma, ma con estrema autorità, e l'effetto fu immediato. Rolf sollevò subito il piede dall'acceleratore, ma era troppo tardi. La macchina vibrò, fece un balzo, deviò bruscamente e per tre secondi ruotò su se stessa, incontrollabile. Rolf frenò di colpo e con uno scossone si fermarono.

A denti stretti Rolf sibilò: «Maledizione! Abbiamo bucato una delle gomme davanti».

Recriminare non serviva a nulla. Theo si slacciò la cintura. «C'è una ruota di scorta nel bagagliaio. Spostiamoci sul bordo della strada.»

Scesero faticosamente e rimasero in piedi all'ombra scura della siepe, mentre Rolf portava la macchina sulla banchina erbosa. Theo vide che erano in aperta campagna e calcolò che probabilmente si trovavano a una quindicina di chilometri da Stratford. Sui due lati della strada correva una siepe incolta di cespugli alti e aggrovigliati, che di tanto in tanto si interrompevano lasciando intravedere i solchi dei campi arati. Julian, avvolta nella sua mantella, se ne stava calma e zitta come una bambina docile, portata a un picnic, che aspetta pazientemente che gli adulti trovino rimedio a un piccolo contrattempo.

Miriam chiese con voce calma, ma senza riuscire a nascondere un filo di ansia: «Quanto ci vorrà?».

Rolf si guardava intorno. Rispose: «Una ventina di minuti, anche meno se siamo fortunati. Ma è meglio che ci allontaniamo dalla strada, in modo che non ci possano vedere».

Senza dare spiegazioni, partì a passo svelto. Rimasero ad aspettare, seguendolo con lo sguardo. Fu di ritorno in meno di un minuto. «Un centinaio di metri più avanti, sulla destra, c'è un cancello e una strada sterrata. Sembra che porti a un gruppo di alberi. Là saremo più al sicuro. È vero che questa strada è quasi impraticabile, ma se ci siamo passati noi ci possono passare anche gli altri, e non possiamo rischiare di farci sorprendere da qualche fesso che ci offre una mano.»

Miriam obiettò: «È molto distante? Non ci conviene allontanarci troppo e si potrebbe rovinare il cerchione».

Rolf disse: «Dobbiamo metterci al riparo. Non sono sicuro di quanto ci impiegheremo a cambiare la gomma. Dobbiamo toglierci dalla strada».

Theo non parlò, ma era d'accordo. Era più importante non farsi scoprire che procedere nel cammino. La polizia non aveva idea della direzione che avevano preso e, se il cadavere di Jasper non era ancora stato ritrovato, neppure del tipo e della targa della macchina su cui viaggiavano. Si mise al volante e Rolf non fece obiezioni.

Disse: «Con tutte quelle provviste nel bagagliaio, sarà meglio alleggerire il carico. Julian può rimanere, gli altri a piedi».

Il cancello e la strada erano più vicini di quanto Theo si aspettasse. Il sentiero sterrato era leggermente in salita e costeggiava un campo non arato, chiaramente abbandonato da molto tempo. Nella carreggiata c'erano profondi solchi e zigzag lasciati dagli pneumatici dei trattori. Al centro c'era una striscia su cui crescevano erbe alte che ondeggiavano come antenne sottili alla luce dei fari. Theo procedeva lentamente e con grande prudenza, con Julian nel sedile accanto e le tre figure silenziose che camminavano come ombre scure di fianco alla macchina. Quando arrivarono in prossimità del folto degli alberi, vide che avrebbe offerto loro una copertura migliore di quanto pensava. Ma c'era un ultimo ostacolo: fra il bosco e la strada si apriva un fosso profondo, largo quasi due metri.

Rolf bussò al finestrino: «Aspetta un momento» e corse avanti. Tornò dicendo: «C'è un passaggio circa trenta metri più in là. Sembra che porti a una specie di radura».

Per entrare nel bosco si passava su un ponte stretto, fatto di tronchi tagliati a metà e di terra battuta, ormai coperta di erbacce. Theo vide con grande sollievo che era abbastanza largo per poterci passare con la macchina, ma aspettò che Rolf prendesse la torcia per controllare che il legno non fosse marcio. A un suo cenno, senza grande difficoltà portò la macchina dall'altra parte. Con un lieve sussulto, si trovò circondato da un boschetto di faggi, con gli alti rami che formavano una volta di foglie color bronzo, che pareva un soffitto intagliato. Theo scese e vide che si erano fermati su un mucchio di foglie secche e scricchiolanti e di semi di faggio spaccati.

Insieme Rolf e Theo si misero al lavoro sulla ruota,

mentre Miriam reggeva la torcia. Luke e Julian rimasero in piedi a guardare in silenzio, mentre Rolf trascinava la gomma di scorta, il cric e la chiave. Smontare la ruota risultò più difficile di quanto Theo si fosse aspettato: i bulloni erano avvitati stretti e né lui né Rolf riuscivano ad allentarli.

Miriam si accucciò per stare più comoda e così facendo spostò il fascio di luce. Spazientito Rolf disse: «Per l'amor del Cielo, tienila ferma. Non vedo quello che faccio, è già tanto fioca!».

Un attimo dopo la torcia si spense.

Miriam prevenne la domanda di Rolf: «Non abbiamo batterie di riserva. Mi dispiace. Dovremo rimanere qui fino a domani mattina».

Theo aspettò l'esplosione di Rolf. Non ci fu. Rolf si alzò e disse con calma: «Allora tanto vale che mangiamo qualcosa e ci sistemiamo per la notte».

25

Theo e Rolf decisero di dormire per terra, mentre gli altri tre scelsero la macchina: Luke si sistemò davanti e le due donne si rannicchiarono sul sedile posteriore. Theo ammucchiò delle foglie, vi stese sopra l'impermeabile di Jasper e si coprì con una coperta e il cappotto. Sentiva le voci distanti delle donne che si preparavano per la notte e lo scricchiolio dei ramoscelli sotto le foglie quando si girava. Prima che sprofondasse nel sonno si alzò il vento, non tanto forte da muovere i rami bassi del faggio sopra la sua testa, ma abbastanza da produrre un sibilo lontano, quasi il bosco si fosse destato a nuova vita.

La mattina dopo aprì gli occhi sulle fronde bronzee e rossastre del faggio intervallate da sottili spiragli di luce biancastra. Sentì il terreno duro sotto la schiena e l'odore pungente, ma misteriosamente confortante, delle foglie e della terra. Si tolse di dosso il cappotto e la coperta pesante e si stirò, con le spalle e le reni indolenzite. Fu sorpreso di constatare che aveva dormito tanto profondamente in un giaciglio che, se all'inizio gli era parso meravigliosamente morbido, si era indurito man mano fino a sembrare rigido come un tavolaccio.

Doveva essersi svegliato per ultimo. Le portiere della macchina erano aperte e i sedili vuoti. Qualcuno aveva già preparato il tè. Su un ceppo piatto c'erano cinque tazze, tutte provenienti dalla collezione di Jasper, e una teiera di metallo. Le tazze variopinte avevano un aspetto curiosamente festoso.

Rolf disse: «Serviti».

Miriam sbatteva energicamente due cuscini, uno per mano. Poi li riportò alla macchina, dove Rolf si era già messo al lavoro. Theo bevve il tè e poi andò ad aiutarlo. Lavorarono insieme, con grande efficienza e senza litigare. Le mani grandi e dalle dita tozze di Rolf erano molto abili. Forse perché erano tutti e due riposati, meno ansiosi e non dipendevano più dal sottile fascio di luce di un'unica torcia, i dadi che la sera prima parevano inamovibili cedettero sotto il loro sforzo congiunto.

Raccogliendo un mucchio di foglie per pulirsi le mani, Theo chiese: «Dove sono Julian e Luke?».

«A dire le preghiere. È così tutti i giorni. Quando tornano facciamo colazione. Ho affidato a Luke il compito di razionare il cibo. Gli farà bene occuparsi di qualcosa di più utile che pregare con mia moglie» rispose Rolf.

«Non potrebbero pregare qui? Sarebbe meglio stare uniti.»

«Non sono andati lontano. Vogliono starsene da soli. Non posso mica impedirglielo. A Julian piace e secondo Miriam devo fare di tutto perché rimanga calma e serena. Pare che dire le preghiere le serva a rimanere calma e serena. Per loro è una specie di rito e non c'è niente di male. Perché non li raggiungi, se sei tanto preoccupato?»

Theo disse: «Non credo che gradirebbero la mia compagnia».

«Chissà, magari gli farebbe piacere. Potrebbero cercare di convertirti. Sei cristiano?»

«No.»

«In che cosa credi, allora?»

«Come sarebbe a dire, in che cosa credo?»

«Che cosa pensi delle cose che contano per i credenti: credi in Dio? Come spieghi il male? Che cosa c'è dopo la morte? Perché esistiamo? Come dovremmo vivere?»

Theo rispose: «Quest'ultima domanda è la più importante, l'unica che importa veramente. Non è indispensabile essere religiosi per crederlo. E non è indispensabile essere cristiani per rispondere».

Rolf si voltò verso di lui come se volesse conoscere la sua opinione e gli chiese: «Ma in che cosa credi? Non intendo solo dal punto di vista religioso. Quali certezze hai?».

«Che una volta non esistevo e che ora esisto. Che un giorno non ci sarò più.»

Rolf scoppiò in una risatina aspra. «Non ti vuoi sbilanciare, eh? Non ti si può dar torto. E in che cosa crede il Governatore d'Inghilterra?»

«Non lo so. Non ne abbiamo mai parlato.»

Miriam si avvicinò e si sedette con la schiena appoggiata a un tronco e le gambe tese; chiuse gli occhi e, alzando il viso verso il cielo sorridendo, rimase ad ascoltarli senza intervenire.

Rolf disse: «Un tempo credevo in Dio e nel Diavolo. Poi, una mattina, quando avevo dodici anni, persi la fede. Mi svegliai e mi resi conto che non credevo più alle cose che i cristiani mi avevano insegnato. Prima pensavo che se mi fosse successa una cosa simile non avrei avuto il coraggio di andare avanti, ma non accadde nulla. Una sera andai a dormire che credevo e la mattina dopo mi svegliai che non credevo più. Non potei neppure dire a Dio che mi dispiaceva, perché non c'era più. Ma non mi importava, non mi è mai più importato».

Senza aprire gli occhi, Miriam domandò: «Che cosa hai messo al suo posto, per riempire il vuoto?».

«Non c'è stato nessun vuoto, è questo che dico.»

«E il Diavolo?»

«Credo nel Governatore d'Inghilterra. Lui esiste e come diavolo basta e avanza.»

Theo si allontanò da loro, avviandosi lungo il sentierino fra gli alberi. Era preoccupato per l'assenza di Julian, preoccupato e furente. Non poteva non sapere che bisognava restare tutti uniti, avrebbe dovuto rendersi conto che qualcuno, un vagabondo, un boscaiolo, un contadino, poteva passare di lì e vederli. Non dovevano temere soltanto la polizia di Stato e i granatieri. Sapeva di alimentare la propria irritazione con paure irrazionali: chi avrebbe potuto mai sorprenderli in quel luogo desolato e a quell'ora del giorno? Ma la rabbia dentro di lui cresceva, con un'irruenza che lo disturbava.

Fu allora che li vide. Erano a cinquanta metri dalla radura e dalla macchina, in ginocchio in un piccolo spiazzo coperto di muschio. Erano assorti. Luke aveva improvvisato un altare con una scatola di latta rovesciata e uno strofinaccio; in un piattino aveva messo una candela e in un altro due pezzetti di pane. Accanto era posata una tazza. Aveva addosso una stola bianca. Theo si chiese se la teneva in tasca. Ignari della sua presenza gli fecero venire in mente due bambini completamente assorbiti da un gioco tutto loro, con i visi seri su cui danzava l'ombra delle fronde. Vide Luke che alzava il piattino con i due pezzi di pane nella mano sinistra e vi posava sopra il palmo della destra. Julian chinò il capo tanto che parve voler posare a terra la fronte.

Le parole di cui serbava un vago ricordo dall'infanzia erano pronunciate sottovoce, ma giungevano alle orecchie di Theo forti e chiare: «Signore misericordioso, ascolta la nostra umile preghiera e, nel ricevere il pane e il vino che ti offriamo, in memoria del tuo Figlio e nostro Salvatore Gesù Cristo che è morto per noi, rendici partecipi del suo Corpo e del suo Sangue. Nella notte in cui fu tradito, egli prese il pane, rese grazie, lo spezzò, lo diede ai suoi discepoli e disse: "Prendete e mangiate. Questo è il mio corpo, offerto in sacrificio per voi. Fate questo in memoria di me"».

Rimase nascosto fra gli alberi a osservare. Con il pensiero tornò nell'anonima chiesetta del Surrey la domenica mattina, stretto nel suo completo blu davanti al signor Greenstreet, che controllava attentamente la propria presunzione e chiamava la congregazione a ricevere l'eucaristia. Ricordava la testa china di sua madre. Si era sentito escluso allora, così come si sentiva escluso adesso.

Si voltò e ritornò nella radura. Annunciò: «Hanno quasi finito. Non ci vorrà più molto».

Rolf disse: «Non stanno mai via troppo a lungo. Già che ci siamo potremmo aspettarli per la colazione. Immagino che dovremmo essere grati a Luke se non ritiene di doverle fare anche la predica».

Il tono di voce e il sorriso di Rolf erano indulgenti e Theo si chiese che rapporto avesse con Luke; sembrava tollerarlo come si tollera un bambino che, pur mettendocela tutta, non è in grado di offrire lo stesso contributo di un adulto, ma che si sforza di rendersi utile e non dà fastidio. Forse lasciava correre pensando che si trattasse del capriccio di una donna incinta? Se Julian voleva il proprio cappellano personale, allora Rolf era disposto ad ammettere Luke fra i Cinque Pesci, anche se non poteva dare alcun contributo utile alla causa? O forse Rolf, che aveva rifiutato la religione della sua fanciullezza, aveva mantenuto inconsciamente un'ombra di superstizione? Che tutto sommato Luke gli sembrasse un essere miracoloso, capace di trasformare il pane in carne, una specie di portafortuna dotato di poteri mistici e antichi talismani, capace con la propria presenza di propiziare i pericolosi dei della foresta e delle tenebre?

26

Venerdì 15 ottobre 2021

Sono nel bosco di faggi e scrivo seduto per terra con la schiena appoggiata a un albero. È tardo pomeriggio e le ombre stanno cominciando ad allungarsi ma, dentro il bosco, resta ancora il tepore del giorno. Sono convinto che questa sia l'ultima volta che scrivo questo diario, ma anche se né io né queste mie parole sopravviveremo, provo il bisogno di registrare quanto è avvenuto oggi. È stata una giornata di immensa felicità e l'ho trascorsa insieme a quattro sconosciuti. Prima di Omega, all'inizio di ogni anno accademico, avevo l'abitudine di scrivere un giudizio sugli studenti che avevo ammesso al college. Lo conservavo nel mio archivio personale, insieme a una fotografia presa dalla domanda di iscrizione, e alla fine dei tre anni di corso, rileggendolo, spesso mi rendevo conto di quanto fosse azzeccato quel ritratto preliminare, quanto poco fossero cambiati, quanto mi fosse difficile modificarne il carattere. Mi sbagliavo raramente sul loro conto. Quell'esercizio rafforzava la mia naturale propensione a fidarmi del mio intuito: forse era per questo che lo facevo. Ero convinto di poterli conoscere e di conoscerli davvero. Non posso dire lo stesso dei miei attuali compagni di avventura. Continuo a non sapere praticamente nulla di loro: né chi siano i loro genitori e parenti, né quali siano stati i loro studi, amori, speranze o desideri. Eppure fino a oggi non mi ero mai sentito tanto a mio agio con nessuno quanto con questi quattro estranei a cui sono ormai legato, anche se con una certa riluttanza, e di una dei quali mi sto innamorando.

È stata una splendida giornata autunnale, con il cielo di un azzurro purissimo e il sole caldo e dorato, forte come in pieno giugno; nell'aria c'era un buon odore che ricordava quello del fuoco di legna, del fieno appena tagliato, dei raccolti estivi. Forse grazie al fatto che il bosco è così isolato, circondato da alture, ci sentiamo tutti al sicuro. Abbiamo trascorso la giornata sonnecchiando, parlando, lavorando, facendo giochi infantili con pietre e legnetti e fogli strappati dal mio diario. Rolf ha controllato e lavato la macchina. Osservandolo mentre la strofinava e la lustrava energicamente centimetro per centimetro sembrava impossibile che quel meccanico nato, così assorto e compiaciuto del proprio lavoro, fosse la stessa persona tanto arrogante e manifestamente ambiziosa di ieri.

Luke si è occupato delle provviste. Rolf ha dimostrato di avere una certa attitudine al comando affidandogli quel compito. Luke ha stabilito che dobbiamo consumare prima i prodotti freschi e poi le scatolette in ordine di scadenza, rivelando con questa regola tanto ragionevole un'inconsueta fiducia nelle proprie capacità di amministratore. Ha scelto le scatolette, fatto un inventario, proposto dei menù. Finito di mangiare si è appartato un po' in silenzio con il suo breviario e poi ha raggiunto Miriam e Julian a cui io leggevo dei brani di *Emma*. Sdraiato sulle foglie a osservare brandelli di cielo che diventavano sempre più azzurri, ho provato la stessa gioia innocente che se avessimo fatto un picnic. E in effetti è stato un picnic. Non abbiamo pensato a progetti per il futuro né abbiamo preso in considerazione i pericoli che verranno. Ripensandoci mi sembra straordinario, ma penso che, più che decidere consapevolmente di non fare progetti o parlare o discutere, fossimo spinti dal desiderio di preservare l'inviolabilità di questa giornata. Non ho riletto questo diario: nel mio attuale stato di euforia non desidero affatto ritrovare l'uomo ironico e solitario, interessato solo a se stesso, che lo ha scritto. Questo diario è durato meno di dieci mesi e da domani non ne avrò più bisogno.

La luce comincia a calare e non riesco quasi a vedere il foglio. Fra un'ora partiremo. La macchina, lucidissima dopo le cure di Rolf, è pronta e il bagagliaio è pieno. Così come sono certo che questa è l'ultima volta che scrivo questo diario, so anche che ci aspettano orrori e pericoli che al momento non riesco neppure a immaginare. Non sono mai stato superstizioso, ma questa è una convinzione che nessun ragionamento potrebbe togliermi. Pur essendone persuaso, mi sento in pace, e sono contento di questo attimo di tregua, di queste ore innocenti e serene che sembrano rubate all'avanzare inesorabile del tempo. Oggi nel pomeriggio, frugando nel sedile posteriore della macchina, Miriam ha trovato un'altra torcia, poco più grande di una penna, incastrata da una parte. Probabilmente non sarebbe bastata a sostituire quella che si è scaricata, ma sono contento che non sapessimo di averla. Avevamo bisogno di una giornata come questa.

27

L'orologio sul cruscotto segnava le tre meno cinque, più tardi di quanto Theo si aspettasse. La strada, stretta e deserta, si snodava fioca davanti a loro, inghiottita dagli pneumatici come una striscia di tela sporca e strappata. Era dissestata e di tanto in tanto l'automobile sussultava violentemente quando finivano in una buca. Era impossibile andare forte su una strada del genere; non voleva rischiare di forare un'altra volta. La notte era buia, ma non del tutto: fra le nubi spinte dal vento faceva capolino la mezza luna e le stelle, piccole come capocchie di spillo, lasciavano indovinare le costellazioni e l'alone di luce della Via Lattea. La macchina rispondeva bene ai comandi, sembrava un rifugio mobile, riscaldato dal loro respiro e pervaso dall'odore rassicurante di cose vagamente familiari che nel suo stato di confusione tentò di identificare: benzina, corpi umani, il vecchio cane di Jasper morto ormai da tempo, e persino un leggero aroma di menta. Accanto a lui Rolf stava in silenzio, ma guardava davanti nervosamente. Julian sedeva fra Miriam e Luke sul sedile posteriore. Era il posto meno comodo, ma l'aveva scelto lei: forse il sostegno offerto dai due corpi accanto le dava un certo senso di sicurezza. Teneva gli occhi chiusi e la testa appoggiata sulla spalla di Miriam. Theo vide nello specchietto la testa di Julian sobbalzare e scivolare ciondolando in avanti e Miriam rimetterla in una posizione più comoda. Sembrava che anche Luke si fosse addormentato: teneva la testa all'indietro e la bocca semiaperta.

La strada si fece più tortuosa, ma meno sconnessa. Quanto più il viaggio proseguiva senza problemi, tanto più Theo si lasciava prendere da un illusorio senso di sicurezza: forse, dopotutto, non sarebbe stato così disastroso. Gascoigne aveva certamente parlato, ma non sapeva del bambino. Agli occhi di Xan i Cinque Pesci erano senza dubbio un gruppetto di dilettanti poco temibile. Poteva darsi addirittura che non si curasse neppure di dar loro la caccia. Per la prima volta dall'inizio del viaggio Theo nutrì un barlume di speranza.

Vide il tronco caduto appena in tempo e inchiodò un istante prima che il cofano ne sfiorasse i rami sporgenti. Rolf si svegliò di soprassalto e imprecò. Theo spense il motore. Ci fu un istante di silenzio in cui due pensieri, tanto vicini da sembrare addirittura simultanei, lo riportarono alla realtà. Il primo fu di sollievo: il tronco non sembrava pesante, nonostante le fronde ingiallite; con l'aiuto di Rolf e Luke sarebbe probabilmente riuscito a spostarlo senza troppa difficoltà. Il secondo fu di terrore: non poteva essere caduto da solo, non c'era stato vento forte in quegli ultimi tempi. Si trattava di un ostacolo creato appositamente.

In quello stesso momento arrivarono gli Omega. Fu orribile: arrivarono senza farsi sentire, nel silenzio più assoluto. A ogni finestrino apparve un volto dipinto, illuminato da una torcia fiammeggiante. Miriam non riuscì a soffocare un grido. Rolf urlò: «Fai marcia indietro! Torna indietro!» cercando di impadronirsi del volante e della leva del cambio. Le loro mani si intrecciarono. Theo lo spinse da parte e innestò la retromarcia. Il motore rombò e la macchina partì all'indietro, andando a sbattere tanto violentemente che per il contraccolpo Theo fu proiettato in avanti. Gli Omega dovevano aver agito in tutta fretta e nel silenzio più assoluto, imprigionandoli fra due ostacoli. Ai finestrini riapparvero i volti dipinti. Theo si trovò a fissare due occhi inespressivi, luccicanti, contornati di bianco in una maschera di ghirigori azzurri, rossi e gialli. L'Omega portava i capelli tirati all'indietro e raccolti sulla testa, in modo da lasciare libera la fronte dipinta, e teneva in una mano una torcia fiammeggiante e nell'altra un bastone simile a un manganello, decorato con ciuffi di capelli. Theo ricordò con orrore di aver sentito dire che i Volti Dipinti tagliavano i capelli delle loro vittime dopo averle uccise e li intrecciavano per farne dei trofei; aveva creduto a tali voci solo in parte, liquidandole come leggende terrorizzanti. In quel momento, osservando con orrore quella treccia dondolante, si chiese se era appartenuta a un uomo o a una donna.

Nella macchina nessuno parlava. Nonostante paresse interminabile, probabilmente quel silenzio durò solo alcuni secondi. Poi iniziò la danza rituale. Con una sorta di grido di guerra, gli Omega cominciarono a girare attorno alla macchina, colpendone le fiancate e il tetto con i bastoni al ritmo di un lugubre canto. Indossavano soltanto dei pantaloncini corti ma non avevano il corpo dipinto. Il petto sembrava bianco come il latte alla luce delle fiaccole e le costole fragili e vulnerabili. Le gambe mosse al ritmo della danza, le teste ornate, i volti disegnati su cui si aprivano le grandi bocche aperte nel canto, li facevano assomigliare a una banda di bambini troppo cresciuti intenti a un gioco violento, ma fondamentalmente innocente.

Theo si chiese se fosse possibile parlargli, cercare di farli ragionare, stabilire almeno una parvenza di contatto umano. Ma non si trastullò a lungo con simili pensieri. Gli venne in mente di aver incontrato una volta la vittima di un loro assalto e ricordò qualche particolare della loro conversazione.

«Pare che generalmente uccidano una sola vittima sacrificale, ma in questo caso, grazie al Cielo, si sono accontentati dell'automobile.» Poi aveva aggiunto: «Bisogna lasciarli fare senza intervenire, abbandonare la macchina e scappare». Scappare non gli era stato facile, ma per loro, con una donna gravida, sarebbe stato addirittura impossibile. C'era una sola cosa che avrebbe potuto dissuaderli dall'uccidere, sempre che fossero in grado di ragionare e ci avessero creduto: la gravidanza di Julian. Ormai doveva essere abbastanza evidente anche per un Omega. Ma non ebbe bisogno di chiedersi quale sarebbe stata la reazione di Julian: non erano fuggiti da Xan e dal Consiglio per cadere nelle mani dei Volti Dipinti. Si voltò a guardarla: sedeva a testa china, presumibilmente pregava. Le augurò che il suo Dio la proteggesse. Miriam aveva gli occhi sbarrati dal terrore. Era impossibile vedere la faccia di Luke e Rolf sbottò in una sequela di oscenità.

La danza continuava e i corpi piroettanti si muovevano sempre più veloci al ritmo crescente del canto. Era difficile contarli, ma a occhio Theo pensò che fossero almeno una dozzina. Non avevano ancora provato ad aprire le portiere, ma sapeva che la sicura non sarebbe bastata a proteggerli. Erano abbastanza per rovesciare la macchina, avevano le torce con cui darle fuoco: prima o poi li avrebbero costretti a uscire.

La mente di Theo correva: quante possibilità avevano di farcela, almeno Rolf e Julian? Esaminò il luogo dove si trovavano attraverso il caleidoscopio dei corpi danzanti. A sinistra c'era un muro di pietra mezzo crollato, che in certi punti non doveva superare il metro di altezza. Dietro scorse una macchia di alberi. Aveva la pistola e un proiettile, ma sapeva che mostrarla avrebbe potuto essere fatale. Al massimo poteva ucciderne uno, ma di certo gli altri gli si sarebbero scagliati contro cercando vendetta. Sarebbe stato un massacro. Inutile pensare di ricorrere alla forza, erano troppo pochi. L'unica speranza era l'oscurità. Se Julian e Rolf fossero riusciti a raggiungere gli alberi, forse avrebbero almeno avuto modo di nascondersi. Mettersi a correre, incespicando rumorosamente fra i rovi e gli sterpi di un bosco sconosciuto, oltre che essere pericoloso di per sé, avrebbe attirato gli inseguitori, ma nascondersi era comunque possibile. Che ci riuscissero o meno dipendeva dalla voglia che avrebbero avuto gli Omega di seguirli. Per quanto piccola, c'era la possibilità che si accontentassero della macchina e delle altre tre vittime.

Pensò che fosse meglio non far vedere che parlavano, che elaboravano un piano di fuga. Non c'era pericolo che li udissero, perché le grida di guerra e i canti che riecheggiavano lugubri nella notte avrebbero coperto le loro parole. Doveva parlare forte e chiaro se voleva che Luke e Julian lo sentissero da dietro, ma si premurò di non voltare la testa.

Disse: «Prima o poi ci costringeranno a scendere. Dobbiamo decidere con esattezza quello che vogliamo fare. Poi tocca a te, Rolf. Quando ci faranno uscire, fai scavalcare a Julian quel muro e poi correte a nascondervi fra gli alberi. Scegliete il momento giusto. Noi cercheremo di coprirvi».

Rolf chiese: «E come? Che cosa intendi per coprirci? Come pensi di fare?».

«Parlandogli, attirando la loro attenzione.» Gli venne un'ispirazione: «Partecipando alla loro danza».

Con voce stridula, sull'orlo di una crisi isterica, Rolf ribatté: «Vuoi metterti a ballare con quegli stronzi? Ma che ballo pensi che sia? Quelli non parlano. Quegli stronzi non parlano e non ballano con le loro vittime. Uccidono, bruciano».

«Mai più di una vittima. Dobbiamo fare in modo che non scelgano né te né Julian.»

«Ci inseguiranno. Julian non ce la fa a correre.»

«Dubito che lo faranno: in fondo hanno altre tre vittime e la macchina. Dobbiamo scegliere il momento opportuno. Porta Julian oltre quel muro, a costo di trascinarcela. E poi nascondetevi fra gli alberi. Capito?»

«È una follia.»

«Se hai qualcos'altro da proporre, dillo.»

Dopo una breve riflessione Rolf disse: «Potremmo mostrargli Julian, dirgli che è incinta, farglielo vedere. Dirgli che io sono il padre. Potremmo cercare di venire a patti con loro. Almeno non ci ammazzerebbero. Dobbiamo parlargli subito, prima che ci facciano scendere dalla macchina».

Julian aprì bocca per la prima volta e disse semplicemente: «No».

Dopo quell'unica parola nessuno parlò per un momento, quindi Theo riprese: «Prima o poi ci faranno scendere, oppure daranno fuoco alla macchina. Per questo dobbiamo decidere esattamente la nostra prossima mossa. Se ci uniamo alla loro danza e se non ci uccidono subito, possiamo cercare di distrarli abbastanza da darvi il tempo di scappare».

La voce di Rolf era tesissima. «Io non mi muovo. Dovranno farmi scendere con la forza.»

«Lo faranno.»

Luke parlò per la prima volta: «Se non li provochiamo forse si stancheranno e se ne andranno».

Theo replicò: «Non se ne andranno, la macchina la bruciano sempre. Sta a noi decidere se restarci dentro o meno quando le daranno fuoco».

Si udì un gran colpo e il parabrezza si scheggiò, senza però andare in frantumi. Quindi un Omega colpì con il bastone uno dei finestrini davanti. Il vetro si ruppe, finendo addosso a Rolf. L'aria della notte entrò nell'abitacolo, gelida come la morte. Rolf sussultò con un gemito quando l'Omega gli mise la torcia fiammeggiante davanti alla faccia.

L'Omega scoppiò a ridere, poi, con voce suadente, educata, quasi invitante, disse: «Scendete, scendete, scendete, chiunque voi siate».

Con altri due colpi, andarono in frantumi anche i finestrini dietro. Miriam lanciò un grido quando la torcia le sfiorò il viso. Si sentì l'odore dei capelli bruciati. Theo ebbe appena il tempo di dire: «Ricordatevi la danza, poi scappate oltre il muro», e tutti e cinque furono fatti uscire e trascinati lontano dalla macchina.

Si trovarono immediatamente circondati. Tenendo alte le fiaccole nella mano sinistra e i bastoni nella destra gli

Omega rimasero per un istante a osservarli, quindi ripresero la danza rituale con i prigionieri al centro. Questa volta iniziarono più lenti e cerimoniosi, con una nenia più profonda: non più celebrazione, ma lamento funebre. Theo si unì immediatamente alla danza, alzando le braccia, facendo ondeggiare il corpo, confondendo la propria voce a quella degli Omega. A uno a uno gli altri quattro presero posto nel cerchio. Si ritrovarono separati; non era una bella cosa, perché avrebbe preferito che Rolf e Julian rimanessero vicini in maniera da poter dar loro il segnale per la fuga. Ma la prima parte del piano, quella più pericolosa, aveva funzionato. Aveva temuto che lo gettassero a terra appena si fosse mosso e dentro di sé era già pronto a ricevere il colpo mortale che avrebbe posto fine a ogni responsabilità e alla sua vita. Ma non era arrivato.

Come ubbidendo a un segnale convenuto, gli Omega cominciarono a battere i piedi all'unisono, sempre più velocemente, prima di riprendere a dimenarsi. L'Omega che aveva davanti fece una piroetta, poi mosse qualche passo all'indietro con andatura felina, facendo roteare il bastone sopra la testa. Sorrise a Theo, avvicinandosi fino quasi a sfiorargli il naso con il suo. Theo ne sentì l'odore, un odore come di muffa ma non sgradevole, vide le linee intricate e spiraleggianti di azzurro, rosso e nero che sottolineavano gli zigomi e le sopracciglia e coprivano tutta la faccia in un disegno al tempo stesso barbaro e sofisticato. Per un attimo gli vennero in mente gli abitanti delle isole dei mari del Sud con le complicate acconciature che aveva visto al Pitt Rivers Museum e ripensò a quando era stato con Julian in quelle sale vuote e silenziose.

Gli occhi dell'Omega, pozze nere in un turbinio di colore, erano fissi sui suoi. Theo non osava distogliere lo sguardo per posarlo su Julian o Rolf. Danzarono a lungo in tondo, sempre più veloci. Quando sarebbero scattati Rolf e Julian? Continuando a fissare negli occhi l'Omega, desiderò con tutto se stesso che si mettessero a correre subito, prima che gli altri si stancassero di quel falso cameratismo. Poi l'Omega si girò e continuò a ballare dandogli la schiena, lasciandolo libero di voltarsi. Rolf, accanto a Julian dall'altra parte del cerchio, si muoveva goffamente parodiando una danza, le braccia rigide sopra la testa, mentre Julian reggeva la mantella fra le dita della mano sinistra, tenendo libera la destra, e faceva ondeggiare il corpo ammantato al ritmo del canto.

Poi ci fu un istante di panico. L'Omega che ballava dietro di lei tese la mano sinistra e afferrò la treccia di Julian. La tirò e la treccia si sciolse. Julian si fermò un secondo e poi riprese a danzare, con i capelli che le ricadevano sul viso. Stavano per arrivare allo spiazzo erboso, nel punto dove il muro era più basso. Lo vide chiaramente alla luce delle fiaccole: le pietre cadute sull'erba, gli alberi scuri dietro il muro. Avrebbe avuto voglia di gridare: «Ora! È il momento! Andate, andate!». E proprio in quel momento Rolf agì: prese Julian per mano e insieme corsero verso il muro. Rolf lo oltrepassò per primo, poi aiutò Julian a scavalcarlo. Alcuni dei danzatori, assorti, esaltati continuarono a emettere le loro lugubri note, ma l'Omega che era accanto a loro reagì con prontezza. Mollò la fiaccola e, con un urlo selvaggio, gli si precipitò dietro, afferrando la mantella di Julian mentre stava passando dall'altra parte.

Fu allora che Luke si fece avanti. Afferrò l'Omega cercando invano di trattenerlo e gridò: «No, no. Prendete me! Prendete me!».

L'Omega mollò la mantella e, con un grido di furore, si rivoltò contro Luke. Per un istante Theo vide che Julian esitava, tendendo una mano, ma Rolf la portò via e le sagome dei due fuggiaschi si dileguarono nelle tenebre fra gli alberi. Fu questione di pochi secondi. A Theo rimase solo un confuso ricordo del braccio teso di Julian e dei suoi occhi imploranti, di Rolf che la trascinava via, della torcia dell'Omega fiammeggiante nell'erba.

Gli Omega avevano la loro vittima, che si era offerta volontaria. La accerchiarono in un terribile silenzio, ignorando Theo e Miriam. Nell'udire il primo colpo, al primo rumore di osso spezzato, Theo sentì un solo grido, ma non capì se fosse di Luke o di Miriam. Luke cadde a terra e i suoi assassini si avventarono su di lui spintonandosi uno con l'altro come belve sulla loro preda, tempestandolo di percosse. La danza era terminata e la cerimonia funebre conclusa: era iniziato il sacrificio. Lo uccisero in silenzio, un silenzio terribile in cui a Theo parve di sentire le ossa che si incrinavano e si spezzavano una per una e il sangue che sprizzava dalle ferite. Afferrò Miriam per un braccio e la portò accanto al muro.

Ansimando gli disse: «No, non possiamo, non possiamo! Non possiamo lasciarlo solo!».

«Dobbiamo. Non possiamo più fare niente per lui. Julian ha bisogno di te.»

Gli Omega non accennarono a seguirli. Quando Theo e Miriam raggiunsero il limitare del bosco, si fermarono e si guardarono indietro. Ora quel sacrificio non sembrava più tanto il frutto di un raptus suscitato da una frenetica sete di sangue, quanto un omicidio premeditato. Cinque o sei Omega in cerchio tenevano le fiaccole in alto mentre gli altri, seminudi e in silenzio, alzavano e abbassavano ritmicamente i bastoni in una danza rituale di morte. Anche da lontano a Theo parve che l'aria riecheggiasse del rumore delle ossa spezzate di Luke. Ma sapeva che in realtà non sentiva nulla, nulla fuorché il respiro affannoso di Miriam e il battito tumultuoso del proprio cuore. Si accorse che Rolf e Julian si erano avvicinati senza far rumore alle loro spalle e insieme osservarono in silenzio gli Omega che, compiuto il massacro, lanciavano grida di trionfo e correvano verso l'automobile. Alla luce delle fiaccole, Theo vide che sul ciglio della strada c'era un ampio cancello. Due degli Omega lo aprirono e la macchina, guidata da uno di loro e spinta da tutti gli altri, lo oltrepassò. Theo era certo che avessero un loro mezzo, forse un furgoncino, anche se non ricordava di averlo visto, ma per un attimo nutrì la ridicola speranza che, presi dall'eccitazione di dare fuoco alla macchina, lo abbandonassero e che fosse ancora possibile, per quanto difficile, raggiungerlo, magari per scoprire che avevano lasciato le chiavi nel cruscotto. Sapeva che non era un pensiero razionale e, nel momento stesso in cui gli venne in mente, vide un furgone nero arrivare lungo la strada e oltrepassare il cancello. Non si allontanarono molto: Theo calcolò circa cinquanta metri. Poi le grida e la danza selvaggia ricominciarono. Ci fu un'esplosione: la Renault andò in fiamme e con essa le medicine raccolte da Miriam, il cibo, l'acqua, le coperte e ogni loro speranza.

Udì Julian che proponeva: «Possiamo andare a prendere Luke, ora che sono occupati».

Rolf disse: «Sarà meglio lasciar perdere. Se si accorgeranno che non c'è più, capiranno che siamo ancora nei paraggi. Lo andremo a prendere dopo».

Julian tirò leggermente Theo per una manica. «Per piacere, vallo a prendere. Potrebbe essere ancora vivo.»

Nell'oscurità si udì la voce di Miriam: «Non è possibile, ma non voglio lasciarlo lì. Vivi o morti, dobbiamo restare uniti».

Si stava già avviando quando Theo la fermò afferrandola per un braccio. Sussurrò: «Rimani insieme a Julian. Rolf e io ce la faremo da soli».

Senza guardarlo, si incamminò verso la strada. Dapprima pensò che Rolf non l'avesse seguito, ma poi si accorse che gli era accanto.

Quando raggiunsero la sagoma scura rannicchiata sul fianco come nel sonno, Theo disse: «Tu che sei più forte, prendi la testa».

Insieme girarono il corpo. Il viso di Luke non esisteva più. Persino alla luce distante e rossastra della macchina in fiamme videro che la testa era stata ridotta in una poltiglia di sangue, pelle e ossa spezzate. Le braccia erano di traverso, le gambe si afflosciarono quando Theo, facendosi coraggio, le sollevò. Era come cercare di trasportare una marionetta rotta.

Era più leggero di quanto si fosse aspettato, sebbene, quando attraversarono il fosso che divideva la strada dal muro e fecero passare il corpo dall'altra parte, sia lui sia Rolf avessero il fiatone. Quando tornarono, Julian e Miriam si voltarono senza dire una parola e si incamminarono, come in un corteo funebre precedentemente organizzato. Miriam accese la torcia e insieme seguirono il sottile fascio di luce. Il tragitto sembrò interminabile, ma Theo calcolò che dovevano aver camminato per un minuto soltanto quando s'imbatterono in un tronco caduto.

Disse: «Adagiamolo qui».

Miriam era stata attenta a non illuminare il cadavere di Luke. Consigliò a Julian: «Non lo guardare. Non è necessario».

La voce di Julian era calma. «Devo vederlo. Se non lo vedo è peggio. Dammi la torcia.»

Senza protestare Miriam gliela porse. Julian illuminò poco alla volta il corpo di Luke quindi, in ginocchio accanto alla testa, cercò di pulirgli il viso dal sangue con la gonna.

Miriam le disse con dolcezza: «È inutile. La faccia non esiste più».

Julian sospirò: «È morto per salvare me».

«È morto per salvare tutti noi.»

Improvvisamente Theo si rese conto di essere sfinito. Pensò che dovevano seppellirlo, che dovevano metterlo sottoterra prima di proseguire. Ma proseguire per dove, e come? Avrebbero dovuto procurarsi un'altra macchina, altro cibo, acqua, coperte. Soprattutto acqua: aveva una sete terribile, di fronte a cui la fame scompariva. Julian era in ginocchio accanto al corpo di Luke e teneva fra le braccia la sua testa spezzata, sfiorando con il viso i capelli neri. Non emetteva suono.

Poi Rolf si chinò e le prese la torcia di mano. La puntò in faccia a Miriam che strizzò gli occhi alla luce intensa e istintivamente alzò una mano; poi, con voce bassa e aspra, talmente contraffatta che pareva provenire da una laringe infiammata, chiese: «Di chi è il figlio che porta in grembo?».

Miriam abbassò la mano e lo guardò negli occhi, ma non disse nulla.

Ripeté: «Ti ho fatto una domanda: di chi è il figlio che porta in grembo?».

Aveva parlato con voce più chiara, ma Theo notò che tremava dalla testa ai piedi. Istintivamente si avvicinò a Julian.

Rolf si voltò verso di lui: «Tu stanne fuori. Non ti riguarda. Lo sto chiedendo a Miriam». Quindi esclamò di nuovo, con maggior foga: «Non ti riguarda, non ti riguarda assolutamente!».

La voce di Julian riecheggiò nella notte: «Perché non lo chiedi a me?».

Per la prima volta da quando Luke era morto si rivolse a lei. Il fascio di luce si spostò lentamente dalla faccia di Miriam a quella di Julian.

Disse: «È di Luke. È figlio di Luke».

Rolf domandò a bassissima voce: «Sei sicura?».

«Sì, sono sicura.»

Illuminò il corpo, esaminandolo con il freddo interesse professionale di un boia che vuole accertarsi che il condannato è veramente morto, che non c'è bisogno del colpo di grazia. Poi, di scatto, voltò loro le spalle e si diresse barcollando verso gli alberi, andando ad aggrapparsi a un faggio, cingendolo con le braccia.

Miriam disse: «Santo Cielo, che momento per fare una domanda simile! E che momento per venirlo a sapere!».

Theo suggerì: «Vai da lui, Miriam».

«Non gli servirei a niente. Deve affrontarlo da solo.»

Julian era ancora in ginocchio accanto a Luke. Theo e Miriam, vicini, fissavano la figura scura come temendo che se avessero distolto lo sguardo sarebbe scomparsa fra le mille sagome più scure nel bosco. Non si udiva alcun suono, ma a Theo parve che Rolf stesse strofinando la faccia contro la corteccia del faggio come un animale tormentato dagli insetti. Poi iniziò a sbattere con tutto il corpo contro l'albero, come per sfogare la propria rabbia e la propria angoscia sul legno inflessibile. Osservandolo in quell'oscena parodia dell'atto sessuale, Theo ebbe più che mai la sensazione che assistere a un dolore tanto atroce fosse una cosa scoveniente.

Si voltò e sottovoce chiese a Miriam: «Tu lo sapevi che il padre era Luke?».

«Lo sapevo.»

«Te lo ha detto lei?»

«L'ho capito.»

«Ma non hai detto niente.»

«E che cosa volevi che dicessi? Non è mai stata mia abitudine chiedere chi fosse il padre dei bambini che aiutavo a nascere. Un bambino è un bambino, punto e basta.»

«Ma questo è diverso.»

«Non per la levatrice.»

«Lo amava?»

«È quello che gli uomini vogliono sempre sapere. Faresti meglio a chiederlo a lei.»

Theo disse: «Miriam, ti prego, dimmelo».

«Credo che le facesse compassione. Non credo che amasse nessuno dei due, né Rolf né Luke. Ora si sta innamorando di te, per quel che può significare, ma penso che tu lo sappia. Se non l'avessi saputo, o non l'avessi sperato, non saresti qui.»

«Ma Luke non aveva mai fatto le analisi? Oppure sia lui sia Rolf avevano smesso di sottoporsi agli esami?»

«Rolf aveva smesso, almeno ultimamente. Credeva che i laboratori fossero approssimativi o che analizzassero soltanto la metà dei campioni. Luke era esonerato, perché da bambino aveva sofferto di una lieve forma di epilessia. Come Julian, anche Luke era stato scartato.»

Si erano allontanati un poco da Julian e, tornando a guardare la figura scura in ginocchio, Theo disse: «È così calma. Chiunque direbbe che sta per partorire nelle circostanze migliori possibili».

«E quali sono le circostanze migliori possibili? Le donne hanno partorito durante guerre, rivoluzioni, carestie, in viaggio, persino nei campi di concentramento. Ha l'essenziale, ha te e una levatrice in cui ha fiducia.»

«E ha fiducia nel suo Dio.»

«Forse dovresti cercare di imitarla. Magari ti infonderebbe un po' della sua calma. Durante il parto, avrò bisogno del tuo aiuto e farei volentieri a meno delle tue ansie.»

«E tu?» chiese.

Sorrise, intuendo dove voleva andare a parare. «Se credo in Dio? No, per me è troppo tardi. Credo nella forza e nel coraggio di Julian, e nelle mie capacità. Ma se vorrà aiutarci a superare le difficoltà, forse cambierò idea sul Suo conto.»

«Non credo che si presti a simili contrattazioni.»

«Invece sì. Non sarò credente, ma conosco la Bibbia. È stata mia madre a insegnarmelo: Lui si presta eccome. Ma dicono che sia giusto così. Se vuole che la gente creda in Lui, deve ben dargli qualche prova.»

«Della sua esistenza?»

«Del suo amore.»

Rimasero fermi, gli occhi fissi sulla sagoma scura a malapena riconoscibile, appoggiata contro il tronco ancora più scuro con cui pareva confondersi, ormai silenziosa e immobile, che si reggeva all'albero come allo stremo delle forze.

Theo chiese a Miriam, rendendosi conto di quanto fosse futile quella domanda nel momento stesso in cui la formulava: «Ce la farà?».

«Non lo so. Come faccio a saperlo?»

Si allontanò per andare verso Rolf, ma poi si fermò e rimase in silenzio ad aspettare sapendo che, se avesse avuto bisogno del conforto di qualcuno, non avrebbe avuto nessun altro a cui rivolgersi.

Julian si alzò. Theo sentì la mantella sfiorargli il braccio, ma non si voltò a guardarla. Era combattuto fra emozioni diverse, fra una rabbia che sapeva di non aver alcun diritto di provare, e il sollievo, tanto intenso da sconfinare nella gioia, di sapere che non era Rolf il padre del bambino.

Ma la rabbia in quel momento ebbe il sopravvento. Avrebbe voluto prendersela con lei, dirle: «È questo che sei, allora? La prostituta del gruppo? E Gascoigne? Come fai a sapere che non è lui il padre?». Ma quelle parole sarebbero state imperdonabili e, peggio, indimenticabili. Sapeva di non avere alcun diritto di chiederle nulla, ma non riusciva a soffocare quelle accuse né a nascondere il dolore da cui nascevano.

«Li amavi? Ami tuo marito?»

Con calma Julian chiese: «Amavi tua moglie?».

Era una domanda seria, non una ripicca, e lui le diede una risposta seria e sincera. «Ero convinto di amarla quando l'ho sposata. Mi sforzai di provare il sentimento giusto per lei senza sapere quale fosse. Le attribuii qualità che non possedeva e poi la disprezzai perché non le aveva. Avrei potuto imparare ad amarla, se avessi dato più ascolto alle sue esigenze e meno alle mie.»

Pensò: ritratto di un matrimonio. Forse quasi tutti i matrimoni, buoni e cattivi, potrebbero essere riassunti in poche frasi.

Lo guardò fisso per un istante, quindi disse: «Questa è la risposta alla tua domanda».

«E Luke?»

«No, non lo amavo, ma mi piaceva che fosse innamorato di me. Lo invidiavo perché era tanto capace di amare, di provare emozioni. Nessuno mi ha mai desiderato tanto intensamente. Per questo gli ho dato ciò che desiderava. Se l'avessi amato sarebbe stato...» si interruppe per un istante, quindi concluse: «...sarebbe stato meno peccaminoso.»

«Non credi che sia un aggettivo un po' forte per un semplice gesto di generosità?»

«Ma non è stato un semplice gesto di generosità. È stato un gesto di indulgenza verso me stessa.»

Non era il momento di parlare di certe cose: sarebbe mai venuto? Doveva sapere, doveva capire. «Ma ti sarebbe sembrato giusto, meno peccaminoso, per usare le tue parole, se l'avessi amato. Allora sei d'accordo con Rosie McClure, che l'amore giustifica tutto e scusa tutto?»

«No, ma è naturale, è umano. Io non ho fatto che usare Luke, per curiosità, per noia, forse perché Rolf si occupava del gruppo più che di me, per fargliela pagare, per punirlo perché avevo smesso di amarlo. Lo capisci, il bisogno di fare del male a qualcuno perché non lo ami più?»

«Sì, lo capisco.»

Aggiunse: «È un luogo comune, prevedibile, ignobile».

Theo aggiunse: «E di cattivo gusto».

«No, di cattivo gusto no. Nulla con Luke è stato di cattivo gusto. Ma gli ho fatto del male più che dargli gioia. Del resto non pensavi che fossi una santa.»

«No, ma credevo che fossi una brava persona.»

Sottovoce replicò: «E adesso sai che non è vero».

Scrutando nel buio, Theo vide che Rolf si era staccato dall'albero e si stava dirigendo verso di loro. Miriam gli andò incontro. Tutti e tre lo guardarono in viso, lo osservarono, in attesa che parlasse. Quando fu vicino, Theo vide che aveva la fronte e la guancia sinistra piene di escoriazioni.

La voce di Rolf era perfettamente calma, ma il tono singolare, tanto che per un momento Theo ebbe l'impressione assurda che uno sconosciuto si fosse intrufolato fra loro nel buio. «Prima di andarcene dovremo seppellirlo. Questo significa che dobbiamo aspettare l'alba. Sarà meglio togliergli il cappotto, prima che si irrigidisca troppo. Ci servono indumenti caldi.»

Miriam disse: «Seppellirlo non sarà facile senza una vanga. La terra è morbida, ma dovremo scavare una buca. Non possiamo semplicemente coprirlo di foglie».

Rolf precisò: «Domattina vedremo. Per adesso togliamogli il cappotto. A Luke non serve più».

Pur avendolo proposto lui, non accennò minimamente a farlo e furono Miriam e Theo che, insieme, voltarono il corpo per sfilargli il cappotto. Le maniche erano intrise di sangue e Theo le sentì bagnate al tatto. Ricomposero il cadavere sulla schiena, le braccia diritte lungo i fianchi.

Rolf disse: «Domani andrò a cercare un'altra macchina. Nel frattempo tentiamo di riposarci».

Si infilarono fra i due tronconi di un faggio caduto. Un ramo sporgente, che recava ancora le bronzee foglie autunnali, dava un illusorio senso di sicurezza. Vi si rannicchiarono sotto come bambini consapevoli di averla fatta grossa, che cercano di nascondersi inutilmente agli adulti. Rolf si distese all'esterno e Miriam gli si sdraiò accanto; Julian prese posto fra lei e Theo. I loro corpi rigidi parevano emanare ansia. Il bosco stesso non trovava requie e i suoi rumori leggeri ma incessanti parevano sibili e sospiri nel buio della notte. Theo non riusciva a dormire e dal respiro irregolare, dalla tosse soffocata, dai sospiri e dai grugniti degli altri, si accorse che anche loro erano svegli. Avrebbero dormito più tardi, con il tepore del giorno e la sepoltura di quel corpo scuro e sempre più rigido che giaceva dall'altra parte dell'albero ed era ancora vivo nella mente di tutti loro. Sentiva il calore di Julian contro di sé e sapeva che anche lei doveva trarre simile conforto dalla sua vicinanza. Miriam le aveva rimboccato attorno il cappotto di Luke e a Theo pareva di sentire l'odore del sangue che si stava asciugando. Aveva la sensazione di essere in un limbo senza tempo, consapevole del freddo, della sete, degli innumerevoli suoni del bosco, ma non del tempo che passava. Come i suoi compagni, si rassegnò ad aspettare l'alba.

28

La prima luce del giorno, livida e incerta, si insinuò nel bosco come un soffio gelido, avvolgendo la corteccia degli alberi e gli stecchi spezzati, sfiorando i tronchi e i rami spogli più bassi, dando forma e sostanza all'oscurità e al mistero. Aprendo gli occhi Theo non riuscì a credere di essersi assopito veramente, anche se doveva aver perso coscienza per un po', dal momento che non ricordava di aver visto Rolf alzarsi e allontanarsi.

In quel momento lo vide fra gli alberi, che tornava a grandi passi. Disse: «Sono stato a fare un giro di esplorazione. Non siamo in un bosco vero e proprio, ma in una specie di macchia, larga solo un'ottantina di metri. Non possiamo nasconderci qui a lungo. Tra il limitare del bosco e il campo c'è una specie di fossato che dovrebbe fare al caso nostro».

Anche questa volta Rolf non accennò a toccare il cadavere di Luke. Furono Theo e Miriam a sollevarlo insieme. Miriam lo prese per le gambe, divaricandole e appoggiandosele alle cosce, mentre Theo si caricò del peso della testa e delle spalle. Sentì che il corpo stava già cominciando a irrigidirsi e si afflosciava solo nel mezzo. Seguirono Rolf tra gli alberi; Julian camminava accanto a loro, stringendosi nella mantella, calma ma pallidissima, e portava sul braccio il cappotto macchiato di sangue e la stola bianca di Luke come fossero trofei di guerra.

A una cinquantina di metri dal limitare del bosco si trovarono a contemplare la campagna dolcemente ondulata. La mietitura era finita e in lontananza si scorgevano balle di paglia simili a chiari guanciali posati qua e là sulle colline. Il sole, una sfera di luce di un bianco accecante, stava già disperdendo la nebbiolina che aleggiava sui campi e sui monti più lontani, assorbendo i colori autunnali e fondendoli in un morbido verde oliva, su cui risaltavano le sagome scure di alcuni alberi isolati. Si preparava un'altra bella giornata d'autunno. Con un tuffo al cuore Theo vide che vicino al bosco c'era un cespuglio di more mature. Gli ci volle tutto il suo autocontrollo per non mollare il corpo di Luke e precipitarcisi.

Il fossato non era profondo, era poco più di uno stretto solco tra il bosco e il campo, ma sarebbe stato difficile trovare un luogo più adatto per la sepoltura. Il campo era stato arato da poco e la terra sembrava abbastanza soffice. Theo e Miriam si chinarono e lasciarono rotolare a terra il corpo, che cadde nell'avvallamento. A Theo sarebbe piaciuto deporvelo con più rispetto e non scaricarcelo come un animale indesiderato. Luke rimase a faccia in giù. Intuendo che non era questo che Julian voleva, saltò nel fosso e cercò di voltarlo. L'impresa risultò più ardua di quanto avesse immaginato e sarebbe stato meglio se non ci avesse nemmeno provato: alla fine Miriam dovette aiutarlo e insieme si dibatterono nel fango e tra le foglie finché non riuscirono a rivolgere verso il cielo quel che restava del volto maciullato e imbrattato di Luke.

Miriam disse: «Potremmo coprirlo prima con le foglie e poi con la terra».

Rolf non accennò a muoversi, ma gli altri tre andarono nel bosco e tornarono con grandi bracciate di foglie secche e accartocciate, fasci marroni punteggiati qua e là dal color bronzo delle foglie di faggio appena cadute. Prima di procedere alla sepoltura Julian arrotolò la stola di Luke e la lasciò cadere nella tomba. Theo ebbe l'impulso di protestare. Erano rimaste loro così poche cose: gli abiti che avevano indosso, una piccola torcia, la pistola con una sola pallottola. La stola avrebbe potuto servire. Ma a che cosa? Perché negare a Luke quel che gli apparteneva? I tre coprirono il corpo di foglie, poi cominciarono a spingere manciate di terra dal bordo del campo sulla tomba. Theo pensò che sarebbe stato più facile e più veloce spingere le zolle con i piedi e poi pestarle, ma davanti a Julian non ebbe il coraggio di dare una simile dimostrazione di brutale efficienza.

Per tutta la cerimonia Julian rimase in silenzio, ma perfettamente calma; poi improvvisamente disse: «Dovrebbe giacere in terra consacrata». Per la prima volta la sua voce suonò sconvolta, incerta, lamentosa come quella di una bambina preoccupata.

Theo ebbe un moto di irritazione. Che cosa pretendeva, fu sul punto di esclamare, che aspettassero il tramonto per disseppellire il corpo, trascinarlo nel cimitero più vicino e scoperchiare una delle tombe?

Fu Miriam a risponderle, guardandola con dolcezza: «La terra in cui giace un uomo buono è sempre consacrata».

Julian si rivolse a Theo: «Credo che Luke avrebbe voluto che recitassimo l'ufficio funebre. Il breviario è nella tasca. Leggilo tu, per favore».

Distese il cappotto sporco di sangue, estrasse da una tasca interna un piccolo volume rilegato in pelle nera e lo porse a Theo. Non gli ci volle molto a trovare la pagina. Sapeva che l'ufficio era breve, ma decise di accorciarlo ugualmente. Non poteva rifiutarsi, ma quel compito non gli era gradito. Iniziò a leggere. Julian era in piedi alla sua sinistra e Miriam a destra; Rolf rimase ai piedi della tomba, con le gambe divaricate, le braccia conserte e lo sguardo fisso davanti a sé. Aveva il viso talmente sconvolto e pallido e stava così rigido che per un attimo Theo temette che fosse sul punto di crollare a faccia in giù sulla terra smossa. Il suo rispetto per lui però era cresciuto: l'enormità della delusione, l'amarezza e il senso di tradimento che doveva provare erano inimmaginabili, ma era ancora in piedi. Theo si chiese se al suo posto sarebbe riuscito a controllarsi tanto. Tenne gli occhi sul breviario, ma sapeva che Rolf lo fissava dall'altra parte della tomba.

Lì per lì il suono della sua stessa voce lo sorprese, ma quando arrivò al salmo le parole avevano preso il sopravvento e le lesse a bassa voce, sicuro, come se le sapesse a memoria. «Signore, Tu sei stato per noi un rifugio / di generazione in generazione. Prima che nascessero i monti / e la terra e il mondo fossero generati / da sempre e per sempre Tu sei, Dio. Tu fai ritornare l'uomo in polvere / e dici: "Ritornate, figli dell'uomo". Ai tuoi occhi, mille anni / sono come il giorno di ieri che è passato, / come un turno di veglia nella notte.»

Arrivò alla formula della sepoltura: «Terra alla terra, cenere alla cenere, polvere alla polvere; nella speranza e nella certezza della risurrezione alla vita eterna, per il nostro Signore Gesù Cristo».

Julian si accucciò e gettò una manciata di terra sulla tomba. Dopo un attimo di esitazione Miriam la imitò. Grossa e impacciata, Julian faceva fatica ad accovacciarsi e Miriam la sorresse con la mano. Senza che l'avesse né cercata né desiderata, a Theo venne in mente l'immagine di un animale nell'atto della defecazione. La scacciò disprezzandosi per averci pensato. Quando attaccò il passo del ringraziamento, Julian unì la propria voce alla sua. Poi chiuse il libro. Rolf non si era mosso, e non aveva aperto bocca.

Improvvisamente voltò loro bruscamente le spalle e disse: «Stasera ci procureremo un'altra macchina. Ora io vado a dormire. Fareste meglio a farlo anche voi».

Prima andarono al cespuglio di more e si rimpinzarono, sporcandosi le mani e le labbra. I rovi erano carichi perché nessuno si era curato di raccoglierne i frutti, che si scioglievano in bocca succosi, dolci, squisiti. Theo si stupì che Rolf riuscisse a resistere. O forse ne aveva già mangiate a sazietà quella mattina? Mentre le schiacciava sotto la lingua, le more gli ridiedero energia e speranza, come perle di incredibile bontà.

Placate un poco la fame e la sete, tornarono nella macchia, vicino a quel tronco abbattuto che dava almeno una parvenza di sicurezza, di protezione. Le due donne si sdraiarono vicine, avvolgendosi nel cappotto un po' irrigidito di Luke. Theo si distese ai loro piedi. Rolf si era già sistemato dall'altra parte del tronco. Sul terreno c'era un morbido tappeto formato dalle foglie accumulatesi nel corso di decenni, ma anche se fosse stato duro come la pietra, Theo si sarebbe addormentato comunque.

29

Era tardo pomeriggio quando si svegliò. Julian era in piedi accanto a lui. Disse: «Rolf se n'è andato».

Si svegliò del tutto. «Ne sei sicura?»

«Sicurissima.»

Le credeva, ma dovette pronunciare comunque quelle inutili parole di speranza: «Forse sta facendo una passeggiata, aveva bisogno di starsene da solo, voleva riflettere».

«Ha riflettuto e se n'è andato.»

Tentando ostinatamente di convincere lei, e anche se stesso, continuò: «È arrabbiato e confuso. Non vuole più esserti vicino quando nascerà il bimbo, ma non posso credere che ti tradirà».

«E perché non dovrebbe? Io l'ho tradito. Sarà meglio chiamare Miriam. Ma non ce ne fu bisogno. Le loro voci avevano raggiunto Miriam, che si stava svegliando. Si sedette di colpo e lanciò un'occhiata al posto dove prima stava Rolf. Alzandosi in piedi a fatica disse: «Se n'è andato. Avremmo dovuto immaginarlo. Non saremmo riusciti a fermarlo comunque».

Theo disse: «Avrei potuto trattenerlo. Ho la pistola».

Fu Miriam a rispondere alla domanda che affiorò negli occhi di Julian. «Abbiamo una pistola. Non ti preoccupare, potrebbe esserci utile.» Poi spostò lo sguardo da Julian a Theo. «Trattenerlo, sì, ma per quanto tempo? E come? Puntandogliela contro giorno e notte, facendo i turni per dormire, in modo da fargli la guardia continuamente?»

«Credi che sia andato a parlare al Consiglio?»

«Non al Consiglio, al Governatore. Ha cambiato bandiera. Il potere l'ha sempre affascinato e ora si è messo dalla parte di chi ha il potere. Non credo che telefonerà a Londra, la notizia è troppo importante per correre il rischio che trapeli. Vorrà comunicarla al Governatore personalmente. Questo ci darà qualche ora di tempo, quattro o cinque se siamo fortunati. Dipende da quando se n'è andato e da quanta strada ha fatto.»

Theo pensò che fra cinque ore o cinquanta non c'era differenza. La disperazione lo assalì, gli indebolì la mente e le membra, prostrandolo al punto che l'istinto di lasciarsi cadere a terra gli parve quasi irresistibile. Per un attimo, ma non di più, persino la sua mente fu offuscata. Ma passò. L'intelligenza ebbe il sopravvento e con la ragione giunse anche un barlume di speranza. Che cosa avrebbe fatto, se fosse stato Rolf? Sarebbe andato sulla strada, avrebbe fermato la prima auto di passaggio, avrebbe cercato un telefono? Ma era poi tanto semplice? Rolf era un ricercato, senza soldi, senza mezzi di trasporto né cibo. Miriam aveva ragione. Il segreto era troppo importante: doveva custodirlo fino al momento in cui avrebbe potuto svelarlo alla persona cui interessava di più e che l'avrebbe pagato a miglior prezzo, Xan.

Rolf doveva arrivare fino a Xan, e arrivarci sano e salvo. Non poteva rischiare di venire catturato o colpito da qualche poliziotto dal grilletto facile. Farsi arrestare dai granatieri sarebbe stato altrettanto disastroso: l'avrebbero sbattuto in una cella e se avesse chiesto di parlare con il Governatore d'Inghilterra gli avrebbero riso in faccia. No, Rolf doveva cercare di arrivare a Londra a tutti i costi e come loro avrebbe viaggiato con il buio, mangiando quello che riusciva a trovare sulla sua strada. Una volta nella capitale, si sarebbe presentato al vecchio ministero degli Esteri e avrebbe chiesto di incontrare il Governatore nel posto dove tale richiesta sarebbe stata presa più seriamente, nelle stanze del potere, dove il potere era assoluto. Se non fosse riuscito a persuaderli, se gli avessero negato il colloquio, avrebbe giocato l'ultima carta. «Devo vederlo assolutamente. Ditegli che la donna è gravida.» Xan l'avrebbe ricevuto.

Ma una volta che l'informazione fosse stata comunicata e creduta, si sarebbero mossi a gran velocità. Anche se Xan avesse pensato che Rolf era pazzo o che mentiva, si sarebbero mossi ugualmente. Anche se avessero pensato che si trattava di un'ennesima gravidanza isterica, che i suoi segni, i sintomi e il pancione erano destinati a concludersi in una farsa, si sarebbero mossi comunque. Non avrebbero voluto rischiare di sbagliare: era troppo importante. Sarebbero venuti in elicottero con medici e ostetriche e, una volta accertata la verità, con le telecamere. Con tutte le precauzioni del caso avrebbero trasportato Julian in quel letto d'ospedale, fra quei presidi medici che giacevano inutilizzati da venticinque anni. Xan avrebbe diretto le operazioni e avrebbe comunicato la notizia a un mondo incredulo. Ad adorare quel bambino non ci sarebbero stati semplici pastori.

Disse: «Secondo me siamo una ventina di chilometri a sud-ovest di Leominster. Manteniamo il piano originario: cerchiamo un rifugio, un cottage o una casa il più possibile nascosta in un bosco. Lasciamo perdere il Galles. Potremmo andare a sud-est nella Dean Forest. Ci servono un mezzo, dell'acqua e del cibo. Appena verrà buio andrò nel paese più vicino a rubare un'automobile. Ce ne dovrebbe essere uno a una quindicina di chilometri da qui: ho visto le luci in lontananza poco prima che arrivassero gli Omega».

Si aspettava che Miriam gli domandasse come, invece disse soltanto: «Vale la pena di provare. Non correre più rischi del necessario».

Julian aggiunse: «Ti prego, Theo, non portare la pistola».

Si voltò verso di lei, cercando di soffocare la rabbia: «Mi

porterò quello che mi serve e farò quello che devo fare. Quanto possiamo resistere ancora senz'acqua? Non possiamo mica vivere di more: ci serve da mangiare, da bere, abbiamo bisogno di coperte e di cose per il parto. Ci serve una macchina. Se riusciremo a nasconderci prima che Rolf arrivi al Consiglio avremo ancora una speranza. O forse hai cambiato idea e vuoi seguire il suo esempio e arrenderti?».

Scosse la testa, ma non rispose. Aveva gli occhi pieni di lacrime. Avrebbe voluto prenderla fra le braccia. Invece rimase dov'era, si infilò la mano nella tasca interna del cappotto e tastò il freddo metallo della pistola.

30

Si mise in cammino non appena venne buio, poiché non vedeva l'ora di andare e non sopportava l'idea di sprecare anche un solo istante. La loro salvezza dipendeva da quanto avrebbe impiegato a procurarsi una macchina. Julian e Miriam lo accompagnarono fino al limitare del bosco e rimasero a guardarlo finché non scomparve. Voltandosi per l'ultima volta, dovette farsi forza per scacciare l'impressione momentanea che non le avrebbe riviste mai più. Ricordava di aver scorto in lontananza le luci di un paese o di una cittadina a ponente della strada. La via più breve per raggiungerlo probabilmente era tagliare per i campi, ma aveva lasciato la torcia alle donne e camminare in aperta campagna senza luce e senza conoscere la strada voleva dire andare in cerca di guai. Si mise a correre e, un po' camminando e un po' correndo, ripercorse la strada da cui erano venuti. Dopo mezz'ora giunse a un bivio e, dopo un attimo di riflessione, imboccò la strada a sinistra.

Gli ci volle un'altra ora di cammino ad andatura sostenuta per raggiungere la periferia del paese. Era una strada di campagna, priva di illuminazione, costeggiata da un lato da siepi alte e incolte e dall'altro da una macchia non molto fitta. Camminava da quella parte e, quando udì che stava arrivando un'automobile, si nascose fra gli alberi, mosso sia da un istintivo desiderio di nascondersi, sia dalla paura, non del tutto irrazionale, che un uomo solo in cammino di buon passo nella notte potesse suscitare qualche interesse. A un certo punto però gli arbusti e la siepe cedettero il passo a una serie di case isolate, unifamiliari, un po' arretrate rispetto alla strada e circondate da ampi giardini. Probabilmente in ogni garage c'era un'automobile, e forse anche più di una, ma sia le case sia i garage erano senz'altro ben protetti. Difficilmente tanta ostentazione di ricchezza sarebbe stata lasciata in balia di un ladro occasionale e inesperto. Quelle che cercava erano vittime che si lasciassero intimidire più facilmente.

Finalmente giunse in paese. Rallentò il passo e sentì che il cuore gli batteva più in fretta, con tonfi ritmici che pulsavano forte nel petto. Non voleva inoltrarsi troppo nel centro. Doveva trovare quello che gli serviva al più presto e fuggire. Fu allora che vide, in una zona recintata alla sua destra, una fila di villette bifamiliari dall'intonaco grezzo. Erano tutte identiche, con un bovindo accanto alla porta d'ingresso e un garage vicino alla parete esterna. Quasi in punta di piedi si avvicinò alla prima. L'appartamento a sinistra era vuoto, con le persiane inchiodate e un cartello appeso al cancello che ne annunciava la vendita. Doveva essere vuoto già da un po': l'erba rada era alta e l'aiuola rotonda in mezzo al giardino invasa da un groviglio di rose dai rami spinosi troppo lunghi, con gli ultimi fiori ormai appassiti.

L'appartamento di destra era abitato e aveva un'aria molto diversa. Dalle tende chiuse del soggiorno filtrava un po' di luce e davanti alla casa il prato era ben tosato, con un'aiuola di crisantemi e di dalie lungo il vialetto. Tra un giardino e l'altro era stata costruita una palizzata, forse per nascondere la desolazione del giardino dei vicini o per arginare le erbacce. Sembrava fatta apposta per lui. Dal momento che non c'erano vicini, non correva il rischio di essere visto e, grazie al facile accesso alla strada, poteva sperare di svignarsela relativamente in fretta. Avrebbe trovato un'automobile nel garage, però? Avvicinandosi al cancello osservò attentamente la ghiaia: notò segni di pneumatici e una piccola chiazza d'olio. Quest'ultima era preoccupante, ma la casa era così ben tenuta e il giardino talmente perfetto che gli parve impossibile che la macchina, per quanto piccola o vecchia, non fosse in buone condizioni. Ma se non lo fosse stata? In quel caso avrebbe dovuto ricominciare daccapo e un secondo tentativo sarebbe stato doppiamente pericoloso. Si fermò davanti al cancello e lanciò un'occhiata a destra e a sinistra per accertarsi di non essere stato notato, valutando mentalmente le varie possibilità. A impedire agli abitanti della casa di dare l'allarme sarebbe comunque riuscito: bastava che tagliasse il telefono e li lasciasse legati e imbavagliati. Ma se non fosse riuscito a trovare una macchina neppure nella casa successiva, o in quella dopo ancora? La prospettiva di legare e imbavagliare una serie di persone gli parve ridicola, oltre che rischiosa. Poteva provarci al massimo due volte. Se non avesse avuto successo, la cosa migliore probabilmente sarebbe stata fermare una macchina lungo la strada e impadronirsene con la forza: almeno avrebbe avuto la certezza che si trattava di un'automobile funzionante.

Dandosi un'ultima occhiata intorno aprì piano il cancelletto e si diresse velocemente verso la porta, quasi in punta di piedi. Emise un sospiro di sollievo. Le tende del bovindo non erano completamente tirate: tra il bordo laterale e il telaio della finestra era rimasto uno spiraglio di circa tre dita, dal quale riuscì a vedere l'interno della stanza.

Non c'era caminetto e il soggiorno era dominato da un grande televisore, davanti al quale erano sistemate due poltrone, da cui sporgevano due teste grigie, probabilmente marito e moglie. L'arredamento consisteva soltanto in un tavolo e due sedie davanti a una finestra che dava sul lato della casa e in una piccola scrivania di rovere. Non c'erano né quadri, né libri, né soprammobili o fiori; su una parete però vide una grande foto a colori di una bambina e sotto di essa un seggiolone occupato da un orsacchiotto con una larga cravatta a pois.

Nonostante la finestra fosse chiusa, si sentiva distintamente il ronzio della televisione. I due vecchietti dovevano essere sordi. Riconobbe il programma, *Neighbours*, uno sceneggiato a puntate realizzato in economia in Australia alla fine degli anni Ottanta e nei primi anni Novanta, preceduto da una sigla di una banalità senza pari. Nella prima edizione, sui televisori di una volta, aveva avuto un successo straordinario; adattato per i nuovi apparecchi ad alta definizione, era tornato in voga diventando addirittura una specie di culto. Il motivo era evidente: la trasmissione, ambientata in una periferia lontana e soleggiata, suscitava un nostalgico rimpianto per un mondo fantastico, pieno di innocenza e di speranza. Ma, soprattutto, era incentrata sui giovani. Le immagini inconsistenti ma vivide di corpi e visi giovani e il suono di giovani voci creavano l'illusione che da qualche parte, sotto qualche cielo degli antipodi, esistesse ancora quel mondo rassicurante e pieno di gioventù, cui si potesse accedere liberamente. Nello stesso spirito e per la stessa ragione la gente comprava videocassette sulla nascita, filastrocche per bambini o vecchi programmi della tv dei ragazzi, come *The Flower-Pot Men* e *Blue Peter*.

Suonò alla porta e attese. Immaginò che, siccome era buio, sarebbero venuti ad aprire insieme. Attraverso la sottile porta di legno sentì un rumore di passi strascicati e lo stridere della serratura. La porta si aprì, con la catena, e attraverso lo spiraglio vide che erano più vecchi di quanto si fosse aspettato. Due occhi cisposi, più sospettosi che preoccupati, lo osservarono.

La voce dell'uomo era sorprendentemente chiara: «Che cosa vuole?».

Theo pensò che il suo tono di voce basso, da persona colta, avrebbe avuto un effetto rassicurante e disse: «Sono del Consiglio Locale. Stiamo facendo un sondaggio sugli hobby e gli interessi della cittadinanza. Ho un questionario da farle riempire. Ci vorrà un attimo, ma bisognerebbe farlo subito».

L'uomo esitò, poi tolse la catena. Fulmineo Theo gli diede uno spintone ed entrò in casa, la schiena contro la porta e la pistola in pugno. Senza dargli il tempo di parlare o di mettersi a gridare dichiarò: «Non vi preoccupate. Non siete in pericolo, non vi farò del male. State zitti e fate quello che vi dico: non vi succederà niente».

La donna, scossa da un forte tremito, si teneva stretta al braccio del marito. Era molto esile, di corporatura minuta, e aveva le spalle talmente piccole che sembrava non dovessero reggere neppure il peso del cardigan color ruggine che aveva indosso.

Theo la guardò negli occhi, sostenendo il suo sguardo terrorizzato e stupito e, cercando di essere il più convincente possibile, spiegò: «Non sono un criminale. Ho bisogno d'aiuto. Ho bisogno della vostra macchina, di cibo e di acqua. Avete una macchina?».

Il marito annuì.

Theo chiese: «Di che marca?».

«Una Citizen.» Un modello popolare, che costava poco e non consumava molto. Ormai avevano tutte una decina d'anni, ma erano macchine robuste e affidabili. Gli sarebbe potuta andare peggio.

«Ce n'è benzina?»

L'uomo annuì nuovamente.

Theo chiese: «È in buone condizioni?».

«Oh, sì, sono molto pignolo per quanto riguarda l'automobile.»

«Bene. Ora andate di sopra.»

Quell'ordine li terrorizzò. Che cosa immaginavano, che volesse sgozzarli in camera da letto?

Il marito lo supplicò: «Non mi uccida. Sono l'unica persona che le è rimasta e lei è malata di cuore. Se muoio, non le resta che il Trapasso».

«Nessuno vi farà del male, non ci sarà nessun Trapasso. Nessun Trapasso!» esclamò con veemenza.

Salirono le scale lentamente, un gradino alla volta; la moglie continuava a tenersi stretta al marito.

Al piano di sopra si rese conto con un'occhiata che la

disposizione delle stanze era semplice. Sul davanti c'era la camera da letto matrimoniale e di fronte il bagno, con un gabinetto separato a fianco. Sul retro c'erano due camere da letto più piccole. Con la pistola gli fece segno di entrare nella più grande delle due camere che davano sul retro. C'era un letto singolo e scostando il copriletto vide che era fatto.

«Strappi i lenzuoli e ne faccia delle strisce» ordinò al marito. L'uomo li prese con le dita nodose e tentò di strappare la tela, ma l'orlo era troppo resistente.

Spazientito Theo disse: «Ci vogliono le forbici. Dove le tenete?».

Fu la donna a rispondere: «Nella stanza davanti, sulla mia toilette».

«Vada a prenderle, per favore.»

La donna si allontanò con passo malfermo e tornò nel giro di pochi secondi con un paio di forbici da unghie. Erano piccole, ma taglienti. Se avesse lasciato fare al vecchio con le mani tremanti, però, avrebbe sprecato molti minuti preziosi.

In tono duro disse: «State indietro, tutti e due, mettetevi contro il muro uno di fianco all'altro».

Ubbidirono; Theo li aveva di fronte, dall'altra parte del letto. Posò la pistola a portata di mano e cominciò a strappare i lenzuoli. Il rumore sembrava fortissimo, pareva che Theo stesse lacerando l'aria stessa, il tessuto di cui era fatta la casa. Quando ebbe finito disse alla donna: «Venga qui e si sdrai sul letto».

Diede un'occhiata al marito come per chiedergli il permesso; questi le rispose con un piccolo cenno del capo.

«Fai quello che ti dice, cara.»

Non riusciva a salire sul letto e Theo dovette aiutarla. Pesava pochissimo e quando le cinse con un braccio le gambe per spingerla la sollevò così facilmente che per un pelo non la fece cadere per terra dall'altra parte. Le tolse le scarpe e le legò saldamente le caviglie, quindi le allacciò le mani dietro la schiena.

Le chiese: «Sta bene?».

La donna annuì timidamente. Il letto era stretto e Theo si domandò se rimanesse abbastanza posto per farci sdraiare anche il marito, ma questi, intuendo le sue intenzioni, si affrettò a dire: «Non ci divida. Non mi faccia andare nell'altra stanza. Non mi spari».

Spazientito Theo lo rassicurò: «Non ho intenzione di spararle, la pistola non è nemmeno carica». Era una bugia che ormai poteva permettersi: l'arma aveva fatto il suo effetto.

Gli ordinò bruscamente di sdraiarsi accanto alla moglie. Il posto bastava, ma di misura. Anche a lui legò le mani dietro la schiena, poi le caviglie e, con l'ultima striscia di tela, li legò insieme per le gambe. Erano entrambi sdraiati sul fianco destro, stretti l'uno all'altra. Le braccia dovevano fargli male, costrette in quel modo dietro la schiena, ma non aveva osato legargliele davanti per paura che il marito riuscisse a liberarsi con i denti.

Chiese: «Dove sono le chiavi del garage e della macchina?».

Il vecchio sussurrò: «Nella scrivania in salotto. Nel primo cassetto a destra».

Li lasciò soli. Trovò subito le chiavi, quindi tornò al piano di sopra per chiedere: «Ho bisogno di una valigia grande. Ce l'avete?».

Fu la donna a rispondere: «Ce n'è una sotto il letto».

La tirò fuori. Era grande ma leggera, di cartone rinforzato negli angoli. Prese in mano quello che restava dei lenzuoli strappati e si chiese se valeva la pena di portarli via. Mentre esitava, l'uomo lo implorò: «Per favore, non ci imbavagli. Non grideremo, glielo prometto, ma non ci imbavagli, la prego. Mia moglie non riuscirebbe più a respirare».

Theo disse: «Dovrò far sapere a qualcuno che siete qui legati. Dovrò aspettare almeno ventiquattro ore, ma poi lo farò. Aspettate qualcuno?».

Senza guardarlo, il vecchio rispose: «La signora Collins,

la nostra donna delle pulizie, verrà domani mattina alle sette e mezzo. Viene presto perché dopo di noi va in un'altra casa».

«Ha le chiavi?»

«Sì, le porta sempre.»

«Non deve venire nessun altro? Qualche parente, per esempio?»

«Non abbiamo parenti. Avevamo una figlia, ma è morta.»

«Ma siete sicuri che la signora Collins verrà alle sette e mezzo?»

«Sì, è molto puntuale, verrà senz'altro.»

Theo aprì le tende di cotone a fiori e guardò fuori nel buio. Riusciva a distinguere solo una parte del giardino e, più lontano, il profilo scuro di un'altura. Se anche avessero gridato per tutta la notte, era altamente improbabile che qualcuno udisse le loro fievoli voci. Ciò nonostante, avrebbe lasciato la televisione accesa con il volume al massimo.

Disse: «Non vi imbavaglierò, ma lascerò la televisione accesa in modo che nessuno vi possa sentire. Non sprecate le forze cercando di urlare. Quando arriverà la signora Collins vi libererà. Cercate di riposare, di dormire. Mi dispiace dover fare tutto questo. Un giorno o l'altro vi restituirò la macchina».

Nel momento stesso in cui pronunciava quelle parole la promessa gli parve ridicola e in malafede. Domandò: «Avete bisogno di qualcosa?».

Debolmente la donna rispose: «Un po' d'acqua».

Quella richiesta gli ricordò quanta sete avesse lui stesso. Gli parve straordinario che, dopo ore e ore in cui non aveva fatto altro che desiderare un po' d'acqua, se ne fosse potuto dimenticare anche solo per un attimo. Andò nel bagno, prese il bicchiere portaspazzolino e, senza neppure sciacquarlo, bevve fino a riempirsi lo stomaco. Poi riempì nuovamente il bicchiere e tornò nella camera da letto. Sollevò la testa della donna con un braccio e le avvicinò il bicchiere alla bocca: bevve avidamente, versandosi l'acqua sulle gote e sul cardigan. Le vene violacee alle tempie pulsavano come se stessero per scoppiare e i muscoli del collo sottile erano tesi come corde di violino. Quando ebbe finito Theo prese un pezzo di lenzuolo e le asciugò la bocca, poi andò a riempire di nuovo il bicchiere e diede da bere anche al marito. Si sentiva stranamente riluttante ad andarsene. Ospite sgradito e malevolo, non riusciva a trovare le parole giuste per accomiatarsi.

Sulla soglia si voltò e disse: «Mi dispiace di aver dovuto agire in questo modo. Cercate di dormire. Domani mattina arriverà la signora Collins».

Si chiese se lo diceva per rassicurare loro o se stesso. Se non altro, pensò, sono insieme.

Aggiunse: «State abbastanza comodi?».

L'assurdità di quella domanda lo colpì nel momento stesso in cui la formulava. Comodi? Come potevano stare comodi, legati come animali su un letto tanto stretto che rischiavano di cadere al minimo movimento? La donna bisbigliò qualcosa che lui non sentì, ma che il marito parve capire immediatamente. A fatica sollevò la testa e guardò dritto verso Theo, implorando comprensione e pietà con gli occhi scialbi. Poi rispose: «Deve andare nel bagno».

Per poco Theo non scoppiò a ridere. Gli parve di avere di nuovo otto anni e di sentire sua madre che spazientita gli diceva: «Avresti dovuto pensarci prima». Che cosa si aspettavano che dicesse? "Avreste dovuto pensarci prima che vi legassi?" Avrebbero dovuto pensarci, sì, ormai era tardi: aveva già perso fin troppo tempo. Pensò a Julian e Miriam che lo aspettavano nel bosco in preda all'ansia, tendendo le orecchie a ogni automobile che si avvicinava, e immaginò la loro delusione ogni volta che questa si allontanava senza fermarsi. E poi aveva ancora un sacco di cose da fare: controllare la macchina, raccogliere le provviste. Gli ci sarebbe voluto parecchio per slegare tutti quei nodi ben stretti e non aveva tempo da perdere. Che se ne stesse nel letto bagnata finché non arrivava la signora Collins la mattina dopo.

Ma sapeva di non poterlo fare. Era legata, impotente, paralizzata dalla paura e dalla vergogna, senza nemmeno il coraggio di guardarlo negli occhi: non poteva infliggerle una simile umiliazione. Cominciò a trafficare con i lacci. Era ancora più difficile di quanto avesse immaginato e alla fine prese le forbici e con un taglio le liberò mani e caviglie, cercando di non guardare i segni che aveva sui polsi. Farla scendere dal letto non fu facile; il corpo esile che prima gli era parso leggero come un uccellino si era irrigidito per la paura e ci volle quasi un minuto prima che si avviasse strisciando i piedi verso il bagno, con l'aiuto di Theo che la sorreggeva per la vita con un braccio.

Con voce resa burbera dall'imbarazzo e dall'impazienza le ordinò: «Non chiuda la porta, la lasci socchiusa».

La aspettò fuori, resistendo alla tentazione di passeggiare avanti e indietro sul pianerottolo mentre al ritmo del battito del proprio cuore contava i secondi, che si trasformarono in minuti prima che si udisse il rumore dello sciacquone e la vecchietta uscisse lentamente dal bagno. «Grazie» gli disse in un sussurro.

Tornati in camera, la aiutò a salire sul letto, quindi strappò delle altre strisce dal lenzuolo rimasto e la legò di nuovo, ma questa volta stringendo meno. Poi disse al marito: «Sarà meglio che ci vada anche lei. Se le do una mano dovrebbe farcela a saltellare fino al bagno. Ho solo il tempo di slegarle i polsi».

Ma neppure quello fu facile. Anche con le mani libere e appoggiandosi con un braccio sulle spalle di Theo, il vecchio non aveva né la forza né l'equilibrio per fare il più piccolo balzello e Theo dovette praticamente trascinarlo di peso fino al gabinetto.

Finalmente riportò a letto anche lui. A quel punto doveva sbrigarsi: aveva già perso fin troppo tempo. Con la valigia in mano si diresse rapidamente verso il retro, dove si trovavano un cucinino, scrupolosamente pulito e ordinato, un frigorifero enorme e una piccola dispensa. Ma il bottino fu scarso. Il frigorifero, nonostante le dimensioni, conteneva soltanto mezzo litro di latte, una scatola con quattro uova, un quarto di burro su un piattino coperto di carta stagnola, una fetta di formaggio Cheddar preconfezionato e un pacchetto cominciato di cracker. Nel freezer trovò soltanto una scatola di piselli surgelati e un trancio di merluzzo duro come un sasso. Anche la dispensa fu una delusione: c'era solo una piccola quantità di zucchero, tè e caffè. Era ridicolo che una casa fosse così mal fornita. Ebbe un moto d'ira nei confronti dei due vecchi, come se l'avessero fatto per dispetto. Probabilmente facevano la spesa una volta alla settimana e lui era capitato nel giorno sbagliato. Arraffò tutto, mettendolo in un sacchetto di plastica. C'erano quattro tazze appese per il manico. Ne prese due, e tre piatti che trovò nel pensile sopra il lavandino. In un cassetto scovò un coltello affilato e uno da carne, tre forchette, tre cucchiai e tre coltelli da tavola e si infilò in tasca una scatola di fiammiferi. Poi corse al piano di sopra e nella camera davanti prese lenzuola, coperte e un cuscino dal letto. Miriam avrebbe senz'altro avuto bisogno di asciugamani puliti per il parto. Nel bagno ne trovò cinque o sei piegati in un armadietto. Sarebbero bastati. Mise tutta la biancheria nella valigia. Si era già infilato in tasca le forbicine, ricordando che Miriam gliene aveva chiesto un paio. Nell'armadietto dei medicinali trovò anche un flacone di disinfettante, che aggiunse al suo bottino.

Non poteva attardarsi oltre, ma restava ancora un problema da risolvere: l'acqua. Aveva il cartone da mezzo litro di latte, ma non sarebbe bastato neppure per togliere la sete a Julian. Cercò un contenitore adatto, ma non c'erano bottiglie vuote da nessuna parte. Si sorprese quasi a imprecare contro i due, mentre frugava affannosamente alla ricerca di un recipiente qualsiasi in cui mettere dell'acqua. Riuscì a trovare soltanto un piccolo thermos. Così almeno avrebbe portato a Miriam e Julian un po' di caffè caldo. Non c'era bisogno di far bollire l'acqua: avrebbe usato quella del rubinetto. Anche se il gusto non sarebbe stato lo stesso, l'avrebbero comunque bevuto con piacere. Preparato il caffè, riempì il bollitore e le uniche due pentole con il coperchio che aveva trovato. Avrebbe dovuto fare un viaggio in più fino all'auto, perdendo altro tempo. Da ultimo bevve ancora tutta l'acqua che poteva dal rubinetto, facendosela colare anche sulla faccia.

Accanto alla porta d'ingresso c'era un attaccapanni con appesi una vecchia giacca, una lunga sciarpa di lana e due impermeabili, entrambi chiaramente nuovi. Dopo un breve attimo di esitazione li prese e se li mise su una spalla. Sarebbero serviti, se non volevano che Julian si sdraiasse sulla terra umida, ma erano gli unici due oggetti nuovi di tutta la casa e rubarli gli parve il più vile di tutti i miseri furti già commessi.

Aprì la porta del garage. Il bagagliaio della Citizen era piccolo, ma riuscì a infilare il bollitore e una delle due pentole fra la valigia, le coperte e gli impermeabili. L'altra la sistemò sul sedile posteriore, insieme al sacchetto con le provviste, le tazze e le posate. Avviò il motore e con sollievo sentì che girava regolarmente. Evidentemente la macchina era stata tenuta bene, ma si accorse che il serbatoio era mezzo vuoto e che non c'erano carte stradali. Probabilmente i due vecchi la usavano solo per tragitti brevi e per andare a fare la spesa. Uscì prudentemente in retromarcia e poi, mentre richiudeva la porta del garage, si accorse di aver dimenticato di alzare al massimo il volume del televisore. Pensò che era una precauzione superflua: con la casa accanto vuota e il grande giardino sul retro, era poco probabile che qualcuno sentisse le deboli grida dei due vecchietti.

Guidando rifletté sulla mossa successiva: dovevano andare avanti o tornare sui propri passi? Xan avrebbe appreso da Rolf che avevano intenzione di sconfinare in Galles e di rifugiarsi nei boschi. Avrebbe immaginato che cambiassero programma. Sapeva che potevano trovarsi in qualsiasi punto dell'Inghilterra occidentale. Le ricerche avrebbero richiesto parecchio tempo, anche se Xan avesse ordinato un grande spiegamento di forze della polizia di Stato o dei granatieri. Ma non l'avrebbe fatto: la posta in gioco era troppo alta. Se Rolf fosse riuscito a mettersi in contatto con lui senza rivelare a nessuno il suo segreto fino all'ultimo, anche Xan lo avrebbe custodito fino a che non avesse accertato che era la verità. Non avrebbe rischiato di lasciar cadere Julian nelle mani di qualche ufficiale di polizia o di un granatiere ambizioso e senza scrupoli. Xan non sapeva che gli restava poco tempo, se voleva veramente assistere alla nascita. Rolf non poteva averglielo detto perché neppure lui lo sapeva. E poi, fino a che punto si fidava degli altri membri del Consiglio? No, era sicuro che Xan si sarebbe mosso di persona, probabilmente con un gruppo ristretto e ben selezionato. Prima o poi ce l'avrebbero fatta, era inevitabile, ma ci sarebbe voluto del tempo. L'importanza e la delicatezza stessa dell'impresa, la necessità di mantenere il segreto e di coinvolgere poche persone, tutto avrebbe contribuito a rallentare le ricerche.

Dove andare, dunque? Che direzione prendere? Per un attimo si chiese se la tattica migliore non fosse tornare a Oxford, nascondersi a Wytham Wood, proprio sopra la città, nell'ultimo posto in cui a Xan sarebbe venuto in mente di cercare. Un viaggio troppo pericoloso? Tutte le strade erano pericolose, però, e lo sarebbero diventate ancora di più dopo le sette e mezzo della mattina seguente, quando i due vecchietti sarebbero stati liberati e avrebbero raccontato quel che era loro successo. Perché gli sembrava più rischioso tornare indietro che andare avanti? Forse perché Xan era a Londra. Eppure, in circostanze normali, per un fuggiasco Londra era la meta più naturale per nascondersi. Nonostante il calo del numero di abitanti la capitale era ancora un dedalo di quartieri, di vicoli nascosti, di grattacieli enormi e semivuoti. Ma Londra aveva mille occhi e Theo non conosceva nessuno laggiù a cui rivolgersi senza correre rischi, nessuna casa dove chiedere asilo. L'istinto gli diceva – ed era sicuro che anche Julian la pensasse così – che era meglio frapporre quanti più chilometri potevano fra loro e la città e attenersi al piano originario di nascondersi da qualche parte in campagna, fuori mano. Gli sembrava che più si fossero allontanati da Londra più si sarebbero avvicinati alla salvezza.

Percorse la strada fortunatamente deserta guidando con prudenza per abituarsi alla nuova macchina, e si lasciò andare a una fantasticheria, cercando di convincersi che era un obiettivo razionale e raggiungibile. Immaginò la casa di un boscaiolo, odorosa di resina, con le pareti di legno che trattenevano ancora il calore del sole d'estate, che spuntava nella fitta boscaglia come un albero cresciuto spontaneamente, riparata da una volta di rami robusti e fronzuti e abbandonata da anni, ormai in rovina, ma ancora fornita di biancheria, fiammiferi e provviste sufficienti per loro tre. Vi avrebbero trovato una fonte di acqua limpida e legna da raccogliere per accendere il fuoco quando l'autunno avesse ceduto il passo all'inverno. Avrebbero potuto viverci per mesi, se necessario, forse addirittura per anni. Era lo stesso idillio che aveva deriso e disprezzato in piedi accanto alla macchina a Swinbrook, ma in quel momento gli fu di conforto, pur sapendo che era solo un sogno.

In qualche parte del mondo sarebbero nati altri bambini; si costrinse a condividere l'ottimismo di Julian. Il suo non sarebbe più stato l'unico bambino al mondo, non sarebbe più stato in pericolo. Xan e il Consiglio non avrebbero più avuto bisogno di separarlo dalla madre, anche se sapevano che era il primo nato di una nuova era. Ma tutto ciò apparteneva al futuro; avrebbe potuto affrontarlo e preoccuparsene al momento giusto. Per le settimane successive loro tre potevano vivere al sicuro, in attesa che il bambino nascesse. Più in là non vedeva, ma si disse che non era necessario fare altri progetti.

31

Nelle ultime due ore si era applicato talmente a quello che stava facendo, anima e corpo, che non gli era neppure venuto in mente che forse gli sarebbe stato difficile riconoscere il bosco. Svoltando a sinistra dal viottolo per imboccare la strada principale, cercò di calcolare quanta ne aveva percorsa prima del bivio per il paese. Ma ricordava solo un misto di paura, ansia e determinazione, sete insopportabile, respiro affannoso e dolore al fianco, senza una chiara visione del tempo e dello spazio. A sinistra vide una macchia che gli parve di riconoscere e gli si sollevò il morale. Ma gli arbusti finirono quasi subito, lasciando il posto a una siepe bassa e a un campo aperto. Poi gli alberi ricominciavano e c'era anche un muro di pietra. Guidava lentamente, con gli occhi fissi sulla strada. A un certo punto scorse ciò che aveva a un tempo sperato e temuto di vedere: il sangue di Luke sull'asfalto, una chiazza non più rossa, ma nerastra, alla luce dei fari. A sinistra riconobbe il muro semidiroccato.

Non vedendole sbucare subito dagli alberi per andargli incontro, temette per un istante che non ci fossero più, che fossero state catturate. Accostò la Citizen al muretto, saltò dall'altra parte e si inoltrò nel bosco. Nel sentire i suoi passi uscirono allo scoperto; udì Miriam che bisbigliava: «Grazie al Cielo. Stavamo cominciando a preoccuparci. Hai trovato una macchina?».

«Una Citizen. Non ho praticamente altro, nella casa non c'era quasi nulla. Ho un thermos di caffè caldo.»

Miriam glielo strappò quasi di mano. Svitò il tappo, vi versò con grande attenzione il prezioso contenuto e lo porse a Julian.

Con voce deliberatamente calma disse: «Le cose sono cambiate, Theo. Non abbiamo più molto tempo. Il travaglio è già incominciato».

Theo chiese: «Quanto ci vorrà?».

«Non si può dire con precisione al primo figlio. Potrebbe essere questione di poche ore, o di un'intera giornata. È appena iniziato, ma dobbiamo trovare velocemente un posto.»

Di colpo l'indecisione fu spazzata via da una folata purificatrice di certezza e di speranza. Gli venne in mente un nome, chiaro come se una voce, non la sua, l'avesse pronunciato forte: Wychwood Forest. Ripensò a una passeggiata solitaria d'estate, un sentiero ombreggiato lungo un muretto di pietra diroccato che si inoltrava nel bosco e quindi sfociava in una radura muschiosa con un lago e, più avanti, sulla destra, una legnaia. In condizioni normali non avrebbe scelto quel bosco perché era troppo piccolo, troppo facile da setacciare e a soli trenta chilometri da Oxford. Ma a quel punto la vicinanza era un vantaggio. Xan avrebbe immaginato che proseguissero, mentre loro avrebbero fatto dietrofront, diretti a un luogo che ricordava, un luogo che conosceva, un luogo dove erano certi di trovare un rifugio.

Disse: «Salite in macchina. Torniamo indietro. Andiamo a Wychwood Forest. Mangeremo per strada».

Non c'era tempo per discutere, per prendere in esame possibili alternative. Le donne erano già fin troppo preoccupate e toccava a lui decidere dove andare e come arrivarci.

Non aveva veramente paura che i Volti Dipinti li aggredissero di nuovo. Con quell'orrore si era secondo lui avverata la convinzione superstiziosa che aveva nutrito sin dall'inizio del viaggio, secondo cui li aspettava una tragedia inevitabile quanto imprevedibile nei modi e nei tempi. Si era verificata, li aveva colpiti e ormai era passata. Come chi ha paura dell'aereo e teme di schiantarsi a ogni decollo, poteva tranquillizzarsi al pensiero che il disastro era ormai superato e che c'erano dei sopravvissuti. Ma sapeva che né Julian né Miriam sarebbero riuscite a esorcizzare tanto facilmente la loro paura dei Volti Dipinti. Il terrore aleggiava nella macchina: per i primi chilometri le due donne sedettero rigide dietro di lui, gli occhi fissi sulla strada, come se si aspettassero di udire quelle grida di guerra e di trionfo e di vedere le torce fiammeggianti e i loro occhi rilucenti dietro ogni curva, accanto a ogni più piccolo ostacolo.

Ma c'erano altri pericoli e una paura che li sopraffaceva: non avevano modo di sapere a che ora fosse partito Rolf. Se aveva ormai contattato Xan, forse le ricerche erano già incominciate, i posti di blocco già predisposti e gli elicotteri pronti per partire alle prime luci dell'alba. Le tortuose strade secondarie costeggiate da siepi disordinate e muretti semidiroccati, forse irrazionalmente, parevano offrire loro maggiori probabilità di salvezza. Come ogni creatura braccata, l'istinto di Theo era quello di svicolare, di rimanere nascosto, di cercare l'oscurità. Ma le strade di campagna presentavano i loro pericoli. Per ben quattro volte, temendo di forare di nuovo, dovette inchiodare davanti a un tratto di asfalto impraticabile e fare marcia indietro. Una volta, alle due appena passate, quella manovra li portò sull'orlo del disastro: le ruote posteriori finirono in un fosso e ci volle mezz'ora prima che lui e Miriam riuscissero a rimettere la macchina in carreggiata.

Malediceva la mancanza di carte stradali, ma con il trascorrere delle ore le nuvole si diradarono e apparvero più chiaramente le stelle. Riconobbe la Via Lattea e iniziò a orizzontarsi sull'Orsa maggiore e sulla Stella polare. Ma quell'antica arte gli consentiva di orientarsi soltanto in modo approssimativo e correva costantemente il rischio di perdersi. Di tanto in tanto appariva nel buio un segnale stradale, desolato come una forca settecentesca, e Theo vi si avvicinava cauto sull'asfalto dissestato, quasi aspettandosi di udire il cigolio delle catene e di vedere un cadavere dondolare lentamente, appeso per il collo, mentre il sottile fascio di luce della torcia percorreva nomi semidimenticati di località sconosciute. Si era fatto più freddo, presagio del gelo invernale, e l'aria, che non profumava più d'erba e di terra scaldata dal sole, era pungente, con un vago odore di disinfettante, come se fossero vicini al mare. Quando spegnevano il motore, il silenzio era assoluto. Sotto un cartello i cui nomi sarebbero potuti essere in una lingua sconosciuta, si sentì disorientato e sperduto, quasi i campi desolati e scuri, la terra sotto i suoi piedi e l'aria così strana e inodore non fossero più il suo habitat naturale e per la sua specie in via di estinzione non esistesse più né rifugio né salvezza sotto quel cielo indifferente.

Appena iniziato il viaggio, il travaglio si fermò o rallentò. Questo attenuò la sua ansia: un ritardo non sarebbe più stato disastroso ed era di nuovo possibile anteporre la sicurezza alla velocità. Ma sapeva anche che un ritardo avrebbe scoraggiato le due donne. Nutrivano ben poche speranze di poter eludere Xan per settimane, o anche solo per giorni. Se si fosse trattato di un falso allarme, o se il travaglio si fosse protratto troppo a lungo, avrebbero corso il rischio di finire nelle mani di Xan prima che il bambino nascesse. Di tanto in tanto Miriam si sporgeva in avanti per chiedergli di accostare, in maniera che lei e Julian potessero fare due passi. Anche lui scendeva e si appoggiava alla macchina a guardare le due sagome scure che camminavano avanti e indietro lungo il ciglio della strada; le udiva bisbigliare e sapeva che erano assai più distanti da lui dei pochi metri che li separavano, che entrambe erano assorte in qualcosa di importante da cui egli era escluso. La strada e l'andamento del viaggio non le interessavano e non le preoccupavano molto. Il loro silenzio pareva implicare che era un problema di cui doveva occuparsi lui.

Verso l'alba, però, Miriam gli disse che le contrazioni erano ricominciate ed erano forti. Non riuscì a nascondere la gioia nella sua voce. Prima che si facesse giorno Theo capì dove si trovavano. L'ultimo segnale indicava Chipping Norton. Era arrivato il momento di abbandonare le vie secondarie e di arrischiarsi sulla strada principale per qualche chilometro.

Se non altro l'asfalto era meno deteriorato e non era costretto a guidare con la paura di forare di nuovo. Non incontrarono altre macchine e, dopo i primi due o tre chilometri, allentò la stretta sul volante. Procedette con prudenza ma forte, ansioso di arrivare al più presto alla foresta. Ormai il livello della benzina era pericolosamente basso e non c'era modo di fare rifornimento senza correre rischi. Theo era sorpreso di quanta poca strada avessero percorso da quando erano partiti da Swinbrook. Gli pareva di essere in marcia da settimane, sventurati viaggiatori senza requie e senza provviste. Sapeva che la cattura al termine di quest'ultima tappa era inevitabile. Se si fossero imbattuti in un blocco stradale della polizia di Stato non avrebbero avuto nessuna possibilità di superarlo, né con l'inganno né con la forza: i poliziotti non erano Omega. Tutto quello che poteva fare era continuare a guidare e sperare.

Ogni tanto gli pareva di sentire Julian che ansimava e Miriam che mormorava qualche parola di rassicurazione, ma parlavano poco. Dopo circa un quarto d'ora udì Miriam che si muoveva sul sedile posteriore e quindi il ritmico tintinnare di una forchetta contro una scodella. Gli porse una tazza.

«Ho conservato il cibo fino a ora. Julian ha bisogno di forze per il travaglio. Ho sbattuto le uova con il latte e lo zucchero. Questa è la tua razione, uguale alla mia: Julian mangerà il resto.»

La tazza era piena per un quarto e quella brodaglia dolciastra normalmente lo avrebbe disgustato. In quel momento, però, la divorò avidamente e ne avrebbe voluta ancora, sentendone l'immediato effetto corroborante. Restituì la tazza e Miriam gli porse un cracker imburrato, con un dado di formaggio. Nessun formaggio gli era mai parso così buono.

Miriam disse: «Due per noi, quattro per Julian».

Julian protestò: «Dobbiamo dividere in parti eguali», ma l'ultima parola fu soffocata da un gemito.

Theo chiese: «Non ne vuoi conservare un po' per dopo?».

«Di un pacchetto scarso di cracker e di due etti di formaggio? Ci serve essere in forze adesso.» Il formaggio e i cracker gli fecero venire ancora più sete e finirono il pasto bevendo l'acqua della pentola più piccola.

Quindi Miriam gli porse le due tazze e le posate nel sacchetto di plastica e lui lo posò sul pavimento. Poi, quasi temendo che quelle parole fossero state interpretate come un rimprovero, Miriam aggiunse: «Sei stato sfortunato, Theo. Ma ci hai procurato la macchina, e non era facile. Senza questa non avremmo potuto fare nulla».

Theo si augurò che volesse dire: «Contavamo su di te e non ci hai deluso» e sorrise con amarezza al pensiero che lui, che non aveva mai cercato il consenso degli altri, si ritrovasse a desiderare la sua approvazione e le sue lodi.

Infine raggiunsero la periferia di Charlbury. Rallentò, stando attento a non mancare la vecchia stazione di Finstock, la curva giusta. Subito dopo la curva, sulla destra, doveva esserci la strada che portava alla foresta. Era abituato ad arrivarci da Oxford e anche da quella direzione era facile mancarla. Con un sospiro di sollievo oltrepassò la stazione, prese la curva e vide sulla destra la fila di case di pietra che segnavano l'inizio della strada sterrata. Le case erano vuote, quasi cadenti, le porte e le finestre chiuse con le assi. Per un attimo si chiese se non avrebbero potuto rifugiarsi in una di quelle, ma erano troppo in evidenza, troppo vicine alla strada. Sapeva che Julian avrebbe preferito essere in mezzo al bosco.

Guidò cauto lungo la strada fra i campi incolti, verso la macchia lontana di alberi. Presto sarebbe stato chiaro. Guardò l'ora e vide che la signora Collins doveva essere già arrivata a liberare i due vecchietti. Stavano probabilmente bevendo una tazza di tè, raccontando la loro disavventura, in attesa della polizia. Cambiò marcia per affrontare un tratto difficile in salita e gli parve di udire Julian che tratteneva il fiato e faceva un verso a metà fra un gemito e un grugnito.

Il bosco li accolse fra le sue forti braccia. La strada divenne più stretta, gli alberi si infittirono. A destra c'era un muro a secco semidiroccato, le cui pietre cadute ingombravano la strada. Mise la prima cercando di non perdere il controllo della macchina. Dopo poco più di un chilometro Miriam si sporse in avanti e disse: «Penso che proseguiremo a piedi per un tratto. Per Julian sarà più facile».

Le due donne scesero e si incamminarono lentamente fra le pietre, Miriam sostenendo Julian. Alla luce dei fari apparve un coniglio stupefatto che per un attimo rimase paralizzato dal terrore e poi si diede alla fuga davanti a loro, mostrando il suo codino bianco. Con un improvviso trambusto, due sagome bianche una dietro l'altra spuntarono di corsa dai cespugli, mancando per un pelo il cofano della macchina. Era un cervo seguito dal suo cerbiatto. Attraversarono di corsa la strada, si infilarono fra i cespugli e quindi scomparvero oltre il muro, facendo risuonare gli zoccoli sulle pietre.

Di tanto in tanto le due donne si fermavano e Julian si piegava in due mentre Miriam la sorreggeva. Le accadde tre volte, poi Miriam fece cenno a Theo di fermarsi. Disse: «Forse faremmo meglio a risalire. Quanto ci vorrà ancora?».

«Siamo sempre ai margini della foresta. Fra poco ci dovrebbe essere una curva sulla destra. Da lì mancano un paio di chilometri.»

La macchina avanzava sobbalzando. La curva che ricordava era in realtà un bivio e per un attimo rimase indeciso. Poi svoltò a destra, dove il sentiero si stringeva ulteriormente in discesa. Doveva essere quella la strada per il lago e, oltre al lago, ricordava la legnaia.

Miriam gridò: «C'è una casa, là sulla destra».

Voltò la testa appena in tempo per vederla, scura in uno spiraglio fra i cespugli e gli alberi. Era isolata, in un ampio campo in discesa. Miriam osservò: «Non va bene. È troppo in vista, il campo non offre copertura. Meglio proseguire».

Erano ormai nel cuore della foresta. Il sentiero sembrava interminabile e si faceva sempre più stretto, tanto che i rami ormai sfioravano e graffiavano la carrozzeria. Sopra di loro il sole stava salendo con una luce bianca e diffusa appena visibile oltre il groviglio di rami di sambuco e di biancospino. Mentre cercava disperatamente di mantenere il controllo della vettura, gli pareva di scivolare inarrestabilmente dentro a una galleria verde scuro che finiva in una siepe impenetrabile. Si chiese se la memoria non l'avesse ingannato, se non avrebbero dovuto prendere la strada a sinistra, ma il sentiero di colpo si allargò e si aprì su una radura erbosa. Davanti a loro luccicava l'acqua del lago.

Fermò l'automobile a pochi metri dalla riva e scese, poi aiutò Miriam a sollevare Julian dal sedile. Per un istante si aggrappò a lui, respirando profondamente, poi lo lasciò andare con un sorriso e si diresse verso l'acqua, con la mano sulla spalla di Miriam. La superficie dello stagno – non era proprio un lago – era talmente striata per i fili verdi delle alghe e per le foglie cadute che pareva quasi la continuazione della radura. Oltre quella coltre verde e tremolante l'acqua era densa come sciroppo, punteggiata da minuscole bollicine che si muovevano lentamente e quindi si univano fra loro, si separavano, scoppiavano e sparivano. Nei tratti d'acqua pulita fra le alghe vedeva riflettersi il cielo; alla prima luce opaca del giorno la nebbia mattutina si diradava. Sotto quella superficie brillante, sul fondo giallastro, gli steli delle piante acquatiche, i rami e ramoscelli aggrovigliati erano incrostati di fango come lo scheletro di una nave affondata da tempo. Verso la riva, ammassi di giunchi fradici giacevano appiattiti nell'acqua e in lontananza si agitava una piccola folaga nera, mentre un cigno solitario si muoveva maestoso fra le alghe. Il laghetto era circondato di alberi che crescevano fin sulla riva: querce, frassini e platani su uno sfondo di verde, giallo, oro e rosso che in quella luce, nonostante le sfumature autunnali, pareva ritenere qualcosa della freschezza e della vivacità della primavera. Dall'altra parte del lago un arboscello era punteggiato di foglie ingiallite e i suoi rametti erano così sottili che controluce sembravano invisibili, tanto che l'aria pareva decorata da fragili scaglie dorate sospese nel vuoto.

Julian si era allontanata lungo la riva del lago. Li chiamò. «L'acqua qui è più pulita e il terreno più solido. È un buon posto per lavarsi.»

La raggiunsero e si inginocchiarono, immersero le braccia e si spruzzarono la faccia e i capelli. Risero dal piacere. Theo si accorse che sulle mani gli era rimasto un alone verdastro: sarebbe stato meglio non bere quell'acqua neppure dopo averla bollita.

Tornando in auto disse: «Dobbiamo decidere se vogliamo sbarazzarci della macchina adesso. Potrebbe rappresentare il miglior rifugio per noi, ma è facile da individuare e siamo quasi senza benzina. Probabilmente riusciremmo a fare ancora pochi chilometri».

Fu Miriam a rispondere: «Abbandoniamola».

Theo guardò l'ora. Erano quasi le nove. Pensò che potevano sentire il giornale radio. Per quanto banale, prevedibile e di scarso interesse, ascoltarlo un'ultima volta prima di isolarsi completamente dal mondo era come un piccolo gesto di addio. Si stupì di non aver pensato prima alla radio, di non averla mai accesa durante il viaggio. Si era concentrato talmente sulla guida che il suono di una voce sconosciuta, e persino la musica, gli sarebbero stati insopportabili. Tese il braccio dal finestrino aperto e l'accese. Udirono impazienti le previsioni del tempo, le notizie sulle strade ufficialmente chiuse al traffico o prive di manutenzione e le misere preoccupazioni di un mondo sempre più piccolo.

Stava per spegnere quando il tono dello speaker cambiò, facendosi più lento e sinistro. «Attenzione. Informiamo la cittadinanza che un gruppetto di dissidenti, formato da un uomo e due donne, è in viaggio su una Citizen blu rubata, nei pressi del confine con il Galles. Ieri sera l'uomo, che si presume essere Theodore Faron di Oxford, si è introdotto in un appartamento alla periferia di Kingston, ha legato i due proprietari e si è impadronito della loro automobile. La donna, la signora Daisy Cox, è stata trovata morta questa mattina legata nel proprio letto. Faron è pertanto ricercato per omicidio. È armato, possiede una pistola. Chiunque vedesse l'automobile o le tre persone è pregato di non avvicinarsi, ma di informare immediatamente la polizia di Stato. La targa dell'automobile è MOA 694. Ripeto: MOA 694. Vi raccomandiamo nuovamente di non avvicinarvi. Ripeto, l'uomo è armato e pericoloso.»

Theo non si accorse neppure di aver spento la radio. Sentiva soltanto il battito del proprio cuore, l'angoscia che lo travolgeva e lo avviluppava, tangibile, mortale, l'orrore e il disgusto di sé che lo abbattevano. Pensò che se era quello il senso di colpa, era insostenibile. Non ce l'avrebbe fatta a sopportarlo.

Udì la voce di Miriam: «Allora Rolf è già arrivato dal Governatore. Sanno degli Omega, sanno che siamo rimasti in tre. Ma ci resta una consolazione: non sanno che il parto è imminente. Rolf non può avergli comunicato la data presunta, perché non la sapeva. Crede che manchi ancora un mese. Il Governatore non chiederebbe alla cittadinanza di cercare l'automobile se pensasse che potrebbero trovarci un neonato».

Theo disse con tono piatto: «Per me non c'è consolazione. L'ho uccisa».

Miriam parlò con voce ferma, innaturalmente forte, quasi gridandogli nelle orecchie: «Non l'hai uccisa! Se fosse morta per lo spavento sarebbe morta quando le hai puntato addosso la pistola. Non sai perché è successo. Si è trattato di una causa naturale, non può essere altrimenti. Magari sarebbe morta comunque. Era vecchia e sofferente di cuore, l'hai detto tu stesso. Non è stata colpa tua, Theo, non l'hai fatto apposta».

No, fu sul punto di gridare, no, non l'ho fatto apposta. Non l'aveva mai fatto apposta: essere un figlio egoista, un padre indifferente, un cattivo marito. Perché avrebbe dovuto farlo apposta? Cristo, quali malvagità avrebbe mai compiuto, se ci si fosse messo apposta?

Disse: «La cosa peggiore è che mi è piaciuto. Mi sono divertito».

Miriam aveva aperto il bagagliaio e si stava caricando le coperte sulle spalle. «Ti sei divertito a legare il vecchio e sua moglie? Non ti sei divertito affatto, Theo, lo dovevi fare e basta.»

«Non a legarli, non intendevo dire questo, ma mi sono piaciuti l'emozione, il potere, il fatto di sapere che ci sarei riuscito. Non è stata una cosa del tutto orribile: per loro, forse, ma non per me.»

Julian non parlò. Gli si avvicinò e gli prese la mano. Theo si scostò e le si rivoltò contro: «Quante altre vite costerà questo bambino, prima di nascere? E perché? Sei calma, per niente spaventata, così sicura di te. Sei convinta che sia una bambina. Che vita avrà mai tua figlia? Pensi che sarà la prima, che ne nasceranno altre, che in questo momento ci siano donne incinte senza saperlo, che porteranno nuova vita nel mondo. Ma se ti sbagliassi? Supponi che tua figlia sia l'unica. A quale inferno la stai condannando? Hai provato anche solo a immaginare la solitudine della sua vecchiaia? Vent'anni e forse anche di più, senza la speranza di udire neppure un'altra voce umana?

Mai, mai e poi mai! Mio Dio, non avete nessuna immaginazione, voi due!».

Julian rispose sottovoce: «Credi che non ci abbia pensato, a tutto questo e anche di più? Theo, non posso dire che sarei contenta se non fosse mai stata concepita. Non posso pensare a mia figlia senza gioia».

Miriam, senza perdere tempo, aveva già tirato fuori dal bagagliaio la valigia e gli impermeabili e stava posando per terra il bollitore e la pentola d'acqua.

Parlò con irritazione, più che con rabbia: «Per l'amor del Cielo, Theo, controllati. Avevamo bisogno di una macchina e tu ce l'hai procurata. Forse avresti potuto trovarne una migliore e a minor prezzo, ma ormai è andata così. Se vuoi crogiolarti nel senso di colpa, fallo pure, ma non adesso. D'accordo, è morta, ti senti colpevole e questo ti disturba. Mi dispiace, ma ti ci dovrai abituare. E perché non dovresti sentirti in colpa? Fa parte della natura umana, o non te ne eri mai accorto?».

Theo avrebbe voluto dire: «Negli ultimi quarant'anni non mi sono accorto di tante cose». Ma quelle parole, dettate dal rimorso e dall'indulgenza verso se stesso, gli parvero di colpo insincere e ignobili. Disse allora: «Faremmo meglio a sbarazzarci della macchina, e in fretta. Quell'annuncio alla radio ha deciso per noi».

Tolse il freno a mano e si appoggiò con una spalla al retro della Citizen, puntando un piede fra l'erba e i sassi, sentendo con sollievo che il terreno era asciutto e leggermente in discesa. Miriam si mise dall'altra parte e spinsero insieme. Per qualche secondo, inspiegabilmente, non sortirono alcun risultato, poi la macchina incominciò ad avanzare lentamente.

Theo disse: «Quando te lo dico io, dai un'ultima spinta. Non vogliamo che resti con il muso conficcato nel fango».

Le ruote davanti erano quasi nell'acqua quando Theo gridò: «Ora!» e insieme diedero l'ultima spinta con tutte le loro forze, riuscendo a lanciare oltre il bordo del lago la macchina, che andò a sbattere contro la superficie con uno schianto che parve destare tutti gli uccelli del bosco. L'aria si riempì di stridule grida e cinguettii e i rami degli alberi più alti tremarono come prendendo improvvisamente vita. Gli spruzzi si levarono altissimi e Theo li sentì sul volto. La coltre verdastra di foglie si lacerò e tremò. Ansimando osservarono l'automobile che iniziava ad affondare lentamente, tranquillamente, mentre l'acqua entrava gorgogliando dai finestrini aperti. Prima che scomparisse del tutto, Theo, spinto da un impulso improvviso, prese il diario dalla tasca e lo scagliò nell'acqua.

Poi fu colto da un attimo di orrore, vivido come un incubo, che però non sarebbe svanito al risveglio. Gli parve che fossero tutti in trappola dentro la macchina che affondava, l'acqua che entrava nell'abitacolo, lui che cercava disperatamente la maniglia, trattenendo il respiro fino a sentirsi scoppiare il petto; desiderava chiamare Julian, ma sapeva di non poterlo fare perché se avesse aperto la bocca sarebbe rimasto soffocato dal fango. Julian e Miriam stavano annegando nel sedile posteriore e lui era impotente ad aiutarle. La fronte gli si imperlò di sudore e, stringendo i pugni bagnati, cercò di scacciare l'orrore del lago e guardò in alto, spazzando via l'orrore immaginario per far posto all'orrore della normalità. Il sole splendeva pallido e rotondo come una luna piena, in un alone di foschia, fra i rami neri degli alberi. Chiuse gli occhi e aspettò. L'orrore si dissolse e riuscì nuovamente a guardare la superficie del lago.

Diede un'occhiata a Julian e Miriam, quasi aspettandosi di vedere dipinta sul loro viso la stessa paura che doveva aver momentaneamente distorto il suo. Ma esse osservavano la macchina che affondava con calma, con interesse quasi distaccato, guardando gli ammassi di foglie che ribollivano, ora avvicinandosi ora allontanandosi, quasi cercassero di farsi largo fra le onde. Si stupì della calma delle due donne, della loro apparente capacità di occultare dietro alla preoccupazione del momento tutti gli orrori, tutti i ricordi.

Con voce aspra commentò: «Luke. Non avete più detto niente di lui per tutto il viaggio. Non l'abbiamo più nominato da quando l'abbiamo seppellito. Pensate a lui?». Quella domanda suonava come un'accusa.

Miriam distolse gli occhi dal lago e fissò Theo. «Ci pensiamo, per quanto possiamo. Adesso ci preme che suo figlio nasca senza problemi.»

Julian si avvicinò a Theo e gli toccò un braccio. Come se fosse lui ad aver bisogno di maggior conforto, disse: «Verrà il momento di piangere sia Luke sia Gascoigne, Theo. Verrà il momento».

La macchina era ormai scomparsa. Aveva temuto che l'acqua fosse troppo bassa e il tetto rimanesse visibile anche fra le canne, ma scrutando il lago torbido non vide che vortici di fanghiglia.

Miriam chiese: «Le hai prese le posate?».

«Io no. E tu?»

«Maledizione, erano davanti. Pazienza. Intanto non abbiamo più niente da mangiare.»

Theo suggerì: «Sarà meglio portare quello che ci resta nel capanno. Dovrebbe essere un centinaio di metri più avanti, sulla destra».

Dio, pregò, fa che ci sia ancora, fa che ci sia ancora. Era la prima volta che pregava da quarant'anni, ma quelle parole, più che un'implorazione, erano dettate dalla speranza semisuperstiziosa che in qualche modo, in quel frangente, sarebbe riuscito a far materializzare la legnaia. Si mise sulle spalle uno dei cuscini e gli impermeabili e prese la valigia in una mano e il bollitore nell'altra. Julian caricò sulle spalle un'altra coperta e si chinò a prendere la pentola dell'acqua, ma Miriam gliela tolse di mano dicendo: «Tu porta il guanciale. Il resto lo prendo io».

Carichi, si incamminarono lentamente lungo il sentiero. Fu allora che udirono il rumore metallico delle pale di un elicottero. Riparati dal groviglio di rami, non avevano bisogno di nascondersi ulteriormente, ma istintivamente si scostarono dal sentiero e si inoltrarono nel fitto dei sambuchi, rimanendo immobili, con il fiato sospeso, come se quell'oggetto luccicante e minaccioso, con il suo sguardo acuto e le sue orecchie tese, potesse percepire anche il loro respiro. Il rumore divenne frastuono: doveva trovarsi proprio sulle loro teste. Theo si aspettava che da un momento all'altro gli arbusti prendessero a tremare violentemente. L'elicottero iniziò a volare in cerchio: il frastuono delle pale si allontanava per poi ritornare, portando con sé nuove paure. Ci vollero quasi cinque minuti prima che quel rombo si riducesse piano piano a un lontano ronzio.

Julian disse sottovoce: «Forse non stanno cercando noi». Parlò con tono fievole e, di colpo, si piegò in due in preda al dolore, aggrappandosi a Miriam.

Miriam era desolata. «Non credo che siano in gita di piacere. Comunque non ci hanno visti.» Rivolta a Theo domandò: «Quanto è lontano ancora questo capanno?».

«Se ricordo bene, una cinquantina di metri.»

«Speriamo.»

Il sentiero era più largo e più agevole, ma Theo, che camminava dietro alle due donne, si sentiva oppresso da un peso assai più grande del carico che stava trasportando. Le sue supposizioni riguardo a Rolf gli apparivano ormai ridicole tanto erano ottimiste. Perché mai avrebbe dovuto viaggiare con tutte le cautele fino a Londra? Perché mai avrebbe dovuto presentarsi personalmente al Governatore? Gli bastava un telefono pubblico. Il numero del Consiglio era noto a tutti. Quella disponibilità esibita faceva parte della politica di trasparenza di Xan. Non sempre ce la facevano a parlare con il Governatore, ma si poteva comunque tentare. Alcuni ci riuscivano. Rolf, una volta identificato, una volta controllato, sarebbe riuscito a parlargli: gli avrebbero consigliato di nascondersi e di non parlare con nessuno finché non lo avessero raggiunto, quasi certamente in elicottero. Probabilmente era con loro già da dodici ore.

E non sarebbe stato difficile trovare i fuggiaschi. Quella mattina presto Xan era venuto a conoscenza del furto della macchina e di quanto carburante c'era nel serbatoio: a quel punto poteva calcolare con buona approssimazione quanti chilometri potevano sperare di percorrere. Doveva solo puntare il compasso su una cartina e tracciare un cerchio. Theo non aveva dubbi sul significato di quell'elicottero. Avevano già iniziato le ricerche dall'alto, stavano prendendo nota delle case isolate e cercando il luccichio di una carrozzeria. Xan aveva certamente già organizzato la perlustrazione a terra. Ma rimaneva una speranza. Forse il bambino ce l'avrebbe fatta a nascere come la madre desiderava, in pace, in privato, senza nessuno al di fuori delle due persone che amava. Le ricerche avrebbero richiesto tempo, in quello aveva visto giusto. Xan non avrebbe né disposto grossi spiegamenti di forze né attratto l'opinione pubblica, almeno fino a quando non si fosse accertato personalmente della veridicità del racconto di Rolf. Per quell'impresa avrebbe usato solo uomini altamente qualificati. Non poteva neppure essere sicuro che si nascondessero in un bosco. Rolf senza dubbio gli aveva detto che era nei loro programmi, ma non era più Rolf a decidere.

Si aggrappava a quella speranza, sforzandosi di provare quella sicurezza che sapeva Julian cercava da lui, quando udì la sua voce: «Guarda, Theo, non è meraviglioso?».

Si voltò e le si avvicinò. Era accanto a un cespuglio arruffato di biancospino carico di bacche rosse. Dal ramo più alto scendeva una cascata di vitalba, bianca come schiuma e delicata come un velo, attraverso cui le bacche brillavano come gemme. Osservando il suo sguardo rapito, Theo pensò che se lui poteva soltanto sapere che era meraviglioso, Julian invece lo sentiva. Guardò un cespuglio di sambuco dietro di lei e gli parve di vedere per la prima volta le bacche scure e luccicanti e la delicatezza degli steli rossi. Fu come se in un istante il bosco si fosse trasformato da luogo minaccioso e oscuro, in cui era profondamente convinto che sarebbe morto uno di loro, in santuario misterioso e bellissimo, indifferente a quei tre intrusi e tuttavia luogo in cui nessun essere vivente poteva essergli del tutto estraneo.

Quindi sentì la voce di Miriam, felice, esultante: «Il capanno c'è ancora!».

32

Il capanno era più grande di quanto si fosse aspettato. Contrariamente a ciò che avveniva di solito, anziché ingrandirlo, la memoria l'aveva rimpicciolito. Per un attimo si chiese se quella costruzione cadente, costituita da tre pareti di legno annerito, larga almeno una decina di metri, fosse veramente la legnaia che ricordava. Poi notò la betulla bianca accanto all'entrata. L'ultima volta che l'aveva vista era solo un arboscello, mentre adesso i suoi rami arrivavano fin sopra il tetto. Con sollievo notò che il tetto sembrava in buone condizioni, anche se qua e là era scivolata via qualche asse. Sui lati invece ne mancavano molte, e molte erano rotte; la legnaia, abbandonata e fatiscente, aveva l'aria di non poter durare che qualche inverno. Un enorme macchinario per il legname mezzo arrugginito era crollato di traverso al centro della radura, con gli pneumatici marci e sventrati e un grossissimo ingranaggio staccato, posato lì accanto. Quando lo sfruttamento della foresta era cessato definitivamente, non tutti i tronchi erano stati portati via e ne era rimasta una catasta ordinata vicino a due grossi alberi abbattuti. I tronchi nudi brillavano come ossa; tutt'intorno erano sparsi trucioli e schegge di corteccia.

Lentamente, solennemente, entrarono nel capanno guardandosi intorno con occhi ansiosi come inquilini che prendono possesso di una dimora desiderata, ma sconosciuta.

Miriam disse: «Be', se non altro ci riparerà e direi che c'è abbastanza legna secca da accendere un fuoco».

Nonostante fosse circondata da un groviglio di cespugli e alberelli, oltre che dal bosco, la legnaia era meno appartata di quanto Theo ricordasse. Più che dalla posizione del capanno la loro sicurezza sarebbe dipesa dal fatto che era assai improbabile che un passante occasionale riuscisse ad arrivare fin lì nel fitto della foresta. Ma non erano i passanti occasionali che temeva. Se Xan avesse deciso di setacciare il bosco gli sarebbero bastate poche ore per scoprirli, per quanto bene si fossero nascosti.

Disse: «Non so se dovremmo rischiare di accendere un fuoco. È proprio indispensabile?».

Miriam ripeté: «Il fuoco? Per il momento no, ma lo sarà quando farà buio e il bambino sarà nato. Di notte ormai fa freddo e madre e bambino devono stare al caldo».

«Allora correremo il rischio, ma non prima del necessario. Staranno attenti a ogni traccia di fumo.»

Il capanno sembrava essere stato abbandonato in fretta, a meno che gli operai non avessero pensato di tornarvi e poi non ci fossero riusciti, o avessero appreso che la ditta era stata chiusa. In fondo c'erano due cataste di assi più corte, una pila di ceppi e un tronco d'albero spaccato, sistemato orizzontalmente, che doveva essere stato usato come tavolo, perché vi erano posati un vecchio bollitore di alluminio e due tazze di smalto sbreccate. Il soffitto in quel punto era integro e il pavimento di terra era coperto da un morbido strato di trucioli e segatura.

Miriam osservò: «Direi che qui va bene».

Con i piedi e con le mani ammucchiò i trucioli per formare un giaciglio, vi distese i due impermeabili e aiutò Julian a sdraiarsi, sistemandole un cuscino dietro la testa. Julian emise un grugnito di soddisfazione, poi si voltò sul fianco e rannicchiò le gambe. Miriam scosse uno dei lenzuoli e glielo mise addosso, aggiungendovi poi una coperta e il cappotto di Luke. Quindi insieme a Theo tirò fuori i loro averi: il bollitore e la pentola d'acqua rimasta, gli asciugamani piegati, le forbici e il flacone di disinfettante. L'insufficienza di quelle scorte gli parve patetica.

Miriam si inginocchiò accanto a Julian e piano piano la fece voltare sulla schiena, poi disse a Theo: «Puoi andare a fare un giretto, se vuoi. Avrò bisogno del tuo aiuto, ma non subito».

Theo uscì, sentendosi per un attimo irragionevolmente respinto, e andò a sedersi su un tronco abbattuto. Fu avvolto dalla pace della radura, chiuse gli occhi e rimase in ascolto. Dopo un po' gli parve di udire una moltitudine di piccoli suoni, normalmente impercettibili all'orecchio umano: lo strusciare di una foglia contro un ramo, lo schiocco del legno che secca, il mondo vivo della foresta, segreto, brulicante di attività, dimentico o incurante della presenza di tre intrusi. Ma non udì alcun rumore di uomini, né passi, né macchine in lontananza, né pale di elicotteri. Osò sperare che Xan avesse scartato Wychwood come loro possibile nascondiglio e che sarebbero stati al sicuro, almeno per qualche ora, almeno finché Julian non avesse dato alla luce il bambino. Per la prima volta Theo capì e accettò il suo desiderio di farlo nascere in segreto. Quel rifugio nel bosco, per quanto precario, era senz'altro meglio dell'alternativa. Se la raffigurò mentalmente, quell'alternativa: il lettino sterile, le batterie di macchinari per far fronte a qualsiasi emergenza medica, gli ostetrici illustri richiamati in servizio con il camice e la mascherina, numerosi perché dopo venticinque anni non era prudente fare affidamento sui ricordi e sull'esperienza di uno solo, ma ciascuno con la voglia disperata di essere l'unico ad avere l'onore di far nascere quel bambino miracoloso e nello stesso tempo titubante ad assumersi una responsabilità tanto grande. Immaginava benissimo la cerchia degli accoliti, infermieri, ostetrici, anestesisti, e alle loro spalle, ma con un ruolo preponderante, telecamere, cameramen e il Governatore dietro allo schermo in attesa di annunciare al mondo in trepida attesa la straordinaria notizia.

Ma era qualcosa di più della violazione della privacy,

della negazione della dignità personale, che Julian temeva. Ai suoi occhi Xan era l'incarnazione del male. Quella parola per lei aveva un significato. Con occhi limpidi e disincantati riusciva a vedere al di là della forza, del fascino, dell'intelligenza, del senso dell'umorismo, fino dentro il cuore non del nulla, ma delle tenebre. Qualunque cosa il futuro avesse in serbo per suo figlio, non voleva malvagi ad assistere alla sua nascita. Theo aveva capito quella sua scelta ostinata e, seduto in mezzo a tanta pace e tanto silenzio, gli parve giusta e sensata. La sua ostinazione però era già costata la vita a due persone, una delle quali era il padre del bambino. Julian era libera di sostenere che dal male poteva nascere il bene, ma era certamente più difficile che dal bene potesse nascere il male. Confidava nella misericordia e nella giustizia terribile del suo Dio, ma che altro poteva fare? Non poteva controllare la propria vita più di quanto potesse controllare o fermare le forze fisiche che in quel momento stesso stiravano e straziavano il suo corpo. Se il suo Dio esisteva, come poteva essere il Dio dell'amore? Quella domanda era ormai trita e ripetuta, ma secondo lui nessuno vi aveva mai dato una risposta soddisfacente.

Tese di nuovo l'orecchio ai suoni del bosco e della sua vita nascosta che, man mano che ascoltava, gli parvero farsi più forti, spaventosi e carichi di minaccia. Il predatore che balza sulla sua vittima, la crudeltà e la soddisfazione della caccia, la lotta istintiva per il cibo, per la sopravvivenza: la natura sembrava tenuta insieme dal dolore, un unico urlo nella gola e nel cuore. Se il Dio di Julian faceva parte di quel tormento, ne era il creatore e il sostentatore, allora era il Dio dei forti e non dei deboli. Rifletté sull'abisso che la fede di Julian creava fra loro, ma senza sgomento. Non poteva colmarlo, ma poteva tendere le mani per raggiungerla, e forse alla fine quel ponte si sarebbe rivelato amore. Quanto poco si conoscevano. Il sentimento che provava per lei era tanto misterioso quanto irrazionale. Aveva bisogno di capirlo, di definirne la natura, di analizzare quel che già intuiva essere al di là di qualsiasi analisi. C'erano cose che però ormai conosceva, e forse non c'era bisogno di sapere altro. Desiderava solo il suo bene, avrebbe anteposto il bene di Julian al proprio. Non poteva più separarsi da lei. Avrebbe dato la vita per lei.

Il silenzio fu rotto da un gemito, seguito da un grido altissimo. Una volta gli avrebbe suscitato imbarazzo, timore umiliante di non dimostrarsi all'altezza, ma in quel momento, mosso soltanto dal bisogno di starle vicino, si precipitò nel capanno. Era di nuovo distesa tranquillamente sul fianco e gli sorrise, tendendogli la mano. Miriam era in ginocchio accanto a lei.

Chiese: «Che cosa posso fare? Lasciami rimanere. Vuoi che rimanga?».

Con voce calma, come se quel grido acutissimo non ci fosse stato, Miriam rispose: «Certo che devi rimanere, vogliamo che tu rimanga. Ma forse sarebbe meglio che ora preparassi il fuoco, in modo da poterlo accendere quando ne avremo bisogno».

Notò che aveva il viso congestionato, la fronte madida di sudore. Rimase stupito dalla sua calma, dalla sua tranquillità. Gli aveva dato qualcosa da fare, un lavoro che sapeva di poter eseguire. Se avesse trovato abbastanza trucioli asciutti, forse sarebbe riuscito a evitare di fare troppo fumo. Era una giornata senza vento, ma anche così doveva fare attenzione a preparare il fuoco in modo che il fumo non finisse addosso a Julian o al bambino. Il posto migliore era nella parte anteriore del capanno, dove il tetto era rotto, ma abbastanza vicino da scaldare madre e figlio. Inoltre bisognava schermarlo per non provocare un incendio. Le pietre del muro diroccato si prestavano per costruire un focolare: andò fuori a prenderle, scegliendole con cura in base alla forma e alle dimensioni. Gli venne in mente che con quelle più piatte avrebbe potuto costruire una specie di camino. Rientrando sistemò le pietre in cerchio e al centro mise i trucioli più asciutti che trovò, aggiungendovi un po' di stecchi. Alla fine sistemò le pietre piatte in modo da dirigere il fumo verso l'esterno. Quando finì era contento come un bambino e quando Julian si sollevò a sedere e scoppiò a ridere felice anch'egli rise con lei.

Miriam suggerì: «Dovresti inginocchiarti dall'altra parte e tenerle la mano».

Alla contrazione successiva Julian gliela strinse così forte che sentì schioccare le nocche.

Guardandolo in faccia e vedendo che aveva un disperato bisogno di rassicurazione, Miriam disse: «È normale, va tutto bene. Non posso visitarla, non sarebbe prudente: non ho guanti sterili e le acque si sono già rotte; ma credo che il collo dell'utero sia quasi completamente dilatato. La fase espulsiva sarà più facile».

«Julian, che cosa posso fare per te? Dimmi che cosa posso fare» le chiese.

«Stringimi la mano.»

Inginocchiato vicino alle due donne si stupì della calma e della sicurezza con cui Miriam, a distanza di venticinque anni, praticava la sua antica arte premendo con le mani scure e gentili sul ventre di Julian e bisbigliandole parole di incoraggiamento: «Ora riposati, poi lasciati andare, non cercare di resistere al dolore. Ricorda la respirazione. Brava, va bene così, brava Julian».

Alla fine della prima fase del travaglio, disse a Theo di inginocchiarsi dietro Julian per sostenerla, quindi prese due piccoli ceppi e glieli sistemò sotto i piedi. Theo si mise in ginocchio e la sorresse tenendola sotto le ascelle. Julian si appoggiò a lui con tutto il suo peso, puntellandosi con forza contro i due pezzi di legno. Theo le vedeva il viso, ora quasi irriconoscibile, congestionato e contorto mentre gemeva e ansimava fra le sue braccia, ora tranquillo, misteriosamente sgravato dal dolore e dalla fatica mentre prendeva fiato piano piano, con gli occhi fissi su Miriam, in attesa della contrazione successiva. In quei momenti era talmente tranquilla che a Theo sembrava quasi che dormisse. I loro visi erano così vicini che il sudore di Theo si univa a quello di lei, che di tanto in tanto le asciugava dalla fronte. L'atto primordiale di cui era spettatore e protagonista al tempo stesso li racchiudeva in una nicchia del tempo in cui nulla aveva importanza e nulla era reale, tranne la madre e l'oscuro e faticoso cammino del figlio dalla vita nascosta nell'utero alla luce. Theo udiva il mormorio della voce di Miriam, ora di approvazione, ora di incoraggiamento, che aiutava la madre ed esortava il bambino a uscire alla luce, ed ebbe l'impressione che levatrice e paziente fossero una donna sola, mentre lui, partecipe del dolore e del travaglio non perché necessario, ma perché gentilmente ammesso, rimaneva escluso dal cuore del mistero. Con un moto improvviso di angoscia e di invidia desiderò che il bambino che con tanta fatica stavano facendo nascere fosse il suo.

Fu in quel momento che, stupefatto, vide spuntare la testa, una massa viscida coperta di ciocche di capelli scuri.

Udì Miriam che esclamava, a voce bassa ma trionfante: «La testa è quasi fuori. Smetti di spingere ora, Julian, respira e basta».

Julian aveva la voce roca, come un atleta dopo una corsa massacrante. Diede un piccolo grido e con un suono indescrivibile la testa andò a posarsi fra le mani protese di Miriam. La prese, la girò e, quasi subito, con un'ultima spinta, il bambino venne al mondo fra le gambe della madre, in un fiotto di sangue. Miriam lo sollevò e glielo posò sul ventre. Julian si era sbagliata: era un maschio. Il suo sesso, così evidente, così sproporzionato rispetto al corpicino paffuto, sembrava una proclamazione.

Miriam si affrettò ad avvolgere anche il bambino nel lenzuolo e nella coperta di Julian e scoppiando a ridere disse: «Ecco, hai un figlio».

A Theo parve che il vecchio capanno si riempisse dell'eco della sua voce allegra e trionfante. Guardò Julian con le braccia protese e il viso trasfigurato, ma distolse subito lo sguardo: quella gioia era troppo intensa per lui.

Sentì Miriam che diceva: «Ora bisogna tagliare il cordone ombelicale; poi verrà la placenta. Sarà meglio che adesso tu accenda il fuoco, Theo. Vedi se riesci a far bollire un po' d'acqua. Julian ha bisogno di bere qualcosa di caldo».

Tornò al suo focolare improvvisato. Gli tremavano le mani, tanto che il primo fiammifero gli si spense tra le dita, ma con il secondo i trucioli si accesero e le fiamme si levarono alte, come in segno di celebrazione, riempiendo il capanno dell'odore del fuoco di legna. Lo alimentò con cura, con stecchi e pezzi di corteccia, poi andò a prendere il bollitore. Fu in quel momento che avvenne il disastro. Lo aveva messo vicino al fuoco e, facendo un passo indietro, lo urtò con un piede. Il coperchio cadde e con orrore vide il prezioso contenuto che si rovesciava nella segatura formando una macchia scura per terra. Avevano già consumato l'acqua delle due pentole: erano rimasti senza.

Il rumore della scarpa che urtava il metallo non era sfuggito alle orecchie di Miriam. Si stava ancora occupando del bambino e, senza voltarsi, chiese: «Che cos'è stato? Era il bollitore?».

Afflitto Theo confessò: «Mi dispiace, è terribile: ho rovesciato l'acqua».

A quel punto Miriam si alzò e gli andò vicino. Con voce calma disse: «Avremmo avuto bisogno di altra acqua comunque, di acqua e di cibo. Rimarrò con Julian finché sarò sicura che stia bene, ma poi andrò alla casa che abbiamo visto venendo. Speriamo che non abbiano staccato l'acqua o che ci sia un pozzo».

«Ma dovrai attraversare un tratto scoperto: ti vedranno.»

«Devo andare, Theo. Ci sono cose di cui non possiamo fare a meno, è un rischio che devo correre» rispose.

Ma lo diceva per gentilezza: la cosa di cui avevano più bisogno era l'acqua, ed erano senza per colpa sua.

Theo propose: «Andrò io. Tu rimani con lei».

Miriam ribatté: «Vuole che tu le stia vicino. Ora che il bambino è nato, ha più bisogno di te che di me. Devo accertarmi che il fondo dell'utero sia contratto come si deve e che il secondamento sia completo, dopo di che potrò lasciarla senza correre rischi. Cerca di farlo attaccare al seno: prima comincia a succhiare meglio è».

A Theo parve che le facesse piacere spiegare i segreti del suo mestiere, usare parole che per tanti anni non aveva pronunciato, senza per questo dimenticarle.

Una ventina di minuti dopo era pronta. Aveva seppellito la placenta e cercato di ripulirsi le mani dal sangue sfregandole sull'erba. Poi le posò per l'ultima volta, mani esperte e delicate, sul ventre di Julian.

Dichiarò: «Mi laverò nel lago lungo la strada. Sarei disposta ad affrontare serenamente tuo cugino, se fossi certa che mi concedesse un bagno caldo e un pasto di quattro portate prima di spararmi. Sarà meglio che prenda il bollitore. Farò più in fretta che posso».

Istintivamente Theo la abbracciò e la tenne stretta per un momento. Poi le disse: «Grazie, grazie», e la lasciò andare, rimanendo a osservarla che si allontanava in fretta nella radura, con passi lunghi e aggraziati, per poi sparire alla vista fra gli alberi lungo il sentiero.

33

Non ci fu bisogno di nessun incoraggiamento perché il bambino cominciasse a succhiare. Era vispo: spalancò su Theo lo sguardo vivace benché ancora sfocato, agitò le manine che sembravano stelle di mare e appoggiò la testa sul seno della madre, mentre con la bocca spalancata cercava avidamente il capezzolo. Era straordinario che una creatura appena nata avesse tanta energia. Dopo la poppata si addormentò. Theo si sdraiò accanto a Julian abbracciando madre e figlio. Sentì i capelli umidi e lisci di lei contro la guancia. Erano distesi sul lenzuolo sporco e sgualcito, circondati dall'odore di sangue, feci e sudore, ma Theo non aveva mai provato una simile pace, non si era mai reso conto che gioia e dolore potessero essere così dolcemente vicini. Rimasero sdraiati, semiassopiti, in una calma indicibile e a Theo parve che dal tepore del bambino, lieve e nello stesso tempo più forte dell'odore del sangue, si sprigionasse il profumo sconosciuto e soave della vita appena nata, secco e pungente come fieno.

Poi Julian si mosse e chiese: «Da quanto tempo è andata via Miriam?».

Avvicinandosi al viso il polso sinistro Theo rispose: «Poco più di un'ora».

«Ci sta mettendo troppo. Valla a cercare, Theo, per favore.»

«Non abbiamo bisogno solo di acqua. Se la casa è ben fornita, prenderà anche altre cose.»

«Ma per ora ne bastano poche. Ci può sempre tornare. Immaginerà che siamo in ansia. Valla a cercare, per favore. Sono sicura che le è successo qualcosa.» Poiché esitava, insistette: «Non ti preoccupare per noi, stiamo bene».

Sentendole usare il plurale, notando lo sguardo che rivolse al figlio in quel momento, Theo si sentì completamente disarmato e rispose: «Potrebbero essere molto vicini ormai, non voglio lasciarti. Vorrei che fossimo insieme, quando arriverà Xan».

«Lo saremo, vedrai. Ma Miriam potrebbe essere in difficoltà, bloccata da qualche parte, essersi fatta male, potrebbe avere bisogno di aiuto. Devo sapere che cosa le è successo, Theo.»

Senza altre proteste, si alzò e disse: «Farò più in fretta che posso».

Per qualche secondo rimase in silenzio fuori della capanna, con le orecchie tese. Chiuse gli occhi per non vedere i colori dell'autunno, il sole che brillava sulla corteccia e sulle foglie, per concentrarsi soltanto sull'ascolto. Ma non udì nulla, neppure un canto di uccello. Poi, con uno scatto da velocista, si mise a correre, oltre il lago, lungo la stretta galleria verde che portava al bivio, evitando solchi e buche, sentendo le asperità del terreno sotto i piedi, abbassando la testa e scostandosi per evitare i rami più bassi. Paura e speranza si alternavano nei suoi pensieri. Lasciare Julian era stata una follia: se la polizia era nelle vicinanze e aveva preso Miriam, ormai non poteva fare più nulla per lei. E se erano così vicini non ci avrebbero messo molto a trovare anche Julian e il bambino. Avrebbe fatto meglio a rimanere con lei ad aspettare, ad aspettare che il mattino radioso diventasse pomeriggio: allora avrebbero perso ogni speranza di rivedere Miriam e insieme avrebbero aspettato ancora, finché non avessero udito i tonfi sordi del passo di marcia sull'erba.

Nel tentativo disperato di rassicurarsi, si disse che le

cose potevano anche essere andate diversamente. Julian aveva ragione: a Miriam poteva essere successo qualcosa, poteva essere caduta, essere rimasta per terra ad aspettarlo chiedendosi quanto tempo ci avrebbe messo. Nella mente di Theo si succedevano immagini di disastri, la porta di una dispensa che sbatteva forte imprigionandola, la bocca nascosta di un pozzo, una trave marcia in un pavimento. Cercò di costringersi a credere, si sforzò di credere, che un'ora non era poi molto, che Miriam doveva essere intenta a raccogliere tutto quello che poteva servire, calcolando quante di quelle preziose provviste sarebbe riuscita a portare e quali poteva tornare a prendere in un secondo tempo, dimenticando nel rovistare quanto sarebbero sembrati lunghi quei sessanta minuti a loro che la stavano aspettando.

Giunse al bivio e, attraverso una stretta apertura fra i rami meno fitti della grossa siepe, scorse il prato in discesa e il tetto della casa. Si fermò per un attimo a riprendere fiato, piegandosi in due per farsi passare una fitta al fianco, quindi attraversò quel groviglio di ortiche, rovi e rami secchi sbucando alla luce più viva del campo. Di Miriam non c'era traccia. Più lentamente, cosciente della propria vulnerabilità e in preda a un crescente senso di preoccupazione, attraversò il prato e giunse alla casa. Era una costruzione vecchia, con un tetto irregolare di tegole coperte di muschio e alti comignoli elisabettiani, che doveva essere stata una fattoria. La separava dal prato un basso muretto a secco. La zona incolta che una volta era il giardino sul retro era attraversata da un ruscelletto che sgorgava da un canale più in alto; un rustico ponticello di legno conduceva alla porta di servizio. Le finestre erano piccole e senza tende. Non si udiva nessun rumore. La casa pareva un miraggio, simbolo della sicurezza, della pace e della normalità tanto agognate, che sarebbe svanito al minimo tocco. Il mormorio del ruscello riecheggiava nel silenzio forte come un torrente.

La porta era di legno nero, con rinforzi di ferro. Era socchiusa. La aprì e la luce calda del sole autunnale inondò di riflessi dorati un corridoio lastricato che portava nella parte anteriore della casa. Si fermò di nuovo per un secondo ad ascoltare: non udì nulla, neppure il ticchettio di un orologio. Alla sua sinistra c'era una porta di legno che presumibilmente conduceva in cucina. Anche questa era socchiusa; la aprì piano. Venendo dalla luce vivida di fuori, la stanza gli parve buia e per un attimo non riuscì a vedere un gran che, finché gli occhi non si abituarono alla penombra, resa ancora più opprimente dalle travi di quercia scura e dai vetri piccoli e incrostati di sporco. Fu colpito dalla sensazione di freddo umido, dalla durezza del pavimento di pietra e dall'odore che aleggiava nell'aria, orribile e umano al tempo stesso, odore di paura. A tastoni cercò l'interruttore sulla parete, pur non aspettandosi che ci fosse ancora la luce. Invece si accese, e fu allora che la vide.

L'avevano strangolata con un laccio, abbandonando il cadavere su una sedia di vimini accanto al caminetto. Era distesa scompostamente, le gambe di traverso, le braccia una di qua e una di là, la testa riversa con il laccio talmente affondato nella carne che quasi non si vedeva. L'orrore fu tale che dopo la prima occhiata si precipitò barcollando fino al lavandino di pietra sotto la finestra e fu preso da violenti conati di vomito a vuoto. Voleva andarle vicino, chiuderle gli occhi, prenderle la mano, fare un gesto. Le doveva qualcosa di più, non poteva limitarsi a indietreggiare davanti al terribile spettacolo della sua morte e vomitare il proprio disgusto. Ma non aveva il coraggio di toccarla, lo sapeva, non poteva neppure guardarla di nuovo. Con la fronte appoggiata alla pietra fredda del lavandino allungò una mano per cercare il rubinetto e si fece scrosciare sul capo un getto di acqua gelida. La lasciò scorrere come se potesse lavar via terrore, pena e vergogna. Avrebbe voluto alzare la testa e gridare tutta la sua rabbia. Per qualche secondo rimase impotente, in preda a emozioni che lo paralizzavano, ma poi chiuse il rubinetto, si asciugò gli occhi e tornò alla realtà. Doveva correre da Julian, il più in fretta possibile. Vide i miseri frutti della ricerca di Miriam sul tavolo: un grande cesto di paglia, in cui aveva messo tre scatolette, un apriscatole e una bottiglia d'acqua.

Ma non poteva lasciarla in quel modo. Non doveva essere quella l'ultima immagine che avrebbe conservato di lei. Per quanto impellente fosse l'urgenza di tornare da Julian e dal bambino, le doveva una piccola cerimonia. Vincendo il terrore e il ribrezzo, si alzò e si costrinse a guardarla. Poi si chinò ad allentare il laccio intorno al collo, le lisciò il viso e le chiuse gli occhi. Sentì che doveva toglierla da quel posto orribile. La prese fra le braccia e la portò fuori, al sole, quindi la distese delicatamente sotto un albero di sorbo rosso. Le foglie mandavano caldi riflessi sulla sua pelle bruna, come lingue di fuoco, come se nelle vene le scorresse ancora il sangue. Il viso sembrava quasi tranquillo. Theo le incrociò le mani sul petto e gli parve che la sua carne ormai inerte riuscisse ancora a comunicare, gli dicesse che la morte non è la cosa peggiore che possa capitare a una persona, che aveva mantenuto la promessa fatta a suo fratello e aveva portato a termine quel che si era proposta di fare. Lei era morta, ma era nata una nuova vita. Immaginando quanto dovesse essere stata crudele e orribile la sua fine, Theo pensò che senz'altro Julian avrebbe detto che si doveva perdonare anche una barbarie simile. Ma lui non lo credeva. Rimase immobile per un attimo a contemplare il corpo di Miriam e giurò dentro di sé che l'avrebbe vendicata. Poi prese il cesto di paglia e, senza voltarsi indietro, corse via oltre il ponte e nel bosco.

Era chiaro che erano vicini. Lo stavano osservando. Ne era sicuro. Riusciva però a mantenere la lucidità, quasi che l'orrore gli avesse elettrizzato la mente. Che cosa stavano aspettando? Perché lo avevano lasciato andare? Non avevano neppure bisogno di seguirlo: dovevano sapere che ormai la fine delle loro ricerche era imminente. E su due cose non aveva dubbi: che si trattasse di un gruppo ristretto e che comprendesse anche Xan. Gli assassini di Miriam non facevano parte di una squadra separata, inviata in avanscoperta con l'incarico di trovare i fuggiaschi, lasciarli incolumi e tornare ad avvisare la squadra principale. Xan non avrebbe mai rischiato che qualcuno scoprisse una donna incinta, a meno che non nutrisse estrema fiducia in lui. Non ci sarebbero stati rastrellamenti a tappeto per una preda così preziosa. E da Miriam Xan non era riuscito a sapere nulla, di questo era certo. Quello che pensava di trovare non erano una madre e un neonato, ma una donna a qualche settimana dal termine della gravidanza. Avrebbe fatto di tutto per non spaventarla, non voleva certo provocare un parto prematuro. Era per questo che l'avevano strangolata, anziché spararle? Anche a quella distanza probabilmente non avevano voluto rischiare che si sentissero gli spari.

Ma era un ragionamento assurdo. Se Xan avesse deciso di proteggere Julian, fare in modo che arrivasse tranquillamente al parto che egli riteneva ormai imminente, che senso aveva uccidere la levatrice di cui si fidava, e in modo così orribile? Doveva aver immaginato che uno di loro, o forse tutti e due, sarebbero andati a cercarla. Solo per caso era stato lui e non Julian a trovarsi davanti a quella lingua tumefatta e sporgente, a quegli occhi strabuzzati e senza vita, all'orrore infinito di quella scena terribile nella cucina. Che Xan si fosse persuaso che essendo ormai così prossimo il parto nulla, per quanto sconvolgente, potesse più nuocere al bambino? O si era dovuto liberare di Miriam il più in fretta possibile, a costo di qualsiasi rischio? Forse catturarla, con tutte le complicazioni che ne sarebbero derivate, gli era parso inutile, quando con una rapida stretta al collo si poteva risolvere il problema una volta per tutte. E forse tanto orrore era frutto di una scelta precisa. Che avesse voluto dire: «Guardate quello che posso fare, quello che ho fatto. Ormai siete rimasti solo in due, del complotto dei Cinque Pesci;

siete solo in due a sapere la verità sul bambino. Siete in mio potere, ora e per sempre?».

Il suo piano poteva essere ancora più audace: una volta nato il bambino, avrebbe potuto uccidere Theo e Julian e dichiarare che era figlio suo. Che nella sua smisurata presunzione avesse creduto possibile anche questo? Fu allora che Theo ricordò una frase di Xan: «Farò quello che va fatto».

Nel capanno Julian era talmente immobile che lì per lì la credette addormentata. Ma aveva gli occhi aperti, sempre fissi sul bambino. Nell'aria c'era ancora l'odore dolce e pungente del fumo di legna, ma il fuoco si era spento. Theo posò il cesto, prese la bottiglia e svitò il tappo. Poi le si inginocchiò accanto.

Lo guardò negli occhi e disse: «Miriam è morta, vero?». Poiché Theo non rispondeva, continuò: «È morta per procurarmi questa».

Accostandole la bottiglia alle labbra la esortò: «Allora bevi e sii grata».

Ma Julian voltò la faccia dall'altra parte, mollando il bambino così che, se non lo avesse fermato lui, sarebbe caduto. Rimase immobile, come se fosse troppo esausta per lasciarsi andare al parossismo del dolore, ma aveva la faccia inondata di lacrime e Theo sentì un gemito basso, quasi musicale, il lamento funebre dell'umanità intera. Piangeva per Miriam come non aveva mai pianto per il padre del suo bambino.

Si chinò e la prese fra le braccia con mossa maldestra, per via del neonato che era fra di loro, cercando di abbracciare tutti e due. Le disse: «Pensa al piccolo, ha bisogno di te. Pensa a quello che avrebbe voluto Miriam».

Non rispose nulla e lo riprese in braccio. Theo la aiutò a bere dalla bottiglia.

Poi tolse le tre scatolette dal cesto. Una era senza etichetta; era pesante, ma era impossibile capire che cosa contenesse. L'etichetta della seconda diceva PESCHE ALLO SCIROPPO e la terza era di fagioli in salsa di pomodoro. Miriam era morta per quelle tre scatole e per una bottiglia d'acqua. Ma non era così semplice, lo sapeva: Miriam era morta perché faceva parte del piccolo gruppo che conosceva la verità sul bambino.

L'apriscatole era antiquato, un po' arrugginito, con la lama poco affilata, ma funzionava. Con un rumore stridente aprì la lattina, piegò all'indietro il coperchio e, sollevandole la testa con il braccio destro, cominciò a imboccare Julian con il medio della mano sinistra. Mangiava con avidità. Nutrirla fu un atto d'amore. Nessuno parlò.

Dopo cinque minuti, arrivata a metà della scatola, gli disse: «Ora tocca a te».

«Non ho fame.»

«Sì che hai fame.»

Aveva le mani troppo grosse per arrivare con le dita in fondo al recipiente, per cui toccò a lei dargli da mangiare. Si mise a sedere con il bambino in grembo, infilò la piccola mano destra nella scatola e cominciò a imboccarlo.

Theo disse: «Sono squisiti».

Quando i fagioli furono finiti, con un sospiro Julian si sdraiò di nuovo, sistemandosi il bambino sul seno. Theo le si sdraiò accanto.

«Come è morta Miriam?» gli chiese.

Sapeva che glielo avrebbe chiesto. Non poteva mentirle. «Strangolata. Deve essere stato molto rapido. Forse non li ha nemmeno visti. Non credo che abbia avuto il tempo di spaventarsi o di sentire dolore.»

Julian disse: «Sarà stata questione di un secondo, due, forse di più. Non possiamo vivere quei secondi al suo posto, non sappiamo che cosa ha provato, quale terrore, quale dolore. In due secondi si può provare il terrore e il dolore di una vita intera».

«Tesoro, ormai per lei è finita. Non potranno più farle del male. Ormai il Consiglio non potrà più fare del male né a lei, né a Gascoigne, né a Luke. Ogni vittima che muore è una piccola sconfitta per la tirannia.»

Ribatté: «È troppo facile consolarsi così». Poi, dopo una

breve pausa, aggiunse: «Non cercheranno di separarci, vero?».

«Niente e nessuno potrà separarci, né la vita né la morte, né principati, né potestà, né nulla nei cieli o sulla terra.»

Gli posò una mano sulla guancia. «Theo, caro, non puoi promettermi una cosa simile, ma mi piace sentirtelo dire.»

«Perché non arrivano?» chiese dopo un po', ma senza angoscia, solo leggermente perplessa.

Theo allungò la mano per prenderle la sua, stringendo fra le dita quella tiepida deformità che una volta gli era parsa così ripugnante. La accarezzò senza rispondere. Rimasero immobili, uno accanto all'altra. Theo notò l'odore forte della legna tagliata e del fuoco appena spento, il rettangolo di luce solare simile a un velo verdastro, il silenzio, l'assenza di vento e di uccelli, il battito dei loro cuori. Entrambi tendevano le orecchie, miracolosamente liberi dall'ansia. Era questo che provavano le vittime della tortura quando, superato il dolore più atroce, trovavano la pace? Pensò: «Ho fatto quel che mi ero proposto di fare. Il bambino è nato come voleva lei, questo posto è nostro, questo momento è nostro, e qualunque cosa ci facciano non potranno mai togliercelo».

Fu Julian a parlare: «Theo, credo che siano arrivati, sono qui».

Non sentiva nulla, ma si alzò e disse: «Aspetta qui in silenzio. Non ti muovere».

Voltandole la schiena perché non vedesse, prese la pistola dalla tasca del cappotto e vi inserì la cartuccia. Poi uscì ad affrontarli.

Xan era solo. Sembrava un boscaiolo, con i suoi vecchi pantaloni di velluto, la camicia sbottonata e un maglione pesante. Ma i boscaioli non girano armati, mentre da sotto il pullover sporgeva una fondina. E nessun boscaiolo si sarebbe mai presentato con una tale baldanza, una tale arroganza di potere. Nella mano sinistra scintillava l'anello nuziale d'Inghilterra.

Disse: «Allora è vero».

«Sì, è vero.»

«Dov'è?»

Theo non rispose. Xan continuò: «Non c'è bisogno di chiederlo: so dov'è. Ma sta bene?».

«Sta bene. Dorme. Abbiamo qualche minuto prima che si svegli.»

Xan spinse indietro le spalle ed emise un sospiro di sollievo, come un nuotatore esausto che riemergendo si scuote via l'acqua dal viso.

Respirò profondamente, quindi disse calmo: «Posso aspettare. Non voglio spaventarla. Sono venuto con un'ambulanza, un elicottero, medici e ostetriche. Ho portato tutto quel che serve. Il bambino nascerà al sicuro, fra ogni comfort. La madre sarà trattata da miracolo qual è; voglio che lo sappia. Se di te si fida, puoi dirglielo tu stesso. Rassicurala, tranquillizzala, spiegale che non ha nulla da temere da parte mia».

«Ha tutto da temere. Dov'è Rolf?»

«È morto.»

«E Gascoigne?»

«Morto anche lui.»

«E il cadavere di Miriam l'ho visto. Così di quelli che sapevano la verità sul bambino non è sopravvissuto nessuno. Li hai eliminati tutti.»

Con voce calma Xan disse: «Tranne te». Poiché Theo non rispondeva proseguì: «Ucciderti non è nei miei piani, non voglio farlo. Ho bisogno di te. Ma prima di andare da lei dobbiamo parlare. Devo sapere fino a che punto posso contare su di te. Puoi essermi d'aiuto, con lei e con quello che devo fare».

«E che cosa devi fare?»

«Non ti pare evidente? Se sarà un maschio e in grado di procreare, sarà il padre di una nuova razza. Se quando avrà dodici, tredici anni, produrrà sperma fertile, le nostre Omega avranno solo trentotto anni: potremmo fecondarle, loro e altre donne selezionate. Forse potremmo far fare altri figli anche alla madre.»

«Il padre del bambino è morto.»

«Lo so. Rolf ci ha detto la verità. Ma come c'era un uomo fertile, può darsi che ce ne siano altri. Intensificheremo i controlli. Ultimamente li abbiamo trascurati. Esamineremo tutti, anche gli epilettici e gli handicappati: tutti i maschi del Paese. E il bambino potrebbe essere un maschio, un maschio fecondo. In lui sono riposte le nostre speranze, le speranze del mondo intero.»

«E Julian?»

Xan scoppiò a ridere. «Probabilmente la sposerò. In ogni caso, ci prenderemo cura di lei. Ora torna da lei, svegliala e dille che sono qui, che sono solo. Rassicurala, dille che mi aiuterai ad accudirla. Dio mio, Theo, ti rendi conto del potere che abbiamo? Rientra nel Consiglio, diventa il mio luogotenente. Ti darò tutto quello che vuoi.»

«No.»

Ci fu una pausa, poi Xan domandò: «Rammenti il ponte di Woolcombe?». Non lo chiese per fare appello a una vecchia amicizia o al vincolo del sangue, né per ricordargli un debito di cortesia. Gli era semplicemente tornato in mente quell'episodio e sorrise al ricordo.

Theo disse: «Ricordo tutto quello che è successo a Woolcombe».

«Non voglio ucciderti.»

«Sarai costretto a farlo, Xan. E forse dovrai uccidere anche lei.»

Prese la pistola. Xan scoppiò a ridere al vederla.

«Non è carica, lo so. L'hai detto ai due vecchietti, ricordi? Non avresti lasciato andar via Rolf se avessi avuto una pistola carica.»

«E come? Uccidendole il marito sotto gli occhi?»

«Il marito? Non mi pare che tenesse poi tanto al marito. Non è questo il quadro che ci ha fatto lui prima di morire. Non penserai mica di essere innamorato di lei, vero? Non idealizzarla. Sarà anche la donna più importante del mondo, ma non è Maria Vergine: il figlio che porta in grembo è pur sempre figlio di una puttana.»

Si guardarono negli occhi. Theo si chiese che cosa stava aspettando. Che gli mancasse il coraggio di spararargli a sangue freddo, pensò, proprio come stava succedendo a lui? I secondi passavano, apparentemente interminabili. Poi Xan tese il braccio e prese la mira. Fu in quella frazione di secondo che il bimbo si mise a piangere, con un gemito acuto e lamentoso, come un grido di protesta. Theo udì il colpo, che con un sibilo gli attraversò la manica della giacca. Sapeva che in quel mezzo secondo non poteva aver visto quel che in seguito gli tornò in mente con estrema chiarezza: il viso di Xan trasfigurato dalla gioia e dal trionfo; che non poteva aver udito il suo grido di esultanza, come quella volta sul ponte di Woolcombe. Eppure fu con l'eco di quel grido nelle orecchie che mirò dritto al cuore di Xan.

Dopo i due spari non sentì che un grande silenzio. Quando con l'aiuto di Miriam aveva spinto l'automobile nel lago il bosco silenzioso si era mutato in una giungla piena di strilli, in una cacofonia di urla selvagge, di rami spezzati e di richiami agitati di uccelli, che si era placata solo quando sulla superficie dell'acqua era scomparso anche l'ultimo tremolio. Ora invece non succedeva nulla. Camminando verso il corpo di Xan gli sembrò di essere in un film al rallentatore, di procedere a fatica spostando l'aria davanti a sé, sollevando alti i piedi a ogni passo, sfiorando appena il terreno; lo spazio gli parve dilatato all'infinito, il corpo di Xan un traguardo lontanissimo, verso il quale avanzava con difficoltà mentre il tempo si era fermato. Poi, bruscamente, tornò alla realtà e di colpo si rese conto della velocità dei suoi movimenti, percepì la presenza di ogni più piccola creatura che si muoveva fra gli alberi, di ogni filo d'erba che schiacciava sotto le scarpe, dell'aria che gli sfiorava il volto e soprattutto di Xan, che giaceva ai suoi piedi. Era caduto sulla schiena, con le braccia aperte, come se si stesse riposando sulle rive del Windrush. Aveva un'espressione tranquilla e niente affatto sorpresa, quasi si fingesse morto; ma chinandosi Theo vide che gli occhi erano come due sassolini opachi, una volta bagnati dal mare, che la marea ritirandosi aveva lasciato senza vita sulla spiaggia. Sfilò l'anello dal dito di Xan, poi si rialzò e attese.

Arrivarono senza fare rumore, uscendo dal bosco a uno a uno: per primo Carl Inglebach, poi Martin Woolvington e infine le due donne. Alle loro spalle, a rispettosa distanza, c'erano sei granatieri. Arrivarono fino a un metro dal corpo e si fermarono. Theo sollevò l'anello poi, ostentatamente, se lo infilò e mostrò loro la mano.

Disse: «Il Governatore d'Inghilterra è morto. Il bambino è nato, ascoltate».

Il lamento commovente ma imperioso del neonato si fece udire di nuovo. Si mossero verso la legnaia, ma Theo sbarrò loro il passo intimando: «Aspettate. Prima devo chiedere il permesso alla madre».

Julian era seduta eretta, con il bambino stretto al seno che ora succhiava ora le strofinava la bocca sulla pelle. Quando Theo si avvicinò vide accendersi nei suoi occhi terrorizzati la luce di un immenso sollievo. Si posò in grembo il bambino e gli tese le braccia.

Singhiozzando disse: «Ho sentito due spari. Non sapevo chi di voi due sarebbe venuto».

Per un attimo la strinse a sé, tutta tremante, poi annunciò: «Il Governatore d'Inghilterra è morto. Fuori c'è il resto del Consiglio. Vuoi vederli, vuoi mostrare loro il bambino?».

Rispose: «Solo per un momento. Theo, che cosa succederà adesso?».

Per un attimo la paura per lui le aveva tolto le forze e il coraggio e per la prima volta da quando era nato il bambino Theo la vide vulnerabile e spaventata. Le sussurrò all'orecchio: «Ti porteremo all'ospedale, in un posto tranquillo. Si prenderanno cura di te. Farò in modo che nessuno ti faccia del male. Non dovrai starci a lungo e io rimarrò sempre con te. Non ti lascerò mai. Qualunque cosa accada, saremo sempre insieme».

Si staccò da lei e uscì. Erano in piedi ad aspettarlo in semicerchio, gli occhi fissi su di lui.

«Adesso potete entrare. I granatieri no, solo il Consiglio. È stanca, ha bisogno di riposo.»

Woolvington disse: «C'è un'ambulanza lungo il sentiero. Possiamo mandare a chiamare gli infermieri e portarla fin là. L'elicottero è a circa due chilometri da qui, fuori dal paese».

Theo rispose: «Non vogliamo correre il rischio dell'elicottero. Chiamate i barellieri e fate togliere di mezzo il cadavere del Governatore. Non voglio che lo veda».

Quando due granatieri si fecero avanti e si accinsero a trascinare via il cadavere, Theo ordinò: «Abbiate un po' di rispetto. Ricordate chi era fino a pochi minuti fa: non avreste neppure osato toccarlo».

Si voltò e guidò i quattro membri del Consiglio all'interno del capanno. Gli parve che fossero incerti, riluttanti; per prime entrarono le due donne, poi Woolvington e Carl. Woolvington non si avvicinò a Julian e rimase in piedi, come una sentinella di guardia. Le due donne si inginocchiarono, più per guardare da vicino il bambino, pensò Theo, che in segno di rispetto. Rivolsero un'occhiata a Julian come per chiedere il suo assenso. Lei sorrise e mostrò loro il bambino. Mormorando, piangendo, fra lacrime e risa, le due donne allungarono le mani per accarezzargli la testa, le gote, le braccia. Harriet gli porse un dito e il piccino lo afferrò stringendolo con forza sorprendente. Harriet scoppiò a ridere e Julian, alzando lo sguardo, disse a Theo: «Miriam mi ha detto che lo fanno appena nati, ma poi smettono».

Le altre donne non fecero commenti. Piangevano e sorridevano, emettendo mille insulsi gridolini di gioia e di sorpresa. A Theo sembrò una manifestazione di festosa solidarietà femminile. Rivolse uno sguardo a Carl, stupito che nelle sue condizioni avesse fatto un viaggio simile e riuscisse ancora a reggersi in piedi. Carl guardò il bambino e pronunciò il suo *Nunc dimittis:* «Così si ricomincia».

Theo pensò: "Si ricomincia, con gelosie, tradimenti, violenza, omicidi, con questo anello al mio dito". Osservò il grande zaffiro circondato di diamanti e la croce di rubini e mosse la mano soppesandolo. Se lo era messo per istinto e tuttavia con gesto deliberato, per affermare la propria autorità e per proteggere se stesso e Julian. Sapeva che i granatieri sarebbero giunti armati. La vista di quel simbolo splendente al suo dito sarebbe servita se non altro a farli fermare, a dargli il tempo di parlare. Aveva davvero bisogno di tenerlo? Aveva a disposizione tutto il potere di Xan, e non solo quello. Carl era moribondo, il Consiglio era privo di una guida: almeno per un po' avrebbe dovuto prendere il posto di Xan. C'erano dei mali cui andava posto rimedio, ma uno alla volta: non poteva fare tutto subito, doveva stabilire una scala di priorità. Era questo che Xan aveva scoperto? Era questa improvvisa euforia di potere che Xan aveva provato tutti i giorni della sua vita? La sensazione che tutto gli fosse possibile, che ogni sua volontà sarebbe stata esaudita, che quel che non voleva sarebbe stato eliminato, che il mondo potesse essere plasmato secondo la sua volontà? Si sfilò l'anello, poi ci ripensò e se lo rimise al dito. Avrebbe avuto tempo per decidere, in seguito, se ne aveva bisogno e per quanto tempo.

Disse: «Ora lasciateci soli» e chinandosi aiutò le due donne a rialzarsi. Uscirono in silenzio come erano entrate.

Julian alzò lo sguardo verso di lui e per la prima volta si accorse dell'anello. Dichiarò: «Non è fatto per le tue dita».

Per un attimo, solo per un attimo, provò qualcosa di molto vicino all'irritazione. Spettava a lui decidere quando toglierselo. Disse: «Per ora è utile. Me lo toglierò a suo tempo».

Per il momento Julian parve accontentarsi e l'ombra che a Theo sembrò di scorgere nel suo sguardo fu forse solo frutto della sua immaginazione.

Con un sorriso gli chiese: «Vorrei che battezzassi il

bambino. Fallo subito, per favore, finché siamo soli. Luke avrebbe voluto così e anch'io lo desidero».

«Come lo vuoi chiamare?»

«Dagli il nome di suo padre e il tuo.»

«Prima voglio sistemarti un po'.»

L'asciugamano che aveva fra le gambe era molto macchiato. Glielo tolse, senza ripugnanza, quasi senza pensarci, ne piegò un altro e lo sostituì. C'era pochissima acqua nella bottiglia, ma non ne sarebbe servita molta. Piangeva, e le sue lacrime cadevano sulla fronte del bimbo. Il rito riemerse dalla memoria della sua infanzia: bisognava far scorrere l'acqua, pronunciare delle parole. Con il pollice bagnato dalle proprie lacrime e macchiato del sangue della madre tracciò il segno della croce sulla fronte del bambino.

OSCAR BESTSELLERS

Allegri, A tu per tu con Padre Pio
Messaoudi, Una donna in piedi
Schelotto, Certe piccolissime paure
Hyde, Le acque di Formosa
Mafai, Botteghe Oscure, addio
Vergani, Caro Coppi
Curzi, Il compagno scomodo
Hogan, Lo stallo
Follett, Un luogo chiamato libertà
Zecchi, Sensualità
Ellroy, American tabloid
Castellaneta, Porta Romana bella
Asimov, Lucky Starr e le lune di Giove
Asimov, Fondazione anno zero
Gallmann, Il colore del vento
Rota, Curs de lumbard per terùn
Høeg, I quasi adatti
Dick, Il disco di fiamma
Hatier (a cura di), Samsāra
Simmons, I figli della paura
D'Orta, Il maestro sgarrupato
Bevilacqua, Questa specie d'amore
Manfredi, La torre della solitudine
Katzenbach, Il carnefice
Le Carré, La passione del suo tempo
Olivieri, Madame Strauss
Sclavi, Tutti i demoni di Dylan Dog
Bonelli - Galleppini, Tex. I figli della notte
Medda, Serra & Vigna, Nathan Never. I killer del futuro
Madre Teresa, La gioia di amare
Giussani, Diabolik. Le rivali di Eva
Gallmann, Notti africane
Cotroneo, Presto con fuoco
Isaacs, Ora magica
AA.VV., 25 storie di magia nera per adulti
Rendell, La morte mi ama
McBain, Romance
Fosnes Hansen, Corale alla fine del viaggio
Rossi, Diario di bordo del Capitano
De Crescenzo, Panta rei
Rushdie, L'ultimo sospiro del Moro
Asimov, Lucky Starr e i pirati degli Asteroidi

Weis - Hickman, L'ala del drago
Nolitta, Mister No. Inferno verde e magia nera
Castelli, I mondi impossibili di Martin Mystère
De Crescenzo, Il dubbio
Milsted, Il Guinness delle gaffe
Cornwell, La fabbrica dei corpi
Bevilacqua, I sensi incantati
Augias, I segreti di Parigi
Bocca, Il viaggiatore spaesato
Olivieri, Il Dio danaro
Dolto, Solitudine felice
Evangelisti, Il mistero dell'inquisitore Eymerich
Dujovne Ortiz, Evita
Harris, Enigma
Brooks, Il primo re di Shannara
Vespa, La svolta
Forattini, Il forattone
Allegri, Il catechismo di Padre Pio
Rota, Padania fai da te
Schelotto, Perché diciamo le bugie
Follett, Il terzo gemello
Pasini, I tempi del cuore
Rendell, Il tarlo del sospetto
Bevilacqua, Lettera alla madre sulla felicità
Costanzo, Dietro l'angolo
Simmons, La caduta di Hyperion
Di Stefano, Mal cognome mezzo gaudio
Weis - Hickman, La settima porta
Baldacci Ford, Il potere assoluto
Laurentin, Lourdes
Cruz Smith, La rosa nera
Gates, La strada che porta a domani
Spaak, Oltre il cielo
Fruttero & Lucentini, Il nuovo libro dei nomi di battesimo
Forattini, Giovanni Paolo secondo Forattini
McCarthy, Il falconiere
McFarlan - Bishop, Il Guinness dei perché
Forsyth, Icona
Pilcher, Ritorno a casa
García Márquez, Scritti costieri 1948-1952
Volcic, Est
De Crescenzo, Ordine e Disordine
Sgorlon, La malga di Sîr
Maurensig, Canone inverso
De Mello, Chiamati all'amore
Bonelli - Letteri, Tex. El Morisco
Gibson, Aidoru
Angela P. e A., La straordinaria avventura di una vita che nasce
Dalai Lama, Incontro con Gesù
Høeg, La donna e la scimmia
Cardini, L'avventura di un povero crociato
Dolto - Hamad, Quando i bambini hanno bisogno di noi
Sclavi, Tutti gli orrori di Dylan Dog
Simmons, Il canto di Kali
Krantz, Collezione di primavera
Bocca, Italiani strana gente
AA.VV., Tutti i denti del mostro sono perfetti
Giussani, Diabolik. Le grandi evasioni
Citati, La colomba pugnalata

Guccini- Machiavelli, Macaronì
Grisham, La giuria
De Filippi, Amici di sera
Bevilacqua, Anima amante
Sgarbi, Lezioni private 2
Saul, I misteri di Blackstone
Willocks, Re macchiati di sangue
De Crescenzo, Socrate
Iacchetti, Questo sì che è amore
Jackson, Il Guinness dei cos'è
Salvi, Storia della cultura mondiale
Greggio, Chi se ne fut-fut
Høeg, Racconti notturni
Baldacci Ford, Il controllo totale
García Márquez, Notizia di un sequestro
Castelli, I mondi segreti di Martin Mystère
Schelotto, Il sesso, probabilmente
Di Stefano - Buscemi, Signor giudice, mi sento tra l'anguria e il martello
Ravera, Nessuno al suo posto
Knight - Lomas, La chiave di Hiram
Boneschi, La grande illusione
Forattini, Io e il bruco
Alten, Meg
Quilici, Cielo verde
Leroux, Il fantasma dell'Opera
Citati, La luce della notte
Vespa, La sfida
Bonelli - Galleppini, Tex e il figlio di Mefisto
Clancy, Stormo da caccia
Katzenbach, Il Cinquantunesimo Stato
Silva, La spia improbabile
Barbero, Bella vita e guerre altrui di Mr. Pyle, gentiluomo
Regan, Il Guinness delle gaffe reali
Zecchi, L'incantesimo
Fede, Finché c'è Fede
Grisham, Il partner
Rendell, Il segreto della casa
De Crescenzo, Nessuno
Cornwell, Il cimitero dei senza nome
Matheson, Al di là dei sogni
Galli, Gli Agnelli
Milingo, Guaritore d'anime
Bettiza, Esilio
Robertson, Oasis
Sclavi, Non è successo niente
Evangelisti, Cherudek
Di Stefano, Alle sogliole del Duemila
Cornwell, Il nido dei calabroni
Gervaso, I sinistri
Harrer, Sette anni nel Tibet
De Crescenzo, Sembra ieri
Braghetti, Il prigioniero
Jacq, Il faraone nero
Castellaneta, Racconti d'amore
Zadra, Tantra
Messori, Qualche ragione per credere
Blauner, Il nero dell'arcobaleno
Bevilacqua, Gialloparma
Collins M.A., Salvate il soldato Ryan

47194
1999